GEORGE ORWELL

A REVOLUÇÃO DOS BICHOS

Literare Books
INTERNATIONAL
BRASIL · EUROPA · USA · JAPÃO

© LITERARE BOOKS INTERNATIONAL LTDA, 2022.
Todos os direitos desta edição são reservados à Literare Books International Ltda.

PRESIDENTE
Mauricio Sita

VICE-PRESIDENTE
Alessandra Ksenhuck

DIRETORA EXECUTIVA
Julyana Rosa

DIRETORA DE PROJETOS
Gleide Santos

RELACIONAMENTO COM O CLIENTE
Claudia Pires

EDITOR
Enrico Giglio de Oliveira

ASSISTENTE EDITORIAL
Luis Gustavo da Silva Barboza

TRADUÇÃO
Laura Folgueira

REVISOR
Sérgio Ricardo

CAPA
Victor Prado

DESIGNER EDITORIAL
Lucas Yamauchi

IMPRESSÃO
Gráfica Paym

Dados Internacionais de Catalogação na Publicação (CIP)
(eDOC BRASIL, Belo Horizonte/MG)

O79r Orwell, George, 1903-1950.
A revolução dos bichos; Um pouco de ar, por favor! / George Orwell. – São Paulo, SP: Literare Books International, 2022.
16 x 23 cm

ISBN 978-65-5922-135-6

1. Ficção inglesa. 2. Literatura inglesa – Romance. I. Título.
CDD 823

Elaborado por Maurício Amormino Júnior – CRB6/2422

LITERARE BOOKS INTERNATIONAL LTDA.
Rua Antônio Augusto Covello, 472
Vila Mariana — São Paulo, SP. CEP 01550-060
+55 11 2659-0968 | www.literarebooks.com.br
contato@literarebooks.com.br

SUMÁRIO

CAPÍTULO I 6

CAPÍTULO II 14

CAPÍTULO III 22

CAPÍTULO IV 28

CAPÍTULO V 34

CAPÍTULO VI 42

CAPÍTULO VII 50

CAPÍTULO VIII 60

CAPÍTULO IX 70

CAPÍTULO X 80

CAPÍTULO I

O Sr. Jones, da Fazenda do Solar, tinha trancado os galinheiros à noite, mas estava bêbado demais para lembrar-se de fechar as portinholas. Com o círculo de luz de sua lanterna dançando de um lado a outro, ele se lançou pelo quintal, tirou as botas com um chute ao chegar à porta dos fundos, serviu-se de um último copo de cerveja do barril na copa e foi para a cama, onde a Sra. Jones já estava roncando.

Assim que a luz no quarto se apagou, houve uma agitação por todos os prédios da fazenda. Durante o dia, tinha sido espalhado um boato de que o velho Major, o premiado porco Middle White, tivera um sonho estranho na noite anterior e queria comunicá-lo aos outros animais. Ficara combinado que todos se encontrariam no celeiro grande assim que o Sr. Jones estivesse fora do caminho e os animais, em segurança. O velho Major (como era chamado, embora o nome sob o qual era exibido fosse Beleza de Willingdon) era tido em tão alta conta na fazenda que todos estavam mais do que dispostos a perder uma hora de sono para ouvir o que ele tinha a dizer.

Em um extremo do grande celeiro, numa espécie de plataforma elevada, o Major já estava anichado em sua cama de palha, sob uma lanterna pendurada numa viga. Ele tinha doze anos de idade e, nos últimos tempos, ficara bastante corpulento, mas ainda era um porco majestoso, de aparência sábia e benevolente, apesar de seu rabo nunca ter sido cortado. Dentro em pouco, os animais começaram a chegar e se acomodar segundo seus diferentes modos. Primeiro vieram os três cães, Bluebell, Jessie e Pincher, e depois os porcos, que se posicionaram na palha imediatamente em frente à plataforma. As galinhas se empoleiraram nos peitoris das janelas, os pombos flutuaram até as vigas, as ovelhas e vacas se deitaram atrás dos porcos e começaram a ruminar. Os dois cavalos de tração, Lutador e Ferradura, entraram juntos, andando muito devagar e colocando suas vastas patas peludas no chão com o maior cuidado, caso houvesse algum animal pequeno escondido na palha. Ferradura era uma égua robusta e matrona, perto da meia-idade, cujo corpo nunca voltara a ser o mesmo após parir o quarto potro. Lutador era uma enorme fera de quase dezoito palmos de altura, forte como dois cavalos comuns juntos. Uma faixa branca no focinho lhe dava uma aparência meio idiota e, de fato, ele não era dos mais inteligentes, mas era unanimemente respeitado por sua firmeza de caráter e tremenda potência de trabalho. Depois dos cavalos vieram Muriel, o bode branco, e Benjamin, o burro. Benjamin era o animal mais velho da fazenda, bem como o mais mal-humorado. Raramente falava e, quando o fazia, em geral era para emitir algum comentário cínico – por exemplo, dizendo que Deus lhe tinha dado uma cauda para espantar as moscas, mas ele preferiria não ter cauda nem moscas. Sozinho entre os animais da fazenda, ele nunca ria. Quando lhe perguntavam por que, dizia que não via motivo para risadas. Mesmo assim, sem admitir abertamente, era devotado a Lutador; os dois em geral passavam os domingos juntos no pequeno cercado atrás do pomar, pastando lado a lado sem falar nada.

Os dois cavalos tinham acabado de se deitar quando um bando de patinhos, que tinham perdido a mãe, entrou em fileira no celeiro, grasnando debilmente e vagando de um lado para o outro para achar um lugar em que não seriam pisoteados. Ferradura fez uma espécie de muro ao redor deles com sua enorme pata dianteira, e os patinhos se acomodaram dentro e imediatamente adormeceram. No último minuto, Mollie, a égua branca, bonita e tola que puxava a carroça do Sr. Jones, entrou rebolando com elegância, mascando um torrão de açúcar. Pegou um lugar na frente e começou a jogar a crina branca, esperando chamar atenção para as fitas vermelhas que a trançavam. Por último, veio a gata, que olhou ao redor, como sempre, em busca do lugar mais quente, e por fim se espremeu entre Lutador e Ferradura; lá, ficou ronronando satisfeita durante o discurso de Major, sem ouvir uma palavra do que ele dizia.

Todos os animais, agora, estavam presentes, exceto Moisés, o corvo domesticado, que dormia num poleiro atrás da porta dos fundos. Quando Major viu que todos estavam confortáveis e esperando atentos, pigarreou e começou:

— Camaradas, vocês já ouviram falar do sonho estranho que tive ontem à noite. Mas chegarei lá. Tenho outra coisa a dizer antes. Não acho, camaradas, que ainda estarei com vocês por muitos meses e, antes de morrer, acho que é meu dever passar-lhes a sabedoria que adquiri. Tive uma vida longa, muito tempo para pensar deitado sozinho em minha baia, e acho que posso dizer que entendo a natureza da vida nesta Terra tão bem quanto qualquer outro animal vivo. É sobre isso que quero lhes falar.

Vejam, camaradas, qual é a natureza desta nossa vida? Vamos falar a verdade: nossa vida é infeliz, laboriosa e curta. Nascemos, recebemos uma quantidade de comida para manter-nos respirando, e aqueles de nós que são capazes disso são forçados a trabalhar até seu último átomo de força; e no instante mesmo em que nossa utilidade chega ao fim, somos abatidos com horrenda crueldade. Não há animal na Inglaterra que conheça o significado da felicidade ou do lazer após o primeiro ano de vida. Não há animal livre na Inglaterra. A vida de um animal é infelicidade e escravidão: essa é a verdade.

Mas será isso simplesmente parte da ordem natural das coisas? Será porque esta nossa terra é tão pobre que não pode dar uma vida decente aos que nela habitam? Não, camaradas, mil vezes não! O solo da Inglaterra é fértil, o clima é bom, ela é capaz de fornecer alimento em abundância a mais animais do que hoje há aqui. Só esta nossa fazenda sustentaria uma dúzia de cavalos, vinte vacas, centenas de ovelhas – e todos vivendo com um conforto e uma dignidade que hoje nem somos capazes de imaginar. Por que, então, continuamos nesta condição miserável? Porque quase todo o produto de nosso trabalho nos é roubado pelos humanos. Esta, camaradas, é a resposta para todos os nossos problemas. Resume-se em uma única palavra: homem. O homem é o nosso único inimigo real. Tire o homem da cena, e a raiz da fome e da sobrecarga de trabalho será abolida para sempre.

O homem é a única criatura que consome sem produzir. Não dá leite, não bota ovos, é fraco demais para puxar a charrua, não consegue correr rápido o bastante para caçar coelhos. Mas é senhor de todos os animais. Coloca-os para trabalhar, devolve-lhes o mínimo necessário para não morrerem de fome e pega o resto para si. Nossa mão de obra lavra a terra, nosso esterco a fertiliza, mas nenhum de nós é dono de mais do que sua própria pele. Vocês, vacas diante de mim: quantos milhares de galões de leite deram neste último ano? E o que aconteceu com esse leite, que devia estar alimentando bezerros robustos? Cada gota desceu pela goela de nossos inimigos. E vocês, galinhas: quantos ovos botaram no último ano, e quantos desses ovos chocaram e viraram pintinhos? Todo o resto foi para o mercado, trazendo dinheiro para Jones e seus homens. E quanto a você, Ferradura: onde estão aqueles quatro potros que carregou e que deviam ser seu apoio e sua alegria na velhice? Cada um foi vendido com um ano de idade, e você nunca mais os verá. Em troca de seus quatro partos e seu trabalho no campo, o que ganhou exceto suas parcas rações e uma baia?

E mesmo com a vida infeliz que levamos, não nos permitem chegar ao seu fim natural. Quanto a mim, não reclamo, pois tenho sorte. Estou com doze anos e tive mais de quatrocentas crias. Essa é a vida natural de um porco. Mas animal nenhum escapa da faca cruel no fim. Vocês, porcos jovens sentados à minha frente, vão todos estar gritando no bloco dentro de um ano. A esse horror, todos chegaremos: vacas, porcos, galinhas, ovelhas, todos. Nem os cavalos e cães têm destino melhor. Você, Lutador, no mesmo dia que esses seus enormes músculos perderem a força, Jones o venderá ao abatedor, que cortará sua garganta e o despedaçará para dar aos cães de caça. Quanto aos cães, quando ficarem velhos e banguelas, Jones amarrará um tijolo no pescoço deles e os afogará no lago mais próximo.

Portanto, camaradas, não está mais do que claro que todos os males desta nossa vida vêm da tirania dos humanos? Livrando-nos do homem, o produto de nosso trabalho será nosso. Quase do dia para a noite, podemos tornar-nos ricos e livres. Então, o que devemos fazer? Ora, trabalhar noite e dia, de corpo e alma, para derrotar a raça humana! Esta é minha mensagem a vocês, camaradas: rebelião! Não sei quando a rebelião virá, pode ser em uma semana ou em cem anos, mas sei, tão certo quanto vejo esta palha sob meus pés, que, cedo ou tarde, a justiça será feita. Não percam isso de vista, camaradas, pelo resto de suas curtas vidas! E, acima de tudo, passem esta minha mensagem aos que vierem depois, para que gerações futuras sigam na luta até ela ser vitoriosa.

E lembrem-se, camaradas, que sua resolução nunca deve vacilar. Argumento nenhum deve desviá-los. Nunca deem ouvidos quando lhes disserem que o homem e os animais têm um interesse comum, que a prosperidade de um é a prosperidade dos outros. É tudo mentira. O homem não atende ao interesse de criatura alguma que não ele. E, entre nós, animais, que haja perfeita união, camaradagem na luta. Todos os homens são inimigos. Todos os animais são camaradas.

Nesse momento, houve uma tremenda comoção. Enquanto o Major falava, quatro grandes ratos tinham saído de suas tocas e estavam sentados sobre as patas traseiras, ouvindo-o. Os cães de repente os viram e foi só por correr com agilidade de volta às tocas que os ratos se salvaram. O Major levantou a pata, pedindo silêncio.

— Camaradas – disse ele. — Este é um ponto que precisa ser resolvido. As criaturas selvagens, como ratos e coelhos, são nossas amigas ou inimigas? Vamos votar. Proponho esta questão à assembleia: os ratos são camaradas?

A votação foi realizada imediatamente, e concordou-se que os ratos eram camaradas. Houve apenas quatro dissidências, os três cães e a gata, que depois se descobriu que tinha votado para os dois lados. O Major continuou:

— Não tenho muito mais a dizer. Apenas repito: lembrem-se sempre de seu dever de inimizade para com o homem e seus hábitos. Tudo o que anda sobre duas pernas é inimigo. Tudo o que anda sobre quatro patas é amigo. E lembrem-se também de que, na luta contra o homem, não devemos nos assemelhar a ele. Mesmo quando o tiverem conquistado, não adotem seus vícios. Nenhum animal jamais deve viver numa casa nem dormir numa cama, nem usar roupas, nem beber álcool, nem fumar tabaco, nem tocar em dinheiro, nem fazer comércio. Todos os hábitos do homem são maus. E, acima de tudo, nenhum animal jamais deve tiranizar outro. Fraco ou forte, esperto ou simplório, somos todos irmãos. Animal algum jamais deve matar outro animal. Todos os animais são iguais.

E agora, camaradas, falarei de meu sonho de ontem. Não consigo descrevê-lo a vocês. Foi um sonho da Terra como será quando o homem tiver desaparecido. Mas me lembrou de algo que eu há muito tinha esquecido. Muitos anos atrás, quando eu era um leitão, minha mãe e outras porcas cantavam uma velha canção, da qual só conheciam a melodia e as três primeiras palavras. Ontem, porém, ela me voltou em sonho. E, além do mais, as palavras também voltaram – palavras que, tenho certeza, eram cantadas pelos animais de outrora e estão perdidas há muitas gerações. Vou cantar-lhes agora essa canção, camaradas. Sou velho e minha voz é rouca, mas, quando eu lhes tiver ensinado a canção, vocês mesmos podem cantá-la melhor. Chama-se "Bichos da Inglaterra".

O velho Major pigarreou e começou a cantar. Como tinha dito, sua voz era rouca, mas ele cantava bem o bastante, e era uma canção emocionante, algo entre "Clementine" e "La cucaracha". As palavras diziam:

Bichos da Inglaterra e além,
Em todo clima e toda terra
Ouçam alegres notícias
De uma nova e dourada era

Logo chegarão os dias
De conquistar os tiranos
E os férteis campos ingleses
Serão só dos bichanos

Não teremos mais coleiras
Nem selas nas nossas costas
Ferrugem em toda espora
Sem chicote nas cadeiras
Riquezas, teremos sem fim
Trigo, cevada e aveia
Cravo, canela, feijão
Teremos sempre na ceia

Campos ingleses ao sol,
A água será mais pura,
As brisas, frescas e doces
Seremos livres criaturas!

Por esse dia, vamos lutar
Mesmo que custe a morte;
Vacas, cavalos, patos, perus,
Liberdade é a nossa sorte.

Bichos da Inglaterra e além,
Em todo clima e toda terra
Ouçam alegres notícias
De uma nova e dourada era.

Essa canção deixou os animais na maior excitação. Quase antes de o Major chegar ao fim, tinham começado eles mesmos a cantar. Até o mais burro deles já tinha aprendido a melodia e algumas das palavras; e os inteligentes, como porcos e cães, decoraram a música toda em minutos. E então, depois de algumas tentativas preliminares, toda a Fazenda explodiu em tremendo uníssono em "Bichos da Inglaterra". As vacas mugiam, os cães ganiam, as ovelhas baliam, os cavalos relinchavam, os patos grasnavam. Estavam tão deleitados com a música que a cantaram inteira cinco vezes seguidas e podiam ter continuado a noite toda se não tivessem sido interrompidos.

Infelizmente, a comoção acordou o Sr. Jones, que pulou da cama, achando haver uma raposa no quintal. Pegou a arma que sempre ficava num canto do quarto e soltou uma descarga de tiros na escuridão. As balas se enterraram na parede do celeiro e a reunião acabou às pressas. Cada um fugiu para seu lugar de repouso. Os pássaros pularam em seus poleiros, os animais se acomodaram na palha e, rapidamente, toda a fazenda estava dormindo.

CAPÍTULO II

Três noites depois, o velho Major morreu dormindo. Seu corpo foi enterrado aos pés do pomar.

Isso foi no início de março. Durante os três meses seguintes, houve muita atividade secreta. O discurso do Major tinha dado aos animais mais inteligentes da fazenda uma visão completamente nova sobre a vida. Eles não sabiam quando a rebelião prevista pelo Major aconteceria, não tinham motivo para achar que seria durante sua vida, mas viam claramente que tinham o dever de preparar-se para ela. O trabalho de ensinar e organizar os outros ficou naturalmente a cargo dos porcos, em geral reconhecidos como os mais espertos dentre os animais. Eminentes entre os porcos eram dois jovens suínos chamados Bola de Neve e Napoleão, que o Sr. Jones estava criando para vender. Napoleão era um porco Berkshire de aparência feroz, o único Berkshire da fazenda, que não era de falar muito, mas tinha uma reputação de conseguir o que queria. Bola de Neve era um porco mais vivaz do que Napoleão, de fala mais rápida e mais engenhoso, mas não se considerava que tivesse a mesma profundidade de caráter. Todos os outros porcos machos eram cevados. O mais conhecido deles era um porquinho gordo chamado Guinchador, com bochechas muito redondas, olhos brilhantes, movimentos ágeis e uma voz esganiçada. Era um orador brilhante e, quando estava debatendo um tema difícil, tinha uma mania, por algum motivo muito persuasiva, de pular de um lado para o outro e balançar a cauda. Sobre o Guinchador, os outros diziam que ele era capaz de transformar preto em branco.

Esses três tinham transformado os ensinamentos de Major num sistema de pensamento completo, ao qual deram o nome de Animalismo. Várias noites por semana, depois de o Sr. Jones dormir, faziam reuniões secretas no celeiro e expunham aos outros os princípios do Animalismo. No início, foram recebidos com bastante incompreensão e apatia. Alguns dos animais falavam do dever de lealdade ao Sr. Jones, a quem se referiam como "Mestre" ou faziam comentários simplórios do tipo "O Sr. Jones nos alimenta. Se ele se for, vamos morrer de fome". Outros faziam perguntas como "Por que nos importa o que acontecerá depois que estivermos mortos?" ou "Se essa rebelião vai acontecer de todo jeito, que diferença faz a gente trabalhar por ela ou não?", e os porcos tinham muita dificuldade de fazê-los ver que isso era contrário ao espírito do Animalismo. As perguntas mais idiotas de todas eram sempre feitas por Mollie, a égua branca. A primeira pergunta que ela fez a Bola de Neve foi:

— Ainda vai ter açúcar depois da rebelião?

— Não – respondeu Bola de Neve com firmeza. — Não temos meios de fazer açúcar nesta fazenda. Além do mais, você não precisa de açúcar. Vai ter toda a aveia e o feno que quiser.

— E ainda vou poder usar laços em minha crina? – perguntou Mollie.

— Camarada – disse Bola de Neve. — Esses laços a que você é tão devotada são o emblema da escravidão. Não consegue entender que a liberdade vale mais do que laços?

Mollie concordou, mas não pareceu muito convencida.

Os porcos tiveram ainda mais dificuldade de contrariar as mentiras contadas por Moisés, o corvo domesticado. Moisés, o animal de estimação especial do Sr. Jones, era espião e leva e traz, mas também era um orador esperto. Alegava saber da existência de uma terra misteriosa chamada Montanha do Algodão-Doce, à qual todos os animais iam depois da morte. Ficava em algum lugar do céu, um pouco depois das nuvens, disse Moisés. Na Montanha do Algodão-Doce, era domingo sete dias por semana, era época de dente-de-leão o ano todo e torrões de açúcar e torta de linhaça cresciam nas sebes. Os animais detestavam Moisés, porque ele contava histórias e não trabalhava, mas alguns acreditavam na Montanha do Algodão-Doce, e os porcos tinham que argumentar muito para persuadi-los de que esse lugar não existia.

Seus discípulos mais fiéis eram os dois cavalos de tração, Lutador e Ferradura. Esses dois tinham muita dificuldade de pensar em qualquer coisa sozinhos, mas, uma vez tendo aceitado os porcos como seus professores, absorviam tudo o que eles lhes diziam e repetiam, com argumentos simples, aos outros animais. Nunca faltavam às reuniões secretas no celeiro e lideravam a cantoria de "Bichos da Inglaterra", com a qual as reuniões sempre terminavam.

No fim das contas, a rebelião foi conquistada muito mais cedo e com mais facilidade do que qualquer um esperava. Em anos anteriores, o Sr. Jones, embora um mestre duro, fora um fazendeiro competente, mas, ultimamente, estava passando por maus bocados. Tinha ficado desanimado depois de perder dinheiro num processo e passado a beber mais do que o aceitável. Por dias inteiros ele se sentava na cadeira Windsor na cozinha, lendo jornais, bebendo e, de vez em quando, alimentando Moisés com migalhas de pão embebidas em cerveja. Seus homens eram preguiçosos e desonestos, os campos estavam cheios de ervas daninhas, as edificações precisavam de novas telhas, as sebes estavam negligenciadas e os animais, mal alimentados.

Junho chegou e o feno estava quase pronto para ser cortado. Na véspera do solstício de verão, que era num sábado, o Sr. Jones foi até Willingdon e ficou tão bêbado no Red Lion que só voltou no meio do domingo. Os homens tinham tirado leite das vacas de manhã cedo e saído para caçar coelhos, sem se dar ao trabalho de alimentar os animais. Quando o Sr. Jones voltou, imediatamente foi dormir no sofá da sala de estar com o Notícias do Mundo em cima da cara, de modo que, quando chegou a noite, os animais ainda não tinham sido alimentados. Finalmente, não conseguiram mais aguentar. Uma das vacas quebrou a porta do galpão com o chifre, e todos os animais começaram a pegar o que queriam dos silos. Foi quando o Sr. Jones acordou. No momento seguinte, ele e seus quatro homens estavam no galpão com chicotes nas mãos, açoitando para lá e para cá. Foi mais do que os animais famintos eram capazes de suportar. De comum acordo, embora nada daquilo tivesse sido planejado de antemão, eles se lançaram sobre seus algozes. Jones e seus funcionários de repente se viram sendo marrados e chutados por todos os lados. Perderam o controle da situação. Nunca tinham visto animais se comportarem daquela forma, e esse levante repentino de criaturas que estavam acostumados a chicotear e maltratar como queriam os deixou apavorados. Após um ou dois instantes, desistiram de tentar se defender e fugiram. Um minuto depois, todos os cinco estavam em plena fuga pelo caminho que levava à estrada principal, com os animais, triunfantes, perseguindo-os.

A Sra. Jones olhou pela janela do quarto, viu o que estava acontecendo, jogou apressada alguns pertences numa maleta e saiu da fazenda de fininho por outro lado. Moisés saltou de seu poleiro e bateu asas atrás dela, grasnando alto. Enquanto isso, os animais tinham perseguido Jones e seus homens até a estrada e batido o portão de cinco trancas atrás deles. Assim, quase antes de perceberem o que estava acontecendo, a rebelião tinha sido concluída com sucesso: Jones fora expulso e a Fazenda do Solar era deles.

Durante os primeiros minutos, os animais mal acreditavam em sua sorte. O primeiro ato foi galopar todos juntos pelas fronteiras da fazenda, como para certificar-se de que nenhum ser humano se escondia em nenhum canto dela; depois correram de volta para os prédios da fazenda para eliminar os últimos rastros do odioso reinado de Jones. A sala dos arreios ao fim dos estábulos foi arrombada; os freios, as argolas de nariz, as coleiras de cachorro, as cruéis facas com as quais o Sr. Jones costumava castrar porcos e cordeiros – tudo foi jogado no poço. As rédeas, os cabrestos, os antolhos, os degradantes embornais foram jogados na fogueira de lixo que estava acesa no quintal. Os chicotes também. Todos os animais saltitaram de alegria ao ver os chicotes queimando nas chamas. Bola de Neve também jogou no fogo os laços com os quais as crinas e caudas de cavalos costumavam ser decoradas em dias de feira.

— Laços – disse ele. — Devem ser considerados roupas, que são a marca do ser humano. Todos os animais devem ficar nus.

Quando Lutador ouviu isso, buscou o pequeno chapéu de palha que usava no verão para manter as moscas longe de suas orelhas e jogou no fogo com o resto.

Em muito pouco tempo, os animais tinham destruído tudo o que os lembrava do Sr. Jones. Napoleão os levou de volta ao armazém e serviu uma ração dupla de milho a todo mundo, com dois biscoitos para cada cão. Então, cantaram "Bichos da Inglaterra" do início ao fim sete vezes seguidas e, depois disso, se acomodaram e dormiram como nunca.

Mas acordaram, como sempre, ao raiar do dia, e, de repente, lembrando a coisa gloriosa que havia acontecido, correram juntos para o pasto. Um pouco à frente, havia um outeiro que dava vista da maior parte da fazenda. Os animais correram até o topo dele e olharam ao redor à clara luz da manhã. Sim, era deles – tudo o que conseguiam ver era deles! No êxtase desse pensamento, eles cabriolaram para lá e para cá, se jogaram no ar em grandes saltos de excitação. Rolaram no orvalho, arrancaram às bocadas a doce grama de verão, levantaram torrões de terra preta e sentiram seu rico aroma. Aí, fizeram uma turnê de inspeção de toda a fazenda e examinaram, com admiração muda, a terra arada, o campo de feno, o pomar, o lago, o pequeno bosque. Era como se nunca tivessem visto essas coisas antes, e mesmo agora mal acreditavam que era tudo deles.

Então, voltaram em fila para os prédios da fazenda e pararam, em silêncio, à porta da casa. Era deles também, mas tinham medo de entrar. Depois de um momento, porém, Bola de Neve e Napoleão abriram a porta com um golpe de ombros e os animais entraram em fila única, caminhando com o maior cuidado por medo de perturbar algo. Andaram na ponta dos pés de cômodo em cômodo, com medo de falar mais alto do que um sussurro e olhando com uma espécie de espanto para o luxo inacreditável, as camas com colchões de pena, os espelhos, o sofá de crina de cavalo, o tapete de Bruxelas, a litografia da rainha Vitória em cima da lareira da sala de estar. Estavam descendo as escadas quando perceberam que Mollie havia sumido. Voltando, os outros descobriram que ela tinha ficado para trás, no melhor quarto. Tinha pegado um pedaço de fita azul da penteadeira da Sra. Jones e estava segurando à frente do ombro e se admirando no espelho de forma muito tola. Os outros a repreenderam seriamente antes de sair. Pegaram alguns presuntos que estavam pendurados na cozinha para enterrá-los, e o barril de cerveja na copa foi rebentado com um chute do casco de Lutador, mas, fora isso, nada na casa foi tocado. Aprovaram uma resolução unânime, ali mesmo, de que a casa devia ser preservada como museu. Todos concordaram que nenhum animal jamais devia viver ali.

Os animais tomaram seu café da manhã e, então, Bola de Neve e Napoleão os reuniram outra vez.

— Camaradas – falou Bola de Neve. — São seis e meia e temos um longo dia à nossa frente. Hoje, começamos a colheita do feno. Mas há outra questão que precisamos resolver antes.

Os porcos, então, revelaram que, durante os três últimos meses, tinham aprendido sozinhos a ler e escrever usando um velho livro de ortografia que pertencia aos filhos do Sr. Jones e que tinha sido jogado na pilha de lixo. Napoleão mandou buscar latas de tinta preta e branca e os levou até o portão de cinco trancas que dava para a estrada principal. Então, Bola de Neve (pois era ele o que escrevia melhor) pegou um pincel entre os dois dedos de suas patas, pintou por cima de onde estava escrito FAZENDA DO SOLAR na barra de cima do portão e, no lugar, pintou FAZENDA DOS ANIMAIS. Esse seria, de agora em diante, o nome da fazenda. Depois disso, voltaram aos prédios da fazenda, onde Bola de Neve e Napoleão mandaram buscar uma escada, que apoiaram na parede dos fundos do grande celeiro. Explicaram que, segundo seus estudos dos últimos três meses, os porcos tinham conseguido resumir os princípios do Animalismo em Sete Mandamentos.

Esses Sete Mandamentos, agora, seriam inscritos na parede; formariam uma lei inalterável, sob a qual todos na Fazenda dos Animais deveriam viver para sempre. Com alguma dificuldade (pois não é fácil, para um porco, equilibrar-se numa escada), Bola de Neve subiu e começou a trabalhar, com Guinchador alguns degraus abaixo dele, segurando a lata de tinta. Os Mandamentos foram escritos na parede alcatroada em grandes letras brancas que podiam ser lidas a quase trinta metros de distância. Diziam assim:

Os sete mandamentos:

1. Tudo que anda sobre duas pernas é inimigo.
2. Tudo que anda sobre quatro patas ou tem asaƨ é aimgo.
3. Nenhum animal deve usar roupas.
4. Nenhum animal deve dormir numa cama.
5. Nenhum animal deve beber álcool.
6. Nenhum animal deve matar outro animal.
7. Todos os animais são iguais.

Foi escrito de maneira muito clara e, exceto por amigo ter sido escrito como "aimgo" e um dos "s" estar virado para o lado errado, a grafia estava toda correta. Bola de Neve leu em voz alta para os outros. Todos os animais assentiram, concordando completamente, e os mais inteligentes na mesma hora começaram a decorar os Mandamentos.

— Agora, camaradas! – gritou Bola de Neve, jogando o pincel.

— Para o campo de feno! É questão de honra fazer a colheita mais rápido do que Jones e seus homens conseguiriam.

Mas, nesse momento, as três vacas, que pareciam inquietas já há algum tempo, começaram a mugir alto. Não eram ordenhadas há 24 horas, e suas tetas estavam quase explodindo. Depois de pensar um pouco, os porcos mandaram buscar baldes e as ordenharam com algum sucesso, já que suas patas se adaptavam bem a essa tarefa. Logo, havia cinco baldes de leite cremoso e espumante, que muitos dos animais miraram com considerável interesse.

— O que vai acontecer com todo esse leite? – falou alguém.

— Jones às vezes misturava um pouco na nossa farelada – disse uma das galinhas.

— Deixem o leite para lá, camaradas! – gritou Napoleão, colocando-se à frente dos baldes.

— Vamos cuidar dele. A colheita é mais importante. O camarada Bola de Neve vai mostrar o caminho. Eu irei em alguns minutos. Em frente, camaradas! O feno está esperando.

Então, os animais se deslocaram em grupo até o campo de feno para começar a colheita e, quando voltaram à noite, notaram que o leite tinha desaparecido.

CAPITULO III

Como trabalharam e suaram para levar o feno! Mas seus esforços foram recompensados, pois a colheita foi um sucesso ainda maior do que esperavam.

Às vezes o trabalho era duro; as ferramentas tinham sido desenhadas para seres humanos, não para animais, e era uma grande desvantagem nenhum bicho conseguir usar nenhuma ferramenta que envolvesse ficar de pé nas patas traseiras. Mas os porcos eram tão espertos que conseguiam pensar numa forma de superar toda dificuldade. Quanto aos cavalos, conheciam cada centímetro do campo e, inclusive, sabiam como ceifar e rastelar muito melhor do que Jones e seus homens. Os porcos não trabalhavam de fato, mas direcionavam e supervisionavam os outros. Com seu conhecimento superior, era natural assumirem a liderança. Lutador e Ferradura se amarravam ao cortador ou ao rastelo (freios e rédeas já não eram necessários, claro) e trotavam por todo o campo com um porco andando atrás e gritando "vamos lá, camarada!" ou "upa, volte, camarada!", conforme o caso. E cada animal, até o mais humilde, trabalhava pegando o feno e o reunindo. Até os patos e as galinhas labutavam o dia todo no sol, carregando minúsculos fiapos de feno no bico. No fim, terminaram a colheita dois dias antes do que Jones e seus homens costumavam terminar. Além disso, foi a maior colheita que a fazenda já vira. Não havia desperdício algum; as galinhas e os patos, com seus olhos afiados, tinham reunido até o último caule. E nenhum animal na fazenda roubou nem um bocado.

Durante todo aquele verão, o trabalho da fazenda seguiu como um relógio. Os animais estavam felizes como nunca conceberam ser possível. Cada bocado de comida era um prazer agudo absoluto, agora que a comida era verdadeiramente deles, produzida por eles e para eles, não entregue por um mestre de má vontade. Agora, sem os seres humanos inúteis e parasitas, havia mais para todo mundo comer. Havia também mais lazer, embora os animais fossem inexperientes. Enfrentaram muitas dificuldades – por exemplo, mais para o fim do ano, quando colheram o milho, tiveram de tratá-lo da forma antiga e debulhar a palha assoprando, já que a fazenda não tinha debulhadora – mas os porcos, com sua inteligência, e Lutador, com seus tremendos músculos, sempre os salvavam. Lutador era admirado por todos. Trabalhava duro já na época de

Jones, mas, agora, parecia três cavalos em vez de um; havia dias em que todo o trabalho da fazenda parecia estar sobre seus poderosos músculos. Da manhã à noite, ele empurrava e puxava, sempre no lugar em que o trabalho era mais difícil. Tinha combinado de um dos galos acordá-lo de manhã meia hora mais cedo do que os outros e trabalhava um pouco voluntariamente no que parecesse ser mais necessário, antes do início do trabalho regular. Sua resposta a todos os problemas, todos os obstáculos, era "Vou trabalhar mais!" – que ele adotou como seu lema pessoal.

Mas todos trabalhavam de acordo com sua capacidade. As galinhas e os patos, por exemplo, salvaram cinco alqueires de milho na colheita reunindo os grãos soltos. Ninguém roubava, ninguém reclamava de suas rações, as rixas, as mordidas e a inveja, que eram características normais da vida antigamente, tinham quase desaparecido. Ninguém furtava – ou quase ninguém. Mollie, era verdade, não era boa em se levantar de manhã, e costumava sair mais cedo do trabalho alegando haver uma pedra em seu casco. E o comportamento da gata era um pouco peculiar. Logo se notou que, quando havia trabalho a fazer, ela nunca era encontrada. Desaparecia por horas a fio e reaparecia na hora das refeições ou à noite, depois do fim do trabalho, como se nada tivesse acontecido. Mas sempre dava desculpas tão boas e ronronava de forma tão afetuosa que era impossível não acreditar em suas boas intenções. O velho Benjamin, o burro, parecia não ter mudado nada desde a rebelião. Fazia seu trabalho da mesma maneira lenta e obstinada como na época de Jones, nunca se furtando, mas também nunca se oferecendo para trabalhar mais. Sobre a rebelião e seus resultados, ele não expressava opinião. Quando lhe perguntavam se não estava mais feliz agora que Jones se fora, ele só dizia: "Burros vivem muito tempo. Nenhum de vocês jamais viu um burro morto", e os outros tinham de se contentar com essa resposta misteriosa.

Aos domingos, não havia trabalho. O café da manhã era uma hora mais tarde do que o normal e, depois do café, havia uma cerimônia realizada semanalmente sem falta. Primeiro, vinha o hastear da bandeira. Bola de Neve tinha achado, na sala dos arreios, uma velha toalha de mesa verde da Sra. Jones e pintado, nela, de branco, um casco e um chifre. Ela foi colocada no mastro da fazenda e era hasteada todo domingo. A bandeira era verde, explicou Bola de Neve, para representar os campos verdejantes da Inglaterra, enquanto o casco e o chifre significavam a futura República dos Animais, que surgiria quando a raça humana finalmente fosse subjugada. Depois do hastear da bandeira, todos os animais se agrupavam no grande celeiro para uma assembleia geral conhecida como a Reunião. Lá, o trabalho da semana era planejado e as resoluções, apresentadas e debatidas. Eram sempre os porcos que apresentavam as resoluções. Os outros animais entendiam como votar, mas nunca conseguiam pensar eles mesmos em resoluções. Bola de Neve e Napoleão eram, de longe, os mais ativos nos debates. Mas se notou que os dois nunca concordavam: sempre que um fazia uma sugestão, podia-se ter certeza de que o outro se oporia. Mesmo quando foi decidido – algo a que ninguém podia se opor – separar o pequeno cercado atrás do pomar como lar de descanso para animais que já não podiam trabalhar, houve um acirrado debate sobre a idade certa de aposentadoria para cada classe de animal. A Reunião sempre terminava com a cantoria de "Bichos da Inglaterra" e a tarde era dedicada à recreação.

Os porcos tinham separado a sala das correias como sede para si. Lá, à noite, estudavam ferraria, carpintaria e outras artes necessárias, usando livros que tinham trazido da casa da fazenda. Bola de Neve também se ocupava de organizar os outros bichos no que chamava de Comitês Animais. Nisso, era infatigável. Formou o Comitê de Produção de Ovos para as galinhas, a Liga das Caudas Limpas para as vacas, o Comitê de Reeducação dos Camaradas Selvagens (cujo objetivo era domesticar os ratos e coelhos), o Movimento Lã Mais Branca para as ovelhas, e muitos outros, além de instituir aulas de leitura e escrita. No geral, esses projetos eram um fracasso. A tentativa de domesticar as criaturas selvagens, por exemplo, fracassou quase de imediato. Elas continuaram se comportando basicamente como antes e, quando eram tratadas com generosidade, simplesmente se aproveitavam disso. A gata entrou para o Comitê de Reeducação e, por alguns dias, foi muito ativa. Um dia, foi vista sentada no telhado conversando com alguns pardais que estavam quase a seu alcance. Dizia-lhes que todos os animais eram agora camaradas e qualquer pardal que escolhesse podia vir e se empoleirar na pata dela; mas os pardais mantiveram distância.

As aulas de leitura e escrita, porém, foram um grande sucesso. No outono, quase todos os animais da fazenda estavam alfabetizados em algum grau.

Quanto aos porcos, já eram capazes de ler e escrever perfeitamente. Os cães aprenderam a ler relativamente bem, mas não estavam interessados em ler nada exceto os Sete Mandamentos. Muriel, a cabra, conseguia ler um pouco melhor que os cães e, às vezes, lia para os outros, à noite, pedaços de jornal que achava na pilha de lixo. Benjamin lia tão bem quanto qualquer porco, mas nunca exercia essa habilidade. Até onde ele sabia, disse, não havia nada que valesse a pena ler. Ferradura aprendeu o alfabeto inteiro, mas não conseguia juntar palavras. Lutador não conseguiu passar da letra D. Esboçava A, B, C, D na terra com seu grande casco e, aí, ficava parado olhando para as letras com as orelhas para trás, às vezes balançando o topete, tentando com toda a força lembrar o que vinha depois, sempre sem sucesso. Em várias ocasiões, na verdade, ele aprendeu o E, F, G, H, mas, assim que os decorava, sempre descobria que havia esquecido o A, B, C, D. Finalmente, decidiu se contentar com as quatro primeiras letras, que escrevia uma ou duas vezes por dia para refrescar a memória. Mollie se recusava a aprender qualquer uma das letras, exceto as seis que compunham seu próprio nome. Formava-as com muito capricho com pedaços de galho, depois as decorava com uma ou duas flores e andava ao redor, admirando-as.

Nenhum dos outros animais da fazenda conseguiu ir além da letra A. Descobriu-se também que os animais mais burros, como ovelhas, galinhas e patos, eram incapazes de decorar os Sete Mandamentos. Depois de muito pensar, Bola de Neve declarou que os Sete Mandamentos, na verdade, podiam ser reduzidos a uma única máxima, qual fosse: "Quatro patas, bom; duas pernas, ruim". Isso, disse ele, continha o princípio essencial do Animalismo. Quem quer que o compreendesse por inteiro estaria a salvo das influências humanas. Os pássaros, no início, se opuseram, já que parecia a eles que também tinham duas pernas, mas Bola de Neve provou-lhes que não.

— A asa de um pássaro, camaradas — falou — é um órgão de propulsão, não de manipulação. Deve, portanto, ser considerada uma pata. A marca distintiva do homem é a mão, instrumento com o qual ele faz todas as suas maldades.

Os pássaros não compreenderam as palavras longas de Bola de Neve, mas aceitaram sua explicação, e todos os animais mais humildes começaram a se esforçar para decorar a máxima. QUATRO PATAS, BOM; DUAS PERNAS, RUIM foi inscrito na parede dos fundos do celeiro, em cima dos Sete Mandamentos e com letras maiores. Quando a decoraram, as ovelhas desenvolveram um enorme apreço por essa máxima e frequentemente, quando estavam deitadas no campo, começavam a balir "Quatro patas, bom; duas pernas, ruim!" por horas a fio, sem nunca se cansar.

Napoleão não se interessava pelos comitês de Bola de Neve. Dizia que a educação dos jovens era mais importante do que qualquer coisa que se pudesse fazer pelos já crescidos. Por acaso, Jessie e Bluebell tinham dado cria, parindo, juntas, nove filhotes robustos. Assim que desmamaram, Napoleão os tirou das mães, dizendo que ia ele mesmo ficar responsável por sua educação. Levou-os para um sótão da sala dos arreios ao qual só se chegava por uma escada e, lá, manteve-os em tal reclusão que o resto da fazenda logo se esqueceu de sua existência.

O mistério de para onde tinha ido o leite logo foi esclarecido. Ele era misturado todo dia na farelada dos porcos. As primeiras maçãs estavam amadurecendo e a grama do pomar estava cheia de frutas derrubadas pelo vento. Os animais tinham partido do pressuposto de que elas seriam divididas igualmente; um dia, porém, saiu a ordem de que todas as frutas caídas deviam ser coletadas e levadas à sala dos arreios para consumo dos porcos. Ao ouvir isso, alguns dos outros animais murmuraram, mas não adiantou. Todos os porcos estavam de total acordo nesse ponto, até Bola de Neve e Napoleão. Guinchador foi enviado para dar as explicações necessárias aos outros.

— Camaradas! – conclamou.

— Vocês não acham que nós, porcos, estamos fazendo isso no espírito do egoísmo e do privilégio, não é? Muitos de nós na verdade nem gostam de leite e maçãs. Eu mesmo não gosto. Nosso único objetivo ao pegar esses itens é preservar nossa saúde. Leite e maçãs (isso foi provado pela ciência, camaradas) contêm substâncias absolutamente necessárias ao bem-estar de um porco. Nós, porcos, somos trabalhadores intelectuais. Toda a administração e organização desta fazenda depende de nós. Dia e noite, estamos cuidando do bem-estar de vocês. É para o seu bem que bebemos aquele leite e comemos aquelas maçãs. Sabem o que aconteceria se nós, porcos, falhássemos em nosso dever? Jones voltaria! Sim, Jones voltaria! Sem dúvida, camaradas – clamou Guinchador, quase implorando, pulando de um lado para o outro e rodando a cauda – sem dúvida, nenhum de vocês quer ver Jones voltar, não é?

Ora, se tinha uma coisa de que os animais tinham total certeza era de que não queriam Jones de volta. Quando a coisa lhes foi colocada a essa luz, não tiveram mais nada a dizer. A importância de manter a boa saúde dos porcos era bem óbvia. Então, concordou-se, sem mais discussão, que o leite e as maçãs caídas (assim como a safra de maçãs, quando amadurecessem) deviam ser reservados apenas para os porcos.

CAPÍTULO IV

Ao fim do verão, a notícia do que havia acontecido na Fazenda dos Animais tinha se espalhado por metade do condado. Todos os dias, Bola de Neve e Napoleão mandavam bandos de pombos cujas instruções era misturar-se aos animais das fazendas vizinhas, contar-lhes a história da rebelião e ensinar a canção "Bichos da Inglaterra".

A maior parte desse tempo o Sr. Jones tinha passado no bar Red Lion, em Willingdon, reclamando para qualquer um que quisesse ouvir sobre a monstruosa injustiça que tinha sofrido ao ser expulso de sua propriedade por um bando de animais que não serviam para nada. Os outros fazendeiros simpatizavam por princípio, mas, no início, não o ajudaram muito. No fundo, cada um deles se perguntava, em segredo, se não podia transformar, de alguma forma, o azar de Jones em vantagem para si. Era uma sorte os donos das duas fazendas adjacentes à Fazenda dos Animais estarem permanentemente brigados. Uma delas, que se chamava Foxwood, era uma fazenda grande, negligenciada e antiquada, com boa parte tomada pela mata, com todos os pastos gastos e as sebes numa condição deplorável. Seu proprietário, o Sr. Pilkington, era um fazendeiro cavalheiresco e tranquilo que passava a maior parte de seu tempo pescando ou caçando, de acordo com a temporada. A outra fazenda, que se chamava Pinchfield, era menor e mais bem cuidada. Seu proprietário era o Sr. Frederick, um homem duro e astuto, eternamente envolvido em processos e com fama de conduzir negociações difíceis. Os dois se detestavam tanto que era difícil chegarem a qualquer acordo, mesmo em defesa de seus próprios interesses.

Ainda assim, os dois estavam completamente assustados pela rebelião na Fazenda dos Animais e muito ansiosos para evitar que seus próprios animais ficassem sabendo muito sobre aquilo. No início, fingiram rir e desprezar a ideia de animais administrando eles mesmos uma fazenda. A coisa toda podia acabar em quinze dias, falaram. Sugeriram que os animais na Fazenda do Solar (eles insistiam em chamá-la assim; não toleravam o nome "Fazenda dos Animais") estavam perpetuamente brigando uns com os outros e logo iam morrer de fome. Quando o tempo passou e os animais evidentemente não morreram de fome, Frederick e Pilkington mudaram o tom e começaram a falar da terrível maldade que agora florescia na Fazenda dos Animais. Foi declarado que os animais lá praticavam canibalismo, torturavam uns aos outros com ferraduras quentes e dividiam as fêmeas. Era nisso que tinha dado rebelar-se contra as leis da natureza, disseram Frederick e Pilkington.

Ninguém, porém, acreditou completamente nessas histórias. Rumores de uma fazenda maravilhosa, de onde os seres humanos tinham sido expulsos e os animais administravam suas próprias questões, continuavam circulando de maneiras vagas e distorcidas, e durante todo aquele ano, uma onda de rebeliões tomou o interior. Touros que sempre tinham sido tratáveis de repente ficaram selvagens, ovelhas quebravam sebes e devoravam os dentes-de-leão, vacas derrubavam os baldes, cavalos de caça se recusavam a saltar por cima de cercas e derrubavam os cavaleiros do outro lado. Acima de tudo, a melodia e até a letra de "Bichos da Inglaterra" eram conhecidas por todo lado. Tinham se espalhado com incrível velocidade. Os seres humanos não conseguiam conter sua raiva ao ouvir a música, embora fingissem meramente achá-la ridícula. Não conseguiam entender, diziam, como mesmo animais podiam se prestar ao papel de cantar um lixo tão desprezível. Qualquer animal visto cantando-a era chicoteado na hora. Ainda assim, a música era irrepressível. Os melros a assoviavam nas sebes; os pombos a arrulhavam nos elmos; ela entrava no ruído das forjas e na melodia dos sinos da igreja. E, quando os seres humanos a ouviam, secretamente tremiam, escutando nela uma profecia de sua futura ruína.

No início de outubro, quando o milho estava cortado e empilhado, e uma parte dele já estava debulhada, uma revoada de pombos veio rodopiando pelo ar e pousou no quintal da Fazenda dos Animais em frenesi. Jones e todos os seus homens, com meia dúzia de outros de Foxwood e Pinchfield, tinham entrado pelo portão de cinco trancas e estavam subindo pelo caminho das carroças que levava até a fazenda. Estavam todos carregando paus, exceto Jones, que marchava com uma arma nas mãos. Obviamente, iam tentar recuperar a fazenda.

Há muito já se esperava por isso, e todas as preparações haviam sido feitas. Bola de Neve, que tinha estudado um velho livro das campanhas de Júlio César que encontrara na casa, estava encarregado das operações defensivas. Deu suas ordens com rapidez e, em alguns minutos, todos os animais estavam em seus postos.

Quando os humanos se aproximaram dos prédios da fazenda, Bola de Neve lançou seu primeiro ataque. Todos os pombos, 35 no total, voaram para frente e para trás por sobre a cabeça dos homens e defecaram neles em meio ao voo; e, enquanto os homens estavam lidando com isso, os gansos, que se escondiam atrás da sebe, correram e bicaram traiçoeiramente as canelas deles. Essa, porém, era apenas uma leve manobra de escaramuça, que pretendia criar um pequeno caos, e os homens facilmente espantaram os gansos com seus paus. Bola de Neve, então, lançou sua segunda linha de ataque. Muriel, Benjamin e todas as ovelhas, com Bola de Neve à frente, correram e estocaram e marraram os homens de todos os lados, enquanto Benjamin se virava e os atacava com seus pequenos cascos. Mas, mais uma vez, os homens, com seus paus e suas botas ferradas, eram fortes demais para eles; e de repente, com um guincho de Bola de Neve, que era o sinal para bater em retirada, todos os animais se viraram e fugiram pelo portão, até o pátio.

Os homens deram um grito de triunfo. Viram o que imaginavam ser seus inimigos em fuga e correram desordenadamente atrás deles. Era exatamente o que Bola de Neve queria. Assim que chegaram no pátio, os três cavalos, as três vacas e o resto dos porcos, que estavam esperando dentro do curral para uma emboscada, de repente emergiram por detrás deles, isolando-os. Bola de Neve, então, deu o sinal para atacar. Ele próprio foi direto na direção de Jones. Este o viu chegando, levantou a arma e disparou. As balas deixaram raspões ensanguentados nas costas de Bola de Neve, e uma ovelha caiu morta. Sem parar por um instante, Bola de Neve jogou seus mais de 90 quilos contra as pernas de Jones, que foi jogado numa pilha de esterco, e a arma voou de sua mão. Mas o espetáculo mais aterrorizante de todos foi Lutador, levantando-se sobre as patas traseiras e atacando com seus grandes cascos de ferro como um garanhão. Seu primeiro golpe atingiu o crânio de um cavalariço e o deixou sem vida na lama. Ao ver isso, vários homens soltaram seus paus e tentaram correr. O pânico os tomou e, no momento seguinte, todos os animais juntos estavam perseguindo-os ao redor do pátio. Foram chifrados, chutados, mordidos, pisoteados. Não houve um animal na fazenda que não tenha se vingado deles à sua própria maneira. Até a gata de repente pulou de um telhado nos ombros de um vaqueiro e fincou as garras em seu pescoço, fazendo-o gritar terrivelmente. Num momento em que a abertura ficou livre, os homens se deram por satisfeitos em fugir do pátio na direção da estrada principal. Assim, em cinco minutos de sua invasão, estavam voltando vergonhosamente pelo mesmo caminho por onde tinham vindo, com um bando de gansos grasnando atrás deles e bicando suas canelas.

Todos os homens se foram, exceto um. No pátio, Lutador estava cutucando com seu casco o cavalariço que estava de cara na lama, tentando virá-lo. O menino não se mexeu.

— Está morto — disse Lutador, com pesar — não era minha intenção. Esqueci que estava usando ferraduras. Quem vai acreditar que não fiz isso de propósito?

— Sem sentimentalismo, camarada! — gritou Bola de Neve, de cujas feridas ainda pingava sangue — Guerra é guerra. Humano bom é humano morto.

— Não tenho desejo de tirar vidas, nem mesmo humanas – repetiu Lutador, e seus olhos se encheram d'água.

— Cadê a Mollie? – alguém questionou.

De fato, Mollie tinha sumido. Por um momento, houve grande alarme; temia-se que os homens pudessem tê-la machucado de alguma forma, ou até a levado com eles. No fim, porém, ela foi encontrada em sua baia com a cabeça enterrada no meio do feno da manjedoura. Tinha fugido assim que a arma disparou. E, quando os outros voltaram da busca por ela, viram que o cavalariço, que na verdade estava só atordoado, já tinha se recuperado e fugido.

Os animais, então, se reuniram na maior animação, cada um contando suas próprias aventuras na batalha a plenos pulmões. Uma comemoração improvisada de vitória aconteceu imediatamente. A bandeira foi hasteada e "Bichos da Inglaterra" foi cantada inúmeras vezes, depois a ovelha que tinha sido morta recebeu um funeral solene, com um arbusto de pilriteiro plantado no túmulo. Ao lado do túmulo, Bola de Neve fez um pequeno discurso, enfatizando a necessidade de todos os animais estarem dispostos a morrer pela Fazenda dos Animais, se necessário.

Os animais decidiram, de forma unânime, criar uma condecoração militar, "Herói Animal, Primeira Classe", que foi concedida ali mesmo a Bola de Neve e Ferradura. Consistia em uma medalha de latão (na verdade, eram algumas fivelas para cavalo que tinham sido achadas na sala dos arreios), a ser usada aos domingos e feriados. Havia também a "Herói Animal, Segunda Classe", concedida de forma póstuma à ovelha morta.

Houve muita discussão sobre como se devia chamar a batalha. No fim, foi batizada de Batalha do Curral, já que era dali que a emboscada partira. A arma do Sr. Jones foi achada jogada na lama, e sabia-se haver um fornecimento de munição na casa. Decidiu-se colocar a arma aos pés do mastro da bandeira, como uma artilharia, e disparála duas vezes por ano – uma em 12 de outubro, aniversário da Batalha do Curral, e uma no Dia do Solstício, aniversário da rebelião.

CAPÍTULO V

Conforme o inverno se aproximava, Mollie se tornava cada vez mais problemática. Atrasava-se toda manhã para o trabalho e se desculpava dizendo ter dormido demais, e reclamava de dores misteriosas, embora seu apetite estivesse excelente. Usando todo tipo de pretexto, ela fugia do trabalho e ia até o bebedouro, onde ficava parada olhando tolamente seu reflexo na água. Mas também havia boatos de algo mais sério. Um dia, enquanto Mollie caminhava despreocupada para o pátio, balançando a cauda longa e mascando um caule de feno, Ferradura chegou ao seu lado.

— Mollie – disse ela. — Tenho algo muito sério a dizer a você. Hoje de manhã, vi você olhando por cima da sebe que separa a Fazenda dos Animais de Foxwood. Um dos homens do Sr. Pilkington estava parado do outro lado da sebe. E... eu estava muito longe, mas tenho certeza de que vi isso... ele estava falando com você, e você estava deixando que ele acariciasse seu focinho. O que quer dizer isso, Mollie?

— Ele não estava! Eu não estava! Não é verdade! – gritou Mollie, começando a curvetear e escavar o solo com a pata.

— Mollie! Olhe para mim. Você me dá sua palavra de honra de que aquele homem não estava acariciando seu focinho?

— Não é verdade! – repetiu Mollie, mas não conseguia olhar na cara de Ferradura e, no momento seguinte, virou-se nos calcanhares e galopou para o campo.

Um pensamento passou pela cabeça de Ferradura. Sem dizer nada aos outros, ela foi para a baia de Mollie e revirou a palha com o casco. Escondida embaixo, havia uma pequena pilha de torrões de açúcar e vários laços de cores diversas.

Três dias depois, Mollie desapareceu. Por algumas semanas, nada se soube de suas paragens e, depois, os pombos relataram que a tinham visto do outro lado, em Willingdon. Ela estava entre os eixos de uma elegante carruagem pintada de vermelho e preto, parada em frente a uma hospedaria. Um homem gordo de rosto vermelho usando calções xadrez e perneiras, que parecia um taberneiro, afagava o focinho dela e a alimentava com açúcar. O pelo dela tinha sido recém-aparado e ela usava um laço vermelho em seu topete. Parecia estar gostando daquilo, segundo os pombos. Nenhum dos animais jamais voltou a mencionar Mollie.

Em janeiro, veio um clima terrivelmente duro. A terra estava dura como ferro e não havia nada a fazer nos campos. Muitas reuniões aconteciam no grande celeiro, e os porcos se ocupavam de planejar o trabalho da próxima estação. Tinha passado a ser aceito que os porcos, manifestamente mais espertos que os outros animais, deviam decidir todas as questões relativas à política da fazenda, embora suas decisões tivessem de ser ratificadas por um voto majoritário. Esse arranjo teria funcionado suficientemente bem se não fossem as disputas entre Bola de Neve e Napoleão. Esses dois discordavam em todos os pontos em que fosse possível discordar. Se um sugerisse plantar uma superfície maior com cevada, era certo que o outro ia exigir uma superfície maior de aveia e, se um dissesse que tal e tal campo era bom para repolho, o outro declararia que era inútil para qualquer coisa que não fossem raízes. Cada um tinha seus próprios seguidores e havia alguns debates violentos. Nas Reuniões, Bola de Neve frequentemente ganhava a maioria com seus discursos brilhantes, mas Napoleão era melhor em conseguir apoio para si no meio-tempo. Tinha especial sucesso com as ovelhas, que, nos últimos tempos, tinham dado para balir "Quatro patas, bom; duas pernas, ruim" quando era e quando não era hora e frequentemente interrompiam a Reunião com isso. Notou-se que tinham a tendência de começar com "Quatro patas, bom; duas pernas, ruim" especialmente em momentos cruciais dos discursos de Bola de Neve. Este tinha estudado a fundo alguns dos números antigos de *Fazendeiro e criador*, que tinha achado na casa, e estava cheio de planos de inovações e melhorias. Falava de forma culta sobre drenagem dos campos, silagem e escória básica, e tinha desenhado um esquema complexo para todos os animais defecarem direto nos campos, num ponto diferente a cada dia, para poupar o trabalho de carretagem. Napoleão não produzia esquemas próprios, mas dizia baixinho que os de Bola de Neve não iam dar em nada, e parecia estar tentando ganhar tempo. Mas, de todas as polêmicas, nenhuma foi tão amarga quanto a que aconteceu por causa do moinho de vento.

No longo pasto, não muito longe das construções, havia um pequeno outeiro que era o ponto mais alto da fazenda. Depois de analisar o terreno, Bola de Neve declarou que era propício para um moinho, que podia operar um dínamo e fornecer eletricidade à fazenda. Isso iluminaria as baias e as aqueceria no inverno, além de possibilitar o uso de uma serra circular, um cortador de palha, um fatiador de beterraba forrageira e uma ordenadora elétrica. Os animais nunca tinham ouvido falar de nada desse tipo (pois a fazenda era antiquada e só tinha os maquinários mais primitivos) e ouviram espantados enquanto Bola de Neve conjurava imagens de máquinas fantásticas que fariam o trabalho por eles enquanto eles pastavam tranquilamente nos campos ou melhoravam seu intelecto com leitura e conversação.

Dentro de poucas semanas, os planos de Bola de Neve para o moinho estavam completos. Os detalhes mecânicos vieram principalmente de três livros que tinham pertencido ao Sr. Jones: *Mil coisas úteis para fazer em casa, Cada homem é seu próprio construtor* e *Eletricidade para iniciantes*. Bola de Neve usou, como escritório, um galpão que outrora fora usado para incubadoras e tinha um chão de madeira liso, adequado para desenhar em cima. Ficava fechado lá por horas a fio. Mantendo os livros abertos com uma pedra e segurando um pedaço de giz entre os dedos da pata, ele se movia rapidamente de lá para cá, desenhando linha após linha e soltando pequenos gemidos de animação. Gradualmente, os planos se tornaram uma massa complexa de manivelas e rodas dentadas que cobria mais da metade do chão e que os outros animais achavam completamente ininteligível, mas muito impressionante. Todos iam olhar os desenhos de Bola de Neve ao menos uma vez por dia. Até as galinhas e patos iam e se esforçavam para não pisar em cima das marcas de giz. Só Napoleão ficou alheio, tendo se declarado contra o moinho desde o início. Um dia, porém, chegou sem avisar para examinar os planos. Caminhou pesadamente ao redor do galpão, olhou de perto cada detalhe dos planos e bufou uma ou duas vezes em sinal de desprezo, depois ficou um tempinho parado contemplando-os de esguelha; aí, de repente, levantou a pata, urinou em cima dos planos e saiu sem dizer uma palavra.

Toda a fazenda estava profundamente dividida sobre a questão do moinho. Bola de Neve não negava que construí-lo seria difícil. Seria preciso carregar pedras e construir paredes com elas, depois teriam de fazer as lâminas, e haveria necessidade de dínamos e cabos. (Como se conseguiria isso, Bola de Neve não explicou.) Mas ele defendia que era possível fazer tudo dentro de um ano. E, depois, declarou, tanto trabalho seria poupado que os animais só precisariam trabalhar três dias por semana. Napoleão, por sua vez, argumentou que a grande necessidade do momento era aumentar a produção de alimentos e que, se perdessem tempo com o moinho, iam todos morrer de fome. Os animais formaram duas facções com os slogans: "Vote em Bola de Neve e na semana de três dias" e "Vote em Napoleão e na manjedoura cheia". Benjamin foi o único que não ficou do lado de nenhuma das facções. Ele se recusava a acreditar que haveria mais fartura de alimentos ou que o moinho pouparia trabalho. Com ou sem moinho, disse, a vida seguiria como sempre – ou seja, péssima.

Afora as disputas sobre o moinho, havia a questão da defesa da fazenda. Todos percebiam que, embora os humanos tivessem sido derrotados na Batalha do Curral, podiam fazer uma nova tentativa mais determinada de recuperar a fazenda e reinstalar o Sr. Jones. Tinham ainda mais motivos para isso, porque a notícia de sua derrota havia se espalhado pelo interior e deixado os animais das fazendas vizinhas mais inquietos do que nunca. Como sempre, Bola de Neve e Napoleão discordavam. Segundo Napoleão, o que os animais deviam fazer era conseguir armas de fogo e aprender a usá-las. Segundo Bola de Neve, deviam mandar cada vez mais pombos para estimular a rebelião entre os animais das outras fazendas. O primeiro argumentava que, se não fossem capazes de se defender, estavam fadados a ser conquistados, e o segundo argumentava que, se houvesse rebeliões em todo lugar, não haveria necessidade de defesa. Os animais ouviram primeiro Napoleão, depois Bola de Neve, e não conseguiam decidir quem estava certo; na verdade, sempre se viam concordando com aquele que estava falando no momento.

Por fim, chegou o dia em que os planos de Bola de Neve foram finalizados. Na Reunião do domingo seguinte, a questão de começar ou não o trabalho no moinho seria votada. Quando os animais se reuniram no grande celeiro, Bola de Neve se levantou e, embora ocasionalmente interrompido pelos balidos das ovelhas, expôs suas razões para defender a construção do moinho. Aí Napoleão se levantou para responder. Disse muito calmamente que o moinho era uma bobagem e que não aconselhava ninguém a votar a favor daquilo, e imediatamente se sentou de novo; mal tinha falado por trinta segundos e parecia quase indiferente quanto aos efeitos que produzira. Assim, Bola de Neve ficou de pé num salto e, gritando mais alto que as ovelhas, que de novo tinham começado a balir, começou um apaixonado apelo a favor do moinho. Até aquele momento, os animais tinham se dividido mais ou menos igualmente em suas simpatias, mas, num segundo, a eloquência de Bola de Neve os tomou. Com frases brilhantes, ele desenhou uma imagem de como a Fazenda dos Animais podia ser quando o trabalho sórdido fosse tirado das costas dos animais. A imaginação dele, então, tinha ido muito além de cortadores de palha e fatiadores de rabanete. A eletricidade, disse ele, podia operar debulhadoras, charruas, grades, cilindros, máquinas de ceifar e de enfardar, além de fornecer luz elétrica, água quente e fria e um aquecedor elétrico a todas as baias. Quando ele terminou de falar, não houve dúvida quanto a qual seria o resultado da votação. Mas, bem nesse momento, Napoleão se levantou e, lançando um olhar de esguelha peculiar a Bola de Neve, soltou um ganido agudo de um tipo que ninguém jamais o ouvira soltar.

Com isso, houve um terrível som de latidos, e nove cães enormes usando coleiras com tachas de latão entraram com tudo no celeiro. Eles dispararam direto até Bola de Neve, que só saltou de onde estava a tempo de escapar das mandíbulas que se fechavam. Rapidamente, saiu pela porta, e os cães o seguiram. Chocados e assustados demais para falar, todos os animais se apertaram para passar pela porta e assistir à perseguição. Bola de Neve estava correndo através do longo pasto que levava até a estrada. Corria como só um porco é capaz, mas os cães estavam em seu encalço. De repente, ele escorregou e parecia certo que iam pegá-lo. Um dos cachorros quase fechou a mandíbula na cauda de Bola de Neve, mas este a arrancou bem a tempo. Então, deu um impulso extra e, por alguns centímetros, passou por um buraco na sebe e não foi mais visto.

Mudos e aterrorizados, os animais voltaram devagar ao celeiro. Num instante, os cães retornaram correndo. No início, ninguém conseguiu imaginar de onde tinham vindo aquelas criaturas, mas o enigma logo foi resolvido: eram os filhotes que Napoleão tirara das mães e criara isolados. Embora ainda não estivessem completamente crescidos, eram cães enormes e que pareciam ferozes como lobos. Ficaram perto de Napoleão. Notou-se que balançavam as caudas para ele da mesma forma que outros cães costumavam fazer com o Sr. Jones.

Napoleão, com os cachorros atrás, subiu na plataforma elevada, onde outrora o Major se posicionara para fazer seu discurso. Anunciou que, daquele momento em diante, as Reuniões de domingo de manhã iam acabar. Eram desnecessárias, disse, e uma perda de tempo. No futuro, todas as questões relativas ao trabalho na fazenda seriam resolvidas por um comitê especial de porcos, presidido por ele próprio. Ele se reuniria em particular e, depois, comunicaria as decisões aos outros. Os animais ainda se encontrariam aos domingos de manhã para saudar a bandeira, cantar "Bichos da Inglaterra" e receber as ordens da semana; mas não haveria mais debates.

Apesar do choque da expulsão de Bola de Neve, os animais ficaram decepcionados com aquele anúncio. Vários deles teriam protestado, se conseguissem achar os argumentos certos. Até Lutador parecia vagamente atordoado. Colocou as orelhas para trás, chacoalhou o topete várias vezes e tentou muito organizar seus pensamentos; mas, no fim, não conseguiu pensar em nada para dizer. Alguns dos próprios porcos, porém, foram mais articulados. Quatro leitões jovens na primeira fileira soltaram guinchos agudos de desaprovação, ficaram de pé num salto e começaram a falar todos de uma vez. Mas, de repente, os cães sentados ao redor de Napoleão soltaram grunhidos graves e ameaçadores, e os porcos ficaram em silêncio e se sentaram de novo. Aí as ovelhas rebentaram num tremendo balido de "Quatro patas, bom; duas pernas, ruim", que se seguiu por quase um quarto de hora e colocou fim a qualquer chance de discussão.

Depois, Guinchador foi enviado numa ronda pela fazenda para explicar o novo arranjo aos outros.

— Camaradas – falou. — Sei que todos os animais aqui valorizam o sacrifício que o camarada Napoleão fez aceitando esse trabalho extra. Não imaginem, camaradas, que a liderança seja um prazer! Pelo contrário, é uma responsabilidade profunda e pesada. Ninguém acredita com mais firmeza do que o camarada Napoleão que todos os animais são iguais. Ele ficaria mais do que feliz em deixar que vocês tomassem suas decisões sozinhos. Mas, às vezes, vocês tomam a decisão errada, camaradas, e aí, onde estaríamos? Imaginem que decidissem seguir Bola de Neve, com sua fantasia de moinhos de vento... Bola de Neve, que, como agora sabemos, era nada menos que um criminoso?

— Ele lutou bravamente na Batalha do Curral – disse alguém.

— Coragem não é o bastante – respondeu Guinchador. — Lealdade e obediência são mais importantes. E quanto à Batalha do Curral, acredito que chegará o momento em que descobriremos que o papel de Bola de Neve nela foi muito exagerado. Disciplina, camaradas, disciplina de ferro! Um passo em falso, e nossos inimigos nos surpreenderão. Com certeza, camaradas, não querem Jones de volta, não é?

Mais uma vez, foi impossível contrariar esse argumento. Certamente, os animais não queriam Jones de volta; se fazer debates no domingo de manhã podia trazê-lo de volta, os debates deviam parar. Lutador, que agora tinha tido tempo de pensar bem, vocalizou o sentimento geral, dizendo:

— Se é o que o camarada Napoleão diz, deve estar certo. – E, dali em diante, ele adotou a máxima: "Napoleão está sempre certo", além de seu lema particular de "Vou trabalhar mais".

Nesse ponto, o clima havia melhorado e a lavoura da primavera, começado. O galpão onde Bola de Neve desenhara seus planos para o moinho fora fechado, e supôs-se que os planos tivessem sido apagados do chão. Toda manhã, às dez, os animais se reuniam no grande celeiro para receber as ordens da semana. O crânio do velho Major, agora já sem carne, tinha sido desenterrado do pomar e montado num toco aos pés do mastro da bandeira, ao lado da arma. Depois do hastear da bandeira, os animais precisavam passar em fileira em frente ao crânio de maneira reverente antes de entrar no celeiro. Não se sentavam mais todos juntos como antes. Napoleão, com Guinchador e outro porco chamado Mínimo, que tinha um impressionante dom de escrever poemas e canções, sentavam-se na frente da plataforma elevada, com os nove jovens cães formando um semicírculo ao redor deles, e os outros porcos sentavam-se atrás. O resto dos animais se sentava de frente para eles no corpo principal do galpão. Napoleão lia as ordens da semana num estilo ríspido de soldado e, depois de cantarem "Bichos da Inglaterra" uma única vez, os animais eram dispensados.

No terceiro domingo após a expulsão de Bola de Neve, os animais ficaram um pouco surpresos de ouvir Napoleão anunciar que o moinho, afinal, seria construído. Ele não deu razão nenhuma para mudar de ideia, apenas alertou os animais de que essa tarefa extra significaria um trabalho muito duro, e talvez até fosse necessário reduzir as rações. Os planos, porém, tinham sido todos preparados, até o último detalhe. Um comitê especial de porcos estava trabalhando neles nas últimas três semanas. Esperava-se que a construção do moinho, com várias outras melhorias, levasse dois anos.

Naquela noite, Guinchador explicou em particular aos outros animais que Napoleão, na verdade, nunca tinha sido contra o moinho. Pelo contrário, fora ele quem o defendera no início, e o plano que Bola de Neve desenhara no chão do galpão da incubadora, na verdade, tinha sido roubado dos papéis de Napoleão. O moinho, na verdade, era criação do próprio Napoleão. Por que, então, perguntou alguém, ele tinha falado tão veementemente contra? Guinchador fez uma expressão muito dissimulada. Isso, falou, era uma estratégia do camarada Napoleão. Ele tinha dado a impressão de opor-se ao moinho simplesmente como manobra para se livrar de Bola de Neve, que era perigoso e má influência. Agora que Bola de Neve tinha saído do caminho, o plano podia seguir sem a interferência dele. Isso, disse Guinchador, era algo chamado tática. Ele repetiu várias vezes: "Tática, camaradas, tática!", pulando para lá e para cá e girando a cauda enquanto ria, alegre. Os animais não tinham certeza do que significava a palavra, mas Guinchador falou de forma tão persuasiva e os três cães que por acaso estavam com ele grunhiam de forma tão ameaçadora que aceitaram a explicação sem mais perguntas.

CAPÍTULO VI

Aquele ano inteiro, os animais trabalharam como escravos. Mas estavam felizes com o trabalho; não reclamavam de esforço nem sacrifício, cientes de que tudo o que faziam era para seu próprio benefício e o daqueles que viriam depois deles, não para um bando de humanos ladrões e preguiçosos.

Durante a primavera e o verão, trabalharam sessenta horas por semana e, em agosto, Napoleão anunciou que também haveria trabalho nas tardes de domingo. Esse trabalho era estritamente voluntário, mas qualquer animal que se ausentasse teria suas rações reduzidas pela metade. Mesmo assim, foi necessário deixar algumas tarefas sem fazer. A colheita foi um pouco menos bem-sucedida do que no ano anterior, e dois campos que deviam ter sido semeados com raízes no início do verão não o foram, porque o arado não tinha terminado cedo o bastante. Dava para prever que o inverno seguinte seria difícil.

O moinho apresentou dificuldades inesperadas. Havia uma boa pedreira de calcário na fazenda, e encontraram bastante areia e cimento em um dos anexos, de modo que os materiais de construção estavam à mão. Mas o problema que os animais, no início, não conseguiam resolver era como quebrar as pedras em um tamanho adequado. Não parecia haver forma de fazer isso, exceto com picaretas e pés de cabra, que nenhum animal conseguia usar, pois nenhum deles era capaz de apoiar-se nas patas traseiras. Só depois de semanas de esforço em vão ocorreu a alguém a ideia certa, ou seja, utilizar a força da gravidade. Enormes pedregulhos, grandes demais para serem usados daquela forma, estavam largados por toda a superfície da pedreira. Os animais amarraram cordas ao redor deles e, todos juntos, vacas, cavalos, ovelhas, qualquer animal que conseguisse segurar a corda – até os porcos às vezes ajudavam em momentos críticos –, arrastaram-nos com desesperada lentidão morro acima até o topo da pedreira, onde então os empurraram pela beirada para se espatifarem em pedaços lá embaixo. Transportar a pedra já quebrada foi comparativamente simples. Os cavalos as carregavam em carroças, as ovelhas arrastavam blocos únicos e até Muriel e Benjamin se amarraram a uma velha charrete e fizeram sua parte. No fim do verão, um estoque suficiente de pedras tinha sido acumulado, e aí começou a construção, sob orientação dos porcos.

Mas era um processo lento e laborioso. Com frequência, levava um dia inteiro de esforço exaustivo para arrastar um único pedregulho até o topo da pedreira e, às vezes, quando ele era empurrado pela beirada, não quebrava. Nada teria sido feito sem Lutador, cuja força parecia igual à de todo o resto dos animais juntos. Quando o pedregulho começava a escorregar e os bichos gritavam de desespero ao serem arrastados morro abaixo, era sempre Lutador que fazia força contra a corda e fazia o pedregulho parar. Vê-lo labutando morro acima centímetro a centímetro, o fôlego acelerado, as pontas dos cascos agarrando a terra e os pelos de seus grandes flancos molhados de suor enchia todos de admiração. Ferradura alertava-o, por vezes, para tomar cuidado e não se exaurir demais, mas Lutador nunca a ouvia. Seus dois slogans, "Vou trabalhar mais" e "Napoleão está sempre certo", lhe pareciam resposta suficiente para todos os problemas. Ele tinha combinado com o galo de ser chamado três quartos de hora mais cedo pelas manhãs, em vez de meia hora. E nos momentos livres, que não eram muitos, ia sozinho para a pedreira, coletava um monte de pedras quebradas e as arrastava até o local do moinho sem ajuda.

Os animais não ficaram mal durante aquele verão, apesar da dureza do trabalho. Não tinham mais comida do que na época de Jones, mas também não tinham menos. A vantagem de ter de alimentar apenas a si mesmos, sem sustentar também cinco humanos extravagantes, era tanta que seria preciso muitos fracassos para superá-la. Trabalhos como tirar ervas daninhas, por exemplo, podiam ser feitos com uma meticulosidade impossível aos humanos. E, de novo, como nenhum animal roubava, não era necessário separar pasto de terra arável, o que poupava muito trabalho de manutenção de sebes e portões. Mesmo assim, conforme o verão seguia, começou a haver escassez imprevista em várias frentes. Havia necessidade de óleo de parafina, pregos, corda, biscoitos de cachorro e ferro para os cascos dos cavalos, e nada disso podia ser produzido na fazenda. Depois, haveria também necessidade de sementes e esterco artificial, além de várias ferramentas e, por fim, o maquinário para o moinho. Como se ia conseguir isso, ninguém era capaz de imaginar.

Numa manhã de domingo, quando os animais se reuniram para receber suas ordens, Napoleão anunciou que tinha decidido uma nova política. Daquele momento em diante, a Fazenda dos Animais faria comércio com as fazendas vizinhas: não, claro, por algum propósito comercial, mas apenas para obter certos materiais que eram urgentemente necessários. As necessidades do moinho devem vir acima de tudo, disse ele. Estava, portanto, fazendo acordos para vender uma pilha de feno e parte da safra de trigo do ano e, depois, se precisassem de mais dinheiro, teria que ser arranjado com a venda de ovos, para os quais sempre havia mercado em Willingdon. As galinhas, falou Napoleão, deviam aceitar esse sacrifício como sua contribuição especial para a construção do prédio do moinho.

Mais uma vez, os animais sentiram um vago desconforto. Nunca lidar com humanos, nunca fazer comércio, nunca usar dinheiro – isso tudo não estava entre as primeiras resoluções aprovadas naquela triunfante Reunião logo depois da expulsão de Jones? Todos os animais se lembravam de aprovar essas resoluções – ou, pelo menos, achavam que lembravam. Os quatro jovens porcos que tinham protestado quando Napoleão aboliu as Reuniões levantaram a voz, tímidos, mas foram prontamente silenciados por um tremendo rugido dos cães. Aí, como sempre, as ovelhas irromperam em "Quatro patas, bom; duas pernas, ruim" e o desconforto momentâneo passou. Finalmente, Napoleão levantou a pata pedindo silêncio e anunciou que já tinha feito todos os arranjos. Não haveria necessidade de nenhum dos animais entrar em contato com os humanos, o que claramente seria muito indesejável. Ele pretendia assumir toda essa carga em seus próprios ombros. Um Sr. Whymper, procurador que vivia em Willingdon, tinha concordado em ser intermediário da Fazenda dos Animais com o mundo externo e visitaria a fazenda toda segunda-feira de manhã para receber instruções. Napoleão terminou seu discurso com o grito usual de "Vida longa à Fazenda dos Animais!" e, depois de cantar "Bichos da Inglaterra", os animais foram dispensados.

Depois, Guinchador fez a ronda da fazenda e tranquilizou os animais. Garantiu-lhes que a resolução contrária ao comércio e ao uso de dinheiro nunca tinha sido aprovada nem mesmo sugerida. Era pura imaginação, provavelmente surgiu com as mentiras circuladas por Bola de Neve. Alguns animais ainda tinham uma leve dúvida, mas Guinchador lhes perguntou, astuto:

— Têm certeza de que não é algo que vocês sonharam, camaradas? Vocês têm algum registro dessa resolução? Ela foi escrita em algum lugar?

E como certamente era verdade que nada do tipo existia por escrito, os animais ficaram convencidos de que estavam errados.

Toda segunda-feira, o Sr. Whymper visitava a fazenda, como tinha sido combinado. Era um homenzinho matreiro com barba tipo costeleta, um procurador muito insignificante nos negócios, mas esperto o bastante para ter percebido antes de qualquer um que a Fazenda dos Animais ia precisar de um intermediário e que as comissões valeriam a pena. Os animais observavam suas idas e vindas com uma espécie de apreensão e o evitavam o máximo possível. Ainda assim, a visão de Napoleão, de quatro, dando ordens a Whymper, que andava com duas pernas, suscitava orgulho neles e os reconciliava parcialmente com o novo arranjo. Suas relações com a raça humana não eram exatamente como antes. Os seres humanos não odiavam a Fazenda dos Animais menos agora que ela estava prosperando; aliás, odiavam mais. Todo ser humano tinha certeza de que a Fazenda ia, mais cedo ou mais tarde, falir e, acima de tudo, que o moinho seria um fracasso. Eles se encontravam nos bares e provavam uns aos outros, com diagramas, que o moinho sem dúvida ia cair ou que, se ficasse de pé, nunca funcionaria. Apesar disso, contra sua vontade, desenvolveram certo respeito pela eficiência com que os animais estavam administrando seus próprios desafios. Um sintoma disso foi que começaram a chamar a Fazenda dos

Animais pelo nome adequado e deixaram de fingir que ela se chamava Fazenda do Solar. Também tinham deixado de defender Jones, que já não tinha esperança de tomar sua fazenda de volta e fora viver em outra parte do condado. Exceto por Whymper, não havia contato entre a Fazenda dos Animais e o mundo externo, mas havia rumores constantes de que Napoleão estava prestes a fazer um acordo de negócios definitivo com o Sr. Pilkington, de Foxwood, ou com o Sr. Frederick, de Pinchfield – mas nunca, notava-se, com os dois ao mesmo tempo.

Foi mais ou menos nessa época que os porcos de repente se mudaram para a casa da fazenda e fizeram sua residência nela. De novo, os animais acharam lembrar-se de uma resolução contra isso aprovada nos primórdios e, de novo, Guinchador conseguiu convencê-los de que não era o caso. Era absolutamente necessário, falou, que os porcos, que eram o cérebro da fazenda, tivessem um lugar tranquilo para trabalhar. Era também mais adequado à dignidade do líder (pois, ultimamente, ele tinha dado para falar de Napoleão usando o título de "Líder") viver numa casa do que num mero chiqueiro. Ainda assim, alguns animais ficaram perturbados ao ouvir falar que os porcos não só comiam na cozinha e usavam a sala de estar para lazer, mas também dormiam nas camas. Lutador, como sempre, justificou com "Napoleão está sempre certo!", mas Ferradura, que imaginava lembrar-se de uma regra definitiva contra camas, foi até o extremo do celeiro e tentou desvendar os Sete Mandamentos inscritos ali. Vendo-se incapaz de ler mais do que algumas letras separadas, buscou Muriel.

— Muriel – falou. — Leia para mim o Quarto Mandamento. Não diz algo sobre nunca dormir numa cama?

Com alguma dificuldade, Muriel soletrou:

— Diz: "Nenhum animal deve dormir numa cama com lençóis" – anunciou ela, finalmente.

Curiosamente, Ferradura não tinha lembrado que o Quarto Mandamento mencionava lençóis, mas, se estava lá na parede, devia ser assim. E Guinchador, que por acaso estava passando naquele momento, acompanhado por dois ou três cães, conseguiu colocar a coisa toda na perspectiva correta.

— Ficaram sabendo, então, camaradas – disse ele. — Que nós, porcos, agora dormimos nas camas da casa? E por que não? Não acham, claro, que já houve uma regra contra camas, certo? Uma cama é só um lugar para dormir. Um monte de palha numa baia é uma cama, quando se pensa bem. A regra era contra lençóis, que são uma invenção humana. Tiramos os lençóis das camas da fazenda e dormimos no meio de cobertores. E as camas são muito confortáveis! Mas não mais confortáveis do que nos é necessário, posso garantir, camaradas, com todo o trabalho intelectual que temos de fazer hoje em dia. Vocês não iam querer nos tirar nosso repouso, iam, camaradas? Vocês não iam querer que estivéssemos cansados demais para executar nossos deveres, não é? Com certeza, nenhum de vocês quer ver Jones voltar, quer?

Os animais imediatamente o reasseguraram disso, e nada mais foi dito sobre porcos dormindo nas camas da casa. E quando, alguns dias depois, foi anunciado que, de agora em diante, os porcos se levantariam, pela manhã, uma hora mais tarde do que os outros animais, também não houve reclamação.

No outono, os animais estavam cansados, mas felizes. Haviam tido um ano difícil e, depois da venda de parte do feno e do milho, os estoques de comida para o inverno não eram muito abundantes, mas o moinho compensava tudo. Sua construção, agora, estava quase pela metade. Depois da colheita, houve um período de tempo seco e claro, e os animais trabalharam mais duro do que nunca, achando que ia valer muito a pena labutar para lá e para cá com blocos de pedra se, assim, conseguissem levantar mais um metro de parede. Lutador até ia lá durante a noite e trabalhava por uma ou duas horas à luz da lua cheia. Em seus momentos livres, os animais andavam em torno do moinho pela metade, admirando a força e perpendicularidade de suas paredes, e maravilhando-se por terem sido capazes de construir algo tão imponente. Só o velho Benjamin se recusava a ficar entusiasmado com o moinho, embora, como sempre, não dissesse nada além do comentário misterioso de que os burros vivem muito tempo.

Novembro chegou com furiosos ventos de sudoeste. A construção teve de parar, porque estava úmido demais para misturar o cimento. Finalmente, houve uma noite em que o vendaval foi tão violento que as edificações tremeram e várias telhas do telhado do celeiro foram arrancadas. As galinhas acordaram cacarejando de terror, porque todas tinham sonhado simultaneamente que ouviram uma arma disparando a distância. Pela manhã, os animais saíram de suas baias e viram que o mastro da bandeira tinha sido derrubado e um elmo ao pé do pomar tinha sido arrancado como um rabanete. Tinham acabado de notar isso quando um grito de desespero saiu da garganta de cada animal. Seus olhos se depararam com uma terrível visão. O moinho estava em ruínas.

Todos correram juntos para o local. Napoleão, que raramente acelerava o passo, correu à frente de todos. Sim, lá estava, o fruto de todos os seus sofrimentos, arrasado até as fundações, as pedras que tinham quebrado e carregado com tanta dificuldade espalhadas por todo lado. Sem conseguir falar, no início, ficaram lá olhando desolados os detritos de pedras caídas. Napoleão andou em silêncio de lá para cá, por vezes farejando o solo. Sua cauda tinha ficado rígida e dava espasmos de um lado para o outro, o que, nele, era sinal de intensa atividade mental. De repente, ele estacou como se tivesse se decidido.

— Camaradas – falou, baixo. — Sabem quem é responsável por isto? Sabem quem é o inimigo que veio à noite e derrubou nosso moinho? BOLA DE NEVE! – gritou ele, de repente, com uma voz de trovão. — Bola de Neve fez isso! Por pura maldade, querendo atrapalhar nossos planos e vingar-se de sua expulsão vergonhosa, esse traidor veio aqui de fininho sob o esconderijo da noite e destruiu nosso trabalho de quase um ano. Camaradas, aqui e agora pronuncio a sentença de morte de Bola de Neve. "Herói Animal, Segunda Classe" e meia porção de maçãs para o animal que o apresentar à justiça. Uma porção inteira para quem o capturar vivo!

Os animais ficaram infinitamente chocados de saber que Bola de Neve pudesse mesmo ser culpado daquela ação. Houve um grito de indignação, e todos começaram a pensar em formas de pegar Bola de Neve se um dia ele voltasse. Quase imediatamente, as pegadas de um porco foram descobertas na grama a pouca distância do outeiro. Só dava para rastreá-las por alguns metros, mas pareciam levar a um buraco na sebe. Napoleão farejou-as e declarou que eram de Bola de Neve. Disse que era da opinião de que Bola de Neve tinha vindo da direção da Fazenda Foxwood.

— Sem mais demora, camaradas! — gritou Napoleão, depois de examinar as pegadas. — Há trabalho a fazer. Nesta mesma manhã, começaremos a reconstruir o moinho, e o construiremos durante todo o inverno, faça chuva ou faça sol. Vamos ensinar esse traidor miserável que ele não pode desfazer nosso trabalho com tanta facilidade. Lembrem, camaradas, não deve haver alteração em nossos planos: eles devem ser executados até o fim. Em frente, camaradas! Vida longa ao moinho! Vida longa à Fazenda dos Animais!

CAPÍTULO VII

Foi um inverno sofrido. Ao clima tempestuoso, seguiram-se neve e uma fina camada de gelo e, depois, uma dura geada que só se foi em meados de fevereiro. Os animais seguiram o melhor que podiam com a construção do moinho, sabendo bem que o mundo externo os observava e que os humanos invejosos iam se regozijar e triunfar se ele não fosse finalizado a tempo.

Por rancor, os humanos fingiam não acreditar que era Bola de Neve que tinha destruído o moinho: diziam que tinha caído porque as paredes eram finas demais. Os animais sabiam que não era verdade. Ainda assim, ficou decidido construir as paredes com 90 centímetros, em vez de 45, como antes, o que significava coletar quantidades bem maiores de pedras. Por muito tempo, a pedreira ficou cheia de massa de neve e nada podia ser feito. Houve algum progresso durante o clima seco e gelado que se seguiu, mas o trabalho era cruel e os animais não conseguiam sentir-se tão esperançosos quanto antes. Estavam sempre com frio e, em geral, também com fome. Só Lutador e Ferradura nunca desanimavam. Guinchador fazia excelentes discursos sobre a alegria de servir e a dignidade do trabalho, mas os outros animais achavam mais inspiração na força de Lutador e em seu grito infalível de "Vou trabalhar mais!".

Em janeiro, faltou comida. A ração de milho foi drasticamente reduzida e anunciou-se que seria enviada uma ração extra de batata para compensar. Então, descobriu-se que a maior parte da safra de batatas tinha congelado enquanto empilhada por não ter recebido cobertura grossa o bastante. As batatas ficaram moles e sem cor, e só algumas estavam comestíveis. Por muitos dias os animais não tiveram nada para comer exceto beterrabas forrageiras e palha. A fome parecia olhá-los nos olhos.

Era vitalmente necessário esconder esse fato do mundo exterior. Encorajados pelo colapso do moinho, os humanos estavam inventando novas mentiras sobre a Fazenda dos Animais. Mais uma vez, estava sendo dito que todos os animais estavam morrendo de fome e doença e que estavam continuamente brigando uns com os outros e tinham passado ao canibalismo e infanticídio. Napoleão estava bem ciente dos maus resultados que podiam vir se a situação real passasse a ser conhecida e decidiu usar o Sr. Whymper para espalhar uma impressão contrária. Até aquele momento, os animais haviam tido pouco ou nenhum contato com Whymper em suas visitas semanais; agora, porém, alguns bichos selecionados, a maioria ovelhas, foram instruídos a comentar casualmente quando ele estivesse ouvindo que as rações haviam sido aumentadas. Além disso, Napoleão ordenou que os silos quase vazios no galpão fossem enchidos quase até a borda de areia, que depois era coberta com o que sobrava de grão e farinha. Sob algum pretexto adequado, Whymper foi levado para o galpão e viu os silos. Foi enganado e continuou relatando ao mundo externo que não havia escassez de comida na Fazenda dos Animais.

Ainda assim, perto do fim de janeiro, ficou óbvio que seria necessário arrumar mais grãos em algum lugar. Nesses dias, Napoleão raramente aparecia em público, passando todo o seu tempo na casa da fazenda, que tinha todas as portas guardadas por cães com aparência feroz. Quando ele saía, era de maneira cerimoniosa, com uma escolta de seis cães que o cercavam de perto e grunhiam se alguém chegasse perto demais. Frequentemente, ele nem aparecia nas reuniões de domingo, emitindo suas ordens por meio de um dos outros porcos, em geral Guinchador.

Certa manhã de domingo, Guinchador anunciou que as galinhas, que tinham acabado de entrar para chocar de novo, deviam entregar os ovos. Napoleão aceitara, por meio de Whymper, um contrato de quatrocentos ovos por semana. O preço deles pagaria por grãos e farinha o bastante para a fazenda seguir até chegar o verão e as condições melhorarem.

Quando as galinhas ouviram isso, levantou-se um terrível alarido. Tinham sido avisadas antes que esse sacrifício talvez fosse necessário, mas não haviam acreditado que aconteceria de fato. Estavam preparando seus ninhos para o choco da primavera e protestaram que tirar os ovos agora era um assassinato. Pela primeira vez desde a expulsão de Jones, houve algo que lembrava uma rebelião. Liderada por três jovens Minorcas, as galinhas fizeram um esforço para frustrar os desejos de Napoleão. O método delas foi voar até as vigas e pôr lá os ovos, que se espatifaram no chão. Napoleão tomou uma atitude ágil e cruel. Ordenou que as rações das galinhas fossem suspensas e decretou que qualquer animal que desse um grão de milho a uma galinha fosse punido com a morte. Os cães garantiram que essas ordens fossem cumpridas. Por cinco dias, as galinhas aguentaram, depois capitularam e voltaram às caixas de aninhamento. Nesse meio-tempo, nove morreram. Seus corpos foram enterrados no pomar e divulgou-se que tinham morrido de coccidiose. Whymper não ficou sabendo nada sobre esse assunto, e os ovos foram devidamente entregues ao carro de um armazém que vinha à fazenda uma vez por semana para levá-los.

Por todo esse tempo, ninguém mais vira Bola de Neve. Dizia-se que estava escondido numa das fazendas vizinhas, Foxwood ou Pinchfield. Napoleão estava se dando um pouco melhor com os outros fazendeiros do que antes. Por acaso havia, no pátio, uma pilha de madeira colocada ali dez anos antes, durante a limpeza de um pequeno bosque de faias. Estava bem seca, e Whymper aconselhou Napoleão a vendê-la; tanto o Sr. Pilkington quanto o Sr. Frederick estavam ansiosos para comprá-la. Napoleão hesitava entre os dois, incapaz de se decidir. Notou-se que, sempre que ele parecia prestes a chegar a um acordo com Frederick, declarava-se que Bola de Neve estava escondido em Foxwood, ao passo que, quando ele estava inclinado a Pilkington, dizia-se que Bola de Neve estava em Pinchfield.

De repente, no início da primavera, descobriu-se algo alarmante. Bola de Neve estava secretamente frequentando a fazenda à noite! Os animais ficaram tão perturbados que mal conseguiam dormir em suas baias. Toda noite, dizia-se, ele vinha escondido pela escuridão e fazia todo tipo de maldade. Roubava o milho, mexia nos baldes de leite, quebrava os ovos, pisoteava as sementeiras, roía a casca das árvores frutíferas. Sempre que algo dava errado, era comum culpar Bola de Neve. Se uma janela quebrava ou um ralo entupia, alguém certamente diria que Bola de Neve tinha vindo à noite e feito aquilo e, quando se perdeu a chave do galpão, toda a fazenda se convenceu de que Bola de Neve a tinha jogado no poço. Curiosamente, seguiram acreditando nisso mesmo depois que a chave perdida foi encontrada sob um saco de farinha. As vacas declararam em unanimidade que Bola de Neve tinha entrado de fininho em seu curral e as ordenhado enquanto dormiam. Os ratos, que tinham criado problemas naquele inverno, também supostamente estavam em conluio com Bola de Neve.

Napoleão declarou que devia haver uma investigação completa sobre as atividades de Bola de Neve. Com os cães junto, ele se lançou numa cuidadosa inspeção dos prédios da fazenda, com os outros animais atrás a uma distância respeitosa. Após dar uns poucos passos, Napoleão parava e farejava o solo buscando rastros dos passos de Bola de Neve, que, disse ele, podia detectar pelo cheiro. Ele farejou cada canto, no celeiro, no curral, no galinheiro, na horta e encontrou rastros de Bola de Neve em quase todo lugar. Ele colocava o focinho no chão, dava várias fungadas profundas e exclamava numa voz terrível:

— Bola de Neve! Ele esteve aqui! Sinto distintamente o cheiro dele! – E, ao ouvir "Bola de Neve", todos os cães soltavam rugidos de gelar a espinha e mostravam os dentes.

Os animais estavam completamente assustados. Parecia-lhes que Bola de Neve era uma espécie de influência invisível, permeando o ar ao redor e ameaçando-os com todo tipo de perigo. À noite, Guinchador os reuniu e, com uma expressão de alarme, disse que tinha notícias sérias a relatar.

— Camaradas! — gritou Guinchador, dando pulinhos nervosos. — Descobrimos algo terrível. Bola de Neve se vendeu à Fazenda Pinchfield, de Frederick, que agora mesmo está tramando atacar-nos e tirar nossa fazenda! Bola de Neve vai ser o guia deles quando o ataque começar. Mas há algo pior. Tínhamos pensado que a rebelião de Bola de Neve fora causada simplesmente por sua vaidade e ambição. Mas estávamos errados, camaradas. Sabem qual era o motivo real? Bola de Neve estava de conluio com Jones desde o começo! Era agente secreto de Jones o tempo todo. Tudo foi provado pelos documentos que ele deixou e que acabamos de descobrir. Para mim, isso explica muito, camaradas. Afinal, não vimos nós mesmos como ele tentou, felizmente sem sucesso, nos derrotar e nos destruir na Batalha do Curral?

Os animais ficaram estupefatos. Era uma maldade que superava muito a destruição do moinho por parte de Bola de Neve. Mas levou alguns minutos para eles poderem entender por completo. Todos lembravam, ou achavam lembrar, que tinham visto Bola de Neve atacando à frente deles na Batalha do Curral, como ele os tinha mobilizado e encorajado a cada instante e como não tinha parado nem por um instante quando as balas da arma de Jones feriram suas costas. Até Lutador, que raramente fazia perguntas, estava confuso. Ele se deitou, colocou os cascos embaixo do corpo, fechou os olhos e, com muito esforço, conseguiu formular seus pensamentos.

— Não acredito nisso – falou. — Bola de Neve lutou bravamente na Batalha do Curral. Eu mesmo vi. A gente não deu "Herói Animal, Primeira Classe" a ele logo depois?

— Foi um erro nosso, camarada. Pois sabemos agora, está tudo escrito nos documentos secretos que encontramos, que, na realidade, ele estava tentando nos levar à nossa maldição.

— Mas ele foi ferido — disse Lutador. — Todos o vimos correndo ensanguentado.

— Era parte do acordo! — gritou Guinchador. — O tiro de Jones só passou de raspão nele. Eu poderia mostrar tudo isso na letra dele mesmo se vocês soubessem ler. A trama era Bola de Neve, no momento crítico, dar o sinal de fuga e deixar o campo para o inimigo. E ele quase conseguiu; digo até, camaradas, que ele teria conseguido se não fosse nosso heroico líder, o camarada Napoleão. Vocês não lembram que, bem no momento em que Jones e seus homens tinham entrado no pátio, Bola de Neve de repente se virou e fugiu e muitos animais o seguiram? E não lembram, também, que foi nesse exato momento, quando o pânico se espalhava e tudo parecia perdido, que o camarada Napoleão saltou à frente com um grito de "Morte à humanidade!" e fincou os dentes na perna de Jones? Certamente, vocês se lembram disso, não é, camaradas? — questionou Guinchador, agitando-se de um lado a outro.

Quando Guinchador descreveu a cena de forma tão gráfica, pareceu aos animais que se lembravam, sim. De qualquer modo, lembravam que, no momento crítico da batalha, Bola de Neve tinha se virado para fugir. Mas Lutador ainda estava um pouco inquieto.

— Não acredito que Bola de Neve fosse traidor no início — disse, finalmente. — O que ele fez depois é diferente. Mas acredito que, na Batalha do Curral, ele foi um bom camarada.

— Nosso líder, camarada Napoleão — anunciou Guinchador, falando muito devagar e com firmeza. — Afirmou categoricamente, camarada, que Bola de Neve era agente de Jones desde o início. Sim, e muito antes de pensarmos na rebelião.

— Ah, então é diferente! — disse Lutador. — Se o camarada Napoleão diz, deve ser verdade.

— Esse é o espírito, camarada! — gritou Guinchador, mas notou-se que ele olhou muito feio para Lutador, com seus olhinhos brilhantes. Virou-se para ir embora, depois parou e adicionou, para impressionar: — Aviso todo animal nesta fazenda para ficar de olhos abertos, pois temos motivo para pensar que alguns dos agentes secretos de Bola de Neve estão entre nós agora mesmo!

Quatro dias depois, no fim da tarde, Napoleão ordenou que todos os animais se reunissem no pátio. Quando estavam lá, Napoleão emergiu da casa da fazenda, usando suas duas medalhas (pois recentemente se condecorara com "Herói Animal, Primeira Classe" e "Herói Animal, Segunda Classe), com seus nove cães correndo ao seu redor e soltando grunhidos que faziam todos os animais tremerem. Todos ficaram encolhidos no lugar, em silêncio, parecendo saber de antemão que alguma coisa terrível estava prestes a acontecer.

Napoleão parou, sério, analisando sua plateia; então, soltou um gemido agudo. Imediatamente, os cães atacaram, agarraram quatro porcos pela orelha e os arrastaram, guinchando de dor e terror, até os pés dele. As orelhas dos porcos sangravam, os cães tinham sentido o gosto de sangue e, por um momento, pareceram enlouquecidos. Para a surpresa de todos, três deles se jogaram em cima de Lutador, que os viu chegando e esticou seu enorme casco, pegou um cão no ar e o prensou no chão. O cão ganiu, pedindo piedade, e os outros dois fugiram com o rabo entre as pernas. Lutador olhou para Napoleão para saber se devia esmagar o cachorro até a morte ou soltá-lo. Napoleão pareceu mudar de semblante e, com dureza, ordenou que Lutador soltasse o cachorro. Assim, Lutador levantou o casco e o cão se foi, machucado e uivando.

Logo, o tumulto cessou. Os quatro porcos esperavam, tremendo, com a culpa escrita em cada linha de sua cara. Napoleão, então, os chamou a confessar seus crimes. Eram os mesmos quatro porcos que haviam protestado quando Napoleão aboliu as Reuniões de domingo. Sem mais persuasão, confessaram que estavam secretamente em contato com Bola de Neve desde sua expulsão, que o tinham ajudado a destruir o moinho de vento e que tinham entrado em acordo com ele para entregar a fazenda ao Sr. Frederick. Completaram que Bola de Neve lhes tinha admitido, em particular, que era agente secreto de Jones há anos. Quando terminaram a confissão, os cães imediatamente rasgaram a garganta dos quatro e, numa voz terrível, Napoleão quis saber se algum outro animal tinha algo a confessar.

As três galinhas que haviam sido líderes da tentativa de rebelião por causa dos ovos deram um passo à frente e afirmaram que Bola de Neve lhes tinha aparecido em sonho e incitado a desobedecer às ordens de Napoleão. Também foram massacradas. Então, veio um ganso e confessou ter escondido seis espigas de milho durante a colheita do ano passado e comido durante a noite. Uma ovelha confessou ter urinado no bebedouro – incentivada, alegou, por Bola de Neve – e duas outras confessaram ter assassinado um velho carneiro especialmente devotado a Napoleão, perseguindo-o ao redor de uma fogueira quando ele sofria de um ataque de tosse. Foram todos mortos ali mesmo. E, assim, as confissões e execuções seguiram, até haver uma pilha de corpos aos pés de Napoleão e o ar estar pesado com o cheiro de sangue, o que não se sentia desde a expulsão de Jones.

Quando tudo terminou, os animais que sobraram, exceto os porcos e cães, saíram de mansinho em grupo. Estavam abalados e arrasados. Não sabiam o que era mais chocante – a traição dos animais que tinham se aliado a Bola de Neve ou a vingança cruel que acabavam de testemunhar. Antigamente, era frequente haver cenas de matança igualmente terríveis, mas parecia a todos que era muito pior agora que estava acontecendo entre eles. Desde que Jones tinha deixado a fazenda, até aquele momento, animal nenhum tinha matado outro animal. Nem mesmo um rato fora morto. Eles foram até o pequeno outeiro onde ficava o moinho de vento em construção e, de comum acordo, deitaram-se todos, como se unidos em busca de calor – Ferradura, Muriel, Benjamin, as vacas, as ovelhas e todo um bando de gansos e galinhas – todo mundo, exceto pela gata, que tinha desaparecido de repente logo antes de Napoleão ordenar que os animais se reunissem. Por algum tempo, ninguém falou. Só Lutador permaneceu de pé. Moveu-se, inquieto, de lá para cá, balançando a longa cauda preta contra as laterais do corpo e ocasionalmente soltando um pequeno gemido de surpresa. Finalmente, disse:

— Não entendo. Eu não acreditaria que essas coisas pudessem acontecer em nossa fazenda. Deve ser por causa de alguma falha nossa. A solução, segundo vejo, é trabalhar mais. De agora em diante, preciso levantar uma hora inteira mais cedo de manhã.

E ele se moveu, com seu trote desajeitado, em direção à pedreira. Ao chegar, coletou duas cargas sucessivas de pedras e arrastou-as até o moinho antes de se retirar para descansar.

Os animais se reuniram ao redor de Ferradura, sem dizer nada. O outeiro onde estavam deitados lhes dava uma perspectiva ampla do espaço. A maior parte da Fazenda dos Animais estava à vista – o longo pasto se estendia até a estrada principal, o campo de feno, o bosque, o bebedouro, os campos arados onde o trigo novo estava grosso e verde, e os telhados vermelhos dos prédios da fazenda, com fumaça saindo em espiral pelas chaminés. Era um claro fim de tarde de primavera. A grama e as sebes cheias estavam pintadas de dourado pelos raios de sol. Nunca a fazenda – e eles lembraram com uma espécie de surpresa que ela era deles, cada centímetro dela era sua propriedade – parecera aos animais um lugar tão desejável. Quando Ferradura mirou a encosta do morro, seus olhos se encheram de lágrimas. Se conseguisse colocar seus pensamentos em palavras, ela teria dito que não era isso que eles desejavam quando começaram a trabalhar, anos atrás, para derrubar a raça humana. Essas cenas de terror e matança não eram o que esperavam naquela noite em que o velho Major os incitou à rebelião. Se ela própria tivesse feito uma imagem do futuro, seria uma sociedade de animais livres da fome e do chicote, todos iguais, cada um trabalhando segundo sua capacidade, os fortes protegendo os fracos, como ela protegera a ninhada de patinhos com a pata da frente na noite do discurso de Major. Em vez disso – e ela não sabia por que –, tinham chegado a uma era em que ninguém ousava falar o que pensava, em que cães ferozes e rosnando estavam por todo lado e era preciso ver seus camaradas despedaçados depois de confessar crimes chocantes. Não havia, na mente dela, pensamento de rebelião ou desobediência. Ela sabia que, mesmo da forma como as coisas estavam, era bem melhor do que na época de Jones e que, acima de tudo, era preciso evitar a volta dos humanos. Não importava o que acontecesse, ela permaneceria leal, trabalharia duro, executaria as ordens que lhe eram dadas e aceitaria a liderança de Napoleão. Ainda assim, não era aquilo que ela e os outros animais tinham esperado e para o que tinham trabalhado. Não era para aquilo que tinham construído o moinho e enfrentado as balas da arma de Jones. Esses eram os pensamentos dela, embora lhe faltassem palavras para expressá-los.

Por fim, sentindo que era uma espécie de substituto das palavras que ela não conseguia encontrar, ela começou a cantar "Bichos da Inglaterra". Os outros animais sentados ao seu redor se juntaram e cantaram três vezes – de forma muito afinada, mas lenta e lamentosa, como nunca haviam cantado antes.

Tinham acabado de terminar a cantoria pela terceira vez quando Guinchador, acompanhado de dois cães, se aproximou deles com ares de ter algo importante a dizer. Anunciou que, por decreto especial do camarada Napoleão, "Bichos da Inglaterra" estava abolida. De agora em diante, era proibido cantá-la.

Os animais ficaram surpresos.

— Por quê? – quis saber Muriel.

— Já não é necessária, camarada – disse Guinchador, rígido. — "Bichos da Inglaterra" era a canção da rebelião. Mas a rebelião está completa. A execução dos traidores hoje à tarde foi o ato final. O inimigo, tanto externo quanto interno, foi derrotado. Em "Bichos da Inglaterra", expressávamos nosso anseio por uma sociedade melhor nos dias que viriam. Mas essa sociedade agora está estabelecida. Claramente, essa canção não tem mais propósito.

Embora estivessem amedrontados, alguns dos animais talvez tivessem protestado, mas, nesse momento, as ovelhas começaram seu balido usual de "quatro pernas, bom; duas pernas, ruim", que se seguiu por vários minutos e acabou com a discussão.

Então, não se ouviu mais "Bichos da Inglaterra". Em seu lugar, Mínimo, o poeta, tinha composto outra música, que começava assim:

"Fazenda dos Animais, Fazenda dos Animais,
Eu sempre vou defender sua paz!"

E isso era cantado todo domingo de manhã após o hastear da bandeira. Mas, por algum motivo, nem as palavras, nem a melodia jamais pareceram aos animais chegar aos pés de "Bichos da Inglaterra".

CAPÍTULO VIII

Alguns dias depois, quando o terror causado pelas execuções tinha cessado, alguns dos animais lembraram – ou acharam lembrar – que o Sexto Mandamento decretava: "Nenhum animal deve matar outro animal". E, embora ninguém ousasse mencionar isso onde os porcos ou cães pudessem ouvir, sentiam que a matança ocorrida não estava de acordo com isso. Ferradura pediu que Benjamin lesse para ela o Sexto Mandamento e quando este, como sempre, disse que se recusava a intrometer-se nesse tipo de assunto, ela foi buscar Muriel, que leu o mandamento para ela. Dizia: "Nenhum animal deve matar outro animal sem motivo". De algum modo, as duas últimas palavras tinham fugido da mente dos animais. Mas eles agora viam que o Mandamento não havia sido violado, pois claramente havia bons motivos para matar os traidores que tinham se aliado a Bola de Neve.

Durante o ano, os animais trabalharam mais do que no ano anterior. Reconstruir o moinho com paredes duas vezes mais grossas e terminá-lo na data definida, além do trabalho regular da fazenda, era um tremendo esforço. Às vezes, parecia aos animais que trabalhavam mais horas e não se alimentavam melhor do que na época de Jones. Nas manhãs de domingo, Guinchador, segurando uma longa folha de papel com a pata, lia para eles listas de números que provavam que a produção de toda classe de alimento tinha aumentado duzentos por cento, trezentos por cento ou quinhentos por cento, conforme o caso. Os animais não viam motivo para não acreditar nele, em especial porque já não se lembravam com muita clareza quais eram as condições antes da rebelião. Mesmo assim, havia dias em que sentiam que preferiam menos números e mais comida.

Todas as ordens, agora, eram emitidas por meio de Guinchador ou um dos outros porcos. O próprio Napoleão não era mais visto em público mais do que uma vez a cada duas semanas. Quando aparecia, era acompanhado não só por sua comitiva de cachorros, mas por um galo preto que marchava à frente dele e funcionava como espécie de trombeteiro, soltando um "cocoricó" alto antes de Napoleão falar. Mesmo na casa da fazenda, diziam, Napoleão ocupava dois apartamentos separados dos outros. Fazia as refeições sozinho, com dois cães para servi-lo, e sempre comia usando a louça da Crown Derby, que até então ficava na cristaleira da sala de estar. Também foi anunciado que a arma seria disparada todo ano no aniversário de Napoleão, além de nos outros dois aniversários.

Ninguém mais, agora, se referia a Napoleão simplesmente como "Napoleão". Ele era chamado sempre no estilo formal, de "nosso líder, o camarada Napoleão", e os porcos gostavam de inventar para ele títulos como Pai de Todos os Animais, Terror da Humanidade, Protetor do Curral de Ovelhas, Amigo dos Patos e coisas assim. Em seus discursos, Guinchador falava com lágrimas rolando sobre a sabedoria de Napoleão, a bondade do coração dele e o profundo amor que ele sentia por todos os animais em todo lugar, até e especialmente pelos animais infelizes que ainda viviam na ignorância e escravidão nas outras fazendas. Tinha passado a ser comum Napoleão receber crédito por toda conquista e todo golpe de sorte. Com frequência, ouvia-se uma galinha comentando com a outra: "Com a orientação de nosso líder, o camarada Napoleão, botei cinco ovos em seis dias"; ou duas vacas, desfrutando da água no bebedouro, exclamarem: "Graças à liderança do camarada Napoleão, o gosto dessa água está excelente!". O sentimento geral na fazenda era bem expresso num poema intitulado "Camarada Napoleão", composto por Mínimo, que dizia o seguinte:

Amigo dos órfãos!
Fonte de alegria!
Senhor do balde de lavagem! Ah, minha alma
Pega fogo quando vejo
Seu olhar calmo e imponente
Como o sol no céu,
Camarada Napoleão!

És o provedor
De tudo o que amamos
Barriga cheia duas vezes por dia, palha limpa para rolar;
Todo bicho, grande ou pequeno
Dorme em paz em seu celeiro
Tu guarda-os todos,
Camarada Napoleão!

Se eu tivesse um leitão
Antes de ele ficar grandão
Ainda que fosse pequeno como um alfinete,
Teria que aprender a ser
Sempre fiel e leal a ti,
Sim, seus primeiros guinchos seriam:
"Camarada Napoleão!"

Napoleão aprovou esse poema e fez com que fosse inscrito na parede do celeiro grande, do lado oposto ao dos Sete Mandamentos. Ficava acima de um retrato de Napoleão, de perfil, pintado por Guinchador com tinta branca.

Nesse meio-tempo, pela intermediação de Whymper, Napoleão estava envolvido em negociações complicadas com Frederick e Pilkington. A pilha de madeira ainda não havia sido vendida. Dos dois, Frederick era o mais ansioso para ficar com ela, mas não oferecia um preço razoável. Ao mesmo tempo, havia novos rumores de que Frederick e seus homens estavam tramando atacar a Fazenda dos Animais e destruir o moinho, cuja construção lhe tinha suscitado uma inveja furiosa. Sabia-se que Bola de Neve estava na Fazenda Pinchfield. No meio do verão, os animais ficaram alarmados de saber que três galinhas tinham confessado voluntariamente que, inspiradas por Bola de Neve, haviam entrado numa trama para assassinar Napoleão. Foram executadas imediatamente e novas precauções foram tomadas para a segurança de Napoleão. Quatro cães guardavam sua cama à noite, um em cada canto, e um leitão chamado Rosinha recebeu a tarefa de experimentar todas as comidas antes que ele comesse, para garantir que não estivessem envenenadas.

Mais ou menos na mesma época, foi divulgado que Napoleão tinha combinado vender a pilha de madeira ao Sr. Pilkington; também ia fechar um acordo regular para trocar certos produtos entre a Fazenda dos Animais e Foxwood. As relações entre Napoleão e Pilkington, embora conduzidas por meio de Whymper, eram quase amigáveis. Os animais não confiavam em Pilkington, uma vez que era humano, mas o preferiam a Frederick, a quem ao mesmo tempo temiam e odiavam. Conforme o verão seguia e o moinho chegava perto de ser finalizado, os rumores de um ataque traiçoeiro e iminente ficavam cada vez mais fortes. Frederick, diziam, pretendia colocar contra eles vinte homens, todos armados, e já havia subornado magistrados e policiais, de modo que, se conseguisse colocar as mãos nas escrituras da Fazenda dos Animais, eles não fariam perguntas. Além disso, vazavam de Pinchfield histórias terríveis sobre as crueldades que Frederick praticava com seus animais. Ele havia chicoteado um velho cavalo até a morte, matava as vacas de fome, assassinara um cachorro jogando-o na fornalha, divertia-se à noite fazendo os galos lutarem com lâminas de barbear amarradas no esporão. O sangue dos animais fervia de raiva quando ouviam falar dessas coisas sendo feitas com seus camaradas e, às vezes, eles imploravam pela permissão de irem todos juntos atacar a fazenda Pinchfield, expulsar os humanos e libertar os animais. Mas Guinchador os aconselhava a evitar ações precipitadas e confiar na estratégia do camarada Napoleão.

Apesar disso, os sentimentos contra Frederick continuaram em alta. Certa manhã de domingo, Napoleão apareceu no celeiro e explicou que nunca, em momento algum, havia contemplado vender a pilha de madeira a Frederick; considerava abaixo de sua dignidade, disse, lidar com patifes daquela estirpe. Os pombos que ainda eram enviados para espalhar notícias da rebelião estavam proibidos de pôr os pés em qualquer lugar de Foxwood, e receberam a ordem de deixar de lado o *slogan* antigo de "Morte à humanidade" e trocar por "Morte a Frederick". No fim do verão, outra maquinação de Bola de Neve foi exposta. A safra de trigo estava cheia de ervas daninhas e descobriu-se que, em uma de suas visitas noturnas, Bola de Neve tinha misturado sementes de erva com as sementes de milho. Um ganso que estava por dentro da trama tinha confessado sua culpa a Guinchador e imediatamente cometido suicídio engolindo bagas de beladona mortais. Os animais ficaram sabendo também que Bola de Neve nunca tinha – como muitos acreditavam até então – recebido a condecoração "Herói Animal, Primeira Classe". Era apenas uma lenda que havia sido espalhada algum tempo depois da Batalha do Curral pelo próprio Bola de Neve. Longe de ter sido condecorado, ele fora censurado por mostrar covardia na batalha. Mais uma vez, alguns dos animais ouviram isso com alguma perplexidade, mas Guinchador logo conseguiu convencê-los de que suas memórias estavam erradas.

No outono, com um esforço tremendo e exaustivo – pois a colheita teve de ser feita quase ao mesmo tempo –, o moinho foi finalizado. O maquinário ainda precisava ser instalado e Whymper estava negociando a compra, mas a estrutura estava completa. Superando cada dificuldade, apesar da inexperiência, das ferramentas primitivas, da falta de sorte e da traição de Bola de Neve, o trabalho tinha sido finalizado pontualmente, no dia exato! Cansados, mas orgulhosos, os animais andaram ao redor de sua obra-prima, que parecia ainda mais linda a seus olhos do que quando fora construída pela primeira vez. Além disso, as paredes eram duas vezes mais grossas do que antes. Para derrubá-las, agora, seria preciso nada menos que explosivos! E quando pensaram em como tinham labutado, quantos desencorajamentos tinham superado e a enorme diferença que faria na vida deles quando as lâminas estivessem girando e os dínamos funcionando – quando pensaram em tudo isso, seu cansaço os deixou e eles saltitaram ao redor do moinho, soltando gritos de triunfo. O próprio Napoleão, acompanhado por seus cães e seu galo, foi inspecionar a obra finalizada; pessoalmente parabenizou os animais por sua conquista e anunciou que o moinho se chamaria Moinho Napoleão.

Dois dias depois, os animais foram reunidos para uma reunião especial no celeiro. Ficaram mudos de surpresa quando Napoleão anunciou ter vendido a pilha de madeira a Frederick. No dia seguinte, os vagões de Frederick chegariam e começariam a levá-la. Durante todo o período dessa aparente amizade com Pilkington, Napoleão, na verdade, estava fazendo um acordo secreto com Frederick.

Todas as relações com Foxwood tinham sido rompidas; mensagens insultantes foram enviadas a Pilkington. Os pombos foram avisados para evitar a Fazenda Pinchfield e alterar seu slogan de "Morte a Frederick" para "Morte a Pilkington". Ao mesmo tempo, Napoleão garantiu aos animais que as histórias de um ataque iminente à Fazenda dos Animais eram completamente mentirosas e que todas as histórias sobre a crueldade de Frederick com seus próprios animais tinham sido incrivelmente exageradas. Todos esses rumores provavelmente se originaram com Bola de Neve e seus agentes. Parecia, agora, que Bola de Neve não estava, afinal, escondido na Fazenda Pinchfield e, na verdade, nunca tinha estado lá na vida: estava vivendo – em considerável luxo, diziam – em Foxwood e, na realidade, era pensionista de Pilkington há anos.

Os porcos ficaram histéricos com a artimanha de Napoleão. Parecendo ser amigo de Pilkington, ele tinha forçado Frederick a elevar seu preço em doze libras. Mas a qualidade superior da mente de Napoleão, disse Guinchador, ficava clara no fato de que ele não confiava em ninguém, nem em Frederick. Este tinha tentado pagar pela madeira com algo chamado cheque, que, aparentemente, era um pedaço de papel com uma promessa de pagamento escrita nele. Mas Napoleão era esperto demais para ele. Tinha exigido o pagamento em notas reais de cinco libras, que deviam ser entregues antes de a madeira ser levada. Frederick já pagara e a quantia era o suficiente para pagar pelo maquinário para o moinho.

Enquanto isso, a madeira estava sendo levada em alta velocidade. Quando carregaram tudo, outra reunião especial foi convocada no celeiro para os animais inspecionarem as notas de Frederick. Sorrindo beatificamente e usando suas duas condecorações, Napoleão repousava numa cama de palha na plataforma, com o dinheiro ao seu lado, empilhado organizadamente num prato de porcelana da cozinha da casa da fazenda. Os animais passaram lentamente em fileira, e cada um observou até se fartar. Lutador colocou o focinho para cheirar as notas, e as coisinhas brancas e frágeis se levantaram e farfalharam com seu fôlego.

Três dias depois, houve um terrível alarido. Whymper, com o rosto mortalmente pálido, veio apressado caminho acima em sua bicicleta, jogou-a no pátio e correu direto para dentro da casa. No momento seguinte, um rugido abafado de raiva soou dos apartamentos de Napoleão. A notícia do que tinha acontecido se espalhou pela fazenda como um incêndio. As notas eram falsificadas! Frederick tinha levado a madeira de graça!

Napoleão imediatamente reuniu os animais e, numa voz terrível, pronunciou a sentença de morte para Frederick. Ao ser capturado, disse, Frederick devia ser fervido vivo. Ao mesmo tempo, alertou-os que, depois dessa ação traiçoeira, deviam esperar o pior. Frederick e seus homens podiam deslanchar seu ataque tão esperado a qualquer momento. Foram posicionadas sentinelas em todas as entradas da fazenda. Além disso, quatro pombos foram enviados a Foxwood com uma mensagem conciliatória, na esperança de reestabelecer boas relações com Pilkington.

Na manhã seguinte, veio o ataque. Os animais estavam tomando café da manhã quando os vigias vieram correndo com a notícia de que Frederick e seus seguidores já tinham passado pelo portão de cinco trancas. Ousadamente, os animais se adiantaram para recebê-los, mas, dessa vez, não tiveram a vitória fácil da Batalha do Curral. Havia quinze homens, com meia dúzia de armas entre eles, e abriram fogo assim que chegaram a cinquenta metros. Os animais não conseguiram enfrentar as terríveis explosões e as balas ardidas, e, apesar dos esforços de Napoleão e Lutador para encorajá-los, logo foram rechaçados. Uma série deles já estava ferida. Refugiaram-se nos prédios da fazenda espiando com cuidado pelas frestas e buracos. Todo o grande pasto, incluindo o moinho, estava nas mãos do inimigo. No momento, até Napoleão parecia perdido. Ele andava para cima e para baixo sem falar nada, com a cauda rígida e espasmando. Olhares pensativos eram lançados na direção de Foxwood. Se Pilkington e seus homens os ajudassem, ainda seria possível vencer. Mas, nesse instante, os quatro pombos que tinham sido enviados no dia anterior voltaram, um deles com um pedaço de papel de Pilkington. Nele, estavam escritas a lápis as palavras: "Bem feito".

Nesse meio-tempo, Frederick e seus homens tinham parado perto do moinho. Os animais os olhavam, e houve um murmúrio de consternação. Dois dos homens tinham pegado um pé de cabra e um martelo de forja. Iam derrubar o moinho.

— Impossível! – gritou Napoleão. — Construímos paredes grossas demais para isso. Não vão conseguir derrubar nem em uma semana. Coragem, camaradas!

Mas Benjamin estava observando com atenção os movimentos dos homens. Os dois com o martelo e o pé de cabra estavam abrindo um buraco perto da base do moinho. Devagar e com um ar de quase diversão, Benjamin balançou seu longo focinho.

— Bem o que eu achei – disse ele. — Não está vendo o que eles estão fazendo? Em mais um momento, vão colocar pólvora naquele buraco.

Aterrorizados, os animais esperaram. Era impossível, agora, aventurar-se fora da proteção dos prédios. Depois de alguns minutos, viram os homens correndo em todas as direções. Então, houve um rugido ensurdecedor. Os pombos rodopiaram no ar e todos os animais, exceto Napoleão, se jogaram de barriga para baixo e esconderam a cara. Quando se levantaram de novo, havia uma enorme nuvem de fumaça preta onde antes estava o moinho. Lentamente, a brisa a levou. O moinho já não existia!

Ao ver isso, a coragem dos animais voltou. O medo e desespero que tinham sentido um momento antes foram afogados pela raiva contra esse ato vil, desprezível. Um poderoso grito de vingança se ouviu e, sem esperar por mais ordens, eles avançaram unidos direto para o inimigo. Nesse momento, nem ligaram para as cruéis balas que choviam sobre eles como granizo. Foi uma batalha selvagem, amarga. Os homens dispararam sem parar e, quando os animais chegaram perto, atacaram com paus e suas botas pesadas. Uma vaca, três ovelhas e dois gansos foram mortos, e quase todos ficaram feridos. Até Napoleão, que dirigia as operações da retaguarda, teve a ponta da cauda arrancada por uma bala. Mas os homens também não saíram ilesos. Três deles tiveram a cabeça quebrada por golpes dos cascos de Lutador; outro foi chifrado na barriga por uma vaca; outro teve as calças quase rasgadas por Jessie e Bluebell. E quando os nove cães da guarda do próprio Napoleão, que ele instruíra a fazer um desvio sob a cobertura da sebe, apareceram de repente no flanco dos homens, latindo ferozmente, o pânico os tomou. Viram que estavam correndo perigo de ser cercados. Frederick gritou para seus homens saírem enquanto era tempo e, no momento seguinte, o inimigo covarde estava correndo como se não houvesse amanhã. Os animais os perseguiram até o fim do campo e acertaram uns últimos chutes enquanto eles forçavam a passagem pela sebe aberta.

Tinham vencido, mas estavam exaustos e sangrando. Lentamente, começaram a mancar de volta na direção da Fazenda. A visão de seus camaradas mortos estirados na grama levou alguns às lágrimas. E, por algum tempo, ficaram parados em triste silêncio no lugar onde antes estava o moinho. Sim, ele tinha desaparecido; quase todos os rastros de seu trabalho se foram! Até as fundações foram parcialmente destruídas. E, na reconstrução, dessa vez eles não poderiam, como antes, usar as pedras caídas. Agora, as pedras também tinham desaparecido. A força da explosão as jogara a distâncias de centenas de metros. Era como se o moinho nunca tivesse existido.

Ao se aproximarem da fazenda, Guinchador, que tinha se ausentado inexplicavelmente durante a luta, veio saltitando na direção deles, balançando a cauda e sorrindo de satisfação. E os animais escutaram, da direção dos prédios da fazenda, o retumbar solene de uma arma.

— Qual é o motivo desse disparo? – disse Lutador.

— Celebrar nossa vitória! – gritou Guinchador.

— Que vitória? – replicou Lutador. Os joelhos dele estavam sangrando, ele tinha perdido uma ferradura e quebrado o casco, e uma dúzia de balas tinha se alojado em sua pata traseira.

— Como assim, que vitória, camarada? Não expulsamos o inimigo de nosso solo, o solo sagrado da Fazenda dos Animais?

— Mas eles destruíram nosso moinho. E trabalhamos nele por dois anos!

— E daí? Vamos construir outro moinho. Vamos construir seis moinhos se quisermos. Você não valoriza, camarada, a importância do que fizemos. O inimigo estava ocupando este solo em que estamos. E agora, graças à liderança do camarada Napoleão, recuperamos cada centímetro dele!

— Então, recuperamos o que já tínhamos antes – falou Lutador.

— Essa é nossa vitória – disse Guinchador.

Eles mancaram para o pátio. As balas sob a pele de Lutador ardiam dolorosas. Ele viu, diante de si, o trabalho pesado de reconstruir o moinho desde as fundações, e já na imaginação preparou-se para a tarefa. Mas, pela primeira vez, ocorreu-lhe que ele tinha onze anos e, talvez, seus poderosos músculos não fossem mais o que eram antes.

Mas, quando os animais viram a bandeira verde tremulando e ouviram de novo o som da arma – ela foi disparada sete vezes ao todo – e o discurso de Napoleão parabenizando-os por sua conduta, pareceu-lhes de fato ter sido uma grande vitória. Os animais mortos na batalha receberam um funeral solene. Lutador e Ferradura puxaram o vagão que serviu de carro fúnebre, e o próprio Napoleão caminhou à frente da procissão. Dois dias foram concedidos para a comemoração. Houve músicas, discursos e mais disparos da arma, além de um presente especial de uma maçã para cada animal, com 60 gramas de milho para cada pássaro e três biscoitos para cada cão. Anunciaram que a batalha se chamaria Batalha do Moinho e que Napoleão tinha criado outra condecoração, a Ordem do Estandarte Verde, que conferiu a si mesmo. No regozijo geral, o infeliz episódio das notas foi esquecido.

Alguns dias depois, os porcos encontraram uma caixa de uísque na despensa da casa da fazenda. Não tinha sido vista na época em que a casa foi ocupada. Naquela noite, veio da casa o som de cantoria alta, no meio da qual, para a surpresa de todos, estavam misturados os versos de "Bichos da Inglaterra". Mais ou menos às nove e meia, Napoleão, usando um chapéu-coco antigo do Sr. Jones, foi visto distintamente emergindo da porta dos fundos, galopando rapidamente pelo pátio e desaparecendo de novo lá dentro. Mas, de manhã, um profundo silêncio se abateu sobre a casa. Nenhum porco parecia se mover ali. Eram quase nove horas quando Guinchador fez sua aparição, caminhando devagar e com aparência derrotada, os olhos embotados, a cauda caída atrás de si e com toda a cara de estar doente. Reuniu os animais e disse-lhes que tinha uma notícia terrível a comunicar. O camarada Napoleão estava morrendo!

Houve um grito de lamento. Colocaram palha em frente às portas da casa, e os animais andavam na ponta dos pés. Com lágrimas nos olhos, perguntavam uns aos outros o que deviam fazer se seu líder lhes fosse levado. Começou a circular um boato de que Bola de Neve, afinal, tinha tramado e conseguido colocar veneno na comida de Napoleão. Às onze da manhã, Guinchador saiu para fazer outro anúncio. Como último ato na Terra, o camarada Napoleão pronunciou um decreto solene: o consumo de álcool seria punido com a morte.

À noite, porém, Napoleão parecia um pouco melhor e, na manhã seguinte, Guinchador pôde dizer a todos que ele estava a caminho da recuperação. À noite, Napoleão estava de volta ao trabalho e, no dia seguinte, todos ficaram sabendo que ele tinha instruído Whymper a comprar, em Willingdon, alguns livretos sobre fermentação e destilação. Uma semana depois, Napoleão deu a ordem de que o pequeno cercado atrás da horta, que antes tinha sido pensado como pasto para os animais que não podiam mais trabalhar, seria arado. Foi dito que o pasto estava exaurido e precisava ser semeado de novo, mas logo se ficou sabendo que Napoleão pretendia plantar cevada.

Mais ou menos nessa época, ocorreu um estranho incidente, que quase ninguém conseguiu entender. Certa ocasião, em torno de meia-noite, houve um estrondo alto no pátio e os animais saíram correndo de suas baias. Era uma noite de luar. Aos pés da parede dos fundos do celeiro grande, onde estavam escritos os Sete Mandamentos, havia uma escada quebrada em dois pedaços. Guinchador, temporariamente atordoado, estava estirado ao lado dela e, perto dele, havia uma lanterna, um pincel e uma lata de tinta branca virada. Os cães imediatamente fizeram um cerco ao redor de Guinchador e o levaram de volta à casa da fazenda assim que ele conseguiu andar. Nenhum dos animais conseguiu formar uma ideia do que aquilo significava, exceto pelo velho Benjamin, que assentiu o focinho com ar de sabedoria e pareceu entender, mas se recusou a falar o que quer que fosse.

Alguns dias depois, porém, Muriel, relendo os Sete Mandamentos para si, notou que havia mais um deles de que os animais se lembravam errado. Achavam que o Quinto Mandamento era "Nenhum animal deve beber álcool", mas havia duas palavras que haviam esquecido. Na verdade, o Mandamento era: "Nenhum animal deve beber álcool **em excesso**".

CAPÍTULO IX

O casco rachado de Lutador demorou muito para sarar. Eles tinham começado a reconstrução do moinho no dia seguinte às comemorações da vitória. Lutador se recusou a tirar um só dia de folga, tornando questão de honra não deixar ninguém ver que ele estava com dor. À noite, admitia a Ferradura, em particular, que o casco o fazia sofrer muito. A égua o tratava com cataplasmas de ervas que preparava mastigando-as, e tanto ela quanto Benjamin imploravam que Lutador trabalhasse menos.

— Os pulmões de um cavalo não duram para sempre – disse ela a ele.

Mas Lutador não escutava. Tinha, disse, só uma ambição real – ver o moinho bem encaminhado antes de chegar à idade de aposentadoria.

No início, quando as leis da Fazenda dos Animais foram formuladas, a idade de aposentadoria tinha sido fixada em doze anos para cavalos e porcos, catorze para vacas, nove para cachorros, sete para ovelhas e cinco para galinhas e gansos. Havia-se debatido pensões de aposentadoria generosas. Por enquanto, nenhum animal tinha de fato se aposentado com pensão, mas, ultimamente, o assunto era cada vez mais debatido. Agora que o pequeno campo além do pomar tinha sido separado para cevada, dizia-se que um canto do pasto grande seria cercado e transformado em local de pastagem para animais aposentados. Para um cavalo, falavam, a pensão seria dois quilos de milho por dia e, no inverno, sete quilos de feno, com uma cenoura ou, possivelmente, uma maçã em feriados públicos. O aniversário de doze anos de Lutador chegaria no fim do verão seguinte.

Enquanto isso, a vida seguia difícil. O inverno foi tão frio quanto o último e a comida era ainda mais escassa. Mais uma vez, todas as rações foram reduzidas, exceto a dos porcos e cães. Uma igualdade rígida demais em rações, explicou Guinchador, seria contrária aos princípios do Animalismo. Em todo caso, ele não teve dificuldade de provar aos outros animais que, na realidade, não havia escassez de alimentos, independentemente das aparências. Por enquanto, certamente, tinha sido necessário fazer um reajuste das rações (Guinchador sempre chamava de "reajuste", nunca de "redução"), mas, em comparação com os dias de Jones, a melhoria era enorme. Lendo os números numa voz rápida e esganiçada, ele provou-lhes que tinham mais aveia, mais feno e mais nabo do que na época de Jones, que trabalhavam menos horas, que a água que bebiam era de melhor qualidade, que viviam mais, que uma proporção maior dos jovens sobrevivia à infância e que tinham mais palha em suas baias e sofriam menos com pulgas. Os animais acreditaram em cada palavra. Verdade fosse dita, Jones e tudo o que ele defendia tinham quase desaparecido da memória deles. Sabiam que a vida, hoje, era dura e vazia, que eles muitas vezes ficavam com fome e com frio e que, em geral, estavam trabalhando sempre que não estavam dormindo. Mas, sem dúvida, era pior antigamente. Eles ficavam satisfeitos de acreditar nisso. Além do mais, naqueles dias eles eram escravos e agora eram livres e isso fazia toda a diferença, como Guinchador nunca falhava em apontar.

Havia muito mais bocas para alimentar agora. No outono, as quatro leitoas tinham dado cria simultaneamente, parindo, entre elas, 31 porquinhos. Os porcos jovens eram malhados e, como Napoleão era o único porco não castrado da fazenda, era possível adivinhar quem era o pai. Anunciou-se que mais tarde, quando fossem comprados tijolos e madeira, seria construída uma escola no jardim da fazenda. Por enquanto, os porquinhos recebiam suas instruções do próprio Napoleão, na cozinha da casa. Faziam exercícios no jardim e eram desencorajados de brincar com os outros animaizinhos. Também mais ou menos nessa época, foi decretada a regra de que, quando um porco e algum outro animal se encontravam no caminho, o outro devia abrir passagem; e que todos os porcos, não importando o *status*, deviam ter o privilégio de usar laços verdes na cauda aos domingos.

A fazenda tivera um ano razoavelmente bem-sucedido, mas ainda estava com pouco dinheiro. Havia os tijolos, a areia e a cal a comprar para a escola, e também seria necessário começar a economizar de novo para o maquinário do moinho. Havia ainda o óleo de querosene para as lamparinas e velas para a casa, açúcar para a mesa de Napoleão (ele proibia que os outros porcos o consumissem, alegando que os deixava gordos) e todos os substitutos de sempre, como ferramentas, pregos, corda, carvão, arame, sucata e biscoitos para cães. Um fardo de feno e parte da safra de batata foram vendidos, e o contrato de ovos aumentou para seiscentos por semana, de modo que, naquele ano, as galinhas mal puseram ovos o bastante para manter sua comunidade com o mesmo número. As rações, reduzidas em dezembro, foram reduzidas de novo em fevereiro, e proibiram-se lanternas nas baias, para economizar querosene. Mas os porcos pareciam confortáveis o bastante e, inclusive, estavam ganhando peso. Certa tarde, no fim de fevereiro, um aroma rico e delicioso como os animais nunca tinham sentido antes veio pelo pátio saído da pequena cervejaria que já não era usada na época de Jones e ficava depois da cozinha. Alguém disse que era o cheiro de cevada sendo cozida. Os animais farejaram o ar, famintos, e se perguntaram se estava sendo preparada uma mistura quente para o jantar. Mas não apareceu mistura quente nenhuma e, no domingo seguinte, foi anunciado que, de agora em diante, toda a cevada seria reservada aos porcos. O campo depois do pomar já havia sido plantado. E logo vazou a notícia de que, agora, todo porco recebia uma ração de um quartilho de cerveja todo dia, com meio galão para Napoleão, que sempre lhe era servido na terrina de sopa da Crown Derby.

Mas, se havia dificuldades a aguentar, eram parcialmente compensadas pelo fato de que a vida, hoje em dia, tinha mais dignidade do que antes. Havia mais músicas, mais discursos, mais procissões. Napoleão ordenara que uma vez por semana deveria haver algo chamado Manifestação Espontânea, cujo objetivo era comemorar as lutas e os triunfos da Fazenda dos Animais. No momento definido, os animais deixariam seu trabalho e marchariam pela área da fazenda em formação militar, com os porcos liderando, depois os cavalos, depois as vacas, depois as ovelhas e depois as aves. Os cães ladeavam a procissão e, na frente de todos, marchava o galo preto de Napoleão. Lutador e Ferradura sempre carregavam entre si um grande estandarte verde marcado com o casco e o chifre, e as palavras: "Vida longa ao camarada Napoleão!". Depois, havia recitações de poemas compostos em homenagem a Napoleão, além de um discurso de Guinchador explicando as particularidades dos aumentos recentes na produção de alimentos e, ocasionalmente, era disparado um tiro da arma. As ovelhas eram as maiores devotas da Manifestação Espontânea e, se alguém reclamasse (como alguns animais às vezes faziam quando não havia porcos nem cães por perto) que era um desperdício de tempo e significava ter de ficar muito tempo parado no frio, as ovelhas sempre o silenciavam com balidos tremendos de "Quatro patas, bom; duas pernas, ruim". Mas, no geral, os animais gostavam dessas comemorações. Achavam reconfortante serem lembrados de que, afinal, eram realmente seus próprios mestres e o trabalho que faziam era para seu próprio benefício. Desse modo, com as canções, as procissões, as listas de números de Guinchador, o estrondo da arma, o cacarejar do galo e o flutuar da bandeira, eles conseguiam esquecer que suas barrigas estavam vazias – pelo menos parte do tempo.

Em abril, a Fazenda dos Animais foi proclamada República, e tornou-se necessário eleger um presidente. Havia apenas um candidato, Napoleão, que foi eleito unanimemente. No mesmo dia, foi dito que novos documentos tinham sido descobertos, revelando mais detalhes da cumplicidade de Bola de Neve com Jones. Parecia, agora, que Bola de Neve não tinha, como os animais haviam antes imaginado, meramente tentado perder a Batalha do Curral por meio de um estratagema, mas estivera lutando abertamente ao lado de Jones. Aliás, tinha sido ele o líder das forças humanas, e havia entrado na batalha com as palavras "Vida longa à humanidade!" nos lábios. As feridas nas costas de Bola de Neve, que alguns animais ainda se lembravam de ter visto, tinham sido infligidas pelos dentes de Napoleão.

No meio do verão, Moisés, o corvo, reapareceu de repente na fazenda, após uma ausência de vários anos. Não tinha mudado nada, ainda não trabalhava e falava o mesmo papo de sempre sobre a Montanha de Algodão-Doce. Empoleirava-se em um toco, batia as asas negras e falava sem parar para quem quisesse ouvir.

— Lá em cima, camaradas – dizia, solenemente, apontando para o céu com seu grande bico. — Lá em cima, bem do outro lado daquela nuvem preta que vocês veem, lá está a Montanha de Algodão-Doce, aquele país feliz onde os pobres animais descansarão para sempre de seus trabalhos!

Ele alegava até ter estado lá em um de seus voos mais altos e visto os campos infinitos de dente-de-leão, e as tortas de linhaça e os torrões de açúcar crescendo nas sebes. Muitos dos animais acreditavam. A vida agora, pensavam, era cheia de fome e trabalho; não seria certo e justo existir um mundo melhor em algum outro lugar? Algo que era difícil determinar era o que os porcos pensavam de Moisés. Todos declaravam com desdém que as histórias sobre a Montanha de Algodão-Doce eram mentira, mas lhe permitiam ficar na fazenda, sem trabalhar, com uma pensão de 120 mililitros de cerveja por dia.

Depois de seu casco ter se curado, Lutador trabalhou mais do que nunca. Aliás, todos os animais trabalharam como escravos naquele ano. Fora o trabalho regular na fazenda e a reconstrução do moinho, havia a escola para os jovens porcos, que começou a ser construída em março. Às vezes, as longas horas e a comida insuficiente eram difíceis de aguentar, mas Lutador nunca vacilava. Em nada que dizia ou fazia havia qualquer sinal de que sua força não era como antes. Só a aparência dele estava um pouco alterada; seu pelo estava menos brilhante do que costumava ser e suas grandes ancas pareciam ter encolhido. Os outros diziam: "Lutador vai melhorar quando chegar a grama da primavera"; mas veio a primavera e Lutador não engordou. Às vezes, na encosta que levava ao topo da pedreira, quando ele colocava seus músculos contra o peso de algum vasto pedregulho, parecia que nada o mantinha de pé exceto a vontade de continuar. Nesses momentos, viam seus lábios formando as palavras "Vou trabalhar mais"; ele já não tinha voz. Outra vez, Ferradura e Benjamin o alertaram a cuidar de sua saúde, mas Lutador não prestou atenção. Seu aniversário de doze anos estava chegando. Ele não ligava para o que ia acontecer, desde que uma boa quantidade de pedra fosse acumulada antes de ele se aposentar.

No fim de uma tarde de verão, correu pela Fazenda um repentino rumor de que algo tinha acontecido com Lutador. Ele tinha ido sozinho arrastar uma carga de pedras até o moinho. E, claro, o rumor era verdade. Alguns minutos depois, dois pombos vieram correndo com a notícia:

— Lutador caiu! Está deitado de lado e não consegue se levantar!

Mais ou menos metade dos animais correram até o outeiro onde ficava o moinho. Lá estava Lutador, entre os eixos da carroça, com o pescoço estendido, incapaz até de levantar a cabeça. Seus olhos estavam vidrados; suas laterais, opacas de suor. Um fino fluxo de sangue caía de sua boca. Ferradura caiu de joelhos ao lado dele.

— Lutador! – gritou. — O que aconteceu?

— É meu pulmão – disse Lutador com voz fraca. — Não tem importância. Acho que vocês vão conseguir terminar o moinho sem mim. Tem uma boa quantidade de pedra acumulada. Em todo caso, eu só tinha mais um mês. Para dizer a verdade, eu estava bem animado para minha aposentadoria. E talvez, como Benjamin também está envelhecendo, eles o deixem se aposentar ao mesmo tempo e me fazer companhia.

— Precisamos buscar ajuda imediatamente – falou Ferradura. — Alguém corra e diga a Guinchador o que aconteceu.

Todos os outros animais correram na mesma hora para a casa da fazenda para dar a notícia a Guinchador. Só ficaram Ferradura e Benjamin, que se deitou ao lado de Lutador e, sem falar, afastou as moscas dele com sua cauda longa. Depois de cerca de um quarto de hora, Guinchador apareceu, cheio de empatia e preocupação. Disse que o camarada Napoleão tinha ficado sabendo com o maior tormento sobre a infelicidade de um dos trabalhadores mais leais da Fazenda e já estava fazendo arranjos para mandar Lutador para ser tratado no hospital em Willingdon. Os animais se sentiram um pouco desconfortáveis com isso. Exceto Mollie e Bola de Neve, nenhum outro animal jamais saíra da fazenda, e eles não gostavam de pensar em seu camarada doente nas mãos de seres humanos. Guinchador, porém, facilmente os convenceu de que o cirurgião veterinário em Willingdon podia tratar do caso de Lutador de forma mais satisfatória do que seria possível na fazenda. E cerca de meia hora mais tarde, quando Lutador já tinha melhorado um pouco, foi colocado de pé com dificuldade e conseguiu mancar de volta a sua baia, onde Ferradura e Benjamin lhe tinham preparado uma boa cama de palha.

Durante os dois dias seguintes, Lutador permaneceu em sua baia. Os porcos tinham mandado uma garrafa grande de um remédio cor-de-rosa que acharam no armário de remédios do banheiro, e Ferradura o dava duas vezes ao dia a Lutador, após as refeições. À noite, ela se deitava na baia dele e conversava com ele, enquanto Benjamin afastava as moscas. Lutador afirmou não se arrepender do que acontecera. Se ele se recuperasse bem, podia viver mais três anos e estava ansioso pelos dias de paz que passaria no canto do grande pasto. Seria a primeira vez que ele teria tempo ocioso para estudar e melhorar sua mente. Pretendia, falou, dedicar o resto da vida a aprender as outras 22 letras do alfabeto.

Mas Benjamin e Ferradura só podiam ficar com Lutador depois do horário de trabalho, e foi no meio do dia que vieram levá-lo. Os animais todos estavam trabalhando arrancando ervas dos nabos sob supervisão de um porco quando ficaram surpresos de ver Benjamin galopando da direção dos prédios, zurrando a plenos pulmões. Era a primeira vez que viam Benjamin tão excitado – aliás, era a primeira vez que qualquer um o via galopar.

— Rápido, rápido! – gritou ele. — Venham agora! Estão levando o Lutador!

Sem esperar ordens do porco, os animais pararam o trabalho e foram correndo até os prédios. E, de fato, lá no pátio havia uma grande carroça fechada puxada por dois cavalos, com letras na lateral e um homem com cara de dissimulado e usando um chapéu-coco baixo, sentado no banco do motorista. E a baia de Lutador estava vazia.

Os animais se agruparam ao redor da carroça.

— Até logo, Lutador! – falaram em coro. — Até logo!

— Idiotas! Idiotas! – gritou Benjamin, rodeando-os e batendo os pequenos cascos na terra. — Idiotas! Vocês não estão vendo o que está escrito na lateral da carroça?

Isso deixou os animais pensativos e houve um silêncio. Muriel começou a soletrar as palavras. Mas Benjamin a empurrou e, no meio de um silêncio mortal, leu:

— "Alfred Simmonds, Abatedor de Cavalos e Fabricante de Cola, Willingdon. Comerciante de Peles e Farinha de Ossos. Fornecedor de Canis." Vocês não entendem o que isso quer dizer? Estão mandando ele para o matadouro!

Todos os animais soltaram um grito de horror. Nesse momento, o homem na cabine chicoteou seus cavalos, e a carroça saiu do pátio num trote elegante. Todos os animais foram atrás, gritando a plenos pulmões. Ferradura abriu caminho até a frente. A carroça começou a ganhar velocidade. Ferradura tentou fazer seus membros robustos acelerarem e conseguiu um meio galope.

— Lutador! — gritou. — Lutador! Lutador! Lutador!

E bem nesse momento, como se ele tivesse ouvido a convulsão lá fora, a cara de Lutador, com a faixa branca no focinho, apareceu na pequena janela dos fundos da carroça.

— Lutador! – gritou Ferradura numa voz terrível. — Lutador! Saia daí! Saia logo! Estão levando você para morrer!

Todos os animais começaram juntos o grito de "Sai daí, Lutador, sai daí!". Mas a carroça já estava ganhando velocidade e se afastando deles. Não dava para saber se Lutador entendera o que Ferradura dissera. Mas, um momento depois, a cara dele desapareceu da janela e houve o som de um tremendo bater de cascos dentro da van. Ele estava tentando chutar a porta. Houve época em que alguns chutes de Lutador teriam feito a carroça em migalhas. Mas ah!, sua força o tinha deixado; e, em alguns momentos, o som dos cascos batendo ficou mais fraco e parou por completo. Em desespero, os animais começaram a apelar aos dois cavalos que puxavam a carroça para pararem.

— Camaradas, camaradas! – berraram — Não levem seu próprio irmão para a morte!

Mas os brutos estúpidos, ignorantes demais para perceber o que estava acontecendo, simplesmente colocaram as orelhas para trás e apressaram o passo. A cara de Lutador não reapareceu na janela. Tarde demais, alguém pensou em correr à frente e fechar o portão de cinco trancas; mas em um segundo a carroça passou por ele e rapidamente desapareceu pela estrada. Lutador nunca mais foi visto.

Três dias depois, anunciaram que ele tinha morrido no hospital em Willingdon, apesar de receber todos os cuidados possíveis para um cavalo. Guinchador veio anunciar a notícia aos outros. Disse ter estado presente durante as últimas horas de Lutador.

— Foi a visão mais comovente que já vivenciei! – disse Guinchador, levantando a pata para limpar uma lágrima. — Fiquei no leito de morte dele até o último momento. E, no fim, quase fraco demais para falar, ele sussurrou no meu ouvido que sua única mágoa era ter falecido antes de o moinho estar finalizado. "Em frente, camaradas!", sussurrou. "Em frente em nome da rebelião. Vida longa à Fazenda dos Animais! Vida longa ao camarada Napoleão! Napoleão está sempre certo." Essas foram suas últimas palavras, camaradas.

Aqui, o comportamento de Guinchador mudou de repente. Ele ficou em silêncio por um momento, e seus olhos se lançaram em suspeita de um lado a outro antes de ele seguir.

Tinha chegado ao seu conhecimento, falou, que um boato tolo e malvado havia circulado na época do afastamento de Lutador. Alguns dos animais haviam notado que a carroça que levou Lutador estava marcada como "Abatedor de Cavalos" e se precipitado a concluir que Lutador tinha sido enviado ao matadouro. Era quase inacreditável, disse Guinchador, que algum animal pudesse ser tão estúpido. Será, gritou, indignado, balançando a cauda e pulando de um lado para o outro, será que eles não conheciam seu amado líder camarada Napoleão melhor que isso? Mas a explicação era bem simples. A carroça antes era de propriedade do matadouro e tinha sido comprada pelo cirurgião veterinário, que ainda não apagara o nome antigo. Fora assim que o erro surgira.

Os animais ficaram enormemente aliviados em ouvir isso. E quando Guinchador seguiu dando detalhes gráficos do leito de morte de Lutador, o cuidado admirável que ele recebera e os remédios caros pelos quais Napoleão havia pagado sem pensar no custo, suas últimas dúvidas desapareceram e a mágoa que sentiam pela morte de seu camarada foi temperada pelo pensamento de que, por fim, ele morrera feliz.

O próprio Napoleão apareceu na reunião na manhã do domingo seguinte e pronunciou uma curta oração em homenagem a Lutador. Não tinha sido possível, disse, trazer de volta os restos mortais de seu lamentado camarada para enterrar na fazenda, mas ele ordenara que fosse feita uma grande coroa com os louros do jardim da fazenda e enviada para colocar no túmulo de Lutador. E, em alguns dias, os porcos pretendiam fazer um banquete em memória de Lutador. Napoleão terminou seu discurso com um lembrete das duas máximas favoritas de Lutador: "Vou trabalhar mais" e "O camarada Napoleão está sempre certo" – máximas, disse ele, que todo animal faria bem em adotar.

No dia marcado para o banquete, o carro de um armazém veio de Willingdon e entregou um grande caixote de madeira na casa da fazenda. Naquela noite, houve o som de uma cantoria ruidosa, seguida pelo que parecia uma briga violenta e que acabou em torno de onze da noite com um tremendo som de vidro quebrando. Ninguém se mexeu na casa antes do meio-dia seguinte, e falou-se que, de algum modo, os porcos tinham conseguido dinheiro para comprar outra caixa de uísque.

CAPÍTULO X

Anos se passaram. As estações vieram e se foram, as curtas vidas dos animais passaram voando. Chegou um tempo em que ninguém se lembrava dos velhos dias antes da rebelião, exceto Ferradura, Benjamin, o corvo Moisés e alguns porcos.

Muriel estava morta; Bluebell, Jessie e Pincher estavam mortos. Jones também tinha morrido numa casa para ébrios em outra parte do país. Bola de Neve fora esquecido. Lutador fora esquecido, exceto pelos poucos que o conheceram. Ferradura era agora uma velha égua com dor nas juntas e uma tendência a olhos lacrimejantes. Tinha passado dois anos de sua idade de aposentadoria, mas, na realidade, nenhum animal jamais se aposentava. A conversa de separar um canto de pasto para animais jubilados já tinha sido abandonada há muito tempo. Napoleão agora era um porco maduro de 150 quilos. Guinchador estava tão gordo que enxergava com dificuldade. Apenas o velho Benjamin estava mais ou menos como sempre, só um pouco mais grisalho no focinho e, desde a morte de Lutador, mais moroso e taciturno do que nunca.

Havia, agora, muito mais criaturas na fazenda, embora o aumento não fosse tão grande quanto se esperava em anos anteriores. Tinham nascido muitos animais, para quem a rebelião era só uma longínqua tradição passada de boca a boca, e outros tinham sido trazidos sem nunca ouvir menção de uma coisa dessas antes de sua chegada. A fazenda agora tinha três cavalos além de Ferradura. Eram criaturas boas e honestas, trabalhadores dispostos e bons camaradas, mas muito estúpidos. Nenhum deles se mostrou capaz de aprender o alfabeto além da letra B. Aceitavam tudo o que lhes diziam sobre a rebelião e os princípios do Animalismo, especialmente de Ferradura, por quem tinham um respeito quase filial; mas era duvidoso que entendessem muito do que lhes era dito.

A fazenda era agora mais próspera e organizada: tinha até sido aumentada em dois campos, comprados do Sr. Pilkington. O moinho enfim tinha sido finalizado com sucesso e a fazenda possuía sua própria debulhadora e seu elevador de feno, além de vários novos prédios. Whymper tinha comprado para si uma carruagem. O moinho, porém, não tinha sido usado, no fim, para gerar energia elétrica. Era usado para moer milho e trazia um belo lucro em dinheiro para a fazenda. Os animais estavam trabalhando duro para construir mais um moinho; quando fosse finalizado, diziam, os dínamos seriam instalados. Mas os luxos com os quais Bola de Neve tinha ensinado os animais a sonhar, as baias com luz elétrica e água quente e fria, a semana de três dias, já não eram mencionados. Napoleão tinha declarado tais ideias como contrárias ao espírito do Animalismo. A felicidade verdadeira, disse ele, estava em trabalhar duro e viver frugalmente.

De alguma forma, parecia que a fazenda tinha ficado mais rica sem tornar os próprios animais mais ricos – senão, claro, pelos porcos e cães. Talvez fosse em parte porque havia muitos porcos e muitos cães. Não era que tais criaturas não trabalhassem, a seu modo. Havia, como Guinchador nunca se cansava de explicar, trabalho sem fim na supervisão e organização da fazenda. Boa parte do trabalho era de um tipo que os outros animais eram ignorantes demais para compreender. Por exemplo, Guinchador lhes disse que os porcos tinham de se esforçar enormemente todo dia em coisas misteriosas chamadas "arquivos", "relatórios", "minutas" e "memorandos". Eram grandes folhas de papel que precisavam ser inteiramente cobertas de escritos e, logo depois, eram queimadas na fornalha. Isso era da maior importância para o bem-estar da fazenda, disse Guinchador. Mas, ainda assim, nem porcos, nem cães produziam qualquer comida com seu próprio trabalho; e havia muitos deles, e seu apetite sempre era bom.

Quanto aos outros, sua vida, até onde sabiam, era como sempre fora. Costumavam estar famintos, dormiam na palha, bebiam do bebedouro, trabalhavam nos campos; no inverno, se incomodavam com o frio e no verão, com as moscas. Às vezes, os mais velhos buscavam em suas fracas memórias tentando determinar se, nos primórdios da rebelião, quando a expulsão de Jones ainda era recente, as coisas eram melhores ou piores do que agora. Não conseguiam lembrar. Não havia nada com que comparar sua vida atual. Não tinham base nenhuma, exceto a lista de números de Guinchador, que invariavelmente demonstrava que tudo estava ficando cada vez melhor. Os animais achavam o problema insolúvel; em todo caso, tinham pouco tempo para especular sobre esse tipo de coisa. Só o velho Benjamin professava lembrar cada detalhe de sua longa vida e saber que as coisas nunca tinham sido, nem nunca poderiam ser, muito melhores ou piores – fome, sofrimento e decepção eram, disse ele, a lei inalterável da vida.

Ainda assim, os animais nunca perdiam as esperanças. Além disso, nunca perdiam, nem por um instante, o senso de honra e privilégio por serem membros da Fazenda dos Animais. Ainda eram a única fazenda em todo o condado – em toda a Inglaterra! – de propriedade dos animais e por eles operada. Nenhum deles, nem o mais jovem, nem os recém-chegados trazidos de fazendas a quinze ou trinta quilômetros de distância, jamais deixava de se maravilhar com isso. E, quando ouviam a arma disparando e viam a bandeira verde tremulando no mastro, seu coração se inchava de orgulho imperecível, e a conversa sempre voltava aos velhos dias de heroísmo, à expulsão de Jones, à escrita dos Sete Mandamentos, às grandes batalhas nas quais os invasores humanos haviam sido derrotados. Nenhum dos velhos sonhos tinha sido abandonado. Ainda se acreditava na República dos Animais prevista pelo Major, quando os campos verdes da Inglaterra não mais seriam pisados por pés humanos. Algum dia ela viria: podia não ser logo, podia não ser durante a vida de nenhum animal hoje vivo, mas ela viria. Até a melodia de "Bichos da Inglaterra" talvez ainda fosse murmurada em segredo aqui e ali: de todo modo, era um fato que todo animal na fazenda a conhecia, embora ninguém ousasse cantá-la em voz alta. Podia ser que a vida deles fosse difícil e nem todas as suas expectativas tivessem sido atendidas; mas tinham consciência de não ser como os outros animais. Se ficavam com fome, não era por serem alimentados por seres humanos tirânicos; se trabalhavam duro, pelo menos era para si mesmos. Criatura nenhuma entre eles andava sobre duas pernas. Criatura nenhuma chamava outra de "mestre". Todos os animais eram iguais.

Um dia, no início do verão, Guinchador mandou que as ovelhas o seguissem e as levou até um pedaço de solo devastado na outra ponta da fazenda, que tinha sido tomado por jovens bétulas. As ovelhas passaram o dia lá, olhando as folhas sob a supervisão de Guinchador. À noite, ele mesmo voltou à casa da fazenda, mas, como o clima estava quente, disse para as ovelhas ficarem onde estavam. Acabaram permanecendo ali por uma semana inteira, tempo durante o qual os outros animais não as viram. Guinchador estava com elas a maior parte de todos os dias. Estava, disse, ensinando-as a cantar uma nova música e, para isso, era preciso privacidade.

Foi só depois que as ovelhas voltaram, numa agradável noite em que os animais tinham terminado o trabalho e estavam voltando aos prédios da fazenda, que se ouviu o relincho aterrorizado de um cavalo vindo do pátio. Assustados, os animais pararam de chofre. Era a voz de Ferradura. Ela relinchou de novo e todos os animais irromperam num galope até o pátio. Então, viram o que Ferradura tinha visto.

Era um porco caminhando nas patas traseiras.

Sim, era Guinchador. De modo um pouco esquisito, como se não estivesse bem acostumado a apoiar sua massa considerável naquela posição, mas com perfeito equilíbrio, ele desfilava pelo pátio. E um momento depois, da porta da casa, veio uma longa fileira de porcos, todos caminhando sobre as patas traseiras. Alguns iam melhor do que os outros, um ou dois estavam até um tanto instáveis e pareciam querer o apoio de uma bengala, mas todos conseguiram dar a volta no pátio com sucesso. E, finalmente, ouve um tremendo latido dos cães e um cacarejo agudo do galo preto, e lá veio o próprio Napoleão, majestosamente ereto, lançando olhares altivos de um lado a outro e com os cachorros saltitando ao seu redor.

Ele carregava um chicote na pata.

Houve um silêncio mortal. Impressionados, aterrorizados, se abraçando, os animais observaram a longa fila de porcos dando a volta lentamente no pátio. Era como se o mundo estivesse de ponta-cabeça. Então veio um momento em que o primeiro choque passou e, apesar de tudo – apesar do terror que sentiam dos cachorros e do hábito, desenvolvido ao longo dos anos, de nunca reclamar, nunca criticar, não importava o que acontecesse –, eles talvez tivessem pronunciado alguma palavra de protesto. Mas, bem nesse momento, como se recebendo um sinal, todas as ovelhas irromperam num enorme balido de:

— Quatro patas, bom; duas pernas, melhor! Quatro patas, bom; duas pernas, melhor! Quatro patas, bom; duas pernas, melhor!

Seguiu-se por cinco minutos sem parar. E, quando as ovelhas se aquietaram, a chance de pronunciar algum protesto havia passado, pois os porcos haviam marchado de volta para a casa.

Benjamin sentiu um focinho se encostando em seu ombro. Olhou para trás. Era Ferradura. Os velhos olhos dela pareciam mais opacos do que nunca. Sem dizer nada, ela puxou gentilmente a crina dele e o levou até o fim do grande celeiro, onde estavam escritos os Sete Mandamentos. Por um ou dois minutos, ficaram olhando a parede desmazelada com suas letras brancas.

— Minha visão está falhando – disse ela, enfim. — Mesmo quando eu era jovem, não conseguiria ler o que estava escrito lá. Mas me parece que essa parede está diferente. Os Sete Mandamentos estão iguais a antes, Benjamin?

Desta vez, Benjamin consentiu em quebrar sua regra e leu para ela o que estava escrito na parede. Não havia agora mais nada senão um único Mandamento. Dizia:

> *Todos os animais são iguais.*
> *mas alguns são mais iguais que os outros.*

Depois disso, não pareceu estranho quando, no dia seguinte, os porcos que supervisionavam o trabalho na fazenda estavam todos carregando chicotes em suas patas. Não pareceu estranho ficar sabendo que os porcos tinham trazido consigo um radiocomunicador sem fio, estavam combinando de instalar um telefone e tinham feito assinaturas dos periódicos *John Bull*, *Tit-Bits* e *Daily Mirror*. Não pareceu estranho quando Napoleão foi visto caminhando pelo jardim da casa com um cachimbo na boca – não, nem quando os porcos tiraram as roupas do Sr. Jones do armário e as vestiram, o próprio Napoleão aparecendo de casaco preto, calças de caça e perneiras de couro, enquanto sua porca favorita apareceu com o vestido de seda que a Sra. Jones costumava usar aos domingos.

Uma semana depois, à tarde, uma série de carroças chegou à fazenda. Uma delegação de fazendeiros vizinhos tinha sido convidada para fazer uma inspeção. Foram levados por toda a fazenda e expressaram grande admiração por tudo o que viram, em especial o moinho. Os animais estavam tirando ervas daninhas do campo de nabos. Trabalhavam diligentes, mal levantando a cara do solo e sem saber se deviam ter mais medo dos porcos ou dos visitantes humanos.

Naquela noite, houve risadas altas e explosões de cantoria vindo da casa de fazenda. E, de repente, ao som de vozes misturadas, os animais foram tomados de curiosidade. O que poderia estar acontecendo lá, agora que, pela primeira vez, animais e humanos se encontravam em pé de igualdade? De comum acordo, começaram a se aproximar o mais silenciosamente que conseguiam do jardim da casa.

Ao portão, pararam, meio receosos de seguir, mas Ferradura mostrou o caminho. Foram na ponta do pé até a casa, e os animais que tinham altura o bastante espiaram pela janela da sala de jantar. Lá, ao redor da mesa redonda, estavam sentados meia dúzia de fazendeiros e meia dúzia de porcos mais eminentes, com o próprio Napoleão ocupando o assento de honra à cabeceira da mesa. Os porcos pareciam completamente à vontade em suas cadeiras. Os visitantes estavam se divertindo com um jogo de cartas, mas, por um momento, pararam, evidentemente para fazer um brinde. Uma grande jarra circulava e as canecas estavam sendo enchidas de cerveja. Ninguém notou as caras curiosas dos animais que olhavam pela janela.

O Sr. Pilkington, de Foxwood, tinha se levantado, caneca na mão. Disse que ia pedir para os convidados presentes fazerem um brinde. Mas, antes disso, havia algumas palavras que sentia que era sua incumbência dizer.

Era-lhe uma grande fonte de satisfação, disse – e, tinha certeza, a todos os outros presentes –, sentir que um longo período de desconfiança e desentendimento havia chegado ao fim. Houvera um tempo – não que ele ou qualquer um dentre os convidados tivesse tais sentimentos –, mas houvera um tempo em que os respeitados proprietários da Fazenda dos Animais eram vistos com, ele não diria hostilidade, mas talvez certa medida de desconfiança, por seus vizinhos humanos. Incidentes infelizes haviam ocorrido, ideias erróneas eram aventadas. Sentia-se que a existência de uma fazenda de propriedade de porcos e operada por eles era, de alguma forma, anormal e podia ter um efeito perturbador na vizinhança. Muitos fazendeiros tinham pressuposto, sem o devido inquérito, que, nessa fazenda, prevaleceria um espírito de licenciosidade e indisciplina. Tinham ficado nervosos com os efeitos em seus próprios animais ou até em seus funcionários humanos. Mas todas as dúvidas agora haviam sido desconsideradas. Hoje, ele e seus amigos tinham visitado a Fazenda dos Animais e inspecionado cada centímetro dela com seus próprios olhos, e encontrado o quê? Não apenas os métodos mais atualizados, mas também uma disciplina e ordem que deviam ser exemplo a todos os fazendeiros em todo lugar. Ele acreditava que tinha razão em dizer que os animais mais inferiores da Fazenda dos Animais trabalhavam mais e recebiam menos comida do que os animais do condado. Aliás, ele e os outros visitantes, hoje, tinham observado muitas características que queriam introduzir imediatamente em suas próprias fazendas.

Ele ia terminar seus comentários, disse, enfatizando mais uma vez os sentimentos amigáveis que subsistiam e deveriam subsistir entre a Fazenda dos Animais e seus vizinhos. Entre porcos e humanos não havia, nem deveria haver, nenhum conflito de interesses. Suas lutas e dificuldades eram as mesmas. Ou o problema de mão de obra não era o mesmo em todo lugar? Aqui, ficou aparente que o Sr. Pilkington estava prestes a soltar alguma observação espirituosa para os presentes, mas, por um momento, ficou assoberbado demais se divertindo para conseguir dizer:

— Se vocês têm de lidar com seus animais inferiores – falou. — Nós temos nossas classes inferiores!

Esse dito fez com que a mesa toda urrasse; e o Sr. Pilkington mais uma vez parabenizou os porcos pelas rações reduzidas, as longas horas de trabalho e a ausência geral de privilégios que via na Fazenda dos Animais.

E, agora, disse ele finalmente, ia pedir que os presentes se levantassem e se certificassem de que os copos estivessem cheios.

— Senhores – concluiu o Sr. Pilkington. — Senhores, proponho-lhes um brinde: à prosperidade da Fazenda dos Animais!

Houve uma comemoração entusiástica e um bater de pés. Napoleão ficou tão satisfeito que saiu de seu lugar e rodeou a mesa para bater sua caneca na do Sr. Pilkington antes de esvaziá-la. Quando a comemoração acabou, Napoleão, que permanecera de pé, anunciou que também tinha algumas palavras a dizer.

Como todos os discursos de Napoleão, foi curto e direto ao ponto. Ele também, falou, estava feliz pelo período de desentendimento ter chegado ao fim. Por muito tempo, houve rumores – divulgados, ele tinha motivo para pensar, por algum inimigo maligno – de que havia algo subversivo e até revolucionário na visão dele próprio e de seus colegas. Tinham sido creditados com a tentativa de incitar a rebelião entre os animais das fazendas vizinhas. Nada podia estar mais longe da verdade! Seu único desejo, agora e no passado, era viver em paz e ter relações comerciais normais com seus vizinhos. Essa fazenda, que ele tinha a honra de controlar, adicionou, era uma cooperativa. As escrituras, que estavam em sua posse, eram de todos os porcos em conjunto.

Ele não acreditava, falou, que alguma das antigas suspeitas permanecessem, mas certas mudanças tinham sido feitas na rotina da fazenda para ter o efeito de promover ainda mais confiança. Até aquele momento, os animais na fazenda tinham um costume bastante tolo de tratar um ao outro como "camarada". Isso seria suprimido. Havia também um costume estranho, de origem desconhecida, de marchar toda manhã de domingo em frente ao crânio de um porco, que ficava pregado a um poste no jardim. Isso era outra coisa a suprimir, e o crânio já fora enterrado. Seus visitantes talvez também tivessem observado a bandeira que tremulava no mastro. Se sim, talvez tivessem notado que o casco e chifre brancos que antes a decoravam haviam sido removidos. De agora em diante, seria uma bandeira verde lisa.

Ele só tinha uma crítica, continuou, ao excelente e cortês discurso do Sr. Pilkington. Ele havia se referido o tempo todo à "Fazenda dos Animais". Não podia, claro, saber – pois ele, Napoleão, estava agora anunciando pela primeira vez – que o nome "Fazenda dos Animais" havia sido abolido. Dali em diante, a fazenda seria conhecida como "Fazenda do Solar" – que, ele acreditava, era o nome correto e original.

— Senhores – concluiu Napoleão. — Proponho-lhes o mesmo brinde de antes, mas num formato diferente. Encham seus copos até a boca. Senhores, eis o meu brinde: à prosperidade da Fazenda do Solar!

Houve a mesma comemoração ruidosa de antes e as canecas foram esvaziadas. Mas, aos animais que olhavam a cena lá de fora, pareceu haver algo estranho acontecendo. O que era que tinha se alterado no rosto dos porcos? Os velhos olhos fracos de Ferradura foram de um rosto a outro. Alguns tinham cinco queixos, alguns, quatro, outros, três. Mas o que parecia estar derretendo e se transformando? Então, com o aplauso chegando ao fim, os visitantes pegaram suas cartas e continuaram o jogo que tinha sido interrompido, e os animais silenciosamente se afastaram.

Mas não tinham andado vinte metros antes de parar. Um rebuliço de vozes vinha da fazenda. Correram de volta e olharam de novo pela janela. Sim, uma briga violenta estava acontecendo. Havia gritos, batidas na mesa, olhares suspeitos e cortantes, negações furiosas. A fonte do problema parecia ser que tanto Napoleão quanto o Sr. Pilkington tinham jogado ao mesmo tempo um ás de espadas.

Doze vozes gritavam com raiva e eram todas iguais. Não havia dúvidas, agora, do que acontecera com o rosto dos porcos. As criaturas lá fora olharam de porco para homem e de homem para porco, mas já era impossível distinguir um do outro.

Novembro de 1943 – fevereiro de 1944

o que eu queria era encontrar a linha que oferecesse a menor resistência. E, na minha mente, repassei as três possibilidades, que eram:

A. Contar para ela o que eu estive fazendo de verdade e, de alguma forma, fazer com que acreditasse em mim.

B. Usar o velho truque de perder a memória.

C. Deixar ela continuar pensando que era uma mulher e aceitar meu remédio.

Mas, maldição! Eu sabia qual teria que ser.

FIM

E, Deus do céu, o que eu podia ver no meu futuro! Você sabe como é. As semanas sem fim de reclamação e rabugice terríveis, e os comentários maldosos depois que você acha que o tratado de paz já foi assinado, e as refeições sempre atrasadas, e as crianças querendo saber do que se trata. Mas o que realmente me deprimiu era o tipo de esqualidez mental, de clima mental em que o motivo real por que eu havia ido para Binfield de Baixo não seria nem sequer concebível. Foi isso o que mais me atingiu naquele momento. Se eu passasse uma semana explicando a Hilda POR QUE eu tinha ido a Binfield de Baixo, ela jamais compreenderia. E QUEM compreenderia, aqui em Ellesmere Road? Deus! Será que eu mesmo compreendia? A coisa toda parecia estar se apagando da minha mente. Por que eu tinha ido para Binfield de Baixo? Eu TINHA MESMO ido para lá? Nessa atmosfera, parecia apenas sem sentido. Nada é real em Ellesmere Road exceto as contas de gás, as mensalidades da escola, repolho cozido e o escritório na segunda-feira.

Mais uma tentativa:

— Mas olha aqui, Hilda! Eu sei o que você está pensando. Mas está totalmente enganada. Eu juro pra você que você está enganada.

— Ah, não, George. Se eu estivesse enganada, por que você precisaria contar todas aquelas mentiras?

Não dava para escapar dessa, é claro.

Dei um passo ou dois para cima e para baixo. O cheiro de capas de chuva velhas estava bem forte. Por que eu tinha fugido daquele jeito? Por que eu tinha me incomodado com o futuro e com o passado, já que o futuro e o passado não importam? Quaisquer motivos que eu pudesse ter, mal podia me lembrar deles agora. A vida antiga em Binfield de Baixo, a guerra e o pós-guerra, Hitler, Stálin, bombas, metralhadoras, filas para comida, cassetetes de borracha – estavam se apagando, tudo se apagando. Nada restava além de uma briga reles e vulgar em meio ao cheiro de capas de chuva velhas.

Uma última tentativa:

— Hilda! Só me escute por um minuto. Olha aqui, você não sabe onde eu estive essa semana toda, sabe?

— Eu não quero saber onde você esteve. Eu sei O QUE você estava fazendo. Isso já basta para mim.

— Mas que droga…

Deveras inútil, é claro. Ela me julgava culpado e agora ia me dizer o que pensava de mim. Aquilo podia levar algumas horas. E, depois disso, ainda havia mais problemas no horizonte, porque logo iria lhe ocorrer onde eu havia arranjado o dinheiro para essa viagem, e daí descobriria que eu tinha escondido dela as dezessete libras. Realmente, não havia motivo para que esta briga não fosse até as três da manhã. Era inútil continuar fingindo uma inocência ferida. Tudo

Saunders podia ter esquecido de postar a carta que enviei com o endereço do Rowbottom e, nesse caso, seria possível eu enfrentar a situação. Porém Hilda logo sufocou essa ideia.

— Bem, George, você viu o que a carta diz? No dia em que você saiu daqui, eu escrevi para o Hotel Rowbottom. Coisa de nada, só uma notinha, perguntando a eles se você tinha chegado lá. E você viu a resposta que recebi? Não existe mais um lugar chamado Hotel Rowbottom. E, no mesmo dia, na mesma remessa, recebi sua carta dizendo que você estava no hotel. Você pediu para alguém postar para você, suponho. ESSE foi o seu negócio em Birmingham!

— Mas olha aqui, Hilda! Você entendeu tudo errado. Não é o que você está pensando, de jeito nenhum. Você não entende.

— Ah, entendo, sim, George. Entendo PERFEITAMENTE.

— Mas olha aqui, Hilda…

Mas era inútil, claro. Era um flagra justo. Eu não podia nem olhar nos olhos dela. Virei e tentei me dirigir para a porta.

— Eu tenho que guardar o carro na garagem – falei.

— Ah, não, George! Você não vai escapar dessa assim. Vai ficar aqui e ouvir o que eu tenho a dizer, faz favor.

— Mas, maldição! Eu tenho que acender os faróis, não tenho? Já passou da hora de acender. Quer que sejamos multados?

Com isso ela me deixou ir, e eu saí e acendi os faróis do carro, mas quando voltei ela ainda estava lá de pé, feito uma imagem de perdição, com as duas cartas, a minha e a do advogado na mesa defronte a ela. Eu tinha recuperado um pouco da minha coragem e tentei outra vez:

— Escuta, Hilda. Você está vendo as coisas pelo ângulo errado nesse negócio. Eu posso explicar tudo.

— Tenho certeza de que você PODERIA explicar tudo, George. A questão é se eu acreditaria em você.

— Mas você está simplesmente tirando conclusões precipitadas! O que te fez escrever para o pessoal do hotel, afinal de contas?

— Foi uma ideia da Sra. Wheeler. E uma ideia muito boa também, como se vê.

— Ah, a Sra. Wheeler, foi? Então você não se incomoda de deixar aquela maldita mulher se meter nos nossos assuntos particulares?

— Ela não precisou que eu deixasse. Foi ela quem me alertou para o que você estava aprontando essa semana. Algo parecia lhe dizer, ela falou. E ela estava certa, viu? Ela sabe tudo a seu respeito, George. Ela tinha um marido EXATAMENTE igual a você.

— Mas, Hilda…

Olhei para ela. Seu rosto tinha empalidecido por baixo da superfície, do jeito que sempre ficava quando ela pensava em mim com outra mulher. Uma mulher! Se ao menos fosse verdade!

algum problema se aproximando. E aí ela começou a me fazer perguntas no que eu chamo de sua voz de interrogatório, que não é, como se poderia esperar, raivosa e irritante, mas quieta e meio que vigilante.

— Então você escutou esse pedido de socorro no hotel em Birmingham?

— Isso. Ontem à noite, em Rede Nacional.

— Quando você saiu de Birmingham, então?

— Hoje de manhã, é claro. (Eu havia planejado a jornada na minha mente, só para o caso de haver alguma necessidade de mentir. Saí às dez, almocei em Coventry, chá em Bedford – eu tinha tudo mapeado.)

— Então você achou ontem à noite que eu estava gravemente enferma e foi sair só hoje de manhã?

— Mas eu disse que não achei que você estivesse doente. Eu não expliquei? Pensei que fosse só outro dos seus truques. Soava muito mais provável.

— Então fico até surpresa por você ter saído! – disse ela, com tanto vinagre na voz que eu sabia que havia mais à minha espera. Mas ela prosseguiu, mais baixinho:

— E você saiu hoje de manhã, foi?

— Isso. Saí por volta das dez. Almocei em Coventry…

— Então como você explica ISTO AQUI? – ela subitamente gritou para mim, e no mesmo instante abriu a bolsa com força, tirou de lá um pedaço de papel e o estendeu como se fosse um cheque falso ou algo assim.

Senti como se alguém tivesse me dado um soco na garganta. Eu devia saber! Ela me pegou, no final. E ali estava a prova, o dossiê do caso. Eu nem sabia o que era, só que era algo que provava que eu estava com uma mulher. Toda minha coragem me abandonou. Um momento antes, eu estava quase que a intimidando, fingindo estar zangado porque tinha sido arrastado de Birmingham para nada, e agora ela subitamente virava a mesa para cima de mim. Você não precisa me dizer qual era a minha aparência naquele momento. Eu sei. A culpa estava escrita na minha testa em letras garrafais – eu sei. E eu nem era culpado! Mas é uma questão de hábito. Estou acostumado a estar errado. Nem por cem libras eu conseguiria manter minha voz sem culpa quando respondi:

— O que você quer dizer? O que é que você tem aí?

— Leia e você vai ver o que é.

Peguei o papel. Era uma carta do que parecia ser uma firma de advogados, e estava endereçada para a mesma rua do hotel Rowbottom, notei.

— Cara Madame – li. — Com referência à sua carta do dia 18 do corrente, pensamos que deve haver algum engano. O Hotel Rowbottom fechou dois anos atrás e foi convertido em um bloco de escritórios. Ninguém que combine com a descrição do seu marido esteve aqui. Possivelmente…

Não li mais. É claro que eu vi tudo, num relance. Fui um bocadinho esperto demais e estraguei tudo. Havia apenas um vago raio de esperança: o jovem frente, que eu havia deixado aberta, e lá, maior do que tudo, estava Hilda, vindo pelo caminho do jardim.

Olhei para ela conforme vinha em minha direção no finzinho da luz da tarde. Era bizarro pensar que, menos de três minutos antes, eu estava nervosíssimo, com suor frio de verdade na nuca, só de pensar que ela podia estar morta. Bem, não estava morta, estava do mesmo jeito de sempre. A velha Hilda, com seus ombros magros e seu rosto ansioso, e a conta do gás e as despesas da escola, e o cheiro de capa de chuva e o escritório na segunda-feira – todos fatos fundamentais aos quais você retornava invariavelmente, as verdades eternas, como diz o velho Porteous. Eu podia ver que Hilda não estava num humor dos melhores. Ela dardejou um olharzinho rápido para mim, como faz às vezes quando tem algo na cabeça, o tipo de olhar que um animal magrelo, uma fuinha, por exemplo, poderia dar. Não pareceu surpresa em me ver de volta, contudo.

— Ah, então você já está de volta, é? – disse ela.

Parecia bem óbvio que eu estava de volta, e não respondi. Ela não fez nenhum movimento para me beijar.

— Não tem nada para você jantar – ela continuou, prontamente. É a cara da Hilda: sempre consegue dizer algo deprimente assim que você põe os pés dentro de casa. — Eu não estava te esperando. Você vai ter que comer pão com queijo, mas acho que estamos sem queijo.

Eu a segui para dentro, para o cheiro de capas de chuva. Fomos para a sala de estar. Fechei a porta e acendi a luz. Queria dizer minha parte primeiro, e sabia que as coisas sairiam melhor se eu tomasse uma posição forte desde o começo.

— Agora – falei. — Que diabos você quer, aplicando esse truque para cima de mim?

Ela tinha acabado de colocar a bolsa por cima do rádio e, por um momento, pareceu genuinamente surpresa.

— Que truque? Do que você está falando?

— Mandando aquele pedido de socorro!

— Que pedido de socorro? Do que você está FALANDO, George?

— Está tentando me dizer que não fez com que enviassem um pedido de socorro dizendo que você estava gravemente enferma?

— Claro que não! Como eu poderia? Eu não estava doente. Por que eu faria algo assim?

Eu comecei a explicar, mas, quase antes de começar, percebi o que havia acontecido. Foi tudo um engano. Eu ouvi apenas as últimas palavras do pedido de socorro e havia obviamente outra Hilda Bowling. Suponho que existam dúzias de Hilda Bowlings, se você procurar o nome na lista telefônica. Foi apenas o tipo de equívoco idiota que acontece sempre. Hilda não havia nem mostrado aquele traço de imaginação que eu havia lhe dado crédito por ter. O único interesse nesse caso todo tinham sido os cinco minutos em que pensei que ela estava morta, e descobri que me importava, afinal. Mas aquilo já tinha acabado, ficou para trás. Enquanto eu explicava, ela me observava, e eu podia ver em seus olhos que havia

E, subitamente, vi como eu tinha sido tolo em pensar que ela faria algo assim. É claro que o pedido de socorro não tinha sido falso! Como se ela tivesse imaginação para isso! Era apenas a verdade, fria e dura. Ela não estava fingindo nada, estava doente mesmo. E, por Deus, neste momento, podia estar caída em algum lugar, numa dor terrível, ou até morta, até onde eu sabia. Esse pensamento fez com que uma pontada forte de terror me atravessasse, uma emoção fria e terrível em minhas entranhas. Desci a Ellesmere Road voando a quase sessenta e cinco quilômetros por hora e, em vez de levar o carro até a garagem com tranca, como sempre, parei do lado de fora da casa e saí num pulo.

Então eu gosto da Hilda, afinal, diz você! Não sei exatamente o que você quer dizer com gostar. Você gosta do seu próprio rosto? Provavelmente não, mas não consegue se imaginar sem ele. Faz parte de você. Bem, era assim que eu me sentia sobre Hilda. Quando as coisas vão bem, eu não suporto vê-la; mas a ideia de que ela possa estar morta, ou mesmo sofrendo, me dá calafrios.

Atrapalhei-me com a chave, abri a porta e o cheiro familiar de capas de chuva velhas me golpeou.

— Hilda! – gritei. — Hilda!

Sem resposta. Por um momento, fiquei gritando Hilda! Hilda! no silêncio total, e um suor frio brotou na minha nuca. Talvez já a tenham levado para o hospital – talvez haja um cadáver deitado no andar de cima da casa vazia.

Comecei a subir as escadas correndo, mas no mesmo instante as duas crianças, de pijamas, saíram de seus quartos nos lados opostos do patamar. Eram oito ou nove horas, creio – enfim, a luz começava a diminuir. Lorna ficou junto dos corrimãos.

— Aaah, papai! Aaaah, é o papai! Por que o senhor voltou para casa hoje? A mamãe disse que o senhor só voltava na sexta!

— Cadê a sua mãe? – perguntei.

— Mamãe saiu. Ela saiu com a Sra. Wheeler. Por que o senhor voltou para casa hoje, papai?

— Então a sua mãe não estava doente?

— Não. Quem disse que ela estava doente? Papai! O senhor foi para Birmingham?

— Fui. Agora voltem para a cama. Vão pegar gripe.

— Mas cadê os nossos presentes, papai?

— Que presentes?

— Os presentes que o senhor trouxe de Birmingham para a gente.

— Vocês vão ver de manhã – falei.

— Aaah, papai! Não podemos ver hoje?

— Não. Sosseguem. Voltem para a cama ou vou dar uns tapas nos dois.

Então ela não estava doente, afinal de contas. Ela ESTAVA MESMO fingindo. E, na verdade, eu não sabia se ficava feliz ou triste. Virei-me para a porta da nota quando está dirigindo um carro por aí e, de certa forma, é tranquilizador. Pense nos enormes trechos de terreno que você passa quando cruza um único condado inglês. É como a Sibéria. E os campos e as capoeiras de faias, e as casas de fazenda e as igrejas, e os vilarejos com suas pequenas mercearias e o salão paroquial, e os patinhos caminhando pelo gramado. Certamente é grande demais para ser transformado, não? É inevitável que continue mais ou menos igual. E logo cheguei ao subúrbio de Londres e segui a Uxbridge Road até Southall. Quilômetros e mais quilômetros de casas feias, com gente levando vidas chatas e decentes dentro delas. E mais além, Londres se estendia, ruas, praças, becos, cortiços, blocos de apartamentos, pubs, lojas de peixe frito, cinemas, e assim por diante por trinta quilômetros, e todas as oito milhões de pessoas com suas vidinhas particulares que não queriam ver alteradas. Não foram fabricadas as bombas que possam esmagar e apagar tudo isso. E o caos disso! A privacidade de todas aquelas vidas! John Smith recortando seus cupons de futebol, Bill Williams trocando histórias com o barbeiro. A Sra. Jones indo para casa com a cerveja da janta. Oito milhões deles! Com certeza eles conseguiriam de algum jeito, com ou sem bombas, seguir em frente com a vida a que estão acostumados, não?

Ilusão! Besteira! Não importa quantos deles existam, todos estão de acordo. Os tempos ruins estão chegando, e os homens otimizados também. O que vem depois eu não sei, quase não me interessa. Eu só sei que, se existe algo com que você se importe, é melhor se despedir disso agora, porque tudo o que você conhece vai descer, descer, descer para o abismo, com as metralhadoras trepidando o tempo todo.

Porém, quando cheguei de volta ao subúrbio, meu humor mudou de súbito.

De repente me ocorreu – e nem havia me passado pela cabeça até aquele momento – que Hilda podia realmente estar doente, no fim das contas.

Este é o efeito do ambiente, você vê? Em Binfield de Baixo, eu tinha tomado como fato que ela não estava doente, apenas fingia para me fazer voltar para casa. Parecera natural no momento, não sei por quê. Mas enquanto eu entrava em West Bletchley e Hesperides Estate se fechava ao meu redor feito uma prisão de tijolinhos vermelhos, o que era mesmo, os hábitos comuns de pensamento retornaram. Eu tinha essa sensação, meio como a de segunda de manhã, quando tudo parece desolador e razoável. Vi que porcaria era esse negócio em que eu tinha desperdiçado os últimos cinco dias. Esgueirando-me para Binfield de Baixo para tentar recuperar o passado, e daí, no carro voltando para casa, pensando um monte de bobagens proféticas sobre o futuro. O futuro! O que o futuro tem a ver com camaradas como você e eu? Manter nosso emprego – esse é o nosso futuro. Quanto a Hilda, mesmo quando as bombas estiverem caindo, ela ainda pensará no preço da manteiga.

Porém, conforme eu saía dos arredores de Binfield de Baixo e guiava o carro para o leste, tudo voltou à minha mente. Sabe como é, quando você está num carro sozinho. Tem alguma coisa, seja nas sebes que passam voando por você, seja no pulsar do motor, que faz seus pensamentos correrem num certo ritmo. Você tem a mesma sensação às vezes andando de trem. É uma impressão de ser capaz de enxergar as coisas com mais perspectiva do que o usual. Todo tipo de coisa sobre as quais estive em dúvida, eu tinha certeza agora. Para começar, eu tinha vindo a Binfield de Baixo com uma pergunta em minha mente. O que está à nossa frente? Será que o jogo realmente acabou? Podemos voltar à vida que tínhamos, ou ela tinha se acabado para sempre? Bem, eu tinha a minha resposta. A vida antiga acabou, e voltando para Binfield de Baixo, não se pode colocar Jonas de volta para dentro da baleia. Eu SABIA, embora não espere que você vá acompanhar minha linha de raciocínio. E era algo bizarro que eu tivesse vindo para cá. Todos esses anos, Binfield de Baixo havia ficado guardadinha em algum canto da minha mente, meio como um canto quieto para o qual eu podia recuar quando tinha vontade, e finalmente eu havia recuado para lá e descoberto que ele não existia. Eu tinha enfiado um abacaxi nos meus sonhos, e, para que não houvesse nenhuma dúvida, a Força Aérea Real acompanhou isso com duzentos e vinte quilos de dinamite.

A guerra está chegando. 1941, dizem. E haverá louças quebradas de sobra, e casinhas abertas como valises, e as entranhas do funcionário juramentado da contabilidade emplastrados por cima do piano que ele está comprando em suaves prestações mensais. Mas de que importa esse tipo de coisa, de qualquer forma? Vou lhe dizer o que minha estadia em Binfield de Baixo me ensinou, e foi isto: TUDO VAI ACONTECER. Todas as coisas que você tem lá no fundo da mente, as coisas que lhe apavoram, as coisas que você diz a si mesmo que são apenas um pesadelo ou que só acontecem em países estrangeiros. As bombas, as filas por comida, os cassetetes de borracha, o arame farpado, os camisas coloridas, os *slogans*, os rostos enormes, as metralhadoras cuspindo nas janelas dos quartos. Tudo isso vai acontecer. Eu sei disso – ou, ao menos, sabia isso então. Não existe escapatória. Lute contra isso, se quiser, ou desvie os olhos e finja não reparar, ou agarre sua chave-inglesa e saia correndo para esmagar alguns rostos junto com os outros. Mas não há saída. É apenas algo que vai acontecer.

Piso no acelerador e o carro velho zuniu, subindo e descendo os morrinhos, e as vacas e elmos e campos de trigo passaram apressados até o motor estar praticamente vermelho de quente. Eu me sentia no mesmo humor que senti naquele dia em janeiro quando descia pela Strand, no dia em que peguei minhas dentaduras novas. Era como se o poder da profecia me tivesse sido concedido. Parecia-me que eu podia ver toda a Inglaterra e todas as pessoas nela, e todas as coisas que vão acontecer a todas elas. Às vezes, é claro, mesmo então, eu tinha uma ou outra dúvida. O mundo é muito grande, isso é algo que você correndo ao lado dela havia uma fita de sangue. Mas em meio às louças quebradas, havia uma perna caída. Apenas uma perna, com a calça ainda vestida e uma bota preta com salto de borracha da Wood-Milne. Era por isso que as pessoas emitiam seus ruídos de assombro.

Dei uma boa olhada nela, absorvendo tudo. O sangue começava a se misturar com a geleia. Quando o caminhão dos bombeiros chegou, fui embora para o George para fazer minha mala.

Esse é meu ponto final com Binfield de Baixo, pensei. Vou para casa.

Na verdade, porém, não sacudi a poeira dos sapatos e parti de imediato. A gente nunca faz isso. Quando algo assim acontece, as pessoas sempre ficam por ali e discutem o ocorrido por horas. Não se trabalhou muito na parte antiga de Binfield de Baixo naquele dia; todos estavam ocupados demais falando sobre a bomba, como foi o som e o que eles pensaram quando o escutaram. A garçonete do George disse que havia lhe dado calafrios. Disse que nunca mais dormiria sossegada em sua cama, e o que se podia esperar, só mostrava que, com essas bombas, nunca se sabe. Uma mulher arrancou parte da língua com uma mordida no susto que a explosão lhe deu. Acaba que, enquanto na nossa parte da cidade todos imaginaram que fosse um ataque aéreo alemão, todos na outra ponta tinham certeza de que havia sido uma explosão na fábrica de meias. Mais tarde (vi isso no jornal), o Ministro da Aeronáutica mandou um camarada para inspecionar os danos e emitiu um relatório dizendo que os efeitos da bomba foram "decepcionantes". Na verdade, ela matou apenas três pessoas: o quitandeiro, cujo nome era Perrott, e um casal de velhos que morava na casa ao lado. A mulher não estava muito esmigalhada, e eles identificaram o velho por suas botas, mas nunca acharam nem um rastro de Perrott. Nem um botão da calça para quem ler o serviço fúnebre.

À tarde, paguei minha conta e dei no pé. Não me sobrou muito mais do que três libras depois de pagar a conta. Eles sabiam como arrancar seu dinheiro nesses hotéis enfeitados do interior, e com as bebidas e outras coisinhas, eu vinha gastando dinheiro basicamente sem controle. Deixei minha vara de pescar novinha e o resto das tralhas de pesca no meu quarto. Que fiquem com tudo. É inútil para mim. Foi apenas uma libra que joguei ralo abaixo para ensinar uma lição a mim mesmo. E eu tinha aprendido, sim. Gorduchos de quarenta e cinco anos não podem ir pescar. Esse tipo de coisa não acontece mais, é só um sonho, não vai mais haver pescaria deste lado da sepultura.

É engraçado como a gente compreende as coisas aos poucos. O que eu senti realmente quando a bomba explodiu? No momento, é claro, aquilo me deu um susto de paralisar, e quando vi a casa esmagada e a perna do velho, tive o mesmo interesse discreto que se tem ao ver um acidente na rua. Repugnante, é claro. O suficiente para me deixar saturado dessas "férias". Mas aquilo não tinha realmente me causado uma impressão tão forte.

eram porcos, afinal, eram só as crianças em suas máscaras de gás. Suponho que elas estivessem correndo para algum porão onde foram instruídas a se abrigar em caso de ataques aéreos. Na retaguarda delas, pude até distinguir um porco mais alto que provavelmente era a Srta. Todgers. Mas vou lhe dizer que por um momento elas pareceram exatamente com um bando de porcos.

Eu me levantei e atravessei a praça do mercado. As pessoas já estavam se acalmando e uma multidão considerável começou a se mover para o local em que a bomba tinha caído.

Ah, sim, você tem razão, claro. Não era um avião alemão, no fim das contas. A guerra não tinha estourado. Foi apenas um acidente. Os aviões estavam sobrevoando para praticar bombardeios – estavam carregando bombas, de qualquer forma –, e alguém colocou as mãos na alavanca por engano. Espero que ele tenha levado uma bela bronca por isso. Quando o chefe dos correios ligou para Londres para perguntar se estava havendo uma guerra e foi informado que não, todos já tinham percebido que tinha sido um acidente. Mas houve um período, algo entre um e cinco minutos, em que vários milhares de pessoas acreditaram que estávamos em guerra. Um bom trabalho não ter durado mais tempo. Mais um quarto de hora e estaríamos linchando nosso primeiro espião.

Segui a multidão. A bomba havia caído em uma ruazinha transversal à High Street, aquela onde ficava a lojinha do tio Ezequiel. A menos de cinquenta metros de onde ficava a loja. Enquanto eu dobrava a esquina, podia ouvir vozes murmurando "Ooooo!" – um som de assombro, como se estivessem assustadas, mas se divertindo com isso. Por sorte, cheguei lá poucos minutos antes da ambulância e dos bombeiros, e a despeito das cinquenta pessoas mais ou menos que já haviam se juntado ali, vi tudo.

À primeira vista, parecia que o céu tinha despejado tijolos e vegetais. Havia folhas de repolho para todo lado. A bomba tinha apagado uma quitanda da existência. A casa à direita dela teve parte de seu telhado arrancado, e as traves estavam queimando, e todas as casas ao redor tinham sido mais ou menos danificadas, e tiveram suas janelas estouradas. Mas o que todo mundo estava olhando era a casa à esquerda. Sua parede, aquela que dividia com a quitanda, tinha sido arrancada com tanta habilidade que era como se alguém a tivesse cortado fora com uma faca. E o mais extraordinário era que, nos cômodos do andar de cima, nada havia sido tocado. Era como olhar para uma casinha de bonecas. Cômodas, cadeiras dos quartos, papel de parede desbotado, uma cama ainda desfeita e um penico debaixo da cama – tudo exatamente como estava, exceto por aquela parede que se foi. Mas os cômodos do térreo tinham sofrido a força da explosão. Havia uma bagunça terrível, esmigalhada, feita de tijolos, gesso, pernas de cadeiras, pedaços de uma cômoda envernizada, farrapos de toalha de mesa, pilhas de pratos quebrados e pedaços da pia da cozinha. Uma jarra de geleia tinha rolado pelo piso, deixando uma longa mancha de geleia para trás e erro – foi o assovio de uma bomba. Eu não ouvia algo assim há vinte anos, mas não precisava que me dissessem o que era. E, sem pensar em nada, fiz a coisa certa. Me joguei de cara no chão.

No final, fico feliz por você não ter me visto. Não creio que eu parecesse digno. Eu estava achatado na calçada feito um rato que se espreme por baixo da porta. Ninguém mais tinha sido tão rápido. Eu agira tão depressa que, no milésimo de segundo em que a bomba assoviava em sua queda, eu tive até tempo de temer que tudo fosse um erro e eu tivesse feito papel de bobo por nada.

Mas no momento seguinte… ah!

BUUUUUM-BRRRRR!

Um som como o do Dia do Juízo Final, e aí um ruído como uma tonelada de carvão caindo em uma folha de estanho. Aquilo eram tijolos caindo. Parecia que eu tinha derretido na calçada. "Começou", pensei. "Eu sabia! O velho Hitler não esperou. Simplesmente mandou seus bombardeiros atravessarem sem aviso".

E, no entanto, eis algo peculiar. Mesmo no eco daquele estrondo horrível, ensurdecedor, que pareceu me congelar da cabeça aos pés, eu tive tempo de pensar que há algo de grandioso na explosão de um grande projétil. Como ele soa? É difícil dizer, porque o que você ouve se mistura com o que você teme. Ele te dá principalmente a visão de metal estourando. Parece que você vê grandes folhas de ferro se arrebentando e abrindo. Mas o mais peculiar é a sensação que isso te dá de ser subitamente empurrado de encontro à realidade. É como ser despertado por alguém te jogando um balde de água. Você é arrastado para fora dos seus sonhos por um retinir de metal se arrebentando, e é terrível, e é real.

Houve o som de gritos e berros, e também de freios de carro sendo acionados de súbito. A segunda bomba que eu estava esperando não caiu. Ergui um pouco a cabeça. Por todo lado, as pessoas pareciam correr e gritar. Um carro estava derrapado diagonalmente na rua, eu podia ouvir a voz de uma mulher gritando:

— Os alemães! Os alemães!

À direita, tive uma vaga impressão do rosto branco e redondo de um homem, um tanto parecido com um saco de papel amassado, olhando para mim. Ele hesitou:

— O que foi? O que aconteceu? O que estão fazendo?

— Começou – falei. — Aquilo foi uma bomba. Deite-se.

E a segunda bomba ainda não tinha caído. Outro quarto de minuto, mais ou menos, e ergui a cabeça outra vez. Algumas das pessoas ainda corriam por ali, outras estavam de pé como se coladas ao chão. De algum ponto atrás das casas, uma imensa névoa de poeira tinha se erguido e, em meio a ela, um jato negro de fumaça fluía para cima. E então tive uma visão extraordinária. Do outro lado da praça do mercado, a High Street se eleva um pouco. E descendo por essa pequena colina vinha um rebanho de porcos galopando, como uma enorme enchente de caras de porco. No instante seguinte, é claro, eu vi do que se tratava. Não que ela me seguiu até Colchester e subitamente irrompeu no meu quarto no Temperance Hotel. E daquela vez, infelizmente, por acaso ela tinha razão – no mínimo não tinha, mas havia circunstâncias que faziam parecer que tinha. Eu não acreditava nem de longe que ela estivesse doente. De fato, eu sabia que não estava, embora não pudesse dizer exatamente como.

Tomei outra caneca e as coisas pareceram melhorar. É claro que havia uma briga me esperando quando eu chegasse em casa, mas haveria uma briga de qualquer maneira. Eu tinha três dias bons à minha frente, pensei. Curiosamente, agora que foi revelado que as coisas que eu viera procurar não existiam mais, a ideia de ter um feriado me atraía ainda mais. Estar longe de casa – isso era o principal. Paz, a paz perfeita com os seres amados bem distantes, como diz o hino. E, de súbito, resolvi que eu ARRANJARIA uma mulher se me desse vontade. Bem feito para a Hilda por ter a mente tão suja; além disso, qual o sentido de ser suspeito se não for verdade?

Mas conforme a segunda caneca fazia efeito em mim, a coisa começou a me divertir. Eu não tinha caído na armadilha, mas era bastante engenhoso, mesmo assim. Perguntei-me como ela tinha conseguido mandar aquele pedido de socorro. Eu não fazia ideia de qual era o procedimento. Você precisa de uma certidão do médico, ou simplesmente envia o seu nome? Eu tinha uma certeza razoável de que tinha sido a tal da Wheeler que a incentivou. Parecia ter o dedo da Wheeler.

Mesmo assim, a coragem da coisa! A que ponto as mulheres vão! Às vezes, não dá para não admirá-las um pouco.

CAPÍTULO 6

Após o desjejum, saí calmamente para a praça do mercado. Estava uma linda manhã, meio fria e parada, com uma luz amarelo-pálida como vinho branco brincando sobre tudo. O cheiro fresco da manhã se misturava com o cheiro do meu charuto. Mas houve um zumbido vindo de trás das casas, e de súbito uma frota de grandes bombardeiros pretos passou zunindo lá no alto. Olhei para eles. Pareciam estar exatamente em cima de mim.

No instante seguinte, ouvi alguma coisa. E, no mesmo instante, se você calhasse de estar lá, teria visto um exemplo interessante do que acredito ser chamado de reflexo condicionado. Porque o que eu ouvi – não havia nenhum espaço para que estamos se estende até a estratosfera. Mesmo assim, eu não me importava, particularmente. Afinal, pensei, ainda me restavam três dias. Teria um pouco de paz e sossego e pararia de me incomodar com o que tinham feito a Binfield de Baixo. Quando à minha ideia de ir pescar... Estava descartada, é claro. Pescar, de fato! Na minha idade! Realmente, Hilda tinha razão.

Larguei o carro na garagem do George e entrei no saguão. Eram seis horas. Alguém tinha ligado o rádio e o noticiário estava começando. Passei pela porta bem a tempo de ouvir as últimas palavras de um pedido de socorro. E elas me deram um choque, admito. Pois as palavras que ouvi foram:

— ...onde sua esposa, Hilda Bowling, está gravemente enferma.

No instante seguinte, a voz afetada prosseguiu:

— Aqui vai outro pedido de socorro: Will Percival Chute, de quem se ouviu falar pela última vez em...

Mas eu não esperei para ouvir mais. Apenas continuei andando. O que me deixou bem orgulhoso, quando pensei nisso mais tarde, foi que, quando ouvi aquelas palavras pelo alto-falante, nem pisquei. Nem sequer uma pausa no meu passo para transparecer a ninguém que eu era George Bowling, cuja esposa Hilda Bowling se encontrava gravemente enferma. A esposa do proprietário estava no saguão e sabia que meu nome era Bowling, ou pelo menos o vira no registro. Tirando isso, não havia ninguém ali, exceto um par de camaradas hospedados no George e que não me conheciam. Mas mantive a calma. Nem um sinal para ninguém. Eu apenas caminhei até o bar privativo, que havia acabado de abrir, e pedi minha caneca como sempre.

Eu precisava pensar a respeito. Na altura em que havia tomado metade da caneca, comecei a visualizar os contornos da situação. Em primeiro lugar, Hilda NÃO ESTAVA enferma, gravemente ou não. Eu sabia disso. Ela estava perfeitamente bem quando eu saí, e não era temporada de gripe nem nada assim. Ela estava fingindo. Por quê?

Obviamente, era só outro de seus subterfúgios. Eu podia ver. Ela ficou sabendo, de algum jeito – pode confiar na Hilda! – que eu não estava em Birmingham de verdade, e esse era só o seu jeito de me fazer voltar para casa. Não podia suportar pensar em mim com essa outra mulher por mais tempo. Porque é claro que ela teria certeza de que eu estava com uma mulher. Não pode imaginar nenhum outro motivo. E, naturalmente, presumiu que eu voltaria correndo para casa assim que ouvisse que ela estava doente.

Mas é aí que você se engana, pensei comigo mesmo enquanto terminava a caneca. Sou sagaz demais para ser pego assim. Lembrei dos subterfúgios que ela já havia utilizado antes e do trabalho a que ela se daria para me flagrar. Eu já soube até, quando saí em alguma viagem que a deixou desconfiada, de ela conferir tudo com uma tabela de horário dos trens e um mapa, só para ver se eu estava falando a verdade sobre meus deslocamentos. E houve aquela vez em

— Ahn... ah. É claro, você deve compreender que nossa vida aqui em cima é, em alguns sentidos, primitiva. A vida simples, sabe como é. Preferimos assim. Mas estar tão longe da cidade tem suas inconveniências, é claro. Alguns de nossos arranjos sanitários não são totalmente satisfatórios. O lixeiro passa apenas uma vez por mês, acredito.

— Você quer dizer que transformaram a lagoinha num lixão?

— Bem, EXISTE algo que pode ser chamado de... – ele evitou a palavra lixão. — Temos que dispor as latas e coisas assim, claro. Logo ali, atrás daquele grupo de árvores.

Atravessamos para lá. Eles deixaram algumas árvores para esconder a área. Mas sim, ali estava. Era o meu laguinho, sim. Eles tinham drenado a água. Isso gerou um grande buraco redondo, como um poço enorme, com oito ou nove metros de profundidade. Já estava até a metade de latinhas.

Fiquei ali olhando para as latinhas.

— É uma pena que o tenham drenado – falei. – Havia uns peixes enormes nesse lago.

— Peixes? Ah, eu nunca ouvi nada a respeito. É claro, não poderíamos ter uma lagoinha aqui, no meio das casas. Os mosquitos, sabe como é. Mas isso foi antes da minha época.

— Suponho que essas casas tenham sido construídas há muito tempo, não? – falei.

— Ah... dez ou quinze anos, acho.

— Eu conheci esse lugar antes da guerra – falei. – Era tudo floresta naquele tempo. Não havia nenhuma casa além da Casa Binfield. Mas aquele trecho de bosque logo ali não mudou. Passei por ele vindo para cá.

— Ah, aquilo! Aquilo é sacrossanto. Decidimos nunca construir ali. É sagrado para os jovens. Natureza, sabe. – Ele cintilou para mim, uma expressão meio marota, como se estivesse me contando um segredinho: – Chamamos de Ravina das Fadas.

Ravina das Fadas. Eu me livrei dele, voltei para o carro e dirigi para Binfield de Baixo. A Ravina das Fadas. E eles encheram minha lagoinha com latas. O diabo os carregue para os quintos dos infernos! Pode dizer o que quiser – chame de bobagem, infantilidade, qualquer coisa –, mas não lhe dá vontade de vomitar às vezes ver o que estão fazendo com a Inglaterra, com essas fontes para passarinhos e gnomos de gesso, e fadas e latinhas onde havia florestas de faias?

Sentimental, você diz? Antissocial? Não deveria preferir árvores a homens? Eu digo que depende das árvores e dos homens. Não que haja algo que se possa fazer a respeito, exceto desejar uma praga nas entranhas deles.

Uma coisa, pensei enquanto descia a colina, que acabou para mim é a ideia de voltar ao passado. De que serve tentar revisitar as cenas da sua meninice? Elas não existem. Um pouco de ar, por favor! Mas não há nenhum ar. A lixeira em contar tudo sobre o Condomínio Binfield do Alto e o jovem Edward Watkin, o arquiteto, que tinha tanto sentimento pelo estilo Tudor, e era um camarada tão maravilhoso a ponto de encontrar traves elizabetanas genuínas em antigas casas de fazenda e comprá-las a preços ridículos. E um rapaz tão interessante, a alma das festas nudistas. Ele repetiu algumas vezes que o pessoal de Binfield do Alto era muito excepcional, bem diferentes dos de Binfield de Baixo, e que estavam determinados a enriquecer o interior em vez de profaná-lo (estou usando a expressão que ele usou), e não havia nenhuma casa pública no condomínio.

— Eles falam das Cidades-Jardins deles. Mas nós chamamos Binfield do Alto de Cidade-Floresta, hehehe! Natureza! – Ele acenou para o que restava das árvores. – A floresta primeva aninhada ao nosso redor. Nossos jovens crescem cercados pela beleza natural. Quase todos nós somos pessoas esclarecidas, é óbvio. Você acreditaria que três quartos de nós aqui em cima somos vegetarianos? Os açougueiros locais não gostam nem um pouco de nós, hehehe! E algumas pessoas bem eminentes moram aqui. A Srta. Helena Thurloe, escritora… você já deve ter ouvido falar nela, é claro. E o professor Woad, que trabalha na pesquisa psíquica. Um personagem tão poético! Ele fica vagando pela floresta e a família não consegue encontrá-lo na hora das refeições. Ele diz que está caminhando entre os feéricos. Você acredita em feéricos? Eu admito, hehehe, sou apenas um tantinho cético. Mas as fotografias dele são muito convincentes.

Comecei a me perguntar se ele não era um fugitivo da Casa Binfield. Mas não, ele era até que racional, de certa forma. Eu conhecia esse tipo. Vegetarianismo, vida simples, poesia, devoção à natureza, rolar no orvalho antes do café da manhã. Conheci alguns deles anos atrás, em Ealing. Ele começou a me mostrar o condomínio. Não havia restado nada das florestas. Era tudo casas, casas – e que casas! Sabe essas casas com um estilo Tudor falso, com tetos curvados e contrafortes que não sustentam nada, e os jardins de pedra com bacias para pássaros de cimento e aqueles elfos vermelhos de gesso que se compram na floricultura? Dava para ver em sua mente a turma terrível de maníacos por dieta e caçadores de emoção e defensores da vida simples com rendas de mil libras por ano que moravam ali. Até as calçadas eram malucas. Não deixei que ele me levasse muito longe. Algumas das casas me fizeram desejar ter uma granada de mão no bolso. Tentei contê-lo perguntando se as pessoas não se opunham a morar tão perto do asilo de doidos, mas não teve muito efeito. Finalmente, parei e disse:

— Havia outro lago, outra lagoinha além dessa maior. Não deve ficar longe daqui.

— Outra lagoinha? Ah, certamente que não. Acho que nunca houve outra.

— Podem tê-la drenado – falei. — Era uma lagoinha bem funda. Deve ter deixado um fosso profundo.

Pela primeira vez ele pareceu meio desconfortável. Esfregou o nariz.

um quiosque de doces e uma faixa branca imensa, dizendo CLUBE DE IATES EM MINIATURA DE BINFIELD DO ALTO.

Olhei para a direita. Era tudo casas, casas, casas. Podia-se muito bem estar num subúrbio. Toda a floresta que crescia para lá do lago, e que crescia tão espessa como se fosse uma selva tropical, tinha sido cortada no talo, achatada. Apenas alguns grupinhos de árvores ainda permaneciam de pé em torno das casas. Essas eram casas de aparência artística, outra daquelas colônias de falso-Tudor como a que vi no primeiro dia no topo da colina Chamford, só que mais ainda. Que tolo eu tinha sido em imaginar que essas florestas ainda seriam as mesmas! Eu vi como as coisas eram. Havia apenas um trecho minúsculo de bosque, meia dúzia de acres, talvez, que não tinha sido cortado, e foi por puro acaso que eu passei no meio dele a caminho daqui. Binfield do Alto, que tinha sido apenas um nome nos velhos tempos, tinha crescido até virar uma cidade de bom tamanho. De fato, era apenas um pedaço na periferia de Binfield de Baixo.

Caminhei até a beira do lago. As crianças brincavam espalhando água e fazendo um barulho dos diabos. Parecia haver enxames delas. A água parecia meio morta. Nenhum peixe nela agora. Havia um camarada de pé, cuidando das crianças. Era um sujeito mais velho, calvo, mas com alguns tufos de cabelo branco; também tinha um pincenê e o rosto muito queimado de sol. Havia algo vagamente bizarro em sua aparência. Ele usava shorts e sandálias e uma daquelas camisas de rayon aberta no colarinho, notei, mas o que realmente me pegou foi a expressão em seu olhar. Ele tinha olhos muito azuis que cintilavam para você por trás dos óculos. Eu podia ver que ele era um daqueles velhos que nunca viraram adultos. Eles são sempre malucos por comida saudável ou têm algo em comum com os Escoteiros – nos dois casos, são ótimos na Natureza e ao ar livre. Ele olhava para mim como se quisesse falar.

— Binfield do Alto cresceu bastante – falei.

Ele cintilou para mim.

— Cresceu! Meu caro senhor, nós nunca permitimos que Binfield do Alto cresça. Nós nos orgulhamos de ser pessoas um tanto excepcionais aqui em cima, sabe? Apenas uma coloniazinha nossa, sozinhos. Sem intrusos, hehehe!

— Eu quis dizer comparada com antes da guerra – falei. – Eu morava aqui quando menino.

— Oh… ah. Sem dúvida. Isso foi antes do meu tempo, claro. Mas o Condomínio Binfield do Alto é algo bem especial no que diz respeito a construções, sabe? É um mundinho em si mesmo. Tudo projetado pelo jovem Edward Watkin, o arquiteto. Você já ouviu falar dele, claro. Nós moramos em meio à Natureza aqui em cima. Sem conexão com a cidade lá embaixo – ele agitou uma das mãos na direção de Binfield de Baixo –, os moinhos satânicos e soturnos, hehehe!

Ele tinha uma risadinha benevolente e um jeito de enrugar o rosto, como um coelho. Imediatamente, como se eu tivesse lhe perguntado, ele começou a me por onde eu passava. As faias pareciam exatamente iguais. Deus, como pareciam! Eu dei ré com o carro até um trecho de grama ao lado da estrada, debaixo de um penhasco de calcário, saí e caminhei. Exatamente igual. A mesma quietude, os mesmos grandes mantos de folhas farfalhantes que parecem seguir de um ano para outro sem apodrecer. Nem uma criatura se movia, exceto os passarinhos nas copas das árvores, mas não dava para ver. Não era fácil acreditar que aquela bagunça enorme de cidade estava a menos de cinco quilômetros dali. Comecei a abrir caminho pelo pequeno bosque na direção da Casa Binfield. Eu podia me lembrar vagamente do caminho. E, Deus do céu! Sim! A mesma cavidade de calcário em que a Mão Negra fazia disparos de estilingue, e onde Sid Lovegrove nos contou como os bebês nasciam, no dia em que peguei meu primeiro peixe, quase quarenta anos atrás!

Conforme as árvores escassearam de novo, deu para ver a outra estrada e o muro da Casa Binfield. A velha cerca de madeira podre tinha sumido, é claro, e colocaram um muro alto de tijolos com lanças por cima, como era de se esperar em torno de um hospício. Eu fiquei confuso por algum tempo sobre como entrar na Casa Binfield, até finalmente me ocorrer que eu só precisava dizer a eles que minha esposa estava maluca e eu procurava por um lugar onde colocá-la. Depois disso, eles estariam bastante dispostos a me mostrar a área. Em meu terno novo, eu provavelmente parecia próspero o bastante para ter uma esposa num asilo particular. Foi só quando eu já estava na frente dos portões que me ocorreu a dúvida se o lago ainda estava dentro do terreno da casa.

O terreno antigo da Casa Binfield cobria cinquenta acres, creio eu, e o terreno do hospício provavelmente não devia ter mais de cinco ou dez. Eles não iriam querer um grande tanque de água onde os malucos pudessem se afogar. A cabana em que o velho Hodges morava estava igual, mas o muro de tijolos amarelos e os imensos portões de ferro eram novos. Pelo vislumbre que tive através dos portões, eu não teria reconhecido o lugar. Alamedas de cascalho, canteiros de flores, gramados e alguns tipos sem propósito vagando por ali – malucos, suponho. Subi pela estrada à direita. O lago – o maior, aquele onde eu costumava pescar – ficava a uns duzentos metros atrás da casa. Devo ter passado uns cem metros até chegar ao canto do muro. Então o lago ficava fora do terreno. As árvores pareciam ter ficado muito mais raras. Eu podia ouvir vozes infantis. E, céus, ali estava o lago!

Fiquei parado por um momento, imaginando o que havia acontecido com ele. E então vi o que era: todas as árvores tinham desaparecido do entorno de suas margens. Tudo parecia desnudo e diferente; de fato, lembrava extraordinariamente a Lagoa Redonda de Kensington Gardens. Crianças brincavam por toda a sua volta, velejando e remando, e algumas das crianças maiores deslizavam naquelas canoinhas controladas por uma manivela. À esquerda, onde ficava o antigo ancoradouro podre em meio aos juncos, havia algo como um pavilhão e ocorrido até aquele minuto, era que realmente não havia mais nada que fazer. Isso era tudo a que se resumia minha viagem até agora – três dias de bebedeira.

Como fiz outro dia cedo, rastejei até a janela e observei os chapéus coco e quepes escolares se movendo para lá e para cá. Meus inimigos, pensei. O exército conquistador que saqueou a cidade e cobriu as ruínas com bitucas de cigarro e sacos de papel. Eu me perguntei por que ligava para isso. Você pensa, ouso dizer, que se eu havia sofrido um choque por encontrar Binfield de Baixo inchada feito uma Dagenham, era apenas porque eu não gostava de ver a terra ficando mais cheia e o interior virando cidade. Mas não era isso, de forma alguma. Eu não ligo para cidades crescendo, desde que cresçam, e não apenas se espalhem feito molho por cima de uma toalha de mesa. Sei que as pessoas precisam ir para algum lugar para viver, e que se uma fábrica não estiver num canto, estará em outro. Quanto à excentricidade, as coisas caipiras falsificadas, os painéis de carvalho e pratos de estanho, isso simplesmente me dá nojo. Seja lá o que éramos nos velhos tempos, não éramos pitorescos. Mamãe jamais teria visto qualquer sentido nas antiguidades com que Wendy encheu nossa casa. Ela não gostava de mesas de tampo dobrável – dizia que elas "ficavam pegando nas pernas". Quanto ao estanho, ela não teria isso em casa. "Coisa nojenta, engordurada", ela dizia. Entretanto, pode dizer o que quiser, havia algo que tínhamos naquele tempo que não temos agora, algo que você provavelmente não pode ter em uma leiteria moderna com o rádio tocando. Eu voltei para procurar por isso e não encontrei. E mesmo assim, eu meio que acredito nesse algo, mesmo agora, quando ainda não coloquei minha dentadura e minha barriga implorava por uma aspirina e uma xícara de chá.

Isso me fez pensar outra vez sobre o lago na Casa Binfield. Depois de ver o que fizeram com a cidade, eu tinha uma emoção que só podia ser descrita como medo em relação a ir ver se o lago ainda existia. E, no entanto, podia existir, não havia como saber. A cidade estava sufocada sob os tijolos vermelhos, nossa casa estava cheia de Wendy e suas tralhas, o Tâmisa estava envenenado com combustível de barco e sacos de papel. Mas talvez o lago ainda estivesse lá, com os grandes peixes pretos ainda rondando dentro dele. Talvez até ele ainda estivesse escondido na floresta e, daquele dia até hoje, ninguém tivesse descoberto que ele existia. Era bem possível. Era uma parte bem fechada da floresta, cheia de cardos e matagal apodrecido (as faias davam lugar aos carvalhos mais ou menos ali, o que deixava a vegetação rasteira mais espessa), o tipo de lugar que a maioria das pessoas não se dava ao trabalho de penetrar. Coisas mais bizarras já tinham acontecido.

Eu só parti no final da tarde. Devia ser por volta das quatro e meia quando peguei o carro e me dirigi para a estrada de Binfield do Alto. No meio da subida, as casas foram rareando e acabaram e as faias surgiram. A estrada se bifurca por ali e eu virei à direita, com a intenção de fazer um desvio, contornar e voltar para a Casa Binfield na estrada. Logo, porém, parei para dar uma olhada no bosque

Eles encontraram a caixa de cachimbos. Claro que não havia nenhum com bocal de âmbar entre eles.

— Não sei se temos algum com âmbar no momento, senhor. Não de âmbar. Temos uns bonitos de vulcanite.

— Eu queria um de âmbar – falei.

— A gente tem uns cachimbo bom aqui. – Ela ofereceu um. — Esse aqui é dos bons. Meia coroa, esse um.

Eu o peguei. Nossos dedos se tocaram. Nenhum arrepio, nenhuma reação. O corpo não se lembra. E eu suponho que você pense que eu comprei o cachimbo, apenas em nome dos velhos tempos, para colocar meia coroa no bolso de Elsie. Mas nem de longe. Eu não queria o negócio. Não fumava cachimbo. Eu estava apenas criando um pretexto para entrar na loja. Revirei-o na mão e então o depositei sobre o balcão.

— Não importa, eu vou deixar pra lá – falei. — Me dá um Players pequeno.

Eu tinha que comprar alguma coisa, depois de todo aquele esforço. George, o segundo, ou talvez terceiro ou quarto, desencavou um maço de Players, ainda mastigando por baixo do bigode. Eu podia ver que ele estava rabugento por eu tê-lo arrastado do seu chá para nada. Mas parecia bobo demais para desperdiçar meia coroa. Eu saí e essa foi a última vez que vi Elsie.

Voltei para o George e jantei. Depois, saí com uma vaga ideia de ir ao cinema, se estivesse aberto, mas em vez disso acabei em um dos pubs grandes e barulhentos na parte nova da cidade. Ali eu trombei com um par de camaradas de Staffordshire que viajavam vendendo ferramentas, e começamos a conversar sobre a situação do comércio, e a jogar dardos e beber Guinness. Na hora de fechar, os dois estavam tão bêbados que eu tive que levá-los para casa de táxi, e eu mesmo estava um tanto indisposto, na manhã seguinte acordei com a cabeça pior do que nunca.

CAPÍTULO 5

Mas eu tinha que ir ver o lago na Casa Binfield.

Eu me sentia realmente muito mal naquela manhã. O fato era que, desde que eu cheguei a Binfield de Baixo, vinha bebendo quase continuamente, da hora em que os pubs abriam até a hora em que fechavam. A razão, embora não tivesse me ele tinha sido interrompido no meio do chá. Os dois começaram a vasculhar a loja em busca da outra caixa de cachimbos. Foram uns cinco minutos até que a encontrassem, atrás de alguns vidros de doces. É maravilhosa a quantidade de tranqueira que eles conseguem acumular nessas lojinhas modorrentas em que o estoque todo vale cerca de cinquenta libras.

Observei a velha Elsie revirando a bagunça e resmungando consigo mesma. Sabe aqueles movimentos meio arrastados e atrapalhados de uma velha que perdeu alguma coisa? É inútil tentar descrever para você o que eu senti. Uma emoção fria, mortalmente desolada. É inconcebível, a menos que você já a tenha sentido. Tudo o que posso dizer é que, se existe alguma garota de quem você gostava vinte e cinco anos atrás, vá dar uma olhada nela agora. Aí talvez você saiba o que eu senti.

Mas, na verdade, o pensamento que mais estava presente na minha cabeça era o quanto as coisas saem diferentes do que aquilo que você esperava. Quanto me diverti com Elsie! As noites de julho debaixo das castanheiras! Não era de se pensar que elas deixariam algum efeito secundário? Quem imaginaria que chegaria o momento em que não haveria sentimento algum entre nós? Aqui estava eu e aqui estava ela, nossos corpos a um metro de distância, e éramos tão desconhecidos um para o outro como se nunca tivéssemos nos encontrado. Quanto a ela, nem sequer me reconheceu. Se eu lhe dissesse quem eu era, é muito provável que nem se lembrasse. E caso se lembrasse, o que ela sentiria? Apenas nada. Provavelmente nem ficaria com raiva por eu ter me aproveitado dela. Era como se a coisa toda jamais tivesse acontecido.

E, por outro lado, quem adivinharia que ela acabaria assim? Ela parecia o tipo de garota que está fadada a ir para o inferno. Eu sei que tinha existido pelo menos outro homem antes que eu a conhecesse, e é uma aposta segura dizer que houve outros entre mim e o segundo George. Não me surpreenderia descobrir que ela teve uma dúzia no total. Eu a tratei mal, não há dúvidas sobre isso, e muitas vezes isso me causou uma meia hora de sofrimento. Ela vai acabar nas ruas, eu pensava, ou vai enfiar a cabeça no forno. E às vezes eu sentia que tinha sido um desgraçado, mas noutras ocasiões refletia (e era bem verdade) que, se não tivesse sido eu, teria sido outro qualquer. Mas você vê o jeito que as coisas acontecem, o modo meio que sem sentido, sem graça. Quantas mulheres realmente acabam nas ruas? Muitas mais terminam na máquina de lavar. Ela não tinha caído na pior das possibilidades, mas também não tinha se saído tão bem. Apenas acabou como todo mundo, uma velha gorda se atrapalhando numa lojinha modorrenta, com um George de bigode arruivado para chamar de seu. Provavelmente também tem uma fieira de filhos. A Sra. George Cookson. Viveu com respeito e morreu sob lamentos – e pode morrer antes de chegar ao juizado de falências, se tiver sorte.

para mim do jeito que eles olham. Você sabe, do jeito que os pequenos lojistas olham para seus clientes: com falta total de interesse.

Era a primeira vez que eu via seu rosto por completo e, apesar de meio que esperar o que vi, ainda me deu um choque quase tão grande quanto naquele primeiro momento em que a reconheci. Suponho que, quando se olha para o rosto de alguém jovem, ou até de uma criança, você possa prever como esse rosto vai ficar quando estiver velho. É tudo uma questão do formato dos ossos. Mas se tivesse me ocorrido, quando eu tinha vinte e ela, vinte e dois, imaginar como seria a aparência de Elsie aos quarenta e sete, não teria me passado pela cabeça que ela poderia ficar DAQUELE jeito. O rosto todo havia meio que caído, como se puxado de algum jeito para baixo. Sabe aquele tipo de mulher de meia-idade que tem cara de buldogue? Uma mandíbula grandona, projetada, a boca com os cantos voltados para baixo, os olhos fundos, com bolsas sob eles. Exatamente como um buldogue. E mesmo assim era o mesmo rosto, eu o teria reconhecido em meio a um milhão. Seu cabelo não estava completamente grisalho, mas sim uma cor meio suja, e havia muito menos cabelos do que antigamente. Ela não fazia a menor ideia de quem eu era. Era apenas um cliente, um desconhecido, um gordo desinteressante. É esquisito o que quatro ou cinco centímetros de gordura podem fazer. Eu me perguntei se havia mudado ainda mais do que ela, ou se era mais o caso de que ela não esperava me ver, ou, ainda – e mais provável de tudo –, ela havia simplesmente se esquecido da minha existência.

— Tarde – disse ela, daquele jeito inquieto que elas têm.

— Eu quero um cachimbo – falei, sem emoção. — Um cachimbo de briar.

— Um cachimbo. Xôver, agora. Eu sei que a gente tem uns cachimbo nalgum canto. Ondié que… ah! Tá aqui.

Ela pegou uma caixa de papelão cheia de cachimbos de algum lugar debaixo do balcão. Como seu sotaque tinha piorado! Ou talvez eu estivesse apenas imaginando isso, porque meus padrões tinham mudado. Mas não, ela era tão "superior", todas as garotas da Lilywhite eram tão "superiores", e ela fez parte do Círculo de Leitura do vigário. Juro que ela não falava assim antes. É bizarro como essas mulheres se despedaçam depois que se casam. Eu remexi entre os cachimbos por um instante e fingi examiná-los. Finalmente, falei que levaria um com bocal âmbar.

— Âmbar? Não sei se a gente tem algum… – Ela se virou para os fundos da loja e chamou: — Geooorge!

Então o nome do outro camarada também era George. Um ruído que soou como "Hã!" veio dos fundos da loja.

— Geooorge! Onde ocê pôs a outra caixa de cachimbo?

George veio para a loja. Era um sujeito pequeno e encorpado, em mangas de camisa, com uma careca e um bigodinho meio arruivado que cobria todo o lábio superior. Sua mandíbula trabalhava de um jeito meio ruminante. Obviamente,

E assim por diante. Eu estava esquentando. Obviamente, minha mulher era a esposa de algum pequeno comerciante, como a outra. Eu estava me perguntando se talvez ela não fosse uma das pessoas que eu conhecia de Binfield de Baixo, no fim das contas, quando ela se virou quase na minha direção e eu vi três quartos de seu rosto. E, Deus do céu, era Elsie!

Sim, era Elsie. Sem chance de equívocos. Elsie! Aquela bruxa gorda!

Aquilo me deu um choque tamanho – veja bem, não o fato de ver Elsie, mas ver o que ela tinha virado com o tempo – que, por um momento, as coisas giraram diante dos meus olhos. As torneiras de latão e tampas para banheira e pias de porcelana e outras coisas pareceram desaparecer na distância, de modo que eu as via, mas sem ver. Também por um momento fiquei num terror mortal de que ela pudesse me reconhecer. No entanto, ela me olhou diretamente no rosto e não deu nenhum sinal. Mais um instante e ela se virou e continuou. Outra vez, eu a segui. Era perigoso, ela podia perceber que eu a seguia, e isso poderia fazer com que se perguntasse quem eu era, mas eu simplesmente tinha que dar outra olhada nela. O fato era que ela exercia um tipo de fascínio horrível sobre mim. De certa forma, eu já vinha observando-a antes, mas agora a observava com um olhar bem diferente.

Era horrível, eu senti uma diversão quase científica ao estudar suas feições vistas por trás. Era apavorante as coisas que vinte e quatro anos podem fazer com uma mulher. Apenas vinte e quatro anos, e a moça que eu conheci, com sua pele branca feito leite e boca vermelha e cabelos de um ouro apagado, havia se transformado nessa bruaca de ombros grandes e redondos, bamboleando por aí sobre saltos tortos. Aquilo me deixava absolutamente feliz por ser um homem. Nenhum homem se despedaça tão completamente assim. Sou gordo, admito. Tenho a forma errada, se preferir. Mas pelo menos eu TENHO uma forma. Elsie não era nem particularmente gorda, era apenas amorfa. Coisas horríveis tinham acontecido aos quadris dela. Quanto à cintura, tinha desaparecido. Ela era só um cilindro mole e encaroçado, como um saco de farinha.

Eu a segui por um longo tempo, saindo da cidade velha e passando por muitas ruazinhas mal-encaradas que eu não conhecia. Finalmente, ela entrou em outra loja. Pelo jeito como entrou, ficou óbvio que essa era a sua. Parei por um minuto fora da vitrine. "G. Cookson, Confeiteiro e Vendedor de Fumo." Então Elsie era a Sra. Cookson. Era uma lojinha pobre, bem parecida com a outra em que ela havia passado antes, porém menor e muito mais suja. Não parecia vender nada, exceto fumo e doces dos mais baratos. Eu me perguntei o que poderia comprar que levaria apenas um ou dois minutos. Aí vi uma prateleira de cachimbos baratos na vitrine e entrei. Tive que preparar meus nervos um pouco antes de entrar, porque seria preciso mentir bem se por acaso ela me reconhecesse.

Ela sumiu na salinha nos fundos da loja, mas voltou assim que bati no balcão. Então ficamos frente a frente. Ah! Nem sinal. Ela não me reconheceu. Só olhou

CAPÍTULO 4

Dirigi de volta ao George, larguei o carro na garagem e tomei uma xícara tardia de chá. Como era domingo, o bar só abriria dali a uma ou duas horas. No frescor da noite, saí e caminhei na direção da igreja.

Acabava de atravessar a praça do mercado quando reparei numa mulher andando um pouco à minha frente. Assim que pus os olhos nela, tive a peculiar sensação de que já a vira antes. Você conhece essa sensação. Eu não podia ver o rosto dela, claro, e até onde podia dizer pela vista traseira, não havia nada que eu pudesse identificar; entretanto, podia ter jurado que a conhecia.

Ela subiu a High Street e entrou numa das ruazinhas transversais à direita, aquela em que o tio Ezequiel tinha sua loja. Eu a segui. Não sabia exatamente por que – em parte por curiosidade, talvez, e em parte meio que como precaução. Meu primeiro pensamento tinha sido de que aqui, finalmente, estava uma das pessoas que eu conhecia dos velhos tempos em Binfield de Baixo, mas quase no mesmo instante me ocorreu que talvez existisse a mesma probabilidade de que ela fosse de West Bletchley. Nesse caso, eu teria que tomar cuidado onde pisava, porque, se ela descobrisse que eu estava aqui, provavelmente contaria para Hilda. Então a segui cautelosamente, mantendo uma distância segura e examinando sua aparência por trás tão bem quanto podia. Não havia nada marcante nela. Era uma mulher mais para alta, meio gordinha, devia ter por volta de quarenta ou cinquenta anos, em um vestido preto um tanto surrado. Não estava de chapéu, como se tivesse saído de casa só por um instante, e o jeito como caminhava dava a impressão de que seus sapatos estavam gastos nos calcanhares. De modo geral, parecia um pouco vadia. E, ainda assim, não havia nada para identificar, apenas aquela coisa vaga que eu sabia já ter visto antes. Era algo em seus movimentos, talvez. Logo ela chegou a uma lojinha mista de doçaria e papelaria, o tipo de loja que sempre fica aberta aos domingos. A mulher que cuidava da loja estava de pé na entrada, fazendo algo num expositor de cartões-postais. Minha mulher parou para passar o tempo ali.

Parei também, assim que pude encontrar uma vitrine para a qual pudesse fingir que estava olhando. Era a de uma loja de encanamentos e decorações, cheia de amostras de papel de parede e acabamentos para o banheiro e coisas assim. A essa altura, eu não estava nem a quinze metros de distância das outras duas. Podia ouvir suas vozes arrulhando em uma daquelas conversas sem sentido que as mulheres têm quando estão apenas passando o tempo.

— É, é bem isso. É bem isso o que é. Eu disse isso pra ele mesmo, eu falei, "bom, o que mais você esperava?", eu disse. Não parece certo, né? Mas pra quê, é o mesmo que falar com uma porta. Uma lástima!

esperavam pegar alguma coisa. Uma multidão dessas seria suficiente para assustar todos os peixes da criação. Mas, de fato, enquanto eu assistia às boias balançando para cima e para baixo em meio aos potes de sorvete e sacos de papel, duvidei que ainda havia algum peixe para pescar. Ainda havia algum peixe no Tâmisa? Suponho que deve haver. Entretanto, eu juraria que a água do Tâmisa já não é como costumava ser. Sua cor está bem diferente. É claro que você pensa que é apenas a minha imaginação, mas posso lhe dizer que não. Eu sei que a água mudou. Lembro-me da água do Tâmisa como ela era, um verde luminoso que dava para ver o fundo, e os cardumes de escalo passeando em torno dos bambus. Agora não dá para enxergar nem dez centímetros dentro da água. Está tudo marrom e sujo, com uma capa de gasolina por causa dos barcos a motor, sem mencionar as bitucas de cigarro e os sacos de papel.

Depois de algum tempo, dei meia-volta. Eu não aguentava mais o barulho dos gramofones. É claro, é domingo, pensei. Não deve ser tão ruim num dia de semana. Mas, no fim, eu sabia que nunca voltaria. Que o diabo os carregue, eles que fiquem com o maldito rio. Seja lá onde eu for pescar, não vai ser no Tâmisa.

As multidões enxamearam ao meu redor. Multidões de alienígenas desgraçados, e quase todos eles jovens. Meninos e meninas farreando em casais. Uma tropa de moças passou, vestindo calças de bocas largas e capas brancas como as que a Marinha americana usa, com frases estampadas. A de uma delas, que devia ter uns dezessete anos, dizia ME BEIJE, POR FAVOR. Eu não teria achado ruim. Por impulso, eu subitamente virei para o lado e me pesei em uma das máquinas movidas a moedas. Houve um clique em algum ponto dentro dela – sabe como são essas máquinas que leem sua sorte e seu peso também – e um cartão datilografado deslizou para fora.

— Você possui dons excepcionais – li –, mas devido à modéstia excessiva nunca recebeu sua recompensa. Aqueles ao seu redor subestimam suas habilidades. Você gosta muito de ficar de lado e permitir que outros levem o crédito pelo que você fez. Você é sensível, afetuoso e sempre leal a seus amigos. Você é profundamente atraente para o sexo oposto. Seu pior defeito é a generosidade. Persevere, pois você vai longe!

— Peso: 93 quilos e 900 gramas.

Eu havia engordado um quilo e oitocentos gramas nos últimos três dias, notei. Deve ter sido a bebida.

gordo de meia-idade comprando uma vara de pescar. Pelo contrário, tivemos uma conversa rápida sobre a pescaria no Tâmisa e o grande caboz que alguém tinha conseguido pegar no ano retrasado com uma pasta feita de páo integral, mel e carne de coelho moída. Eu inclusive – embora não tenha dito a ele para que queria isso, e mal admitindo para mim mesmo – comprei o chicote para salmão mais forte que eles tinham, e alguns anzóis de rutilus nº 5, pensando naquelas carpas enormes da Casa Binfield, caso elas ainda existissem.

A maior parte da manhã de domingo, fiquei meio que debatendo em minha mente – eu deveria ou não ir pescar? Num momento eu pensava, por que diabos não? E no momento seguinte me parecia que era só uma dessas coisas com que se sonha e nunca se faz. À tarde, porém, tirei o carro e fui até o açude Burford. Pensei que só daria uma olhada no rio e amanhã, se o tempo estivesse bom, talvez levasse minha nova vara de pescar e vestisse o casaco velho e as bolsas de flanela cinza que eu tinha na minha valise e tivesse um bom dia pescando. Três ou quatro dias, se eu sentisse vontade.

Dirigi até a colina Chamford. No final da descida, a estrada faz uma curva e corre paralela à trilha beira-rio. Saí do carro e caminhei. Ah! Um nó de pequenos bangalôs brancos e vermelhos tinha brotado ao lado da estrada. Eu devia ter esperado por isso, claro. E parecia haver muitos carros por ali. Conforme me aproximei do rio, ouvi o som – sim, plonc-tic-tic-plonc! –, sim, o som de gramofones.

Fiz a curva e o caminho ficou à vista. Jesus Cristo! Outro susto. O lugar estava lotado de gente. E onde ficavam os terrenos ribeirinhos – casas de chá, máquinas de jogo, quiosques de doces e camaradas vendendo Sorvetes Walls. Podia muito bem estar em Margate. Eu me lembro do velho caminho beira-rio. Dava para acompanhá-lo por quilômetros e, tirando os sujeitos nas porteiras e aqui e ali um barqueiro caminhando lentamente atrás de seu cavalo, não se encontrava uma vivalma. Quando íamos pescar, sempre tínhamos o local só para nós. Com frequência eu me sentava ali uma tarde inteira, e uma garça podia estar de pé na água rasa a cinquenta metros da margem, e por três ou quatro horas seguidas não passava ninguém para espantá-la dali. Mas de onde foi que eu tirei a ideia de que homens adultos não pescam? Para todo lado na margem, até onde eu conseguia enxergar, nas duas direções, havia uma corrente contínua de homens pescando, um a cada cinco metros. Eu me perguntei como diabos todos eles tinham chegado ali, até me ocorrer que devia ser algum clube de pesca. E o rio estava abarrotado de barcos – barcos a remo, canoas, pelotas, lanchas a motor, cheias de jovens tontos com quase nada de roupa, todos gritando e berrando, a maioria também com gramofones a bordo. As boias dos pobres coitados que tentavam pescar oscilavam para cima e para baixo na esteira dos barcos a motor.

Afastei-me um pouco. Água suja, agitada, a despeito do dia ótimo. Ninguém estava pescando nada, nem mesmo vairões. Eu me perguntei se eles público. A Fazenda do Moinho havia desaparecido, o bebedouro das vacas onde eu pesquei meu primeiro peixe tinha sido drenado, coberto e recebido uma construção por cima, de modo que eu não podia nem sequer dizer exatamente onde ele ficava. Era tudo casa, casa, pequenos cubos vermelhos de casas todas iguais, com cercas vivas particulares e corredores de asfalto levando até a porta da frente. Depois do conjunto habitacional público a cidade rareava um pouco, mas as construtoras estavam se empenhando ao máximo. E havia pequenos nós de casas largadas aqui e ali, onde quer que alguém tivesse conseguido comprar um lote de terra, e as ruas improvisadas levando até as casas e os lotes vazios com placas de construtoras, e trechos de campos arruinados cobertos de cardos e latas.

No centro da cidade antiga, por outro lado, as coisas não mudaram muito, no que diz respeito aos edifícios. Muitas das lojas ainda seguiam na mesma linha de comércio, embora os nomes fossem diferentes. A loja Lillywhite ainda vendia roupas e tecidos, mas não parecia muito próspera. O que era o ponto de Gravitt, o açougueiro, agora vendia peças de rádio. A vitrininha da tia Wheeler havia sido fechada com tijolos. A loja de Grimmett ainda era uma mercearia, mas tinha sido assumida pela International. Isso dá uma ideia do poder desses grandes grupos, que puderam engolir até um velho fofo e sovina feito o Grimmett. Mas, pelo que eu conhecia dele – sem mencionar aquela lápide de primeira no cemitério da igreja –, aposto que ele saiu do ramo enquanto as vendas ainda iam bem e ficou com dez a quinze mil libras para levar consigo para o céu. A única loja que ainda estava nas mesmas mãos era a Sarazins, o pessoal que arruinou o papai. Eles tinham inflado a dimensões gigantescas e abriram outra filial enorme na parte nova da cidade. Mas tinham virado algo como um armazém geral e vendiam mobília, remédios e peças de metal, além das coisas para jardim como sempre.

Durante a maior parte de dois dias eu andei sem rumo, sem gemer e arrastar correntes de fato, mas às vezes sentindo que gostaria de fazê-lo. Também estava bebendo mais do que era bom para mim. Quase desde que cheguei a Binfield de Baixo eu comecei com a bebida e, depois disso, parecia que os pubs nunca abriam cedo o bastante. Minha língua estava sempre pendurada para fora da boca na última meia hora antes de eles abrirem.

Veja bem, eu não estava com o mesmo humor o tempo todo. Às vezes me parecia que não importava em nada se Binfield de Baixo tinha sido obliterada. Afinal, para que eu havia vindo até aqui, senão para ficar longe da família? Não havia motivo algum para que eu não devesse fazer todas as coisas que eu queria, até ir pescar, se me desse vontade. Na tarde de sábado, até fui à loja de equipamento de pesca na High Street e comprei uma vara de pesca de encaixe (eu sempre quis uma vara de encaixe quando era pequeno – é um pouco mais cara do que uma vara de bebeeru) e anzóis e fio e assim por diante. O clima da loja me animou. Mude o que mudar, as tralhas de pesca não mudam – claro, porque os peixes também não mudam. E o vendedor não viu nada de engraçado num estivesse. Eu conhecia o tipo dela. Fez parte do Corpo Feminino Auxiliar do Exército durante a guerra e, desde então, nunca teve um dia de diversão. Essa A.R.P. era moleza para ela. Enquanto as crianças passavam por mim, eu a ouvi soltando os cachorros em cima deles com um verdadeiro grito de sargento-major:

— Monica! Levante os pés!

E vi que as quatro crianças da retaguarda tinham outra faixa com borda vermelha, branca e azul, e no meio dela se lia:

NÓS ESTAMOS PRONTOS... E VOCÊ?

— Para que querem que eles marchem para cima e para baixo? – perguntei ao barbeiro.

— Num sei. Acho que é tipo propaganda, né?

Eu sabia, é claro. Criar uma mentalidade de guerra nas crianças. Dar a todos nós a sensação de que não existe escapatória, os bombardeiros virão com tanta certeza quanto o Natal, então desça para o porão e não discuta. Dois dos grandes aviões pretos de Walton zuniam sobre os limites orientais da cidade. Jesus!, pensei, quando começar, não vai nos causar mais surpresa do que uma pancada de chuva. Já estávamos atentos para ouvir a primeira bomba. O barbeiro prosseguiu, me contando que, graças aos esforços da Srta. Todgers, as crianças da escola já haviam recebido suas máscaras de gás.

Bom, comecei a explorar a cidade. Dois dias passei só vagando em torno dos antigos pontos de referência, os que pude identificar. E o tempo todo, jamais encontrei uma alma que me conhecesse. Eu era um fantasma e, se não estava invisível, ao menos era como me sentia.

Foi esquisito, mais esquisito do que posso lhe explicar. Você já leu uma história de H. G. Wells sobre um sujeito que estava em dois lugares de uma só vez – ou seja, ele estava realmente em sua própria casa, mas tinha algo como uma alucinação de que estava no fundo do mar? Ele estava andando por seu próprio quarto, mas em vez das mesas e cadeiras, via as algas marinhas ondulando e os grandes caranguejos e sépias se aproximando para pegá-lo. Bom, era exatamente assim. Por horas sem parar eu caminhava por um mundo que não estava lá. Contava meus passos enquanto seguia pela calçada e pensava: "ah, sim, aqui é onde esse ou aquele campo começa. A sebe atravessa a rua e bate naquela casa ali. A bomba de gasolina é, na verdade, um elmo. E ali é a beira dos loteamentos. E essa rua (era uma fileira deprimente de casas geminadas chamada Cumberledge Road, eu me recordo) é a alameda aonde vínhamos com Katie Simmons, e os arbustos frutíferos cresciam dos dois lados". Sem dúvida, eu lembrava das distâncias todas erradas, mas as direções gerais estavam corretas. Não acredito que alguém que não tenha nascido aqui teria acreditado que essas ruas eram campos abertos há tão pouco tempo, vinte anos atrás. Era como se o interior tivesse sido enterrado por algo como uma erupção vulcânica dos subúrbios. Quase tudo o que costumava ser a propriedade do velho Brewer tinha sido engolido pelo conjunto habitacional na fachada das casas do outro lado da rua. Os gerânios rosados nas floreiras não estavam nada mal. Embora só fosse oito e meia e essa fosse apenas uma ruazinha lateral saindo da praça do mercado, havia uma boa quantidade de pessoas indo e vindo. Um fluxo de rapazes aparentando trabalhar em escritórios, de ternos escuros com pastas de documentos, apressavam-se por ali, todos na mesma direção, exatamente como se este fosse um subúrbio de Londres e eles estivessem correndo para o metrô, e os estudantes dirigiam-se aos poucos na direção da praça do mercado, aos pares e trios. Eu tive a mesma sensação do dia anterior, quando vi a selva de casas vermelhas que havia engolido a colina Chamford. Malditos intrometidos! Vinte mil penetras que nem sequer sabiam meu nome. E aqui estava toda essa vida nova, enxameando de um lado para o outro, e aqui estava eu, um pobre gordinho velho e com dentaduras, observando-os da janela e resmungando coisas que ninguém queria ouvir sobre coisas que tinham acontecido trinta, quarenta anos atrás. Jesus Cristo!, pensei, eu me enganei ao pensar que estava vendo fantasmas. Eu mesmo sou o fantasma. Estou morto e eles estão vivos.

Porém, depois do café da manhã – abadejo, rins grelhados, torradas e marmelada, e uma jarra de café –, eu me senti melhor. A dama gelada não estava tomando café no restaurante, havia uma sensação gostosa de verão no ar, e eu não conseguia me livrar da impressão de que, naquele meu terno azul de flanela, eu parecia apenas um pouco distinto. Por Deus, pensei, se eu sou um fantasma, serei O fantasma! Vou caminhar. Vou assombrar os locais antigos. E talvez eu possa jogar algum feitiço nesses desgraçados que roubaram minha cidade natal de mim.

Comecei a caminhar, mas não havia passado da praça do mercado quando fui parado por algo que eu não esperava ver. Uma procissão de uns cinquenta alunos marchava pela rua em quatro colunas – de aparência bem militar – com uma mulher de aparência sombria marchando ao lado deles como um sargento-major. As quatro crianças da frente carregavam uma faixa com borda vermelha, branca e azul onde se lia BRITÂNICOS, PREPAREM-SE em letras enormes. O barbeiro da esquina tinha saído até a soleira da porta para olhar para elas. Falei com ele. Ele era um sujeito de cabelos pretos brilhosos e um rosto meio apagado.

— O que essas crianças estão fazendo?

— É esse ensaio de ataque aéreo – disse ele, vagamente. – Esse negócio de ensaio da A.R.P, tipo. Aquela ali é a Srta. Todgers, é, sim.

Eu devia ter adivinhado que era a Srta. Todgers. Dava para ver nos olhos dela. Sabe como é aquela diaba durona e velha, com cabelos grisalhos e um rosto conservado no vinagre que é sempre colocada no comando dos esquadrões de Escoteiras, pousadas da Associação Cristã de Moças e coisas assim. Ela estava com um casaco e uma saia que de algum jeito pareciam um uniforme, e davam uma forte impressão de que ela estava com um cinto Sam Browne, embora não químicas. Dizem que lúpulo inglês não entra mais na cerveja hoje em dia, todas elas são feitas de pura química. Substâncias químicas, por outro lado, são transformadas em cerveja. Eu me pego pensando no tio Ezequiel, o que ele teria dito de cerveja assim, e o que ele teria dito sobre a A.R.P. e os baldes de areia com que você deve apagar as bombas de termite. Quando a *barmaid* voltou para meu lado do bar, falei:

— Falando nisso, quem é o dono do Salão hoje em dia?

Nós sempre chamávamos de Salão, embora seu nome fosse Casa Binfield. Por um instante, ela não pareceu compreender.

— O Salão, senhor?

— Ele tá falano da Casa Binfield – disse o camarada no Jarra e Garrafa.

— Ah, a Casa Binfield! Aaaah, eu pensei que o senhor estava falando do Salão Memorial. É o Dr. Merrall que está na Casa Binfield agora.

— Dr. Merrall?

— Sim, senhor. Ele tem mais de sessenta pacientes por lá, dizem.

— Pacientes? Eles transformaram o lugar num hospital ou algo assim?

— Bom… não é o que se chamaria de um hospital comum. Mais como um sanatório. São pacientes mentais, na verdade. O que chamam de manicômio.

Um depósito de doidos!

Mas, afinal, o que mais se podia esperar?

CAPÍTULO 3

Saí da cama me arrastando, com um gosto ruim na boca e os ossos estalando.

O fato era que, com uma garrafa de vinho no almoço e outra no jantar, e várias canecas de cerveja entre as duas, além de uma ou duas doses de brandy, eu havia bebido um pouquinho demais no dia anterior. Por vários minutos fiquei de pé no meio do tapete, olhando para o nada em particular e cansado demais para me mover. Sabe aquela sensação horrível que se tem às vezes de manhã cedinho? É uma sensação que vem principalmente nas pernas, mas lhe diz com mais clareza do que qualquer palavra conseguiria: "Por que você ainda continua? Joga pro alto, camarada! Enfia a cabeça no forno!".

Aí eu meti os dentes na boca e fui até a janela. Um dia adorável de junho, novamente, e o sol estava só começando a se inclinar sobre os telhados e bater disputavam uma partida de dardos e no Jarra e Garrafa havia um camarada que eu não conseguia ver, mas que ocasionalmente fazia comentários com uma voz sepulcral. A *barmaid* apoiou os cotovelos gordos no balcão e conversou comigo. Eu repassei os nomes das pessoas que eu conhecia, e não havia uma única delas de que ela já tivesse ouvido falar. Disse que estava em Binfield de Baixo há apenas cinco anos. Ela nunca tinha ouvido falar nem do velho Trew, que era o dono do George nos velhos tempos.

— Eu morava em Binfield de baixo – falei para ela. — Um bom tempo atrás, antes da guerra.

— Antes da guerra? Ora, veja! Você não parece tão velho.

— Viu umas mudanças, ôzodizê – disse o camarada no Jarra e Garrafa.

— A cidade cresceu – falei. — São as fábricas, creio eu.

— Bem, é claro que a maioria deles trabalha nas fábricas. Tem as de peças de gramofone, e tem as Meias Truefitt. Mas, é claro, hoje em dia elas estão fazendo bombas.

Eu não entendia exatamente por que era claro, mas ela começou a me contar sobre um rapaz que trabalhava na fábrica da Truefitt e às vezes vinha para o George, e ele havia lhe contado que eles estavam fabricando bombas e meias, as duas coisas, por algum motivo que eu não compreendia, sendo fáceis de combinar. E daí ela me contou sobre o grande aeródromo militar perto de Walton – aquilo respondia pelos aviões bombardeiros que eu via sempre – e, no momento seguinte, começamos a conversar sobre a guerra, como sempre. Engraçado. Foi exatamente para escapar da ideia da guerra que eu tinha vindo para cá. Mas como você pode escapar, afinal? Está no ar que a gente respira.

Eu disse que vinha em 1941. O sujeito no Jarra e Garrafa disse que era mau negócio. A garçonete disse que aquilo lhe dava calafrios. Ela disse:

— Não parece fazer muito bem, não é, no final das contas? E às vezes eu fico acordada à noite e ouço um desses trecos enormes passar lá no alto e penso comigo mesma: "Bom, acho que esse foi para largar uma bomba bem em cima de mim!". E todo esse negócio de A.R.P. e a Srta. Todgers, ela é a Guardiã do Ar, dizendo que você vai ficar bem se mantiver a cabeça fria e encher as janelas de jornais, e dizem que eles vão cavar um abrigo debaixo da Prefeitura. Mas, no meu modo de ver, como você coloca uma máscara de gás num bebê?

O camarada no Jarra e Garrafa disse que leu no jornal que você deve entrar num banho quente de banheira até terminar. Os caras no bar público ouviram isso e ocorreu uma conversa paralela sobre a questão de quantas pessoas podem caber na mesma banheira, e os dois perguntaram para a garçonete se eles podiam dividir a banheira com ela. Ela lhes disse para não ficarem ousados, aí foi para a outra ponta do bar e serviu mais duas canecas de Old Ale e Mild Ale para eles. Tomei um gole da minha cerveja. Coisa fraca. Amarga, é como chamam. E era amarga mesmo, amarga demais, com um gosto meio sulfuroso. Substâncias meio selvagem, remota, feito um animal selvagem quando você chama a atenção dele. Ela havia nascido e crescido nesses vinte anos em que eu estivera longe de Binfield de Baixo. Todas as minhas lembranças não teriam sentido algum para ela. Vivendo num mundo diferente do meu, como um animal.

Voltei para o George. Eu queria uma bebida, mas o bar só abriria dali a meia hora. Fiquei por ali um tempinho, lendo um *Sporting and Dramatic* do ano anterior, e logo a dama de cabelos loiros, a que eu pensei que podia ser uma viúva, entrou. Tive uma ânsia súbita e desesperada de flertar com ela. Eu queria mostrar a mim mesmo que ainda existia vida nesse cachorro velho, mesmo que o cachorro velho tenha que usar dentaduras. Afinal, pensei, se ela tem trinta e eu, quarenta e cinco, está equilibrado o bastante. Eu estava de pé na frente da lareira vazia, fingindo esquentar meu traseiro, como se faz num dia de verão. Em meu terno azul, eu não estava de todo mau. Um tanto gordo, sem dúvida, mas distinto. Um homem vivido. Podia passar por corretor da bolsa. Fiz meu melhor sotaque chique e falei, casualmente:

— Um clima maravilhoso de junho, este.

Foi um comentário bem inofensivo, não? Nem de longe na mesma classe de "Eu não te conheço de algum lugar?".

Mas não fez sucesso. Ela não respondeu, apenas abaixou o jornal que lia por meio segundo e me lançou um olhar que teria rachado uma vidraça. Foi horrível. Ela tinha um par de olhos azuis daqueles que penetram a gente feito uma bala. Naquele milésimo de segundo, vi o quanto a havia julgado errado. Ela não era daquelas viúvas com cabelo pintado que gosta de ser levada para salões de baile. Era da classe média-alta, provavelmente filha de um almirante, e frequentara uma daquelas escolas boas onde jogam hóquei. E eu tinha me julgado erroneamente também. Com terno novo ou sem terno novo, eu NÃO PODIA passar por um corretor da bolsa. Parecia apenas um comerciante de passagem, que por acaso tinha conseguido um dinheirinho. Esgueirei-me para o bar privado para tomar uma caneca ou duas antes do jantar.

A cerveja não era a mesma. Eu me lembro da cerveja antiga, a boa cerveja Vale do Tâmisa que tinha um pouco de sabor residual porque era feita com água cheia de calcário. Perguntei à garçonete:

— Os Bessemer ainda são donos da cervejaria?

— Bessemer? Aah, NÃO, senhor! Eles se foram. Aaah, faz anos... bem antes da gente vir pra cá.

Ela era amistosa, o que eu diria ser uma *barmaid* do tipo irmã mais velha, com uns trinta e cinco anos, um rosto tranquilo e bondoso e os braços gordos que elas desenvolvem de trabalhar com a alavanca da cerveja. Ela me disse o nome do grupo que tinha assumido a cervejaria. Eu podia ter adivinhado pelo gosto, na verdade. Os balcões diferentes estavam dispostos em um círculo, com compartimentos entre eles. Do outro lado, no bar público, dois sujeitos arrastando por ali, me mostrando os pontos de destaque, ou o que se poderia chamar assim: o arco normando que levava à sacristia, a efígie de bronze de Sir Roderick Bone, morto na Batalha de Newbury. E eu o segui com o ar de cachorro que apanhou que os empresários de meia-idade sempre têm quando os conduzem por uma igreja ou uma galeria de quadros. Mas contei a ele que já conhecia tudo aquilo? Eu lhe contei que era Georgie Bowling, filho de Samuel Bowling – ele teria lembrado do meu pai, mesmo que não se lembrasse de mim – e que eu não apenas ouvi seus sermões por dez anos e frequentei suas aulas de Crisma, como também pertenci ao Círculo de Leitura de Binfield de Baixo e até tentei ler *Sesame and Lilies* só para lhe agradar? Não, não contei. Apenas o segui por ali, soltando os resmungos que se solta quando alguém lhe diz que isso ou aquilo ali tem quinhentos anos e você não sabe o que diabos dizer, exceto que não parece. Desde o momento em que pus os olhos nele, decidi deixar que pensasse que eu era um desconhecido. Assim que pude fazê-lo com decência, coloquei uma moeda na caixa de Despesas da Igreja e escapei.

Mas por quê? Por que não fazer contato, agora que finalmente encontrara alguém que eu conhecia?

Porque a mudança na aparência dele após vinte anos tinha realmente me assustado. Suponho que você ache que eu quero dizer que ele parecia mais velho. Mas não! Ele parecia MAIS JOVEM. E isso subitamente me ensinou algo sobre a passagem do tempo.

Creio que o velho Betterton estivesse com uns sessenta e cinco agora, de modo que, quando o vi pela última vez, ele estava com uns quarenta e cinco – minha idade atual. Seu cabelo estava branco agora, e no dia em que ele enterrou mamãe, estava raiado de grisalho, feito um pincel de barbear. Entretanto, assim que eu o vi, a primeira coisa que me ocorreu foi que ele parecia mais novo. Eu pensava nele como um homem velho, bem velho, e no final das contas ele não era tão velho assim. Como menino, ocorreu-me, todas as pessoas acima de quarenta anos me pareciam velhas acabadas, tão velhas que mal havia alguma diferença entre elas. Um sujeito de quarenta e cinco anos me parecia mais velho do que esse idoso trêmulo de sessenta e cinco parecia agora. E, Deus do céu, eu mesmo estava com quarenta e cinco! Aquilo me assustou.

Então é assim que eu pareço para os camaradas de vinte anos, pensei, enquanto escapulia por entre as sepulturas. Só uma pobre carcaça velha. Acabado. Era curioso. Em geral, eu não dava a mínima para minha idade. Por que deveria? Eu sou gordo, mas sou forte e saudável. Posso fazer tudo o que quero. Uma rosa tem o mesmo perfume para mim agora que tinha quando eu estava com vinte anos. Ah, mas será que, para a rosa, eu ainda tenho o mesmo perfume? Como resposta, surgiu uma moça, devia ter uns dezoito anos, pela alameda do cemitério. Ela teve que passar a um ou dois metros de mim. Vi a olhada que ela me deu, uma olhadela minúscula, momentânea. Não, não foi assustada, nem hostil. Apenas muito e quanto tempo leva até deixar de se incomodar, quando subitamente uma sombra pesada caiu sobre mim e me deu um susto.

Olhei por cima do ombro. Era apenas um avião bombardeiro que havia voado entre o sol e eu. O lugar parecia estar lotado deles.

Fui até a igreja. Quase pela primeira vez desde que voltei a Binfield de Baixo, eu não tive a sensação fantasmagórica, ou melhor, tive, mas numa forma diferente. Porque nada havia mudado. Nada, exceto que todas as pessoas tinham sumido. Até os bancos pareciam iguais! O mesmo cheiro empoeirado e adocicado de cadáver. E, por Deus, o mesmo buraco na janela, embora, como já fosse tarde e o sol estivesse do outro lado, o ponto de luz não rastejava pelo corredor. Eles ainda tinham bancos inteiriços – não haviam mudado para cadeiras. Ali estava o nosso banco, e lá adiante ficava aquele de onde Wetherall costumava berrar contra Shooter. Siom, rei dos amoritas, e Ogue, o rei de Basã! E as pedras desgastadas no corredor, onde ainda quase se podia ler os epitáfios dos camaradas que jaziam sob elas. Agachei-me para dar uma olhada na pedra em frente ao nosso banco. Eu ainda sabia os pedaços legíveis de cor. Até o padrão que elas formavam parecia ter ficado na minha memória. Deus sabe a frequência com que eu os lia durante o sermão.

Aqui……..fon, Caval.,
defta Parochia a ….. feu Jufto &
Correcto………………
……………………
A feu……...inumeraf Benevolenciaf
particularef Elle fomou uma…….
……………...dilligente……
…………………. amada Efpofa
Amelia, por………. eixa fete
filhaf…………………….

Lembrei-me de como o S cortado me intrigava quando eu era pequeno. Eu me perguntava se nos tempos antigos eles pronunciavam os esses como efes e, se era assim, por quê.

Um passo soou atrás de mim. Olhei para cima. Um sujeito de batina assomava junto a mim. Era o vigário.

Mas, digo, era O vigário! Era o velho Betterton, que era o vigário antigamente – na verdade, não desde que eu podia me lembrar, mas sim desde 1904, mais ou menos. Eu o reconheci de imediato, embora seu cabelo estivesse bem branco.

Ele não me reconheceu. Eu era apenas um viajante gordo de terno azul fazendo um pouco de turismo. Ele disse boa noite e prontamente começou sua conversa usual – se eu me interessava por arquitetura, um edifício admirável este, as fundações são da era saxônica, e assim por diante. E logo ele estava se acreditasse, não seria de seu interesse. Ela nunca tinha ouvido falar de Samuel Bowling, Comerciante de Milho & Sementes. Paguei a conta e saí.

Vaguei até a igreja. Algo que eu meio que temia e meio que ansiava era por ser reconhecido pelas pessoas que eu conhecia. Porém, não precisava ter me preocupado: não havia nem um rosto que eu conhecesse em lugar nenhum nas ruas. Parecia que a cidade toda tinha uma população nova.

Quando cheguei à igreja, vi por que eles tiveram que abrir um novo cemitério. O cemitério junto à igreja estava cheio até as bordas, e metade das covas tinham nomes que eu não conhecia. Mas os que eu conhecia foram bem fáceis de achar. Vaguei em meio às sepulturas. O sacristão tinha acabado de cortar a grama e havia um cheiro de verão até mesmo ali. Eles estavam totalmente sozinhos, todos os camaradas mais antigos que eu conhecera. Gravitt, o açougueiro, e Winkle, o outro vendedor de sementes, e Trew, que era quem mantinha o George, e a Sra. Wheeler da doçaria – todos eles jaziam aqui. Shooter e Wetherall estavam de frente um para o outro, um de cada lado do corredor. Então Wetherall não chegou aos cem, no fim das contas. Nascido em 1843 e "partiu dessa vida" em 1928. Mas tinha superado Shooter, como sempre. Shooter morreu em 1926. Como o velho Wetherall deve ter se divertido durante aqueles últimos dois anos, quando não havia ninguém para cantar contra ele! E o velho Grimmett debaixo de um negócio enorme de mármore num formato que lembrava uma torta de vitela e presunto, com um corrimão de ferro ao redor e, no cantinho, um grupo de Simmons debaixo de cruzinhas baratas. Tudo virou pó. O velho Hodges com seus dentes cor de tabaco, e Lovegrove com sua grande barba castanha, e Lady Rampling com o cocheiro e o tigre, e a tia de Harry Barnes, a que tinha um olho de vidro, e Brewer da Fazenda do Moinho, com sua cara velha e cruel feito algo esculpido em uma noz – nada restava de nenhum deles, exceto uma laje de pedra e sabe lá Deus o que debaixo dela.

Encontrei a sepultura de mamãe, e a de papai ao lado dela. Ambas em bom estado. O sacristão mantivera a grama cortada. A de tio Ezequiel ficava um pouco mais distante. Haviam nivelado muitas das sepulturas antigas, e as antigas lápides de madeira, aquelas que pareciam uma cabeceira, tinham sido todas retiradas. Como você se sente ao ver as sepulturas dos seus pais depois de vinte anos? Não sei como a pessoa deveria se sentir, mas posso lhe dizer que eu senti, e não foi nada. Papai e mamãe nunca desapareceram da minha mente. É como se eles existissem em um ou outro lugar em algo como uma eternidade, mamãe atrás da chaleira marrom, papai com sua cabeça calva um pouco enfarinhada, seus óculos e seu bigode grisalho, fixos para sempre como pessoas numa foto, e, entretanto, de algum jeito, vivos. Essas caixas de ossos que repousam na terra não parecem ter nada a ver com eles. Simplesmente, enquanto eu estava ali de pé, comecei a me perguntar o que você sente quando está debaixo da terra, se você se incomoda absurdo que, por você ter por acaso nascido em uma certa casa, deva sentir que tem direitos sobre essa casa pelo resto da sua vida, mas sente. O lugar fazia por merecer seu nome, sim. Cortinas azuis na janela e um ou dois bolos expostos por ali, o tipo de bolo coberto de chocolate que tem apenas uma noz espetada em cima em algum ponto. Entrei. Eu não queria chá de verdade, mas tinha que ver o interior.

Eles evidentemente transformaram tanto a loja quanto o que usávamos como a sala de estar em salão para a loja. Quanto ao quintal dos fundos onde ficavam a lixeira e o pequeno canteiro de ervas que papai cultivava, eles cimentaram tudo e enfeitaram com mesas rústicas, hortênsias e outras coisas. Passei para a sala de estar. Mais fantasmas! O piano e os textos na parede, e as duas poltronas encaroçadas onde papai e mamãe costumavam se sentar nas duas pontas da lareira, lendo o *People* e o *News of the World* nas tardes de domingo! Eles arrumaram o lugar num estilo ainda mais antiquado do que o George, com mesas com tampo dobrável e um candelabro de ferro batido e placas de estanho penduradas na parede e quetais. Você reparou como eles deixam esses salões de chá artísticos sempre muito escuros? Faz parte do ar de antiguidade, acho. E, em vez de uma garçonete comum, havia uma jovem com um avental estampado que me recebeu com uma cara azeda. Pedi chá, e ela levou dez minutos para trazê-lo para mim. Você conhece esses chás – chá chinês, tão fraco que dava para pensar que era água antes que se colocasse leite nele. Eu estava sentado quase exatamente onde ficava a poltrona do papai. Quase podia ouvir a voz dele, lendo um "artigo", como ele chamava, do *People* sobre as novas máquinas voadoras, ou sobre o camarada que foi engolido por uma baleia, ou algo do tipo. Aquilo me deu uma sensação deveras peculiar de que eu estava ali sob um pretexto e eles podiam me expulsar se descobrissem quem eu era; entretanto, simultaneamente, sentia um desejo de contar a alguém que eu havia nascido aqui, que eu pertencia a essa casa, ou melhor (o que eu sentia de verdade), que a casa pertencia a mim. Não havia mais ninguém tomando chá. A garota no avental estampado estava parada perto da janela, e eu podia ver que, se eu não estivesse ali, ela estaria cutucando os dentes. Mordi uma das fatias de bolo que ela havia me servido. Bolos caseiros! Pode apostar que eram. Feitos em casa com margarina e algum substituto de ovo. Mas, no final, eu tive que falar. Falei:

— Faz tempo que você está em Binfield de Baixo?

Ela tomou um susto, parecendo surpresa, e não respondeu. Tentei de novo:

— Eu também já morei em Binfield de Baixo, um bom tempo atrás.

Mais uma vez nenhuma resposta, ou apenas algo que eu não pude ouvir. Ela me lançou um olhar meio frio e voltou a fixar o olhar para fora da janela. Entendi como as coisas eram. Elegante demais para bater papo com os fregueses. Além do mais, ela provavelmente achou que eu estava tentando dar em cima dela. De que servia contar a ela que eu havia nascido naquela casa? Mesmo que ela

Mas o almoço não era ruim. Comi meu cordeiro com molho de hortelã e tomei uma garrafa de um vinho branco com nome francês que me fez arrotar um pouco, mas me deixou feliz. Havia outra pessoa almoçando ali, uma mulher de uns trinta anos e cabelos loiros, que parecia ser viúva. Eu me perguntei se ela estava hospedada no George e fiz vagos planos de dar em cima dela. É engraçado como os sentimentos da gente se confundem. Metade do tempo, eu via fantasmas. O passado se inseria no presente: dia de feira, os fazendeiros grandes e fortes esticando as pernas por baixo da mesa comprida, com as galochas raspando no piso de pedra e avançando sobre uma quantidade de carne e bolinhos que era inacreditável que o corpo humano pudesse conter. E aí as mesinhas com as toalhas brancas e brilhantes e taças de vinho e guardanapos dobrados, e as decorações falsas e o preço alto o apagavam de novo. E eu pensava: "Tenho doze libras e um terno novo. Sou o pequeno Georgie Bowling, e quem acreditaria que eu voltaria para Binfield de Baixo em meu próprio automóvel?". E depois o vinho enviava uma sensação meio quentinha do meu estômago para cima, e eu passava os olhos sobre a mulher de cabelos loiros e mentalmente tirava a roupa dela.

À tarde estava tudo igual enquanto eu relaxava no saguão – medieval falso de novo, mas com poltronas de couro modernizadas e mesas com tampo de vidro – com um pouco de brandy e um charuto. Eu estava vendo fantasmas, mas, no geral, estava gostando. De fato, eu estava um pouquinho bêbado e torcendo para que a mulher de cabelos loiros entrasse ali para que eu pudesse fazer amizade. No entanto, ela não apareceu. Foi só quase na hora do chá que eu saí.

Caminhei até a praça do mercado e virei para a esquerda. A loja! Era engraçado. Há vinte e um anos, no dia do funeral de mamãe, passei por ela no táxi para a estação e vi tudo fechado e empoeirado, com a placa queimada por um lança-chamas de encanador, e não dei a mínima. E agora, quando estava tão mais distante dela, quando havia realmente detalhes sobre o interior da casa dos quais eu não me lembrava mais, a ideia de vê-la outra vez afetou meu coração e minhas entranhas. Passei pela barbearia. Ainda era uma barbearia, apesar de o nome ser outro. Um cheiro quente, ensaboado, amendoado escapava pela porta. Não tão bom quanto o cheiro antigo de pós-barba e Latakia. A loja, a nossa loja, ficava a vinte metros dali. Ah!

Uma placa bem artística – pintada pelo mesmo camarada que fez a placa do George, eu não deveria me espantar – pendurada acima da calçada:

CASA DE CHÁ DA WENDY

CAFÉ DA MANHÃ

BOLOS CASEIROS

Uma casa de chá!

Imagino que se fosse um açougue ou uma loja de utilidades, ou qualquer outra coisa que não uma loja de sementes, isso teria me dado o mesmo susto. É era, o piso de pedras escavadas e o cheiro do gesso misturado com o de cerveja. Uma moça com olhar esperto, cabelos arrepiados e um vestido preto, que supus ser a recepcionista ou algo assim, pediu meu nome na recepção.

— O senhor deseja um quarto? Certamente, senhor. Em que nome devo colocar, senhor?

Fiz uma pausa. Afinal, esse era o meu grande momento. Ela certamente conheceria o nome. Não é muito comum, e há muitos de nós no cemitério junto à igreja. Éramos uma das famílias antigas de Binfield de Baixo, os Bowling de Binfield de Baixo. E embora em certo sentido seja doloroso ser reconhecido, eu estivera um tanto ansioso por isso.

— Bowling – falei, muito distintamente. — Sr. George Bowling.

— Bowling, senhor. B-O-A... ah! B-O-W? Sim, senhor. E o senhor está vindo de Londres?

Nenhuma reação. Nenhum registro. Ela nunca ouviu falar de mim. Nunca ouviu falar de George Bowling, filho de Samuel Bowling – Samuel Bowling que, droga!, tinha tomado sua caneca nesse mesmo pub todo sábado por mais de trinta anos.

CAPÍTULO 2

O salão do restaurante também havia mudado.

Eu me lembrava do salão antigo, embora nunca tivesse feito uma refeição lá, com sua cornija marrom e seu papel de parede meio bronze-amarelado – nunca soube se era para ser daquela cor ou se simplesmente ficou assim com a idade e a fumaça – e a pintura a óleo, também de Wm. Sandford, Pintor & Carpinteiro, da batalha de Tel-el-Kebir. Agora eles tinham arrumado o lugar num estilo meio medieval. Lareira de tijolos com pequenos recessos, uma trave imensa atravessando o teto, painéis de carvalho nas paredes e, em cada detalhe, uma falsificação que se podia perceber a cinquenta metros de distância. A trave era de carvalho genuíno, provavelmente saído de algum navio antigo, mas não servia de sustentação a nada, e eu tinha minhas suspeitas a respeito dos painéis assim que coloquei os olhos neles. Assim que me sentei à mesa e o jovem garçom veio na minha direção mexendo no guardanapo, dei uma batidinha na parede atrás de mim. É! Eu sabia! Não é nem madeira. Eles deram uma tapeada com algum material composto e pintaram por cima.

em um cavalo bem magro esmagando um dragão bem gordo e, no canto, apesar de rachado e desbotado, dava para ler a pequena assinatura: "Wm. Sandford, Pintor & Carpinteiro". A nova placa tinha uma aparência meio artística. Dava para ver que tinha sido pintada por um artista de verdade. São Jorge parecia um maricas. O pátio pavimentado onde ficavam as barracas dos fazendeiros e os bêbados vomitavam nas noites de sábado tinha sido aumentado, ficando três vezes maior que o tamanho antigo, e concretado, com garagens por toda a sua volta. Coloquei o carro de ré numa delas e saí.

Uma coisa que eu reparei na mente humana é que ela funciona aos trancos. Não há emoção que permaneça com você por muito tempo. Durante o último quarto de hora, eu tive o que se poderia descrever justamente como um choque. Senti quase como um soco no estômago quando parei no topo da colina Chamford e subitamente me dei conta de que Binfield de Baixo havia desaparecido, e outra pontadinha quando vi que o cocho não existia mais. Dirigi pelas ruas com uma sensação melancólica, feito Ichabod. Porém, quando saí do carro e meti meu chapéu de feltro na cabeça, de súbito senti que isso não tinha a menor importância. Estava um dia ensolarado tão lindo, e o pátio do hotel tinha uma cara de verão, com suas flores em canos verdes e tudo o mais. Além disso, eu estava faminto e ansioso pelo almoço.

Entrei no hotel com um ar de importância, com o engraxate, que já havia saído para me receber, seguindo atrás com a mala. Eu me sentia bastante próspero, e provavelmente parecia ser. Um empresário sério, você teria dito, pelo menos se não tivesse visto o carro. Fiquei contente por ter vindo com o terno novo – de flanela azul com uma listra branca fina, o que combina com meu estilo. Ele tem o que o alfaiate chama de "efeito redutor". Creio que, naquele dia, eu podia ter passado por corretor da bolsa. E, diga o que quiser, é algo muito agradável, num dia de junho em que o sol brilha sobre os gerânios cor-de-rosa nas floreiras das janelas, entrar em um belo hotel do interior com cordeiro assado e molho de hortelã à sua espera. Não que seja algo raro para mim ficar em hotéis, Deus sabe que eu já vi muitos deles – mas noventa e nove vezes em cem são aqueles hotéis "familiares e comerciais", sem alma, como o Rowbottom, onde eu deveria estar no presente momento, o tipo de lugar em que você paga cinco libras pela cama e o café da manhã, e os lençóis estão sempre úmidos e as torneiras do banheiro nunca funcionam. O George tinha ficado tão chique que eu não o teria reconhecido. Nos velhos tempos, ele mal era um hotel, apenas um pub, embora tivesse um ou dois quartos para alugar e fizesse um almoço de fazendeiro (rosbife e Yorkshire *pudding*, bolinho de banha e queijo Stilton) nos dias de feira. Tudo parecia diferente, exceto o bar público, o qual vi de relance quando passei, e que parece o mesmo de sempre. Subi por uma passagem com carpete macio, cenas de caçadas e panelas de cobre e quinquilharias desse tipo penduradas nas paredes. E pude me lembrar vagamente de como essa passagem

Suponho que eu queria dizer o Mercado Velho.

— Ah, bom... você vira à direita e, pegando...

Estava longe. Quilômetros, me pareceu, embora realmente não fosse nem um quilômetro. Casas, lojas, cinemas, capelas, campos de futebol – novo, tudo novo. Mais uma vez tive aquela sensação como se uma invasão inimiga tivesse ocorrido enquanto eu não estava olhando. Toda essa gente vindo em uma onda de Lancashire e dos subúrbios de Londres, plantando-se aqui nesse caos bestial, sem nem se incomodar em conhecer os principais marcos da cidade pelo nome. Mas logo compreendi por que o que chamávamos de praça do mercado era agora conhecida como Mercado Velho. Havia uma praça grande, embora não se pudesse chamar precisamente de praça, porque não tinha o formato certo, no meio da cidade nova, com semáforos e a imensa estátua de bronze de um leão segurando uma águia – o memorial à guerra, creio. E a novidade de tudo! A aparência tosca, crua! Sabe o jeitão dessas cidades novas que subitamente se inflaram como balões nos anos mais recentes, Hayes, Slough, Dagenham, e assim por diante? O tipo de frieza, de tijolo vermelho-vivo para todo lado, as vitrines com cara de temporárias cheias de chocolate com desconto e peças de rádio? Era exatamente assim. Mas, de súbito, entrei numa rua com casas mais antigas. Deus! A High Street!

Minha memória não estava me enganando, afinal. Eu conhecia cada centímetro agora. Mais uns duzentos metros e eu estaria na praça do mercado. A loja antiga ficava na outra ponta da High Street. Eu iria para lá depois do almoço – ia me registrar no George. E cada centímetro era uma lembrança! Eu conhecia todas as lojas, embora todos os nomes tivessem mudado, e as coisas que elas vendiam também tivessem mudado. Ali estava a Lovegrove! E a loja do Todd! E uma loja grande e escura, com traves e trapeiras. Ali era a loja Lilywhite, onde Elsie trabalhava. E a loja do Grimmett! Ainda é uma mercearia, pelo jeito. Agora, vamos ver o cocho dos cavalos na praça do mercado. Tinha outro carro na minha frente e eu não conseguia ver.

O carro fez uma curva quando chegamos à praça. O cocho não estava mais lá.

Havia um homem da Associação Automobilística cuidando do tráfego onde ficava o cocho. Ele deu uma olhada para o carro, viu que não tinha o adesivo da A.A., e decidiu não cumprimentar.

Dobrei a esquina e desci até o George. O cocho não estar mais lá tinha me desestabilizado tanto que eu nem olhei para conferir se a chaminé da cervejaria ainda estava de pé. O George tinha se alterado também, em tudo, menos no nome. A fachada tinha sido arrumada até parecer com um daqueles hotéis às margens do rio, e a placa estava diferente. Era curioso que, embora até aquele momento eu não tivesse pensado nele nem uma vez em vinte anos, de repente descobri que conseguia me lembrar de todos os detalhes da placa antiga, que se balançara ali desde sempre. Era uma imagem meio rudimentar, com São Jorge dois mundos de uma só vez, o tipo de bolha fina do que costumava ser, com a coisa que existia de fato agora brilhando através dela. Ali estava o campo onde o touro tinha perseguido Ginger Rodgers! E ali o local onde os cogumelos do cavalo brotavam! Mas não havia nenhum campo, nenhum touro, nenhum cogumelo. Era tudo casa, casa em todo lugar, pequenas casas vermelhas e brutas com suas cortinas imundas e seus restinhos de jardim nos fundos que não tinham nada, só um trechinho de grama espessa ou algumas esporeiras lutando em meio às ervas daninhas. E sujeitos andando para cima e para baixo, e mulheres chacoalhando tapetes, e crianças catarrentas brincando na calçada. Todos desconhecidos! Todos eles tinham vindo para lotar a cidade enquanto eu não estava olhando. E, ainda assim, eram eles que teriam me visto como um estranho, eles não sabiam nada sobre a velha Binfield de Baixo, nunca tinham ouvido falar de Shooter ou Wetheral, ou do Sr. Grimmett e do tio Ezequiel, e se importavam ainda menos com isso, pode apostar.

É engraçado como a gente se ajusta rapidamente. Creio que se passaram cinco minutos desde que eu parei no alto da colina, até um pouco sem fôlego só de pensar em ver Binfield de Baixo outra vez. E já tinha me acostumado com a ideia de que Binfield de Baixo tinha sido engolida e enterrada como as cidades perdidas do Peru. Eu me preparei e a encarei. Afinal, o que mais você esperava? As cidades têm que crescer, as pessoas têm que morar em algum lugar. Além disso, a cidade antiga não havia sido aniquilada. Em um lugar ou outro ela ainda existia, embora tivesse casas ao redor em vez de campos. Em alguns minutos, eu a veria novamente, a igreja e a chaminé da cervejaria e a vitrina da loja do papai e o cocho dos cavalos na praça do mercado. Eu cheguei ao sopé da colina e a estrada se bifurcou. Peguei a via da esquerda e, um minuto depois, estava perdido.

Não conseguia lembrar de nada. Não conseguia lembrar nem a que altura a cidade começava antigamente. Tudo o que eu sabia era que, nos velhos tempos, essa rua não existia. Por centenas de metros, rodei por ela – uma rua um tanto mal-encarada, tosca, com as casas dando diretamente para a calçada e, aqui e ali, uma lojinha de esquina ou um pub encardido – e me perguntando aonde, diabos, levava essa rua. Finalmente, estacionei ao lado de uma mulher de avental sujo e sem chapéu que caminhava pela calçada. Meti a cabeça para fora da janela.

— Com licença, a senhora pode me dizer para que lado fica a praça do mercado?

Ela "não sabia dizer". Respondeu com um sotaque tão duro que dava para cortar com uma pá. Lancashire. Tem muita gente de lá no sul da Inglaterra agora. Excedentes das áreas desoladas. Em seguida, vi um sujeito de macacão e uma bolsa de ferramentas passando e tentei novamente. Dessa vez, recebi a resposta no sotaque do interior, mas ele teve que pensar por um momento.

— Praça do mercado? Praça do mercado? Vejamos, peraí. Ah! Você quer dizer o mercado VÉIO?

ponto no meio daquele mar de tijolos. Das cinco ou seis chaminés de fábrica que eu podia ver, não conseguia nem arriscar um palpite de qual pertencia à cervejaria. Mais para o limite oriental da cidade, havia duas imensas fábricas de vidro e concreto. Aquilo responde pelo crescimento da cidade, pensei, enquanto começava a absorver tudo. Ocorreu-me que a população desse lugar (era de umas duas mil pessoas nos velhos tempos) devia estar na casa dos vinte e cinco mil. A única coisa que não havia mudado, pelo visto, era a Casa Binfield. Não era mais do que um pontinho àquela distância, mas dava para vê-la da colina em frente, com as faias ao redor dela, e a cidade não tinha subido tão alto. Enquanto eu olhava, uma frota de bombardeiros pretos surgiu por cima da colina e zuniu sobre a cidade.

Empurrei o câmbio e comecei a descer a colina lentamente. As casas subiam até a metade dela. Você sabe, aquelas casinhas bem baratinhas que sobem as colinas em uma fileira contínua, com os tetos se levantando uns sobre os outros como um lance de escadas, todas exatamente iguais. Mas, pouco antes de eu chegar às casas, parei de novo. À esquerda da estrada havia outra coisa bem recente. O cemitério. Parei do lado oposto ao portão do cemitério para dar uma olhada.

Era enorme, uns vinte acres, acho. Existe sempre uma aparência inquietante que salta aos olhos num cemitério novo, com suas ruazinhas de cascalho bruto e sua relva verde e grosseira, e os anjos de mármore esculpidos por máquinas que parecem ter saído de um bolo de casamento. Mas o que mais me espantou naquele momento foi que, nos velhos tempos, esse lugar não existia. Não havia um cemitério à parte na época, apenas o que ficava junto da igreja. Eu podia me lembrar vagamente do fazendeiro a quem essas terras pertenciam – Blackett, era o nome dele, e tinha uma fazenda de laticínios. E, de algum jeito, a aparência crua do lugar deixou claro para mim o quanto as coisas haviam mudado. Não era só que a cidade tinha crescido tanto que eles precisavam de vinte acres em que jogar seus cadáveres. Era o fato de terem colocado o cemitério aqui, nos limites da cidade. Você já reparou que eles sempre fazem isso hoje em dia? Cada cidade nova coloca seu cemitério em seus extremos. Empurrem para longe – mantenham fora da vista! Não suportam serem lembrados da morte. Até as lápides contam a mesma história. Elas nunca dizem que o camarada abaixo delas "morreu", é sempre "se foi" ou "está descansando". Não era assim nos velhos tempos. Nós tínhamos nosso cemitério anexo à igreja, bem no meio da cidade; você passava por ele todo dia, via o lugar onde seu avô jazia e onde, algum dia, você também estaria. Nós não ligávamos de olhar para os mortos. Quando estava calor, admito, nós também tínhamos que sentir o cheiro deles, porque alguns dos mausoléus familiares não eram bem selados.

Deixei o carro descer a colina devagar. Bizarro! Você nem pode imaginar o quanto era bizarro! Durante toda a descida da colina eu via fantasmas, principalmente os fantasmas das sebes e árvores e vacas. Era como se eu olhasse para um arco. Agora todas tinham desaparecido. Eu tinha chegado quase ao topo da colina quando encontrei algo que certamente era recente. À direita da estrada, havia um monte de casas imitando um estilo pitoresco, com beirais salientes e pérgolas rosadas e sei lá mais o quê. Você sabe, aquele tipo de casa chique demais para estar enfileirada, então eles as dispõem em algo como uma colônia, com ruazinhas particulares levando a cada uma delas. E, na entrada de uma das ruas particulares, havia uma imensa placa branca onde se lia:

OS CANIS

FILHOTES DE SEALYHAM COM PEDIGREE

HOTELZINHO CANINO

ISSO definitivamente não ficava aqui, não é?

Pensei por um momento. Ah, sim, lembrei! Aquelas casas estavam onde era uma pequena plantação de carvalho, e as árvores cresciam juntas demais umas das outras, de modo que eram muito altas e finas, e na primavera o chão debaixo delas ficava sufocado em anêmonas. Com certeza nunca houve casa nenhuma tão distante da cidade.

Cheguei ao topo da colina. Mais um minuto e Binfield de Baixo estaria à vista. Binfield de Baixo! Por que eu deveria fingir que não estava empolgado? Só de pensar em vê-la outra vez, uma emoção extraordinária que começava nas entranhas subiu e fez algo com meu coração. Mais cinco segundos e eu a veria. Sim, ali estávamos! Soltei a marcha, pisei no freio e… Deus do céu!

Ah, sim, eu sei que você sabia o que aconteceria. Mas EU não sabia. Pode dizer que eu fui um maldito tolo por não esperar por isso, e eu fui mesmo. Mas nem havia me ocorrido.

A primeira pergunta era: ONDE ESTAVA Binfield de Baixo?

Não quero dizer que ela foi demolida. Ela apenas havia sido engolida. A coisa para a qual eu olhava lá embaixo era uma cidade industrial. Eu me recordo – Deus, como me recordo! E, nesse caso, não acho que minha memória esteja muito enganada – qual a aparência de Binfield de Baixo vista do topo da colina Chamford. Suponho que a High Street tivesse uns quatrocentos metros de extensão e, exceto por algumas casas mais afastadas, a cidade tinha mais ou menos o formato de uma cruz. Os principais pontos de referência eram a torre da igreja e a chaminé da cervejaria. Nesse momento, eu não conseguia distinguir nenhuma das duas. Tudo o que podia ver era um imenso rio de casas novas em folha, fluindo ao longo do vale nas duas direções e a meio caminho nas colinas dos dois lados. À direita, havia o que parecia ser vários acres de telhados vermelho-vivo, todos exatamente iguais. A julgar pela aparência, um grande conjunto habitacional público.

Mas onde estava Binfield de Baixo? Cadê a cidade que eu conhecia? Podia estar em qualquer lugar. Tudo o que eu sabia era que estava enterrada em algum

CAPÍTULO 1

Eu me aproximei de Binfield de Baixo pela colina Chamford. Existem quatro estradas que levam a Binfield de Baixo, e seria mais direto ir por Walton. Mas eu queria chegar pela colina Chamford, do jeito que fazíamos quando voltávamos para casa de bicicleta depois de pescar no Tâmisa. Quando você passa pelo topo da colina, as árvores se abrem e dá para ver Binfield de Baixo deitada no vale lá embaixo.

É uma experiência bizarra passar por um local que você não vê há vinte anos. Você se lembra dele nos mínimos detalhes, e se lembra de tudo errado. Todas as distâncias são diferentes e os pontos de referência parecem ter mudado de lugar. Você fica sentindo que essa colina, com certeza, era mais íngreme – aquela curva, com certeza, ficava do outro lado da rua, não? E, por outro lado, você terá lembranças que são perfeitamente precisas, mas que pertencem apenas a uma ocasião em particular. Vai se lembrar, por exemplo, de um canto em um campo, num dia úmido de inverno, com a grama tão verde que parece quase azul, e um mourão podre coberto de líquen e uma vaca de pé na grama, olhando para você. E você vai voltar depois de vinte anos e se surpreender porque a vaca não está de pé no mesmo lugar, olhando para você com a mesma expressão.

Enquanto eu subia a colina Chamford de carro, percebi que a imagem que tinha dela na minha mente era quase que totalmente imaginária. Mas era fato que certas coisas haviam mudado. A estrada agora era de asfalto, enquanto nos velhos tempos era macadame (eu me lembro da sensação irregular dele sob os pneus da bicicleta), e parecia ter ficado bem mais larga. E havia muito menos árvores. Antigamente, havia sarças imensas crescendo nas sebes, e em alguns lugares suas galhadas se encontravam por cima da estrada, formando meio que

George Orwell | 133

PARTE IV

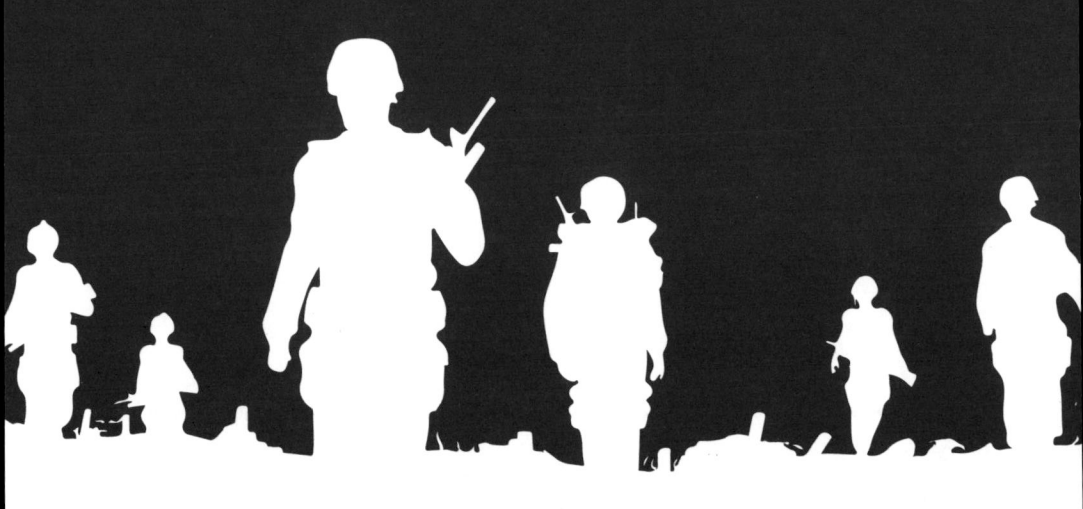

E mais, eu tinha mesmo a impressão de que eles já estavam atrás de mim. Todos eles! Todas as pessoas que não podiam compreender por que um homem de meia-idade e dentadura se esgueiraria para longe para uma semana sossegada no lugar onde passou sua meninice. E todos os desgraçados de mentalidade má que PODIAM entender muito bem, mas que moveriam céu e terra para evitar isso. Estavam todos no meu rastro. Era como se um exército gigante fluísse pela estrada atrás de mim. Parecia que eu os via na minha mente. Hilda estava na frente, é claro, com as crianças logo atrás dela, e a Sra. Wheeler motivando-a a prosseguir com uma expressão sombria e vingativa, e a Srta. Minns as acompanhando na retaguarda, com seu pincenê escorregando e uma cara de aflição, como a galinha que fica para trás quando as outras conseguiram pegar o torresminho. E Sir Herbert Crum e os figurões da Salamandra Voadora em seus Rolls Royce e Hispano Suiza. E todos os colegas do escritório, e todos os pobres e oprimidos funcionários de escritório de Ellesmere Road e de tantas outras ruas, alguns deles empurrando carrinhos de bebê e cortadores de grama e rolos compactadores de concreto, alguns acompanhando em pequenos Austin Seven. E todos os santarrões e fifis fuxiqueiras, as pessoas que você nunca viu, mas que mandam no seu destino mesmo assim, o Ministro do Interior, a Scotland Yard, a Liga da Temperança, o Banco da Inglaterra, Lorde Beaverbrook, Hitler e Stálin em uma bicicleta de assento duplo, a coleção de bispos, Mussolini, o Papa – todos eles estavam atrás de mim. Eu quase podia ouvi-los gritando:

— Ali tem um camarada que acha que vai escapar! Ali vai um sujeito que diz que não será otimizado! Ele vai voltar para Binfield de Baixo! Atrás dele! Parem-no!

É esquisito. A impressão foi tão forte que eu realmente dei uma espiadinha pelo para-brisa traseiro do carro para ter certeza de que não estava sendo seguido. Consciência pesada, acho. Mas não havia ninguém. Apenas a estrada branca e empoeirada e a longa fileira de elmos balançando atrás de mim.

Pisei no acelerador, e o velho carro chacoalhou até alcançar os cinquenta por hora. Alguns minutos depois, eu já tinha passado da entrada para Westerham. E foi isso. Não tinha mais volta. Esta era a ideia que, de uma forma meio obscura, havia começado a se formar em minha mente no dia em que peguei minha dentadura nova.

Segui pela estrada gentilmente a vinte e quatro quilômetros por hora. A manhã passava uma sensação tranquila, onírica. Os patos boiavam nos lagos como se estivessem satisfeitos demais para comer. Em Nettlefield, o vilarejo depois de Westerham, um homenzinho de avental branco, cabelos grisalhos e um bigode grisalho imenso disparou pelo campo, plantou-se no meio da estrada e começou a fazer movimentos físicos bruscos para chamar minha atenção. Meu carro é conhecido por toda essa estrada, é claro. Estacionei. Era apenas o Sr. Weaver, que cuida do armazém do vilarejo. Não, ele não quer fazer um seguro de vida, nem um seguro para sua loja. Ele apenas ficou sem troco e quer saber se eu tenho uma libra em "moedas grandes". Eles nunca têm troco em Nettlefield, nem mesmo no pub.

Continuei dirigindo. O trigo devia estar na altura da cintura. Ele ondulava para cima e para baixo nas colinas como um grande tapete verde, o vento o agitando de leve, dando uma aparência espessa e sedosa. É como uma mulher, pensei. Faz você ter vontade de se deitar nele. E um pouco à frente de onde eu estava, vi a placa onde a estrada se abre: à direita para Pudley, à esquerda para Oxford.

Eu ainda estava no meu caminho de sempre, dentro das fronteiras do meu próprio "distrito", como a firma chama. A coisa mais natural, já que eu seguia no rumo oeste, seria sair de Londres pela Uxbridge Road. Mas, por algum instinto, eu segui minha rota usual. O fato era que eu me sentia culpado a respeito da coisa toda. Eu queria me afastar bem antes de me dirigir para Oxfordshire. E, a despeito do fato de eu ter arranjado as coisas tão bem com Hilda e a firma, a despeito das doze libras no meu caderninho e da mala guardada no carro, conforme eu me aproximava da encruzilhada, senti realmente uma tentação – eu sabia que não sucumbiria a ela, mas, mesmo assim, era uma tentação – de jogar tudo para o alto. Eu tive meio que a sensação de que, desde que eu dirigisse pela minha rota normal, ainda estaria dentro da lei. Não é tarde demais, pensei. Ainda há tempo para fazer o que é respeitável. Eu podia entrar rapidamente em Pudley, por exemplo, ver o gerente do banco Barclay (ele é o nosso agente em Pudley) e descobrir se havia entrado algum contrato novo. A propósito, eu podia até dar meia-volta, retornar para Hilda e esclarecer toda a trama.

Reduzi quando cheguei à esquina. Será que eu devia, ou será que não? Por cerca de um segundo, fiquei realmente tentado. Mas não! Apertei a buzina e virei o carro para o oeste, pegando a estrada para Oxford.

Bem, eu consegui. Estava no terreno proibido. Era verdade que, oito quilômetros adiante, se eu quisesse, podia virar novamente para a esquerda e voltar para Westerham. Porém, por enquanto, eu me dirigia para o oeste. Falando estritamente, eu estava em fuga. E o curioso é que, assim que peguei a estrada para Oxford, tive total certeza de que ELES sabiam de tudo. Quando digo ELES, estou falando de todas as pessoas que não aprovariam uma viagem desse tipo e que teriam me impedido, se pudessem – o que, suponho, incluiria basicamente todo mundo.

Pensei nele naquele ponto escuro em meio às árvores, esperando por mim todos esses anos. E o imenso peixe preto ainda deslizando por ali. Jesus! Se eles eram daquele tamanho trinta anos atrás, de que tamanho estariam agora?

CAPÍTULO 3

Era dezessete de junho, sexta-feira, o segundo dia da pesca grossa.

Eu não tivera nenhuma dificuldade em ajeitar as coisas na firma. Quanto à Hilda, eu providenciei uma história perfeita, impermeável. Resolvi-me por Birmingham para meu álibi e, no último instante, até lhe falei o nome do hotel em que ficaria, Rowbottom, Familiar e Comercial. Eu conhecia o endereço porque ficara ali alguns anos antes. Ao mesmo tempo, eu não queria que ela escrevesse para mim em Birmingham, o que podia fazer se eu ficasse longe por uma semana. Depois de pensar nisso, tornei o jovem Saunders, que viaja para o Polidor de Pisos Glisso, meu confidente, ao menos em parte. Ele mencionou para mim, por acaso, que passaria por Birmingham no dia dezoito de junho, e eu o fiz prometer que pararia no caminho e mandaria uma carta minha para Hilda, com o endereço do Rowbottom. Isto seria para lhe dizer que eu podia ser enviado para outro local e era melhor que ela não escrevesse. Saunders entendeu, ou achou ter entendido. Ele me deu uma piscadela e disse que eu era maravilhoso para a minha idade. Então, isso resolvia o problema de Hilda. Ela não fez muitas perguntas e, mesmo que ficasse desconfiada mais tarde, um álibi desses daria trabalho para anular.

Dirigi por Westerham. Estava uma manhã incrível de junho. Uma leve brisa soprava, e os topos dos elmos oscilavam sob o sol, nuvenzinhas brancas perseguindo umas às outras pelos campos. Nos arredores de Westerham, um rapazinho dos Sorvetes Walls, com bochechas que lembravam maçãs, veio com tudo em minha direção com sua bicicleta, assoviando de um jeito que atravessava a cabeça da gente. Lembrou-me de súbito da época em que eu também tinha sido um menino de recados (embora naquele tempo não tivéssemos bicicletas de roda livre) e eu quase o parei e comprei um. Tinham cortado o feno em alguns locais, mas ainda não o haviam guardado. Estava por ali, secando em longas fileiras brilhosas, e o cheiro dele flutuava até o outro lado da estrada, misturando-se com a gasolina.

para Nottingham, ou Derby, ou Bristol, ou para algum outro lugar a uma boa distância. Se eu avisasse uns dois meses antes, pareceria que eu não tinha nada a esconder.

Porém, é claro que ela descobriria, mais cedo ou mais tarde. Pode confiar na Hilda! Ela começaria fingindo acreditar e então, daquele jeito quieto e obstinado dela, farejaria o fato de eu nunca ter ido para Nottingham ou Derby ou Bristol ou seja lá onde for. É espantoso como ela consegue! Tanta perseverança! Ela fica discreta até descobrir todos os pontos fracos no seu álibi e aí, subitamente, quando você comete um deslize em algum comentário descuidado, ela começa o interrogatório. De repente, ela surge com um dossiê completo do caso. "Onde você passou a noite de sábado? Isso é mentira! Você estava com uma mulher. Olha só esses cabelos que eu encontrei quando estava escovando o seu colete. Olha aqui! O meu cabelo é dessa cor?". E aí começa a diversão. Deus sabe quantas vezes aconteceu. Às vezes ela tinha razão quanto à mulher e às vezes não tinha, mas as consequências eram sempre as mesmas. Queixas por semanas! Nenhuma refeição sem uma briga – e as crianças não conseguem entender do que se trata. A única coisa para a qual não há qualquer esperança seria contar para ela onde eu passei a semana e por quê. Nem que eu explicasse até o dia do Juízo Final, ela jamais acreditaria nisso.

Mas que diabos! Pensei, por que me incomodar? Isso ainda estava longe. Você sabe como essas coisas parecem diferentes antes e depois. Enfiei meu pé no acelerador de novo. Tive outra ideia, quase maior do que a primeira. Eu não iria em maio. Iria na segunda metade de junho, quando começa a temporada de pesca grossa, e pescaria!

Por que não, afinal? Eu queria paz, e pesca é paz. E então a maior ideia de todas surgiu na minha cabeça e quase me fez jogar o carro para fora da estrada.

Eu ia e pescaria aquelas carpas enormes no lago da Casa Binfield!

E, mais uma vez, por que não? Não é estranho como passamos pela vida sempre pensando que as coisas que queremos fazer são as que não podem ser feitas? Por que eu não deveria pegar aquelas carpas? E, no entanto, assim que a ideia é mencionada, não lhe soa como algo impossível, algo que simplesmente não podia acontecer? Era como me parecia, mesmo naquele momento. Parecia-me um tipo de sonho louco, como aqueles que se tem de dormir com estrelas do cinema ou ganhar o campeonato de pesos-pesados no boxe. Entretanto, não era nem um pouco impossível; não era nem mesmo improvável. Pesca podia ser por aluguel. Seja lá quem fosse o proprietário da Casa Binfield agora, ele provavelmente alugaria o lago se recebesse o bastante por isso. E, por Deus, eu ficaria contente em pagar cinco libras por um dia de pesca naquele lago. Falando nisso, era bem provável que a casa ainda estivesse vazia e ninguém nem soubesse que o lago existia.

florestas de faias em torno da Casa Binfield, e a trilha beira-rio perto do açude Burford, e o coche para os cavalos na praça do mercado. Eu queria voltar lá, só por uma semana, e deixar a sensação do local me permear. Era um pouco como um daqueles sábios orientais se retirando para um deserto. E eu acho que, do jeito que as coisas vão, haverá uma boa quantidade de gente se retirando para o deserto durante os próximos anos. Será como daquela vez, na antiga Roma, que o velho Porteous estava me contando, quando havia tantos eremitas que cada caverna tinha uma lista de espera.

Mas não é que eu quisesse ir pra ficar olhando para meu próprio umbigo. Eu só queria recuperar a coragem antes que os tempos ruins começassem. Existe alguém que não esteja morto do pescoço para cima duvidando que uma época ruim se aproxima? Nós nem sabemos como será, mas sabemos que está vindo. Talvez uma guerra, talvez uma depressão – não dá para saber, apenas que vai ser algo bem ruim. Seja lá para onde estamos indo, a direção é para baixo. Para a sepultura, para o fosso... Não dá para saber. E não dá para enfrentar esse tipo de coisa a menos que se tenha a emoção correta dentro de si. Isso é algo que nos escapou nesses vinte anos desde a guerra. É tipo um suco vital que esguichamos para longe até não sobrar nada. Toda essa correria de um lado para o outro! Uma escalada infinita atrás de um bocadinho de dinheiro. O ruído interminável de ônibus, bombas, rádios, campainhas telefônicas. Nervos desgastados por completo, espaços vazios em nossos ossos onde o tutano deveria estar.

Enfiei o pé no acelerador. A própria ideia de voltar para Binfield de Baixo já tinha me feito bem. Sabe qual tinha sido a minha sensação? De sair das profundezas em busca de ar! Como as grandes tartarugas marinhas quando vêm remando até a superfície, metem os narizes para fora e enchem os pulmões com uma grande golada de ar antes de afundar outra vez entre as algas marinhas e os polvos. Estamos todos abafados no fundo de um cesto de lixo, mas descobri o caminho para o topo. De volta para Binfield de Baixo! Mantive o pé no acelerador até o velho carro chegar à sua velocidade máxima de quase sessenta e cinco quilômetros por hora. Ele sacudia feito uma lata cheia de louça e, sob a cobertura do ruído, quase comecei a cantar.

A mosca na sopa era, é claro, Hilda. Aquele pensamento me conteve um pouco. Reduzi a velocidade para trinta quilômetros por hora para pensar a respeito.

Não havia muita dúvida de que Hilda descobriria, mais cedo ou mais tarde. Quanto a pegar apenas uma semana de férias em agosto, eu podia disfarçar isso sem problemas. Podia dizer a ela que a firma ia me dar só uma semana esse ano. Provavelmente ela não faria muitas perguntas sobre isso, porque adoraria ter a oportunidade de cortar as despesas das férias. As crianças, de qualquer forma, sempre ficavam um mês na praia. A dificuldade seria encontrar um álibi para aquela semana em maio. Eu não podia apenas sumir sem aviso. O melhor, pensei, seria avisá-la já bem de antemão que eu seria enviado em um serviço especial volta dos vinte anos. Como teriam rido se me vissem! Estavam todos olhando para mim – sabe como essas pessoas olham para você quando estão num carro vindo em sua direção –, e veio-me o pensamento de que mesmo agora eles podiam, de algum jeito, adivinhar o que eu estivera fazendo. Melhor deixar que pensassem ser alguma outra coisa. Por que um camarada deveria sair do seu carro ao lado de uma estrada rural? É óbvio! Conforme o carro passou, eu fingi fechar os botões da calça.

Rodei a manivela para dar partida no carro (o arranque automático não funciona mais) e entrei. Curiosamente, no exato instante em que eu fechava os botões, quando a minha mente estava três quartos ocupada com aqueles jovens tontos no outro carro, uma ideia maravilhosa me ocorreu.

Eu ia voltar para Binfield de Baixo!

"Por que não?", pensei, engatando a primeira. Por que não deveria ir? O que me impediria? E por que diabos eu não havia pensado nisso antes? Um feriado sossegado em Binfield de Baixo – exatamente o que eu queria.

Não imagine que eu tinha alguma ideia de voltar a MORAR em Binfield de Baixo. Eu não planejava abandonar Hilda e as crianças e recomeçar a vida sob um nome diferente. Esse tipo de coisa só acontece nos livros. Mas o que me impedia de escorregar até Binfield de Baixo e ficar uma semana por lá, sozinho, em segredo?

Eu parecia já ter tudo planejado em minha mente. Estava tudo certo, no que dizia respeito a dinheiro. Eu ainda tinha doze libras no meu montinho secreto, e dá para levar uma semana bem confortável com doze libras. Eu tinha uma quinzena de férias todo ano, geralmente em agosto ou setembro. Mas se eu inventasse alguma história conveniente – um parente morrendo de doença incurável, ou algo assim – provavelmente poderia fazer a firma dividir minhas férias em duas partes. Aí eu podia ter uma semana toda só para mim antes que Hilda soubesse o que estava acontecendo. Uma semana em Binfield de Baixo, sem Hilda, sem crianças, sem Salamandra Voadora, sem Ellesmere Road, sem balbúrdia sobre pagamentos de contratos e aquisições, sem ruído de tráfego te deixando maluco – apenas uma semana para vagabundear e ouvir o silêncio?

Mas por que eu queria voltar para Binfield de Baixo?, pergunta você. Por que Binfield de Baixo em particular? O que eu pretendia fazer quando chegasse lá?

Eu não pretendia fazer nada. Isso era parte do objetivo. Eu queria paz e sossego. Paz! Nós tivemos isso uma vez, em Binfield de Baixo. Eu lhe contei algo sobre nossa vida antiga por lá, antes da guerra. Não vou fingir que era perfeita. Ouso dizer que era uma vida chata, arrastada, quase vegetal. Pode dizer que éramos como nabos, se quiser. Mas nabos não vivem aterrorizados pelo chefe, não ficam acordados de madrugada pensando na próxima recessão e na próxima guerra. Tínhamos paz dentro de nós. Claro que eu sabia que, mesmo em Binfield de Baixo, a vida teria mudado. Mas o lugar em si, não. Ainda haveria as tempo de colher uma flor. Além disso, se você não tem a barriga cheia e uma casa quentinha, não vai querer apanhar flores. Mas a questão não é essa. Eis aqui essa sensação que eu tenho dentro de mim – não com frequência, admito, mas de vez em quando. Sei que é uma boa sensação de se ter. E mais, todo mundo sabe disso, ou quase todo mundo. Está logo ali o tempo todo, e todos nós sabemos que está ali. Pare de disparar essa metralhadora! Pare de correr atrás de seja lá o que você está buscando! Acalme-se, recupere o fôlego, deixe um pouco de paz penetrar nos seus ossos. É inútil. Nós não fazemos isso. Simplesmente continuamos com as mesmas malditas tolices.

E a próxima guerra desponta no horizonte, em 1941, dizem. Mais três voltas em torno do Sol, e então zunimos diretamente para ela. As bombas mergulhando sobre você feito charutos pretos e as balas aerodinâmicas fluindo das metralhadoras Bren. Não que isso me preocupe particularmente. Estou velho demais para lutar. Haverá ataques aéreos, claro, mas eles não acertarão todo mundo. Além disso, ainda que exista esse tipo de perigo, ele não penetra nos pensamentos da pessoa por antecedência. Como falei diversas vezes, não tenho medo da guerra, só do pós-guerra. E mesmo isso provavelmente não vai me afetar de maneira pessoal. Quem se incomodaria com um sujeito como eu? Eu sou gordo demais para ser um suspeito político. Ninguém vai me matar nem me acertar com um cassetete de borracha. Sou do tipo comum, medíocre, que se move quando um policial manda. Quanto à Hilda e às crianças, eles provavelmente nem vão notar a diferença. E, no entanto, me dá medo. O arame farpado! Os *slogans*! Os rostos enormes! As celas forradas de cortiça onde o carrasco te mata com um tiro nas costas! Por sinal, isso assusta outros camaradas, muito mais limitados intelectualmente do que eu. Mas por quê? Porque isso significa dar adeus a essa coisa sobre a qual eu estava lhe falando, essa sensação especial dentro de você. Chame de paz, se quiser. Mas, quando digo paz, não quero dizer a ausência de guerra, quero dizer paz, uma sensação nas suas entranhas. E ela se vai para sempre se os rapazes do cassetete de borracha nos pegarem.

Apanhei meu punhado de prímulas e as cheirei. Pensava em Binfield de Baixo. Era engraçado como, já há dois meses, aquele lugar entrava e saía da minha mente o tempo todo, depois de vinte anos que eu havia praticamente me esquecido de lá. E bem nesse momento houve o zunido de um carro se aproximando pela estrada.

Aquilo me trouxe ao presente com um susto. Abruptamente, me dei conta do que estava fazendo: vagando à toa, colhendo prímulas, quando deveria estar repassando o inventário daquela loja de utilidades em Pudley. E mais, de súbito me ocorreu qual seria minha aparência se as pessoas naquele carro me vissem. Um gordo de chapéu coco segurando um buquê de prímulas! Não pareceria nem um pouco correto. Gordos não devem colher prímulas, ao menos, não em público. Tive apenas o tempo de jogá-las por cima da sebe antes que o carro ficasse visível. E foi bom eu fazer isso. O carro estava cheio de jovens tolos por

Eu me abaixei para apanhar uma prímula. Não consegui alcançar – barriga demais. Agachei, apoiando-me nos calcanhares, e colhi um punhadinho delas. Por sorte, não havia ninguém para me ver. As folhas estavam meio amassadinhas e tinham o formato de orelhas de coelho. Levantei-me e coloquei meu punhado de prímulas no mourão da porteira. Em seguida, por impulso, tirei minhas dentaduras da boca e olhei para elas.

Se eu tivesse um espelho, teria me olhado por inteiro, apesar de, na verdade, já saber qual era a minha aparência. Um gordo de quarenta e cinco anos, num terno cinza espinha de peixe já um tanto desgastado e chapéu coco. Esposa, dois filhos e uma casa no subúrbio estampados na minha cara. Rosto vermelho e olhos azuis cozidos. Eu sei, você não precisa me dizer. Mas o que me ocorreu, conforme eu analisava minha dentadura antes de colocá-la de volta na boca, foi que NÃO IMPORTAVA. Até a dentadura não importava. Sou gordo? Sim. Pareço o irmão malsucedido de um agente de apostas? Sim. Nenhuma outra mulher vai querer ir para a cama comigo, a menos que seja paga para isso. Eu sei de tudo isso. Mas estou lhe dizendo, eu não ligo. Não quero as mulheres, não quero nem ser jovem outra vez. Eu só quero estar vivo. E eu estava vivo naquele momento em que fiquei olhando para as prímulas e as brasas vermelhas debaixo da sebe. É uma sensação dentro de você, uma sensação de paz e, no entanto, é como uma chama.

Seguindo a sebe, mais abaixo o lago estava coberto de lentilhas-d'água, lembrando tanto um tapete que, se você não soubesse o que era a lentilha-d'água, pensaria que era sólido e pisaria ali. Eu me perguntei por que é que nós todos somos tão tontos. Por que as pessoas, em vez de gastar seu tempo com idiotices, não o dedicam a simplesmente andar por aí OLHANDO para as coisas? Aquele lago, por exemplo: todas as coisas que existem ali. Salamandras, caramujos, besouros d'água, mosca de água, sanguessugas e sabe lá Deus quantas outras coisas que só se poderia ver com um microscópio. O mistério da vida delas, lá embaixo da água. Dava para passar uma vida toda observando-as, dez vidas, e ainda assim não se chegaria ao fim sequer desse único lago. E esse tempo todo uma sensação meio que de assombro, a chama peculiar dentro de você. É a única coisa que vale a pena ter, e nós não a queremos.

Mas eu quero. Pelo menos foi o que pensei naquele momento. E não se engane sobre o que estou dizendo. Para começar, ao contrário da maioria dos interioranos, eu não sou sentimental quanto ao "interior". Fui criado perto demais dele para isso. Eu não quero impedir as pessoas de morar nas cidades, nem nos subúrbios, aliás. Que morem onde quiserem. E não estou sugerindo que toda a humanidade poderia passar a vida inteira vagando por aí, apanhando prímulas e daí por diante. Sei perfeitamente bem que temos que trabalhar. É só porque os rapazes estão botando os pulmões para fora de tanto tossir nas minas e as moças estão martelando nas máquinas de escrever que alguém ainda tem tinha que sair e cheirar o ar primaveril, e talvez até apanhar algumas prímulas se ninguém estivesse passando. Tive inclusive uma vaga ideia de colher um punhado delas e levar para casa, para Hilda.

Desliguei o motor e saí. Eu nunca gosto de sair do carro velho deixando-o no ponto morto; sempre tenho certo medo de que isso vá fazê-lo chacoalhar até derrubar os paralamas ou algo assim. Ele é um modelo de 1927 e já rodou até que bastante. Quando se levanta o capô e se olha para o motor, ele faz lembrar o antigo Império Austríaco, todo remendado com pedaços de barbante, mas, de algum jeito, ainda em funcionamento. Mal dá para acreditar que uma máquina possa vibrar em tantas direções diferentes de uma vez só. É como o movimento da Terra, que tem vinte e dois tipos de oscilação diferentes, segundo me lembro de ter lido. Se você olhar para o carro por trás quando ele está no ponto morto, ele é igualzinho a uma daquelas moças havaianas dançando hula-hula.

Tem uma porteira de madeira ao lado da estrada. Caminhei tranquilamente até lá e me apoiei por cima dela. Nem uma vivalma à vista. Empurrei o chapéu para trás um pouco para ter aquela sensação quentinha do ar batendo na testa. A grama por baixo da sebe estava lotada de prímulas. Logo depois do portão, um mendigo ou outra pessoa tinha deixado os resquícios de uma fogueira. Uma pilha pequena de brasas brancas e um fio de fumaça ainda emanando delas. Pouco adiante, havia um pequeno lago, coberto de lentilhas-d'água. O campo era de trigo de inverno. Ele subia abruptamente, dando em seguida num penhasco de calcário e uma capoeira de faias. Algo como uma névoa de folhas novas nas árvores. E uma quietude total em todo lugar. Nem mesmo vento bastante para agitar as cinzas da fogueira. Uma cotovia cantando em algum ponto, mas, tirando isso, nem sequer um som, nem mesmo um avião.

Fiquei ali por um tempo, apoiado na porteira. Eu estava sozinho, bem sozinho. Olhava para o campo e o campo olhava para mim. Eu senti... Não sei se você entenderia.

O que senti foi algo tão incomum hoje em dia que dizê-lo soa como tolice. Eu me senti FELIZ. Senti que, embora não vá viver para sempre, estava pronto para isso. Se você quiser, pode dizer que isso foi só porque era o primeiro dia da primavera. O efeito sazonal sobre as glândulas sexuais, ou algo assim. Mas havia mais do que isso. Curiosamente, o que havia subitamente me convencido de que a vida vale a pena ser vivida, mais do que as prímulas ou os botões desabrochando na sebe, era aquela fogueirinha perto da porteira. Você sabe como é a aparência de uma fogueira de gravetos num dia parado. Os gravetos tinham virado cinzas esbranquiçadas e ainda mantinham o formato de gravetos, e, por baixo da cinza, aquele vermelho vivo que dá para ver por dentro. É curioso que uma brasa vermelha pareça mais viva, transmita melhor a sensação de vida do que qualquer criatura viva. Tem algo nela, uma intensidade, uma vibração – eu não consigo pensar nas palavras exatas. Mas ela faz você saber que você mesmo está vivo. É o ponto do quadro que faz você reparar em todo o resto.

pura tolice. Mas eles não saíram da minha cabeça. A visão dos camisas coloridas e das metralhadoras trepidando continuou. A última coisa de que me lembro de ter pensado antes de pegar no sono foi por que diabos um camarada como eu deveria se importar.

CAPÍTULO 2

As prímulas tinham começado a florescer. Suponho que foi em algum ponto de março.

Eu tinha passado de carro por Westerham, indo para Pudley. Precisava fazer a avaliação de uma loja de utilidades e depois, se conseguisse botar as mãos nele, entrevistar um caso de seguro de vida que estava pendente. Seu nome tinha sido enviado por nosso agente local, mas no último momento ele ficou com medo e começou a duvidar se podia bancar os custos. Sou muito bom em convencer as pessoas. É por ser gordo. A gordura deixa as pessoas num clima alegre, faz com que sintam que assinar um cheque é quase um prazer. É claro que há modos diferentes para abordar pessoas diferentes. Com algumas, é melhor colocar todo o destaque nos bônus; com outras, você pode assustá-las sutilmente com insinuações sobre o que acontecerá com suas esposas se eles morrerem sem um seguro.

O carro velho subiu e desceu as pequenas colinas, ziguezagueando pela estrada curva. E, benza Deus, que dia! Sabe aqueles dias que geralmente vêm em certa altura de março, quando o inverno subitamente parece desistir de lutar? Já havia dias que estávamos com o tipo de clima brutal que as pessoas chamam de "tempo claro", quando o céu é de um azul frio e duro e o vento raspa contra a pele feito uma lâmina cega. E então, de repente, o vento passou e o sol teve uma chance. Você conhece esse tipo de dia. Luz do sol de um amarelo pálido, nem uma folha se movendo, um toque de névoa à distância, dando para ver as ovelhas espalhadas pelas colinas como montinhos de giz. E lá embaixo nos vales, fogueiras ardiam e a fumaça se retorcia lentamente para o alto, derretendo na neblina. Eu tinha a estrada só para mim. Estava tão quente que quase dava para tirar a roupa.

Cheguei a um ponto em que a grama ao lado da estrada estava sufocada sob as prímulas. Um trecho de solo argiloso, talvez. Vinte metros adiante, eu reduzi a velocidade e parei. O tempo estava bom demais para desperdiçar. Senti que

Eu o observei recostando-se contra a estante de livros. Engraçados, esses camaradas de escola pública. Uns colegiais, a vida toda. A vida toda girando em torno da escola antiga e seus trechos de latim e grego e poesia. E de súbito me lembrei que, lá pela primeira vez em que estive aqui com Porteous, ele já tinha lido aquele mesmo poema para mim. Lido exatamente da mesma maneira, e sua voz tremeu quando ele chegou à mesma parte – aquele pedaço sobre batentes mágicos ou algo assim. E um pensamento curioso me ocorreu. ELE ESTÁ MORTO. Ele é um fantasma. Todas as pessoas desse tipo estão mortas.

Ocorreu-me que talvez muitas das pessoas que se vê andando por aí estejam mortas. Dizemos que um homem está morto quando seu coração para, e não antes. Parece um tanto arbitrário. Afinal, há partes do nosso corpo que não param de funcionar – o cabelo continua crescendo por anos, por exemplo. Talvez a pessoa morra de verdade quando seu cérebro para, quando ele perde o poder de absorver uma nova ideia. O velho Porteous é assim. Maravilhosamente instruído, dono de um bom gosto maravilhoso – mas incapaz de mudar. Existem muitas pessoas assim. Mentes mortas, paradas por dentro. Simplesmente continuam se movendo para frente e para trás no mesmo trilho, ficando mais desbotadas o tempo todo, feito fantasmas.

A mente do velho Porteous, pensei, provavelmente parou de funcionar mais ou menos na época da Guerra Russo-Japonesa. E é uma coisa terrível que quase todas as pessoas decentes, as pessoas que NÃO querem sair por aí esmagando rostos com chaves-inglesas, sejam assim. Elas são decentes, mas suas mentes pararam. Elas não podem se defender contra o que as espera, porque não conseguem enxergar, mesmo quando está debaixo de seus narizes. Elas pensam que a Inglaterra nunca mudará e que a Inglaterra é o mundo todo. Não compreendem que é apenas um restinho, um cantinho minúsculo que por acaso as bombas não atingiram. Mas e quanto ao novo tipo de homem da Europa Oriental, os homens otimizados que pensam em *slogans* e falam em balas? Eles estão no nosso encalço. Não demora muito para nos alcançarem. Nada de regras da marquesa de Queensbury para esses rapazes. E todas as pessoas decentes estão paralisadas. Homens mortos e gorilas vivos. Não parece haver nada no meio do caminho.

Eu saí cerca de meia hora depois, tendo fracassado completamente em convencer o velho Porteous de que Hitler é relevante. Ainda tinha os mesmos pensamentos enquanto caminhava para casa pelas ruas que davam calafrios. Os trens já tinham parado. A casa estava toda escura, e Hilda dormia. Larguei minhas dentaduras no copo de água no banheiro, botei o pijama e empurrei Hilda para o outro lado da cama. Ela rolou sem acordar, e a corcunda entre seus ombros ficou virada para mim. É engraçado a melancolia tremenda que às vezes domina a gente tarde da noite. Naquele momento, o destino da Europa me parecia mais importante do que o aluguel e as contas da escola das crianças e o trabalho que eu teria que fazer amanhã. Para alguém que tem que ganhar a vida, esses pensamentos são sete libras por semana. Entretanto, tinha noção suficiente para ver que a vida antiga à qual estávamos acostumados estava sendo cortada pela raiz. Posso sentir acontecendo. Posso ver a guerra que está vindo e posso ver o pós-guerra, as filas por comida e a polícia secreta e os alto-falantes lhe dizendo o que pensar. E eu nem sou excepcional nisso. Existem milhões de outros como eu. Sujeitos comuns que vejo em todo lugar, camaradas que encontro nos pubs, motoristas de ônibus e caixeiros-viajantes de empresas de ferramentas, todos com a sensação de que o mundo está errado. Eles podem sentir as coisas estalando e desmoronando sob seus pés. E mesmo assim aqui está esse camarada letrado, que viveu a vida toda entre livros e se empapou de história até ela escorrer de seus poros, e ele não consegue nem sequer enxergar que as coisas estão mudando. Não acha que Hitler tenha importância. Recusa-se a crer que haja outra guerra chegando. De qualquer forma, como ele não combateu na última guerra, ela não penetra muito em seus pensamentos – ele acha que foi uma péssima atuação, quando comparada ao cerco de Troia. Não vê por que alguém deveria se incomodar com os *slogans* e os alto-falantes e os camisas coloridas. Que pessoa inteligente prestaria atenção a essas coisas?, ele sempre diz. Hitler e Stálin vão passar, mas algo que o velho Porteous chama de "as verdades eternas" não passará. Este, claro, é apenas outro jeito de dizer que as coisas vão continuar exatamente como ele as conheceu. Para sempre e eternamente, camaradas cultos de Oxford passearão por salas cheias de livros, citando ditos latinos e fumando tabaco bom retirado de jarras com brasões. Realmente, era inútil falar com ele. Eu havia obtido respostas melhores com o rapazinho de cabelo cor de trigo. Aos poucos a conversa se desviou, como sempre ocorre, para coisas acontecidas antes de Cristo. E então chegou à poesia. Finalmente o velho Porteous arrasta outro livro para fora da estante e começa a ler "Ode a um Rouxinol", de Keats (ou talvez fosse a uma cotovia, esqueci).

No que me toca, um pouco de poesia já vale muito. Mas é um fato curioso que eu goste bastante de ouvir o velho Porteous ler poesia em voz alta. Não há dúvidas de que ele lê bem. Ele tem o hábito, claro – costumava ler para classes cheias de meninos. Ele se recostava contra alguma coisa daquele seu jeito relaxado, o cachimbo entre os dentes e pequenos jatos de fumaça escapando, e sua voz assume um tom meio solene e sobe e desce com o verso. Você vê que aquilo o emociona de algum jeito. Não sei o que é poesia nem o que eu deveria fazer. Imagino que tenha quase que um efeito nervoso sobre algumas pessoas, como a música tem sobre outras. Quando ele está lendo, eu não ouço de verdade, digo, eu não absorvo as palavras, mas às vezes o som me traz uma sensação tranquila à mente. No geral, eu gosto. Mas, de alguma forma, essa noite isso não funcionou. Foi como se um vento gelado tivesse soprado na sala. Eu senti apenas que isso era tudo bobagem. Poesia! O que é isso? Apenas uma voz, feito um redemoinho no ar. E, Deus do céu, de que isso serviria contra metralhadoras?

Quando estou de saco cheio dos negócios e da vida doméstica, com frequência me faz muito bem ir conversar com Porteous. Mas essa noite, não parecia funcionar. Minha mente ainda estava seguindo os mesmos trilhos em que andou o dia todo. Assim como fiz com o palestrante do Clube do Livro de Esquerda, eu não ouvia precisamente o que Porteous estava dizendo, apenas o som de sua voz. Porém, enquanto a voz do palestrante havia me irritado, a do velho Porteous não. Era calma demais, Oxford demais. Finalmente, quando ele estava no meio de uma frase, eu o interrompi, dizendo:

— Diga-me, Porteous, o que você pensa sobre Hitler?

O velho Porteous estava recostado do seu jeito esguio e gracioso, com os cotovelos na cornija e um pé sobre a grade. Ele ficou tão surpreso que quase tirou o cachimbo da boca.

— Hitler? Aquele alemão? Meu caro amigo! Eu NÃO PENSO nele.

— O problema é que ele vai nos forçar a pensar nele antes de chegar ao fim, maldição.

O velho Porteous se encolhe um pouco ao ouvir a palavra "maldição", da qual não gosta, embora, é claro, faça parte de sua postura nunca se chocar.

Ele recomeça a caminhar para cima e para baixo, baforando fumaça.

— Não vejo motivo algum para dar atenção a ele. Um mero aventureiro. Essas pessoas vêm e vão. Efêmeros, puramente efêmeros.

Não tenho certeza do significado da palavra "efêmero", mas atenho-me ao argumento:

— Acho que você está enganado. O velho Hitler é algo diferente. Assim como o Joe Stálin. Eles não são como esses camaradas dos velhos tempos, que crucificavam gente e cortavam-lhes a cabeça e assim por diante, só por diversão. Eles estão atrás de algo bem recente... Algo de que nunca se ouviu falar antes.

— Meu caro amigo! Não existe nada de novo sob o sol.

É claro que esse é um dos ditos preferidos do velho Porteous. Ele não vai dar ouvidos à existência de nada novo. Assim que você lhe conta sobre algo que está acontecendo hoje em dia, ele diz que aconteceu exatamente a mesma coisa no reinado do rei Sicrano de Tal. Mesmo que você cite coisas como aviões, ele lhe diz que eles provavelmente já tinham isso em Creta, ou Micenas, ou seja lá onde for. Eu tentei lhe explicar o que havia sentido enquanto o camaradinha palestrava e o tipo de visão que tive dos tempos ruins que se aproximavam, mas ele não quis ouvir. Meramente repetiu que não existia nada de novo sob o sol. No final, puxou um livro das estantes e leu para mim uma passagem sobre algum tirano grego da era antes de Cristo que certamente podia ter sido um gêmeo de Hitler.

A discussão se estendeu por algum tempo. O dia todo eu tive vontade de conversar com alguém sobre esse negócio. É engraçado. Eu não sou bobo, mas também não sou culto, e Deus sabe que em tempos normais eu não tenho muitos interesses inesperados para alguém de meia-idade, com dois filhos e recebendo

— Aquela insuportável do andar de cima comprou um aparelho sem fio – disse ele. — Eu tinha esperança de passar o resto da minha vida longe do som dessas bugigangas. Suponho que não há nada que se possa fazer, hum? Você sabe, por acaso, qual a situação legal disso?

Eu lhe disse que não havia nada que se pudesse fazer. Gosto bastante do jeito Oxford com que ele fala "insuportável", e acho graça de, em 1938, encontrar alguém que levante objeções a ter um rádio em casa. Porteous andava de um lado para o outro do seu jeito sonhador usual, com as mãos nos bolsos do casaco e o cachimbo preso entre os dentes, e quase no mesmo instante ele começou a falar sobre alguma lei contra instrumentos musicais que foi aprovada em Atenas na época de Péricles. É sempre assim com o velho Porteous. Todos os seus assuntos são sobre coisas que ocorreram séculos atrás. Sempre que você começa a conversar, o assunto sempre volta a estátuas e poesia e os gregos e romanos. Se você menciona a Rainha Maria, ele começa a falar sobre as trirremes fenícias. Ele nunca lê um livro moderno, se recusa a conhecer os títulos deles, nunca olha para nenhum jornal exceto o *The Times* e tem orgulho em lhe dizer que nunca foi ao cinema. Tirando alguns poucos poetas como Keats e Wordsworth, ele acha que o mundo moderno – e, do seu ponto de vista, o mundo moderno são os últimos dois mil anos – simplesmente não deveria ter acontecido.

Eu mesmo faço parte do mundo moderno, mas gosto de ouvi-lo falar. Ele passeia em volta das estantes e tira de lá primeiro um livro, depois outro, e de vez em quando lê para você um trecho entre pequenas lufadas de fumaça, geralmente tendo que traduzir do latim ou de alguma outra língua de improviso. Tudo tem um ar meio pacífico, meio tranquilo. Tudo com jeito de mestre-escola e, ainda assim, de algum jeito, tranquilizador. Enquanto você escuta, não está no mesmo mundo dos trens e contas de gás e seguradoras. Tudo são templos e oliveiras, e pavões e elefantes, e sujeitos na arena com suas redes e tridentes, e leões alados e eunucos, e galés e catapultas, e generais em armaduras de bronze galopando em seus cavalos por cima dos escudos dos soldados. É engraçado que ele tenha algum dia descoberto um cara feito eu. Mas é uma das vantagens de ser gordo você se encaixar em quase qualquer meio. Além disso, temos algo em comum quando se trata de histórias sujas. Elas são a única coisa moderna com que ele se importa, porém, como ele está sempre me lembrando, elas não são modernas. Ele tem uma sensibilidade de solteirão a respeito; sempre conta as histórias de um jeito meio velado. Às vezes ele escolhe algum poeta latino e traduz uma rima obscena, deixando muito para a imaginação, ou solta insinuações sobre a vida particular dos imperadores romanos e as coisas que aconteciam nos templos de Astaroth. Parece que eles foram uma turma da pesada, esses gregos e romanos. O velho Porteous tinha fotografias de murais em algum lugar da Itália que lhe deixariam de cabelos arrepiados.

livro para marcar a página. Ele é um sujeito de aparência impressionante: muito alto, com cabelos grisalhos encaracolados e um rosto magro e sonhador que se encontra um pouco descorado, mas poderia quase pertencer a um menino, embora ele deva estar se aproximando dos sessenta. É engraçado como esses camaradas da escola pública e da universidade conseguem manter a aparência de meninos até o dia em que morrem. É algo em seus movimentos. O velho Porteous tem um jeito de caminhar para cima e para baixo quase a passeio, com aquela bela cabeça dele inclinada um pouco para trás, os cachos grisalhos, que passa a sensação de que ele está o tempo todo sonhando com algum poema e não consciente do que está acontecendo ao seu redor. Não dá para olhar para ele sem ver o jeito como ele viveu escrito em tudo. Escola pública, Oxford, e aí de volta para sua escola antiga como mestre. A vida toda em uma atmosfera de latim, grego e críquete. Ele tem todos os maneirismos. Sempre veste um casaco antigo de tweed da Harris e bolsas antigas de flanela cinzenta que ele gosta que você chame de "uma desgraça", fuma cachimbo e despreza cigarros, e embora fique sentado desperto por metade da noite, aposto que toma um banho frio toda manhã. Suponho que, de seu ponto de vista, eu seja um tanto mal-educado. Não frequentei a escola pública, não sei nada de latim, nem quero aprender. Ele me diz às vezes que é uma pena que eu seja "insensível à beleza", o que eu creio ser o jeito polido de dizer que eu não tenho educação. Ainda assim, eu gosto dele. Ele é bastante acolhedor, do jeito correto, sempre pronto para receber você e conversar a qualquer hora, e sempre tem bebidas por perto. Quando se mora numa casa como a nossa, mais ou menos infestada de mulheres e crianças, faz bem sair às vezes para uma atmosfera de solteirice, um clima meio de livro-cachimbo-lareira. E a sensação classuda de Oxford de que nada importa, exceto livros e poesia e estátuas gregas, e nada que valha a pena ser mencionado aconteceu desde que os godos saquearam Roma – às vezes isso também é um conforto.

Ele me empurrou para a velha poltrona de couro junto à lareira e serviu uísque com soda. Eu nunca tinha visto essa sala sem que ela estivesse escura de fumaça de cachimbo. O teto é quase preto. É uma sala mais para pequena e, tirando a porta e a janela e o espaço acima da lareira, as paredes são cobertas de livros do piso até o teto. Sobre a cornija tem todo tipo de coisa que se possa esperar. Uma fila de cachimbos briar antigos, todos imundos, algumas moedas gregas de prata, uma jarra de tabaco com o brasão do antigo colégio do Porteous e uma lâmpada pequena de cerâmica que ele me disse ter desencavado em alguma montanha da Sicília. Acima da cornija, fotos de estátuas gregas. Tem uma grandona no meio, de uma mulher com asas e sem cabeça que parece estar saindo para pegar um ônibus. Eu me lembro de como o velho Porteous ficou chocado quando, na primeira vez em que a vi, sem saber de nada, perguntei-lhe por que não colocavam uma cabeça nela.

Porteous começou a reabastecer seu cachimbo da jarra na cornija.

— Escuta, meu filho – falei, — você entendeu tudo errado. Em 1914, NÓS achamos que seria algo glorioso. Bom, não foi. Foi só uma confusão do inferno. Se acontecer de novo, fique longe disso. Por que você deveria levar um monte de chumbo no corpo? Guarde-o para alguma moça. Você acha que a guerra é toda heroísmo e nomeações para a Cruz Vitória, mas eu lhe digo que não é assim. Você não tem mais ataques de baioneta hoje em dia, e quando tem, não é como você imagina. Você não se sente um herói. Tudo o que você sabe é que não dorme há três dias, e fede como um furão-bravo, e está mijando nas calças de medo, e as suas mãos estão tão geladas que você não consegue segurar seu rifle. Mas isso também não faz a menor diferença. São as coisas que acontecem depois.

Isso não causa nenhuma impressão, é claro. Eles só pensam que você está desatualizado. É tão útil quanto ficar na porta de um bordel distribuindo panfletos da igreja.

As pessoas estavam começando a ir embora. Witchett estava levando o palestrante para casa. Os três comunistas e o judeuzinho subiram pela rua juntos, e já estavam no ataque de novo com solidariedade ao proletariado e a dialética da dialética e o que Trótski disse em 1917. São todos iguais, na verdade. Era uma noite úmida, parada e muito negra. As lâmpadas pareciam se pendurar na escuridão como estrelas e não iluminavam a rua. A distância, dava para ouvir os trens estrondando ao longo da High Street. Eu queria uma bebida, mas já eram quase dez e o pub mais próximo ficava a quase um quilômetro dali. Além disso, eu queria alguém com quem conversar de um jeito que não se pode conversar num pub. Era engraçado como meu cérebro passara o dia todo na correria. Em parte era o resultado de não ter trabalhado, claro, e em parte pela nova dentadura, que havia meio que me renovado. O dia todo eu estivera matutando sobre o futuro e o passado. Queria conversar sobre o momento ruim que estava chegando, ou não, sobre os *slogans* e os camisas coloridas e os homens mais eficientes da Europa Oriental que iam deixar a velha Inglaterra vesga na pancada. Era inútil tentar conversar com Hilda. De repente, me ocorreu ir procurar o velho Porteous, que é um colega meu e fica acordado até tarde.

Porteous é um mestre-escola aposentado de escola pública. Ele mora num quarto alugado, que por sorte fica na parte inferior da casa, na parte velha da cidade, perto da igreja. Ele é um solteirão, claro. Não dá para imaginar aquela figura casada. Ele mora sozinho com seus livros e seu cachimbo e tem uma mulher que vem arrumar tudo para ele. É um camarada letrado, que entende de grego e latim e poesia e tudo o mais. Imagino que se a filial local do Clube do Livro de Esquerda representa o Progresso, o velho Porteous representa a Cultura. Nenhum dos dois tem muito valor em West Bletchley.

A luz está acesa no quartinho em que o velho Porteous se senta para ler até tarde da noite. Quando bati de leve na porta da frente, ele veio tranquilamente, como de costume, com o cachimbo preso entre os dentes e os dedos em um

A briga tinha virado uma disputa particular entre o pequeno trotskista e o rapaz de cabelos loiros. Estavam discutindo se você devia entrar para o exército caso estourasse a guerra. Enquanto eu abria caminho pela fila de cadeiras para sair, o loirinho me interpelou.

— Sr. Bowling! Olha pra cá! Se a guerra começasse e nós tivéssemos a chance de esmagar o Fascismo de uma vez por todas, o senhor não lutaria? Se o senhor fosse jovem, digo.

Suponho que ele achasse que eu tinha uns sessenta anos.

— Pode apostar que não – falei. — Já cansei disso da última vez.

— Mas é para esmagar o Fascismo!

— Ah, b... de Fascismo! Já esmagamos muita coisa, se quer saber minha opinião.

O pequeno trotskista oferece sua contribuição, com social-patriotismo e traição dos operários, mas os outros o interrompem:

— Mas o senhor está pensando em 1914. Aquilo foi só uma guerra imperialista comum. Desta vez é diferente. Olha aqui! Quando o senhor ouve sobre o que está havendo na Alemanha, os campos de concentração e os nazistas surrando as pessoas com cassetetes de borracha e fazendo os judeus cuspirem na cara uns dos outros... Isso não faz o seu sangue ferver?

Eles estão sempre falando de sangue fervendo. Era exatamente a mesma frase durante a guerra, eu me lembro.

— Eu saí da fervura em 1916 – disse a ele. — E você também sairá quando souber qual é o cheiro de uma trincheira.

E então, de súbito, parecia que eu o via. Era como se eu não o tivesse visto de verdade até aquele momento.

Um rosto muito jovem e ansioso, poderia ter pertencido a um estudante de boa aparência, com olhos azuis e cabelos cor de trigo, olhando para mim, e por um momento ele tinha lágrimas nos olhos! Sentia tão intensamente pelos judeus alemães! Mas, na verdade, eu sabia exatamente como ele se sentia. Era um rapaz robusto, provavelmente jogava rúgbi pelo time do banco. Também tinha cérebro. E ali estava ele, um atendente de banco em um subúrbio sem Deus, sentado atrás do vidro fosco, anotando números num livro-caixa, contando pilhas de notas, puxando o saco do gerente. Sente que a sua vida está apodrecendo. E esse tempo todo, na Europa, as coisas importantes estão acontecendo. Projéteis explodem sobre as trincheiras e ondas de infantaria atacam em meio aos sopros de fumaça. Provavelmente alguns de seus colegas estão lutando na Espanha. É claro que ele está doido por uma guerra. Dá para culpá-lo? Por um momento, tive uma sensação peculiar de que ele era meu filho, o que poderia ter sido, por uma questão de anos. E pensei naquele dia de calor abafado em agosto, quando o menino vendedor de jornais colou o cartaz com INGLATERRA DECLARA GUERRA CONTRA A ALEMANHA e todos nós corremos para a calçada em nossos aventais brancos e comemoramos.

vai? Alguns dias eu sei que isso é impossível; em outros, eu sei que é inevitável. Naquela noite, pelo menos, eu sabia que aconteceria. Estava tudo no som da voz do pequeno palestrante.

Então talvez EXISTA, afinal de contas, uma significância nesse grupinho sarnento que comparece numa noite de inverno para ouvir uma palestra desse tipo. Ou, de qualquer forma, nos cinco ou seis que conseguem entender do que se trata. Eles são simplesmente os postos avançados de um exército enorme. São os de visão mais longa, os primeiros ratos a perceber que o navio está afundando. Rápido, rápido! Os fascistas estão chegando! Chaves-inglesas a postos, rapazes! Esmaguem os outros ou eles vão esmagar vocês. Tão apavorados quanto ao futuro que estamos saltando diretamente para dentro dele feito um coelho mergulhando na garganta de uma jiboia.

E o que vai acontecer a sujeitos como eu quando o Fascismo chegar à Inglaterra? A verdade é que provavelmente não fará a menor diferença. Quanto ao palestrante e àqueles quatro comunistas na plateia, sim, fará bastante diferença para eles. Eles estarão esmagando rostos, ou tendo os seus esmagados, de acordo com quem estiver ganhando. Mas os sujeitos comuns, medíocres, como eu, seguirão a vida como sempre. E, no entanto, isso me assusta – estou te dizendo, me assusta. Eu tinha começado a me perguntar o porquê quando o palestrante parou e se sentou.

Houve o ruído vazio de aplausos que se obtém quando a plateia é composta de apenas umas quinze pessoas, então o velho Witchett disse suas palavras, e quase imediatamente depois os quatro comunistas estavam de pé, juntos. Eles tiveram uma boa briga que durou uns dez minutos, cheia de um monte de coisa que ninguém mais entendeu, como materialismo dialético e o destino do proletariado e o que Lênin disse em 1918. E então o palestrante, que tinha tomado um gole d'água, se levantou e deu um resumo que fez o trotskista se remexer em sua cadeira, mas que agradou os outros três, e a briga prosseguiu não oficialmente por mais um tempinho. Ninguém mais falou nada. Hilda e as outras tinham saído assim que a palestra acabou. Provavelmente estavam com medo de que fosse passar uma coleta de doações para pagar pela locação do salão. A mulherzinha de cabelos ruivos ficou para terminar aquela carreira. Dava para ouvi-la contando os pontos em um murmúrio enquanto os outros discutiam. E Witchett estava sentado, sorrindo para quem estivesse falando naquele momento, e dava para vê-lo pensando em como tudo era interessante e fazendo anotações mentais, e a moça de cabelos escuros olhava de um para o outro com a boca entreaberta, e o velho do Partido Trabalhista, lembrando bastante uma foca com seu bigode caído e o sobretudo erguido até as orelhas, ficou ali sentado olhando para eles, imaginando sobre o que era aquilo tudo. E, finalmente, eu me levantei e comecei a vestir meu sobretudo.

Era uma voz que parecia poder prosseguir por uma quinzena sem parar. Uma coisa terrível, realmente, ter algo como um realejo humano disparando propaganda para cima de você sem parar. A mesma coisa, sem parar. Ódio, ódio, ódio. Vamos todos nos juntar e sentir um bom ódio. Várias e várias vezes. Isso dá a sensação de que algo entrou no seu crânio e está martelando o seu cérebro. Porém, por um instante, com meus olhos fechados, consegui virar o jogo nele. Consegui entrar no crânio DELE. Foi uma sensação peculiar. Durante um segundo, eu estive dentro dele; eu quase poderia dizer que eu ERA ele. De qualquer forma, senti o que ele estava sentindo.

Vi a mesma coisa que ele estava vendo. E não era, de jeito nenhum, o tipo de visão sobre a qual se pode conversar. O que ele está DIZENDO é apenas que Hitler está atrás de nós e devemos todos nos unir e sentir um ódio bom. Ele não entra em detalhes. Deixa tudo em um nível respeitável. O que ele está VENDO, no entanto, é algo bem diferente. É uma imagem dele mesmo esmagando a cara das pessoas com uma chave-inglesa. A cara dos fascistas, claro. Eu SEI que era isso que ele estava vendo. Foi o que eu mesmo vi no espaço de um ou dois segundos em que estive dentro dele. Pá! Bem no meio! Os ossos se afundando feito uma casca de ovo e o que era um rosto um minuto atrás agora é um borrão de geleia de morango. Pá! Lá vai outro! É isso o que está na mente dele, acordado e dormindo, e quanto mais ele pensa nisso, mais ele gosta. E está tudo bem, porque as caras esmagadas pertencem a fascistas. Dá para ouvir tudo isso no tom da voz dele.

Mas por quê? A explicação mais provável é: porque ele está com medo. Todo ser pensante hoje em dia está travado de medo. Este é apenas um sujeito que tem intuição suficiente para estar um pouco mais apavorado do que os outros. Hitler está vindo atrás da gente! Rápido! Vamos todos pegar uma chave-inglesa e nos unir, e talvez, se esmagarmos rostos suficientes, eles não vão esmagar os nossos. Reúnam-se, escolham seu Líder. Hitler é preto, e Stálin é branco. Mas pode muito bem ser o contrário, porque, na mente do camaradinha, tanto Hitler quanto Stálin são iguais. Ambos significam chaves-inglesas e rostos esmagados.

Guerra! Eu comecei a pensar nisso de novo. Está chegando em breve, isso é certo. Mas quem tem medo da guerra? Melhor dizendo, quem tem medo das bombas e das metralhadoras? "Você", diz você. Tenho, sim, assim como também tem qualquer um que já as tenha visto. Mas não é a guerra que importa, é o pós-guerra. O mundo para o qual nos dirigimos, o mundo do ódio, o mundo do *slogan*. Os camisas coloridas, o arame farpado, os cassetetes de borracha. As celas secretas onde as lâmpadas elétricas ficam acesas noite e dia e os detetives te vigiam enquanto você dorme. E as procissões e cartazes com rostos enormes, e as multidões de um milhão de pessoas todas aplaudindo o Líder até se ensurdecerem, até pensarem que elas realmente o idolatram, e o tempo todo, lá no fundo, elas o odeiam tanto que sentem vontade de vomitar. Tudo isso vai acontecer. Ou não e magro da Srta. Minns que ela não estava feliz. Isso estava aprimorando sua mente ou não? Se ao menos ela conseguisse entender do que isso tudo se tratava! As outras duas estavam lá sentadas feito dois blocos de pudim. Ao lado delas, uma mulherzinha ruiva tricotava um suéter. Um ponto liso, dois tricô, cai um, dois juntos em meia. O palestrante descrevia como os nazistas cortavam fora a cabeça das pessoas por traição e às vezes o carrasco se atrapalhava. Havia outra mulher na plateia, uma moça com cabelos escuros, uma das professoras na Escola do Conselho. Ao contrário da outra, ela estava ouvindo de verdade, sentada e inclinando-se adiante com os olhos grandes e redondos fixos no palestrante, a boca um pouco aberta, absorvendo tudo.

Logo atrás dela, estavam sentados dois velhos do Partido Trabalhista local. Um tinha cabelos grisalhos cortados bem curtos, o outro era careca e tinha um bigode meio caído. Os dois estavam de sobretudo. Você conhece o tipo. Estavam no Partido Trabalhista desde o ano zero. Entregaram a vida ao movimento. Vinte anos na lista negra dos patrões, mais dez incomodando o Conselho para fazer alguma coisa sobre as favelas. De súbito, tudo mudou, as coisas do velho Partido Trabalhista não importavam mais. Encontraram-se transferidos à força para a política externa – Hitler, Stálin, bombas, metralhadoras, cassetetes de borracha, o eixo Roma-Berlim, Frente Popular, pacto anti-Comintern. Não se entende nada de nada. Imediatamente à minha frente, estava sentado o braço local do Partido Comunista. Todos os três muito jovens. Um deles tem dinheiro e tem algum cargo na Hesperides Estate Company; de fato, creio que seja sobrinho do velho Crum. Outro é assistente em um dos bancos. Ele debita cheques para mim de vez em quando. Um bom rapaz, com uma cara redonda, muito jovem e ansiosa, olhos azuis de bebê e cabelos tão loiros que era de se imaginar que ele os havia oxigenado. Ele parece ter uns dezessete anos, embora suponho que tenha vinte. Estava usando um terno azul barato e uma gravata azul vivo que combinava com seu cabelo. Perto desses três, sentava-se outro comunista. Mas este, pelo visto, era outro tipo de comunista, e não precisamente um, mas sim o que chama de trotskista. Os outros o menosprezavam. Ele era ainda mais novo, um rapaz muito magro, muito moreno, aparentando muito nervosismo. Uma cara esperta. Judeu, claro. Esses quatro estavam absorvendo a palestra de modo muito diferente dos outros. Dava para ver que eles estariam de pé no momento em que se abrisse espaço para as perguntas. Eles já estavam meio que tendo espasmos. E o pequeno trotskista se balançava de um lado para o outro sobre o próprio traseiro de tanta ansiedade de entrar na frente dos outros.

Eu tinha parado de escutar as palavras propriamente ditas da palestra. Mas existem várias formas de escutar. Fechei os olhos por um instante. O efeito disso foi curioso. Eu parecia enxergar o camarada muito melhor do que quando podia apenas ouvir sua voz.

Você conhece essa linha de discurso. Esses camaradas conseguem produzir por hora. Exatamente como um gramofone. Gire a manivela, aperte o botão e ele começa. Democracia, fascismo, democracia. Entretanto, de alguma forma, me interessava observá-lo. Um homenzinho bem mau, com uma cara pálida e careca, de pé numa plataforma, disparando *slogans*. O que ele está fazendo? De forma bastante deliberada, e muito abertamente, está despertando o ódio. Fazendo tudo o que pode para fazer com que você odeie certos estrangeiros chamados Fascistas. É um negócio estranho, pensei, ser conhecido como "Sr. Fulano, o famoso antifascista". Um ramo estranho, o antifascismo. Esse camarada, creio eu, ganha a vida escrevendo livros contra Hitler. Mas o que ele fazia antes de Hitler surgir? E o que ele vai fazer se Hitler algum dia desaparecer? A mesma pergunta se aplica a médicos, detetives, dedetizadores e assim por diante, claro. Mas a voz irritante continuava sem parar, e outro pensamento me ocorreu: ele ACREDITA nisso. Não está fingindo nem um pouco – ele sente cada palavra do que está dizendo. Está tentando despertar o ódio na plateia, mas isso não é nada comparado ao ódio que ele mesmo sente. Cada frase é tão verdadeira quanto o evangelho para ele. Se você o cortar ao meio, tudo o que encontrará dentro dele será Democracia-Fascismo-Democracia. Interessante conhecer um sujeito assim na vida privada. Mas ele tem uma vida privada? Ou ele apenas anda por aí, de uma plataforma para a outra, despertando ódio? Talvez até seus sonhos sejam *slogans*.

Tão bem quanto é possível da última fileira, eu dou uma olhada na plateia. Suponho que, quando se para pra pensar, nós, as pessoas que comparecem em noites de inverno para nos sentar em salões cheios de vento encanado em palestras do Clube do Livro de Esquerda (e eu considero merecer o "nós", já que eu mesmo fiz isso nessa ocasião), temos certa significância. Somos os revolucionários de West Bletchley. Não parece muito promissor, à primeira vista. Ocorre-me enquanto olho para a audiência que apenas cerca de meia dúzia deles realmente entenderam do que o palestrante está falando, embora a essa altura ele já esteja atacando Hitler e os nazistas há mais de meia hora. É sempre assim com reuniões desse tipo. Invariavelmente, metade das pessoas sai sem nem ideia do que se trata tudo isso. Em sua cadeira ao lado da mesa, Witchett assistia ao palestrante com um sorriso de prazer, o rosto lembrando um pouco um gerânio rosado. Já dava até para ouvir o discurso que ele faria assim que o palestrante se sentasse – o mesmo discurso que faz no final da palestra com lanterna mágica para ajudar a mandar calças para os melanésios: "Expressar nossa gratidão... dando voz à opinião de todos nós... muito interessante... nos deu muito em que pensar... uma noite muito estimulante!". Na primeira fila, a Srta. Minns está sentada muito ereta, a cabeça um pouco inclinada para o lado como um passarinho. O palestrante havia sacado uma folha de papel de debaixo do copo e lia estatísticas sobre a taxa de suicídios na Alemanha. Podia-se ver pela aparência do pescoço comprido

Reuniões desse tipo nunca começam na hora. Sempre há um período de ficar por ali à toa, fingindo que talvez mais algumas pessoas vão aparecer. Já eram quase oito e vinte e cinco quando Witchett bateu de leve na mesa e fez o que precisava fazer. Witchett é um camarada de aparência tranquila, com um rosto que lembrava um bumbum rosado de bebê, sempre coberto de sorrisos. Creio que ele fosse o secretário do Partido Liberal local, também está no Conselho Paroquial e atua como mestre de cerimônias nas palestras com lanterna mágica para o Sindicato das mães. Ele é o que se pode chamar de um presidente nato. Quando ele lhe diz o quanto todos nós estamos contentes por receber o Sr. Fulano no palco essa noite, dá para ver que ele acredita nisso. Eu nunca olho para ele sem pensar que ele provavelmente é virgem. O pequeno palestrante pega um maço de anotações, principalmente recortes de jornal, e os coloca debaixo do copo d'água para prendê-los no lugar. Em seguida, lambe rapidamente os lábios e começa a disparar.

Você vai a palestras, reuniões públicas e coisas do tipo?

Quando eu, pessoalmente, vou a uma, tem sempre um momento durante a noite em que me pego tendo o mesmo pensamento: por que mesmo estamos fazendo isso? Por que é que as pessoas comparecem, numa noite de inverno, para esse tipo de coisa? Olhei para o salão ao meu redor. Eu estava sentado na última fileira. Nem me lembro de ter ido a qualquer tipo de reunião pública em que não tenha me sentado na última fileira, se eu posso escolher. Hilda e as outras tinham se plantado lá na frente, como sempre. Era um salãozinho um tanto triste. Você conhece esse tipo de local. Paredes de pinus, teto de ferro corrugado e vento encanado suficiente para te fazer ter vontade de continuar de sobretudo. Nosso grupinho estava sentado na luz em torno da plataforma, com umas trinta fileiras de cadeiras vazias atrás de nós. E os assentos de todas as cadeiras estavam empoeirados. Na plataforma atrás do palestrante havia um negócio enorme e quadrado envolto em panos para protegê-lo do pó, objeto esse que podia ser um caixão imenso debaixo de uma mortalha. Na verdade, era um piano.

No começo, eu não estava exatamente ouvindo. O palestrante era um ca-maradinha com cara de mau, mas falava bem. Cara branca, uma boca muito expressiva e a voz um tanto irritante que vem de falar constantemente. É claro que ele atacava Hitler com vigor. Eu não estava muito interessado em ouvir o que ele dizia – consigo a mesma coisa no *News Chronicle* toda manhã –, mas sua voz me chegava como algo parecido com brr-brrr-brrr, com uma frase aqui e ali que se destacava e chamava minha atenção.

— Atrocidades bestiais… Explosões medonhas de sadismo… Cassetetes de borracha… Campos de concentração… Perseguição iníqua aos judeus… De volta à Idade das Trevas… Civilização europeia… Agir antes que seja tarde demais… Indignação de todas as pessoas decentes… Posição firme… Defesa da demo-cracia… Democracia… Fascismo… Democracia… Fascismo… Democracia…

CAPÍTULO 1

Quando voltei para casa naquela noite, ainda estava em dúvida no que gastaria minhas dezessete libras.

Hilda disse que ia para a reunião do Clube do Livro de Esquerda. Parece que vinha um camarada de Londres para fazer uma palestra, embora fosse desnecessário dizer que Hilda não sabia sobre o que seria a palestra. Eu disse que iria com ela. De modo geral, não sou muito de ir a palestras, mas as visões de guerra que tivera naquela manhã, começando pelo bombardeiro sobrevoando o trem, tinham me deixado meio pensativo. Depois da discussão usual, colocamos as crianças na cama mais cedo e saímos a tempo para a palestra, que estava marcada para começar às oito.

Era uma noite nevoenta e o salão estava frio e não muito bem iluminado. Era um salãozinho de madeira com teto metálico, de propriedade de alguma seita não conformista, que se podia alugar por dez libras. A turma de sempre de quinze ou dezesseis pessoas apareceu. Na frente da plataforma havia uma placa amarela anunciando que a palestra era sobre "A Ameaça do Fascismo". Isso não me surpreendeu nem um pouco. O Sr. Witchett, que atua como presidente dessas reuniões e que, na vida privada, faz alguma coisa num escritório de arquitetura, conduzia o palestrante pela sala, apresentando-o a todos como o Sr. Fulano (esqueci o nome dele), "o famoso antifascista", do mesmo jeito que você poderia chamar alguém de "o famoso pianista". O palestrante era um sujeito pequeno de uns quarenta anos, vestindo um terno escuro, com uma cabeça calva que ele tentava, sem muito sucesso, encobrir com fiapos de cabelo.

PARTE III

sobretudo da parede, teve meio que um espasmo e um lencinho de musselina caiu do bolso da sua calça. Eu consegui empurrá-lo de volta para ele antes que as mulheres vissem. Musselina é o material com que fazem o ectoplasma, foi o que ouvi dizer. Suponho que ele ia para outra sessão espírita logo em seguida. Não se recebe manifestações por dezoito centavos. A maior descoberta da Sra. Wheeler nos últimos anos foi o Clube do Livro de Esquerda. Acho que foi em 1936 que a notícia do Clube do Livro de Esquerda chegou a West Bletchley. Eu entrei nele pouco depois, e é quase que a única época de que me lembro de ter gastado dinheiro sem Hilda protestar. Ela podia ver algum sentido em comprar um livro quando você o está conseguindo por um terço do preço. A atitude dessas mulheres é realmente curiosa. A Srta. Minns certamente tentou ler um ou dois dos livros, mas isso nem ocorreu às outras duas. Elas nunca tiveram nenhuma conexão direta com o Clube do Livro de Esquerda, nem qualquer ideia sobre o que se tratava – de fato, creio que, no começo, a Sra. Wheeler achava que tinha algo a ver com livros que tinham sido deixados do lado esquerdo dos vagões dos trens e estavam sendo revendidos baratinho. Porém elas sabiam o que significava livros que valiam meia coroa saindo por seis ou sete centavos, por isso sempre diziam que era "uma ideia tão boa". De quando em quando a sede local do Clube do Livro de Esquerda faz reuniões e traz gente para palestrar, e a Sra. Wheeler sempre leva as outras consigo. Ela é ótima para eventos públicos de qualquer tipo, sempre desde que eles sejam em locais fechados e com entrada gratuita. As três se sentam lá como blocos de pudim. Não sabem do que se trata a reunião e não ligam para isso, mas têm uma vaga sensação, especialmente a Srta. Minns, de que estão aprimorando suas mentes, e que isso não está lhes custando nada.

Bem, essa é a Hilda. Você vê como ela é. De modo geral, suponho que não seja pior do que eu. Logo que nos casamos, às vezes eu sentia que gostaria de estrangulá-la, mas depois as coisas andaram de um jeito que eu não ligava mais. E aí eu engordei e sosseguei. Deve ter sido em 1930 que eu engordei. Aconteceu tão subitamente que foi como se uma bola de canhão tivesse me atingido e ficado presa lá dentro. Sabe como é. Uma noite você vai se deitar, ainda se sentindo mais ou menos jovem, de olho nas garotas e tal e coisa, e, na manhã seguinte, você acorda com a plena consciência de que é apenas um gordinho pobre, sem nada pelo que esperar deste lado da cova, exceto suar feito um porco para comprar sapatos para as crianças.

E agora já é 1938, em todos os estaleiros do mundo estão botando rebites nos encouraçados para outra guerra, e um nome que eu vi por acaso em um cartaz mexeu muita coisa em mim que deveria ter sido enterrada há sabe lá Deus quantos anos.

um rosto muito BOM e crédulo. Ela vive de alguma renda fixa mínima, uma pensão ou algo assim, e acho que é um resquício da velha sociedade de West Bletchley, quando ainda era uma cidadezinha interiorana, antes do subúrbio crescer. Está escrito na cara dela que seu pai era um clérigo e a sufocava bastante enquanto vivo. Elas são um subproduto especial da classe média, essas mulheres que viram umas ameixas secas antes mesmo de conseguir escapar de casa. Pobre velha Srta. Minns, apesar de todas as suas rugas, ainda tem a aparência exata de uma criança. Ainda é uma aventura tremenda para ela não ir à igreja. Ela está sempre em burburinhos sobre "progresso" e "o movimento da mulher", e tem um vago anseio de fazer algo que chama de "desenvolver sua mente", só não sabe muito bem como começar. Acho que, no começo, ela se apegou à Hilda e à Sra. Wheeler por pura solidão, mas agora elas a levam junto para onde quer que vão.

E a diversão que já tiveram juntas, essas três! Às vezes, eu quase as invejei. A Sra. Wheeler é o espírito dominante. Não se pode nomear alguma idiotice para a qual ela não tenha arrastado as outras duas, uma ou outra vez. Qualquer coisa, desde teosofia até cama de gato, desde que possa ser feita sem gastar muito. Por meses, elas se meteram nas dietas mais loucas. A Sra. Wheeler arrumou um exemplar usado de um livro chamado *Energia Radiante* que provava ser possível viver de alfaces e outras coisas que não custavam dinheiro. Claro que isso atraiu Hilda, que imediatamente começou a passar fome voluntariamente. Ela também tentou isso comigo e com as crianças, mas eu fui firme. Aí elas tentaram a cura pela fé. Em seguida, cogitaram experimentar o pelmanismo, mas, após muita correspondência, descobriram que não conseguiriam os libretos de graça, que era a ideia da Sra. Wheeler. Então veio a cozinha sem fogo, numa caixa recheada de feno. Daí veio um negócio horroroso chamado vinho de abelha, que supostamente não custaria nada porque era feito de água. Elas abandonaram isso depois de ler um artigo no jornal dizendo que vinho de abelha dava câncer. Daí quase se juntaram a um desses clubes de mulheres que participam de visitas guiadas em fábricas, mas, depois de muita aritmética, a Sra. Wheeler decidiu que o chá grátis que as fábricas ofereciam não chegava a valer o preço da inscrição. A seguir, a Sra. Wheeler conseguiu ser apresentada a alguém que distribuía ingressos gratuitamente para peças produzidas por uma ou outra sociedade teatral. Sei que as três ficavam sentadas por horas, ouvindo alguma peça erudita da qual elas nem sequer fingiam compreender uma palavra que fosse – não conseguiam nem dizer o nome da peça depois – mas sentiam que estavam recebendo algo de graça. Uma vez, até se voltaram para o espiritismo. A Sra. Wheeler tinha topado com algum médium tão desesperado que fazia sessões por dezoito centavos, de modo que as três podiam ter um vislumbre de além do véu por uma moeda de cada. Eu o vi uma vez, quando ele veio fazer uma sessão na nossa casa. Era um velho sinistro de aparência decadente e que obviamente sofria de delirium tremens. Ele estava tão trêmulo que, quando apanhou seu da manteiga e as botas das crianças e as mensalidades da escola continua, sem parar. É meio que um jogo com Hilda.

Nós nos mudamos para West Bletchley em 1929 e começamos a comprar a nossa casa na Ellesmere Road no ano seguinte, pouco antes de Billy nascer. Depois que virei Inspetor, ficava mais tempo longe de casa e tinha mais oportunidades com outras mulheres. É claro que eu era infiel – não vou dizer que o tempo todo, mas sempre que tinha a chance. Curiosamente, Hilda ficou com ciúmes. De certa forma, considerando-se o pouco que esse tipo de coisa importava para ela, eu não teria esperado que ela se incomodasse. E como todas as mulheres ciumentas, ela às vezes exibia uma astúcia da qual não se imaginaria que ela fosse capaz. Às vezes, o jeito como ela me flagrava teria me feito acreditar em telepatia, não fosse pelo caso de ela ser, com frequência, igualmente desconfiada, mesmo quando eu por acaso não era culpado. Eu estou mais ou menos permanentemente sob suspeita, embora Deus saiba que, nos últimos anos – os últimos cinco anos, pelo menos –, eu tenho sido razoavelmente inocente. É inevitável, quando se é tão gordo quanto eu.

No geral, suponho que Hilda e eu não nos déssemos pior do que metade dos casais em Ellesmere Road. Houve vezes em que eu pensei em separação ou divórcio, mas, em nossa posição social, isso não se faz. Ninguém pode bancar isso. E aí o tempo passa, e você meio que desiste de continuar lutando. Quando se mora com uma mulher por quinze anos, é difícil imaginar a vida sem ela. Ela faz parte da ordem das coisas. Ouso dizer que você pode encontrar objeções no Sol e na Lua, mas você quer mesmo mudá-los? Além disso, havia as crianças. Crianças são um "elo", como dizem. Ou um "nó". Para não dizer uma bola com correntes.

Nos últimos anos, Hilda fez duas ótimas amigas, chamadas Sra. Wheeler e Sra. Minns. A Sra. Wheeler é uma viúva e, pelo que entendi, tem ideias muito amargas quanto ao gênero masculino. Posso senti-la meio que estremecendo de censura se eu me atrevo a entrar no mesmo cômodo que ela. É uma mulherzinha apagada que passa a curiosa impressão de ser da mesma cor por todo o corpo, um tom de poeira acinzentada, mas é cheia de energia. Ela é uma má influência para Hilda, porque tem a mesma paixão por "poupar" e "se virar com o que tem", embora de um jeito levemente diferente. Com ela, isso assume a forma de pensar que você pode se divertir sem pagar por isso. Ela está sempre farejando barganhas e diversões que não custam nada. Com gente assim, não importa nem um pouco se elas querem algo ou não; é apenas uma questão de se podem obter esse algo baratinho. Quando as grandes lojas fazem seus saldões, a Sra. Wheeler está sempre na frente da fila e é seu maior orgulho, após um dia de dura batalha em torno do balcão, sair sem ter comprado nada. A Srta. Minns é um tipo bem diferente. Ela é um caso triste, na verdade, a pobre Srta. Minns. Ela é uma mulher alta e magra de cerca de trinta e oito anos, com um cabelo preto como couro envernizado e falta de dinheiro está sempre no pior ponto quando as crianças estão em idade escolar. Consequentemente elas crescem, especialmente as meninas, com uma ideia fixa de que não apenas a pessoa ESTÁ sempre sem dinheiro, mas que é dever dela sofrer por causa disso.

No começo, moramos em um duplex apertado e tivemos trabalho para nos sustentar com o meu salário. Posteriormente, quando fui transferido para a filial de West Bletchley, as coisas melhoraram, mas a atitude de Hilda não mudou. Sempre aquela melancolia horrenda sobre dinheiro! A conta do leite! A conta do carvão! O aluguel! A mensalidade da escola! Vivemos toda a nossa vida juntos na toada de "Na semana que vem, estaremos no asilo". Não é que Hilda seja má, no sentido comum da palavra, e menos ainda que ela seja egoísta. Mesmo quando ocorre de haver um pouco de dinheiro sobrando, eu mal consigo persuadi-la a comprar roupas decentes para si mesma. Mas ela tem essa sensação de que você TEM que estar perpetuamente queimando a mufa por causa da falta de dinheiro. Simplesmente criando uma atmosfera de sofrimento por um senso de dever. Eu não sou assim. Tenho mais a atitude da prole quanto ao dinheiro. A vida existe para ser vivida, e se vamos viver da sopa de caridade na semana que vem... bem, a semana que vem ainda está bem longe. O que a choca de verdade é o fato de eu me recusar a me preocupar. Ela está sempre me enchendo a respeito disso. "Mas, George! Você parece que NÃO SE DÁ CONTA! Nós simplesmente não temos nem um tostão! É muito GRAVE!" Ela adora entrar em pânico porque uma coisa ou outra é "grave". E ultimamente ela tem esse truque de, quando está melancólica a respeito de algo, ela meio que encolhe os ombros e cruza os braços sobre o peito. Se você fizesse uma lista dos comentários de Hilda ao longo do dia, encontraria três empatados no topo: "Não podemos pagar por isso", "É uma bela economia" e "Não sei de onde vai sair o dinheiro para isso". Ela faz tudo por motivos negativos. Quando faz um bolo, não está pensando no bolo, só em como economizar manteiga e ovos. Quando estou na cama com ela, tudo em que ela pensa é em como não engravidar. Se ela vai ao cinema, fica o tempo todo se retorcendo de indignação pelo preço dos ingressos. Seus métodos de economia doméstica, com toda a ênfase em "usar tudo até o final" e "se virar com o que temos", teria causado convulsões na mamãe. Por outro lado, Hilda não é nem um pouco esnobe. Ela nunca me olhou com desprezo por não ser um cavalheiro. Pelo contrário: sob seu ponto de vista, eu sou muito senhorial em meus hábitos. Nunca fazemos uma refeição numa casa de chá sem uma terrível briga aos sussurros porque dei uma gorjeta alta demais à garçonete. E é algo curioso que nos últimos anos ela tenha se tornado muito mais definitivamente classe média-baixa, em seu modo de ver as coisas e até em sua aparência, do que eu. Claro que todo esse negócio de "poupar" nunca levou a nada. Nunca leva. Nós vivemos tão bem, ou tão mal, quanto os outros residentes de Ellesmere Road. Mas a briga eterna pela conta de gás e a conta do leite e o preço horrível que se tem prazer em cogitar. Além disso, camaradas que matam suas esposas sempre são pegos. Não importa quanta inteligência você aplique em falsificar o álibi, eles sabem perfeitamente bem que foi você quem matou e vão te culpar por isso de algum jeito. Quando uma mulher é morta, seu marido é sempre o primeiro suspeito – o que te dá um vislumbre do que as pessoas pensam de verdade sobre o casamento.

A pessoa se acostuma a tudo com o tempo. Após um ou dois anos, eu parei de querer matá-la e comecei a me perguntar a respeito dela. Só me perguntar. Por horas, às vezes, nas tardes de domingo ou à noite, quando eu voltava do trabalho, eu me deitava na cama totalmente vestido, exceto os sapatos, me perguntando sobre as mulheres. Por que elas eram desse jeito, como elas ficavam desse jeito, se elas faziam de propósito. Parece-me uma coisa apavorante a rapidez com que algumas mulheres se despedaçam depois de se casar. É como se elas vivessem ansiosas para fazer essa única coisa e, no instante em que o fazem, elas murchassem feito uma flor que lançou suas sementes. O que realmente me deprime é a atitude melancólica em relação à vida que isso implica. Se o casamento fosse apenas um golpe descarado – se a mulher te tapeou para se casar e então virou e disse: "Agora, seu desgraçado, eu te peguei e você vai trabalhar para mim enquanto eu me divirto!" – eu não me incomodaria tanto. Mas nem um pouquinho. Elas não querem se divertir, querem meramente se arrastar para a meia-idade tão rapidamente quanto possível. Depois da temível batalha de levar seu homem até o altar, a mulher meio que relaxa e toda a sua juventude, boa aparência, energia e alegria de viver simplesmente desaparecem da noite para o dia. Foi assim com Hilda. Ali estava aquela moça linda e delicada, que me parecia – e de fato, quando a conheci, ela ERA – um animal muito mais refinado do que eu mesmo, e em apenas três anos ela tinha se acomodado como uma desmazelada de meia-idade, deprimida e sem vida. Não vou negar que eu fui parte do motivo. Mas seja lá com quem ela tivesse se casado, seria praticamente o mesmo.

O que falta a Hilda – descobri isso cerca de uma semana após nos casarmos – é qualquer tipo de alegria na vida, qualquer tipo de interesse nas coisas por elas mesmas. A ideia de fazer as coisas porque você gosta é algo que ela mal consegue compreender. Foi por meio de Hilda que eu tive pela primeira vez uma ideia de como são de verdade essas famílias decadentes de classe média. O fato essencial a respeito delas é que toda a sua vitalidade foi drenada pela falta de dinheiro. Em famílias assim, que vivem de pequenas pensões e rendas – ou seja, de receitas que nunca aumentavam, e geralmente encolhiam –, existe mais a sensação de pobreza, mais esforço para reduzir desperdícios e mais apego às moedinhas do que se encontraria em qualquer família de trabalhadores rurais, quanto mais em uma família como a minha. Hilda com frequência me dizia que quase a primeira coisa de que consegue se lembrar é uma impressão horrível de que nunca havia dinheiro suficiente para nada. É claro, nesse tipo de família, a em alguns lugares ainda mais remotos, Bornéu ou Sarawac, não me lembro qual dos dois. Ele era do tipo comum, completamente careca, quase invisível por trás de seu bigode, e cheio de histórias sobre cobras e cinturões e o que o coletor de impostos do distrito disse em 1893. A mãe de Hilda era tão descorada que era exatamente como uma das fotos desbotadas na parede. Também havia um filho, Harold, que tinha algum emprego oficial em Ceilão e estava em casa de licença na época em que conheci Hilda. Eles tinham uma casinha escura numa daquelas ruelas escondidas que existem em Ealing. Ela cheirava perpetuamente a charutos Trichinopoly e era tão cheia de lanças, zarabatanas, ornamentos de latão e cabeças de animais selvagens que mal dava para se mover por ali.

O velho Vincent se aposentou em 1910, desde então ele e sua esposa haviam exibido mais ou menos a mesma atividade física e mental de um par de moluscos. Na época, porém, eu fiquei vagamente impressionado por uma família que já havia tido majores, coronéis e até um almirante. Minha atitude em relação aos Vincent, e a deles em relação a mim, é uma ilustração interessante do quanto as pessoas podem ser tolas quando saem de seu próprio meio. Coloque-me entre pessoas de negócios – sejam elas diretores de empresas ou fornecedores – e eu sou até que bom juiz de caráter. Mas eu não tinha absolutamente nenhuma experiência com a classe de oficiais-clérigos-rentistas, e tinha a tendência de me prostrar ante esses refugos decadentes. Eu os via como superiores a mim, tanto social quanto intelectualmente, enquanto eles, por sua vez, me tomaram por um jovem empresário em ascensão que, em breve, estaria faturando alto. Para gente desse tipo, "negócios", seja segurança marinha ou venda de amendoins, é simplesmente um mistério sombrio. Tudo o que sabem é que é algo um tanto vulgar com que se pode ganhar dinheiro. O velho Vincent falava de modo impressionante sobre eu estar "nos negócios" – uma vez, me recordo, ele teve um lapso e disse "no comércio" – e obviamente não compreendia a diferença entre estar nos negócios como funcionário e estar nos negócios por conta própria. Ele tinha uma vaga ideia de que, como eu estava "na" Salamandra Voadora, mais cedo ou mais tarde eu chegaria ao topo dela, por um processo de promoção. Acho que é possível que ele também tivesse visões suas pegando cinco libras emprestadas comigo algum dia, no futuro. Harold certamente tinha. Eu podia ver nos olhos dele. De fato, até com minha renda sendo o que é, eu provalmente estaria emprestando dinheiro ao Harold agora mesmo, se ele estivesse vivo. Por sorte, ele morreu alguns anos depois que nos casamos, de tifoide ou algo assim, e os dois Vincent mais velhos também estão mortos.

Bem, Hilda e eu nos casamos, e desde o começo foi um fracasso. Por que você se casou com ela?, você pergunta. Mas por que você se casou com o seu cônjuge? Essas coisas acontecem com a gente. Eu me pergunto se você acreditaria que, durante os dois ou três primeiros anos, eu pensei seriamente em matar Hilda. É claro, na prática, a pessoa nunca faz essas coisas; são apenas um tipo de fantasia geralmente era "Ah, sim, eu também acho", concordando com seja lá quem tivesse falado por último.

Jogando tênis, ela saltava muito graciosamente e não jogava mal; porém, de alguma forma, ela tinha um ar indefeso, infantil. Seu sobrenome era Vincent.

Se você é casado, terá havido ocasiões em que disse para si mesmo: "Por que diabos eu fiz isso?", e Deus sabe que eu pensei isso com frequência sobre Hilda. E mais uma vez, olhando para o fato quinze anos depois, POR QUE eu me casei com a Hilda?

Em parte, é claro, foi porque ela era jovem e, de certa forma, muito bonita. Além disso, posso dizer apenas que, por ela vir de origens totalmente diferentes das minhas, era muito difícil para mim ter qualquer noção de como ela era de verdade. Tive que me casar com ela primeiro e descobrir a seu respeito depois, enquanto se eu tivesse me casado com, digamos, Elsie Waters, eu saberia com quem estava me casando. Hilda pertencia a uma classe que eu só conhecia de ouvir dizer, a classe dos oficiais empobrecidos. Por gerações a família dela tinha sido de soldados, marinheiros, clérigos, oficiais anglo-indianos, esse tipo de coisa. Eles nunca foram endinheirados; por outro lado, nenhum deles jamais fez algo que eu pudesse reconhecer como trabalho. Pode dizer o que quiser, há uma certa atração esnobe nisso se você, como eu, pertence a uma classe comerciante temente a Deus, a classe do baixo clero e do *high tea*. Hoje isso não teria me impressionado, mas, naquela época, impressionou. Não confunda o que estou dizendo. Não quero dizer que me casei com Hilda PORQUE ela pertencia à classe que eu atendia do outro lado do balcão, com alguma ideia de me colocar numa posição melhor na hierarquia social. Era só que eu não podia compreendê-la e, portanto, era capaz de ser tonto a respeito dela. E uma coisa que eu certamente não entendia era que as moças nessas famílias de classe média sem um tostão se casam com qualquer coisa que vista calças, só para sair de casa.

Não demorou muito para Hilda me levar para casa para conhecer sua família. Eu não sabia até então que havia uma colônia anglo-indiana considerável em Ealing. Isso é que era descobrir um mundo novo! Foi uma revelação e tanto para mim.

Você conhece essas famílias anglo-indianas? É quase impossível, quando você entra na casa desse pessoal, lembrar que lá na rua estamos na Inglaterra e no século XX. Assim que se põe o pé porta adentro, você está na Índia de 1880. Sabe como é esse tipo de ambiente. A mobília de teca esculpida, as bandejas de latão, os crânios de tigre empoeirados na parede, os charutos Trichinopoly, os picles apimentadíssimos, as fotos amareladas de homens em chapéus de safári, as palavras hindus que se espera que você conheça o significado, as histórias infindáveis sobre caça ao tigre e o que Smith disse ao Jones em Poona em 1887. É meio que um mundinho deles, criado por eles, meio como um cisto. Para mim, claro, era tudo muito novo e, sob certo aspecto, bastante interessante. O velho Vincent, pai de Hilda, tinha estado não apenas na Índia, mas também

CAPÍTULO 10

Eu estava morando numa pensão em Ealing. Os anos passavam, ou se arrastavam. Binfield de Baixo havia saído quase por completo da minha lembrança. Eu era o jovem trabalhador urbano que corre para pegar o trem das 8:15 e faz intrigas pelo emprego do outro cara. Eu era bem-visto na firma e estava bem satisfeito com a vida. O narcótico do sucesso pós-guerra tinha me pegado, mais ou menos. Lembra como era a conversa: coragem, soco, determinação, areia. Faz ou desocupa a moita. Tem espaço de sobra no topo. Os bons não desanimam. E as propagandas nas revistas sobre o sujeito que o chefe dava tapinhas nos ombros, e o executivo com maxilar destacado que está ganhando bastante dinheiro e atribui seu sucesso a esse ou aquele curso por correspondência. É engraçado como todos nós engolimos isso, até caras como eu, a quem essas coisas não se aplicavam nem um pouco. Porque eu não sou nem dinâmico nem morto de fome, e por natureza sou incapaz de ser um dos dois. Mas esse era o espírito da época. Entra nessa! Se dê bem! Se topar com alguém caído, pule em cima dele antes que ele possa se levantar de novo. É claro que isso foi no começo dos anos 1920, quando alguns dos efeitos da guerra tinham passado e a recessão ainda não havia chegado para arrancar nosso couro.

Eu tinha uma assinatura "A" na Boots e ia a bailes cuja entrada custava meia coroa, além de ser sócio de um clube de tênis local. Sabe como são esses clubes de tênis nos subúrbios elegantes – pequenos pavilhões de madeira e cercadinhos com cercas altas de alambrado em que rapazes em trajes brancos e mal-ajambrados de flanela desfilam para cima e para baixo, gritando "Quinze quarenta!" e "Vantagem, gente!" em vozes que eram uma imitação tolerável da alta sociedade. Eu havia aprendido a jogar tênis, não dançava lá muito mal, e me dava bem com as moças. Com quase trinta anos, não tinha má aparência, com minha cara vermelha e os cabelos cor de manteiga, e naqueles dias ter lutado na guerra ainda contava como um ponto a meu favor. Nunca, nem naquela época, nem em qualquer outra, eu havia sido bem-sucedido em parecer um cavalheiro; por outro lado, provavelmente você não teria me tomado pelo filho de um pequeno comerciante numa cidade interiorana. Eu conseguia me virar na sociedade bem mista de um lugar como Ealing, onde a classe do funcionário de escritório se sobrepõe à classe profissional mediana. Foi no clube de tênis que eu conheci Hilda.

Naquele momento, Hilda tinha vinte e quatro anos. Era uma moça pequena, magra, um tanto tímida, com cabelo escuro, lindos movimentos e – por ter olhos muito grandes – distinta semelhança com uma lebre. Ela era uma dessas pessoas que nunca fala muito, mas permanece na margem de toda conversa que estiver rolando, e dá a impressão de estar ouvindo. Se ela dizia alguma coisa, de um comentário casual que fiz anos antes. Eu tinha ficado em sua memória e, portanto, ele estava disposto a se dar ao trabalho minúsculo que seria necessário para me arranjar um emprego. Ouso dizer que, no mesmo dia, ele demitiu uns vinte assistentes. Finalmente, ele disse:

— O que você diria de entrar para uma seguradora? É sempre bastante tranquilo, sabe? As pessoas precisam fazer seguros, do mesmo jeito que precisam comer.

É claro que eu embarquei na ideia de entrar para uma seguradora.

Sir Joseph estava "interessado" na Salamandra Voadora. Só Deus sabe em quantas empresas ele estava "interessado". Um dos subordinados flutuou adiante com um bloquinho de anotações e ali mesmo, com a caneta dourada que retirou do bolso do colete, Sir Joseph me escrevinhou um bilhete para algum dos figurões da Salamandra Voadora. Eu então lhe agradeci e ele marchou adiante, eu me esgueirei na direção contrária, e nunca mais nos vimos outra vez.

Bom, eu consegui o emprego e, como falei antes, o emprego me pegou. Eu estava na Salamandra Voadora há quase dezoito anos. Comecei no escritório, mas agora sou o que se conhece como um Inspetor, ou, quando há motivos para soar particularmente impressionante, um Representante. Dois dias por semana, eu trabalho no escritório distrital; no resto do tempo, viajo por aí, entrevistando clientes cujos nomes me foram enviados pelos agentes locais, avaliando lojas e outras propriedades, e, de vez em quando, disparando algumas ordens por minha conta. Ganho cerca de sete libras por semana. E, propriamente falando, esse é o fim da minha história.

Quando olho para trás, percebo que a minha vida ativa, se é que eu já tive uma, terminou quando eu tinha dezesseis anos. Tudo o que me importa realmente aconteceu antes dessa data. Mas, a certo modo, as coisas ainda estavam acontecendo – a guerra, por exemplo – até a época em que eu arranjei o emprego na Salamandra Voadora. Depois disso... bem, dizem que pessoas felizes não têm histórias, nem os camaradas que trabalham em seguradoras. Daquele dia em diante, não houve nada na minha vida que se possa descrever propriamente como um evento, exceto pelo fato de, dois anos e meio depois, no começo de 1923, eu ter me casado.

como é com esses empresários importantes, eles parecem ocupar mais espaço e caminhar fazendo mais barulho do que qualquer pessoa comum, e emitem uma onda de dinheiro que dá pra sentir a cinquenta metros de distância. Quando ele chegou quase em mim, vi que era Sir Joseph Cheam. Ele estava em roupas civis, claro, mas eu não tive nenhuma dificuldade para reconhecê-lo. Suponho que ele estivera ali para alguma conferência de negócios ou algo assim. Um par de assistentes ou secretários ou algo parecido seguiam atrás dele, sem carregar-lhe a cauda, por assim dizer, porque sua roupa não tinha uma, mas você tinha a impressão de que era isso o que eles estavam fazendo. É claro que eu me desviei para o canto no mesmo instante. Mas, curiosamente, ele me reconheceu, embora não me visse há anos. Para minha surpresa, ele parou e falou comigo.

— Olá, você! Eu já lhe vi antes em algum canto. Qual é o seu nome? Tá na ponta da língua...

— Bowling, senhor. Eu estive no exército.

— É claro. O rapaz que disse que não era um cavalheiro. O que você está fazendo aqui?

Eu podia ter-lhe dito que estava vendendo fitas para máquina de escrever, e talvez a coisa toda tivesse terminado ali. Mas eu tive uma daquelas inspirações súbitas que a gente tem de vez em quando – uma sensação de que talvez eu pudesse tirar algo daquilo, se tratasse do assunto da maneira adequada. Em vez disso, falei:

— Bem, senhor, na verdade, estou procurando emprego.

— Emprego, é? Hum. Nada fácil, hoje em dia.

Ele me olhou de cima a baixo por um segundo. Os dois carregadores de cauda tinham meio que pairado um pouco mais para trás. Vi o rosto velho, mas bastante bem-apessoado dele, com as sobrancelhas grisalhas e pesadas e o nariz inteligente me analisando, e me dei conta de que ele tinha resolvido me ajudar. É estranho, o poder desses ricaços. Ele vinha marchando passando por mim em toda sua glória e poder, com seus subordinados atrás dele, e então, por um capricho, virou-se de lado como um imperador subitamente lançando uma moeda para um mendigo.

— Então você quer um emprego? O que você sabe fazer?

De novo, a inspiração. Era inútil, com um sujeito desses, amplificar seus próprios méritos. Atenha-se à verdade. Falei:

— Nada, senhor. Mas quero um emprego como caixeiro-viajante.

— Vendedor? Hum. Não sei se temos algo para você no momento. Vejamos.

Ele espremeu os lábios. Por um momento, talvez meio minuto, ficou pensando um tanto profundamente. Isso era curioso. Mesmo na época, eu percebia que era curioso. Esse sujeito importante, mais velho, que provavelmente tinha no mínimo meio milhão, estava realmente pensando em me ajudar. Eu o desviei de seu caminho e desperdicei pelo menos três minutos de seu tempo, tudo por causa confundir como se estivesse passando dos limites. Mas eu não sou assim. Sou durão, posso convencer as pessoas a comprar coisas que não desejam, e mesmo se batem com a porta na minha cara, eu não me incomodo. Vender coisas por comissão, de fato, é o que eu gosto de fazer, desde que eu possa achar um jeito de ganhar um dinheirinho com isso. Não sei se aprendi muita coisa naquele ano, mas desaprendi bastante. Aquilo tirou a bobajada do exército de mim à força e mandou para o fundo da minha mente as ideias que eu tinha desenvolvido durante o ano de ócio em que li romances. Acho que não li nem um único livro, exceto histórias de detetives, durante todo o tempo em que estive na estrada. Já não era mais um erudito. Eu estava em meio às realidades da vida moderna. E o que são as realidades da vida moderna? Bem, a principal é uma luta frenética e perene para vender coisas. Com a maioria das pessoas, isso assume o formato de vender a si mesmo – ou seja, arranjar um emprego e mantê-lo. Suponho que não tenha se passado nem um mês desde a guerra, em qualquer ramo que você queira nomear, em que não houvesse mais homens do que empregos. Isso trouxe à vida uma sensação desagradável, peculiar. É como um navio naufragando em que existem dezenove sobreviventes e catorze coletes salva-vidas. Mas existe alguma coisa particularmente moderna nisso? – você pergunta. Isso tem alguma relação com a guerra? Bom, a sensação é de que teve. Aquela sensação de que você tem que estar sempre lutando e se virando, de que você nunca vai conseguir nada a menos que tome de outra pessoa, de que tem sempre alguém querendo o seu emprego, de que no mês que vem ou no mês seguinte eles vão cortar o pessoal e vai ser você quem vai cair no passaralho – ISSO, eu juro, não existia no mundo antigo, antes da guerra.

Mas, nesse ínterim, eu não estava tão mal. Vinha ganhando dinheiro, ainda tinha de sobra no banco quase duzentas libras e não temia pelo futuro. Sabia que, mais cedo ou mais tarde, eu conseguiria um emprego estável. E, de fato, depois de cerca de um ano, por um golpe de sorte, aconteceu. Digo que foi por um golpe de sorte, mas o fato é que eu estava fadado a aterrissar de pé. Não sou do tipo que passa fome. Tenho tanta probabilidade de acabar no asilo quanto de terminar na Câmara dos Lordes. Sou do tipo mediano, daqueles que gravitam meio que por uma lei natural para o nível de cinco libras por semana. Enquanto houver empregos, eu vou correr atrás para conseguir um.

Aconteceu quando eu vendia clipes de papel e fitas para máquina de escrever. Tinha acabado de me esgueirar para dentro de um bloco imenso de escritórios na Fleet Street, um prédio no qual, na verdade, vendedores não tinham permissão para entrar, mas eu tinha conseguido dar ao ascensorista a impressão de que minha bolsa de amostras era apenas uma maleta. Caminhava por um dos corredores procurando pelo escritório de uma pequena firma de pasta de dentes que me recomendaram tentar, quando vi que um figurão vinha pelo corredor no sentido contrário ao meu. Soube imediatamente que era um figurão. Sabe homens considerados um pouco acima da idade para combater, fosse por rapazes que ainda não haviam atingido idade suficiente para isso. Os pobres coitados que por acaso tinham nascido entre 1890 e 1900 ficaram à míngua. E mesmo assim, nunca me ocorreu voltar a trabalhar em mercearias. Eu provavelmente poderia arranjar emprego como assistente de mercearia; o velho Grimmett, se ainda estivesse vivo e trabalhando (eu não tinha contato com Binfield de Baixo e não sabia), teria me dado boas referências. Mas eu havia passado a outra órbita. Ainda que minhas ideias sociais não tivessem se elevado, eu dificilmente poderia imaginar, depois do que vi e aprendi, voltar à velha existência segura atrás do balcão. Queria viajar por aí, ganhando muita grana. Mais do que tudo, eu queria ser caixeiro-viajante, algo que eu sabia que combinaria comigo.

Mas não havia nenhuma vaga para caixeiro-viajante – ou melhor, nenhuma vaga com salário fixo. O que havia, entretanto, eram vagas que pagavam comissão. Esse golpe estava apenas começando em uma escala grande. Era um método lindamente simples de aumentar suas vendas sem correr nenhum risco, e sempre florescia quando as coisas iam mal. Eles mantêm a pessoa interessada, insinuando que talvez apareça uma vaga com salário fixo dali a três meses, e quando você fica de saco cheio, sempre tem algum outro pobre-diabo pronto para ocupar seu lugar. Naturalmente, não demorou muito até eu estar num trabalho por comissão; de fato, tive vários deles, em rápida sucessão. Graças a Deus, nunca cheguei ao ponto de vender aspiradores de pó ou dicionários. Mas viajei vendendo faqueiros, sabão em pó, uma linha patenteada de saca-rolhas, abridores de lata e utensílios similares e, finalmente, uma linha de acessórios para escritório – clipes, papel carbono, fitas para máquinas de escrever, e daí por diante. E não me saí muito mal, não. Sou do tipo que PODE vender coisas por comissão. Tenho o temperamento e o comportamento para isso. Mas nunca cheguei nem perto de ganhar um salário digno. Não dá, em empregos desse tipo – e, é claro, não é para dar.

Passei um ano assim, no total. Foi uma época bizarra. As jornadas por todo o país, os lugares sem Deus em que você acabava, os subúrbios de cidades na Midland das quais você jamais ouviria falar, nem em cem vidas. As pavorosas pousadas com café da manhã incluso onde os lençóis sempre cheiravam levemente a usado e o ovo frito do desjejum tinha uma gema mais clara do que um limão-siciliano. E os outros vendedores, pobres-diabos, que você sempre acaba encontrando, pais de família de meia-idade em sobretudos roídos de traças e chapéu coco, que acreditavam honestamente que mais cedo ou mais tarde as vendas iriam melhorar e eles subiriam seus ganhos para cinco libras por semana. E o vagar de loja em loja, e as discussões com lojistas que não querem escutar, e tornar a se levantar e se encolher quando um cliente entra. Não pense que isso me preocupava, particularmente. Para alguns caras, esse tipo de vida é uma tortura. Tem gente que não consegue nem sequer entrar numa loja e abrir sua bolsa de amostras sem se e com isso e o pouco de dinheiro que tinha guardado durante o último ano da guerra (sem ter muita oportunidade para gastá-lo), saí do exército com nada menos do que trezentas e cinquenta libras. É bem interessante, acho, reparar na minha reação. Ali estava eu, com dinheiro suficiente para fazer o que tinha sido criado para fazer e a coisa com que sonhara por anos – abrir um comércio. Eu tinha bastante capital. Se você esperar o momento certo e ficar de olhos bem abertos, pode encontrar vários comércios pequenos interessantes por trezentas e cinquenta libras. Entretanto, não sei se acreditará em mim, mas a ideia jamais me ocorreu. Eu não apenas não fiz nenhum movimento no sentido de estabelecer um comércio, como foi apenas anos depois, por volta de 1925, na verdade, que chegou a passar pela minha mente que eu podia tê-lo feito. O fato é que eu saí da órbita do comerciante. Era isso o que o exército fazia com você. Ele te transformava numa imitação de cavalheiro, e lhe dava uma ideia fixa de que sempre haveria um dinheirinho vindo de algum lugar. Se você me sugerisse então, em 1919, que eu devia abrir uma loja – uma tabacaria e doçaria, digamos, ou uma mercearia em algum vilarejo esquecido por Deus –, eu teria apenas rido. Usara divisas nos ombros e meus padrões sociais tinham subido. Ao mesmo tempo, não compartilhava do delírio, bastante comum entre ex-oficiais, de que poderia passar o resto da minha vida tomando gim cor-de-rosa. Eu sabia que tinha que arrumar um emprego. E o emprego, é claro, seria "no mundo dos negócios" – qual o tipo preciso de emprego, eu não sabia, mas algo elevado e importante, algo com um carro e um telefone e, se possível, uma secretária de cabelo ondulado com permanente. Durante o último ano da guerra, mais ou menos, muitos de nós tínhamos visões assim. O camarada que tinha sido comerciante via-se como caixeiro-viajante, e o camarada que tinha sido caixeiro-viajante via-se como diretor-geral. Era o efeito da vida no exército, o efeito de usar divisas, ter um talão de cheques e chamar a refeição noturna de jantar. O tempo todo, havia uma ideia pairando pelo ar – e isso se aplicava aos homens nas fileiras, tanto quanto aos oficiais – de que, quando saíssemos do exército, haveria empregos à nossa espera que pagariam pelo menos o mesmo que o exército nos pagava. É claro, se não circulassem ideias assim, nenhuma guerra seria combatida.

Bom, eu não arranjei um emprego assim. Parecia que ninguém estava ansioso em me pagar duas mil libras por ano para ficar sentado em meio a móveis modernos de escritório, ditando cartas para uma loira platinada. Eu estava descobrindo a mesma coisa que três quartos dos sujeitos que haviam sido oficiais: que, do ponto de vista financeiro, nós estávamos melhor no exército do que conseguiríamos ficar fora dele. Tínhamos subitamente passado de cavalheiros comissionados por Sua Majestade a desempregados miseráveis a quem ninguém queria. Minhas ideias em breve caíram de duas mil por ano para três ou quatro libras por semana. No entanto, mesmo empregos de três ou quatro libras por semana meio que pareciam não existir. Cada vaga existente já tinha sido ocupada, fosse por exagero dizer que a guerra transformou as pessoas em eruditas, mas, pelo menos momentaneamente, ela as transformou em niilistas. Pessoas que normalmente passariam pela vida toda com a mesma tendência a desenvolver um pensamento próprio que teria um pudim de banha estavam se transformando em bolcheviques apenas por causa da guerra. O que eu seria agora, se não fosse pela guerra? Não sei, mas algo diferente do que sou. Se a guerra por acaso não te matasse, estava fadada a te fazer pensar. Depois daquela zorra indizivelmente idiota, não dava para continuar pensando na sociedade como algo eterno e inquestionável, como uma pirâmide. Você sabia que era só uma cagada.

CAPÍTULO 9

A guerra me arrancou da vida antiga que eu conhecia, mas no período estranho que veio em seguida eu a esqueci quase que completamente.

Sei que, em certo sentido, nunca nos esquecemos de nada. Você se lembra daquele pedaço de casca de laranja que viu no esgoto treze anos atrás, e daquele cartaz colorido de Torquay que vislumbrou de relance uma vez na sala de espera da estação ferroviária. Mas estou falando de outro tipo de memória. De certa forma, eu me lembrava da vida antiga em Binfield de Baixo. Eu lembrava da minha vara de pescar, e do cheiro de sanfeno, de mamãe atrás da chaleira marrom, de Jackie, o curió, e do cocho dos cavalos na praça do mercado. Mas nada disso vivia mais em minha mente. Era algo bem distante, algo que tinha terminado para mim. Jamais me ocorreria que algum dia eu pudesse desejar voltar àquilo.

Foi uma época esquisita, aqueles anos logo depois da guerra, quase mais esquisita do que a guerra em si, embora as pessoas não se lembrassem dela tão vividamente. De uma forma bem diferente, a sensação de descrédito em tudo era mais forte do que nunca. Milhões de homens tinham sido subitamente chutados para fora do exército apenas para descobrir que o país pelo qual haviam combatido não os queria, e Lloyd George e seus colegas estavam dificultando manter qualquer ilusão que ainda existisse. Bandos de ex-integrantes do exército marchavam para cima e para baixo chacoalhando caixinhas de coleta, mulheres mascaradas cantavam nas ruas e camaradas em dólmãs de oficiais tocavam realejos. Parecia que todo mundo na Inglaterra lutava por um emprego, inclusive eu. Mas dei mais sorte do que a maioria. Eu recebia uma pequena pensão por ferimentos, menos na metade. Eu até tentei Ibsen, que me deixou com uma vaga impressão de que está sempre chovendo na Noruega.

Era esquisito, realmente. Mesmo na época me ocorreu que era esquisito. Eu era um segundo-tenente quase sem nenhum sotaque de pobre londrino, já podia diferenciar entre Arnold Bennett e Elinor Glyn, e mesmo assim só tinham se passado quatro anos desde que eu fatiava queijo atrás do balcão em meu avental branco, ansiando pelos dias em que eu seria o chefe da mercearia. Se eu somar o resultado, suponho que devo admitir que a guerra me fez tanto bem quanto mal. De qualquer forma, aquele ano de leitura foi a única educação real, no sentido de aprendizagem através dos livros, que eu já tive. Ele fez certas coisas à minha mente. Ele me deu uma atitude, algo como uma atitude questionadora, que eu provavelmente não teria se tivesse passado pela vida da forma normal, razoável. Mas – eu me pergunto se você pode compreender isso – o negócio que realmente me transformou, que realmente me marcou, não foi tanto os livros que eu li, mas a maldita falta de sentido da vida que eu estava levando.

E era de fato indizivelmente sem sentido, aquela época em 1918. Ali estava eu, sentado ao lado do fogão em uma barraca do exército, lendo, e a algumas centenas de quilômetros de distância, na França, as armas rugiam e bandos de crianças desventuradas, molhando os sacos de dormir de tanto medo, eram empurradas para a barragem de metralhadoras como se atiram pedacinhos de coque em uma fornalha. Eu fui um dos sortudos. Os figurões tinham desviado o olhar de cima de mim, e ali estava eu, num esconderijo pequeno e confortável, recebendo por um serviço que nem existia. Às vezes eu entrava em pânico e tinha certeza de que eles iam se lembrar de mim e me desencavar dali, mas nunca aconteceu. Os formulários oficiais, em papel cinzento grosseiro, vinham uma vez por mês, e eu os preenchia e enviava de volta, e mais formulários chegavam, e eu os preenchia e mandava de volta, e assim por diante. A coisa toda fazia tanto sentido quanto o sonho de um lunático. O efeito disso tudo, mais os livros que eu estava lendo, foi de me deixar com uma sensação de descrença em tudo.

Eu não era o único. A guerra estava cheia de pontas soltas e cantos esquecidos. A essa altura, literalmente milhões de pessoas estavam metidas em remansos de um ou outro tipo. Exércitos inteiros apodreciam em *fronts* cujos nomes as pessoas já tinham se esquecido. Existiam ministérios imensos, com hordas de escriturários e datilógrafos, todos recebendo duas libras ou mais por semana para organizar pilhas de papéis. E mais, eles sabiam perfeitamente bem que tudo o que estavam fazendo era organizar pilhas de papéis. Ninguém acreditava mais nas histórias de atrocidades e naquela coisa da Bélgica pequena e galante. Os soldados pensavam que os alemães eram uns camaradas bacanas e odiavam os franceses como se fossem veneno. Cada um dos oficiais júniores via o Estado-Maior como gente com problemas mentais. Algo como uma onda de descrença se movia pela Inglaterra, e chegou até mesmo ao Depósito Doze Milhas. Seria eram nem um pouco intelectuais. Mas de quando em quando acontece de você topar com um livro que está exatamente no patamar mental que você alcançou naquele momento, tanto que parece ter sido escrito especialmente para você. Um deles foi *The History of Mr. Polly,* de H. G. Wells, em uma edição baratinha que se encontrava caindo aos pedaços. Eu me pergunto se você pode imaginar o efeito que ele teve sobre mim, criado como eu tinha sido criado, filho de um comerciante em uma cidadezinha do interior, e aí encontrar um livro desses? Outro foi *Sinister Street,* de Compton Mackenzie. Ele tinha sido a sensação da época quando saiu, alguns anos antes, e eu até ouvi vagos rumores a respeito dele em Binfield de Baixo. Outro foi *Vitória,* de Joseph Conrad, do qual alguns trechos me entediaram. Mas esse tipo de livro faz você começar a pensar. E havia um exemplar antigo de alguma revista com uma capa azul que tinha um conto de D. H. Lawrence. Não me lembro do título do conto. Era uma história sobre um recruta alemão que empurra seu sargento-major por sobre os muros de uma fortificação e foge, mas é capturado no quarto de sua namorada. Aquilo me intrigou muito. Eu não consegui entender do que aquilo tudo se tratava, e mesmo assim ele me deixou com uma vaga impressão de que eu gostaria de ler outros contos como aquele.

Bem, por vários meses eu tive um apetite por livros que foi quase como uma sede física. Foi a primeira incursão real na leitura que eu fiz desde meus dias com Dick Donovan. No começo, eu não fazia ideia de como conseguir livros. Pensei que o único jeito era comprando. Isso é interessante, acho. Mostra bem a diferença que faz a forma como você é criado. Suponho que os filhos da classe média, aquela que ganha quinhentas libras por ano, sabe tudo a respeito dos clubes do livro da Mudie e do Times desde o berço. Pouco depois, descobri a existência de bibliotecas de empréstimo e assinei o clube do livro da Mudie e fiz o cartão de uma biblioteca em Bristol. E o que li durante o período de cerca de um ano que se seguiu! Wells, Conrad, Kipling, Galsworthy, Barry pain, W. W. Jacobs, Pett Ridge, Oliver Onions, Compton Mackenzie, H. Seton Merriman, Maurice Baring, Stephen McKenna, May Sinclair, Arnold Bennett, Anthony Hope, Elinor Glyn, O. Henry, Stephen Leacock, e até Silas Hocking e Jean Stratton Porter. Quantos nomes dessa lista lhe são conhecidos, eu me pergunto? Metade dos livros que as pessoas levavam a sério naquela época estão esquecidos agora. Porém, no começo eu engoli todos eles feito uma baleia que se meteu no meio de um cardume de camarões. Eu simplesmente me deleitava com eles. Depois de algum tempo, é claro, eu fiquei mais erudito e comecei a distinguir entre o que era bobagem e o que não era. Consegui botar as mãos em *Filhos e Amantes,* de Lawrence, e meio que quase gostei, e me diverti muito com *Dorian Gray,* de Oscar Wilde, e *As Novas Mil e Uma Noites,* de Stevenson. Wells foi o autor que causou mais forte impressão em mim. Eu li *Esther Waters,* de George Moore, e gostei. Tentei diversos livros de Hardy, sempre empacando mais ou

Era uma parte solitária da costa, onde nunca se via uma alma viva, tirando alguns caipiras que mal tinham ouvido falar que havia uma guerra acontecendo. A uns quinhentos metros de lá, descendo um morrinho, o mar retumbava e assomava por cima de enormes planícies de areia. Durante nove meses do ano chovia, e nos outros três um vento feroz soprava do Atlântico. Não havia nada ali tirando o soldado Lidgebird, eu, duas barracas do exército – uma delas com dois cômodos, que era onde eu morava – e as onze latas de carne. Lidgebird era um velho demônio rabugento e eu nunca consegui tirar muito dele, exceto que tinha sido horteláo antes de entrar para o exército. Era interessante ver a velocidade com que ele voltava ao costume. Mesmo antes de eu chegar ao Depósito Doze Milhas, ele já tinha cavado um trecho em torno de uma das barracas e começado a plantar batatas; no outono ele cavou outro canteiro até ter cerca de meio acre cultivado; no começo de 1918 ele começou a criar galinhas, que tinham chegado a um belo número até o final do verão; e mais para o fim do ano, de repente, ele arranjou um porco, só Deus sabe onde. Eu não acho que tenha passado pela cabeça dele se perguntar o que diabos estávamos fazendo ali, ou o que era a Força de Defesa da Costa Ocidental e se ela existia mesmo. Não me surpreenderia ouvir que ele ainda está lá, criando porcos e cultivando batatas no lugar onde ficava o Depósito Doze Milhas. Espero que esteja. Boa sorte pra ele.

Enquanto isso, eu fazia algo que nunca antes tivera a chance de fazer como serviço de tempo integral: eu lia.

Os oficiais que haviam estado ali antes deixaram alguns livros, em sua maioria edições baratas e quase todas algum tipo de bobagem que as pessoas liam naquela época. Ian Hay e Sapper, as histórias de Craig Kennedy e daí por diante. Mas em algum momento estivera ali alguém que sabia que livros valia a pena ler e quais não. Eu mesmo, na época, não sabia nada desse tipo. Os únicos livros que eu já lera voluntariamente eram histórias de detetive e, de vez em quando, algum livro indecente de sexo. Deus sabe que eu não pretendo me passar por intelectual nem mesmo agora, mas se me perguntasse NAQUELA ÉPOCA pelo nome de um livro "bom", eu teria respondido *The Woman Thou Gavest Me*, ou (em memória do vigário) *Sesame and Lilies*. De qualquer forma, um livro "bom" era um livro que ninguém tinha qualquer intenção de ler. Mas ali estava eu, num trabalho em que havia menos do que nada para fazer, com o mar ribombando na praia e a chuva rolando pelas janelas – e toda uma fileira de livros me encarando da prateleira temporária que alguém tinha armado contra a parede da cabana. Naturalmente, eu comecei a lê-los de uma ponta a outra, no começo tentando fazer distinções tanto quanto um porco consumindo um balde de lixo.

Entretanto, ali no meio havia três ou quatro livros que eram diferentes dos outros. Não, você entendeu errado! Não saia daqui com a ideia de que eu subitamente descobri Marcel Proust ou Henry James ou algo assim. Eu não teria lido isso nem que tivesse descoberto. Esses livros de que estou falando não da Inglaterra. No dia seguinte àquele em que me uni a seu gabinete, ele me mandou para lá para checar os depósitos num lugar chamado Depósito Doze Milhas, na Costa Norte da Cornualha. Ou, ainda, meu trabalho era descobrir se existia algum estoque. Ninguém parecia ter certeza se existia ou não. Eu acabara de chegar lá e descobrir que os estoques consistiam em onze unidades de carne enlatada quando chegou um telegrama do Gabinete de Guerra me dizendo para assumir o comando dos estoques no Depósito Doze Milhas e continuar por lá até segunda ordem. Telegrafei de volta: "Não há estoques no Depósito Doze Milhas". Tarde demais. No dia seguinte veio a carta oficial me informando de que eu era o comandante do Depósito Doze Milhas. E esse realmente é o fim da história. Eu continuei como comandante do Depósito Doze Milhas pelo resto da guerra.

Só Deus sabe do que se tratava tudo aquilo. É inútil me perguntar o que era a Força de Defesa da Costa Ocidental ou o que ela deveria fazer. Mesmo na época, ninguém nem fingia saber. De qualquer forma, ela não existia. Era só um esquema que passou pela cabeça de alguém – seguindo algum vago rumor de uma invasão alemã pela Irlanda, suponho – e os depósitos de comida que supostamente existiam por toda a costa também eram imaginários. A coisa toda existiu por uns três dias, meio como uma bolha, para em seguida ser esquecida, e eu fui esquecido com ela. Minhas onze latas de carne tinham sido deixadas para trás por alguns oficiais que tinham estado ali antes em alguma missão misteriosa. Eles também deixaram para trás um velho muito surdo, chamado Soldado Lidgebird. O que Lidgebird deveria fazer ali, eu nunca descobri. Imagino se você acreditaria que eu continuei vigiando aquelas onze unidades de carne enlatada desde a metade de 1917 até o começo de 1919. Provavelmente não, mas é a verdade. E, na época, até aquilo não pareceu particularmente estranho. Em 1918, as pessoas simplesmente tinham perdido o costume de esperar que as coisas acontecessem de forma razoável.

Uma vez por mês, me mandavam um formulário oficial enorme pedindo para que eu declarasse a quantidade e as condições das picaretas, ferramentas de trincheira, bobinas de arame farpado, cobertores, lonas impermeáveis para acampamento, *kits* de primeiros socorros, folhas de aço corrugado e latas de geleia de ameixa e maçã sob meus cuidados. Eu só colocava "zero" em tudo e mandava o formulário de volta. Nada acontecia. Lá em Londres, alguém estava calmamente arquivando os formulários e enviando mais formulários, e arquivando esses também, e assim por diante. Era como as coisas iam acontecendo. Os misteriosos figurões que comandavam a guerra tinham se esquecido da minha existência. Eu não lhes lembrava nada. Estava em um remanso que não levava a lugar nenhum, e depois de dois anos na França, não ardia tanto assim de patriotismo a ponto de querer sair de lá.

trabalho abrindo estradas por todo o deserto que não levavam a lugar nenhum, havia camaradas perdidos em ilhas oceânicas procurando por cruzadores alemães que tinham sido afundados anos antes, havia ministérios disso e daquilo, com exércitos de escriturários e datilógrafos que continuavam existindo anos depois de sua função ter acabado, por algo semelhante à inércia. As pessoas eram empurradas para trabalhos sem sentido e então esquecidas pelas autoridades por anos. Foi isso que aconteceu comigo, ou muito provavelmente eu não estaria aqui. A sequência de eventos é bem interessante.

Pouco tempo depois de meu nome ter sido oficialmente publicado, houve uma demanda por oficiais do Corpo de Exército. Assim que o comandante do campo de treinamento ouviu falar que eu sabia um pouco sobre o comércio de armazém (eu não contei que eu tinha, na verdade, estado atrás do balcão), ele me disse para colocar meu nome na lista. Coloquei, e estava prestes a ir para outra escola de treinamento para oficiais do Corpo de Exército em algum ponto das Midlands quando surgiu a demanda por um oficial jovem, com conhecimento em mercearia, para atuar como um tipo de secretário junto a Sir Joseph Cheam, que era famoso no Corpo de Exército. Sabe lá Deus por que me escolheram, mas, de qualquer forma, assim aconteceu. Desde então, acho que provavelmente confundiram meu nome com o de outra pessoa. Três dias depois, eu batia continência no gabinete de Sir Joseph. Ele era um velho camarada esguio, ereto, bonitão, com cabelos grisalhos e um nariz de aparência grave que me impressionou de imediato. Ele parecia o perfeito soldado profissional, do tipo que é Cavaleiro Comandante da Ordem de São Miguel e São Jorge e detentor da Ordem por Serviços Distintos com barras de metal, e podia ser irmão gêmeo do sujeito nas propagandas do cigarro De Reszke, embora em sua vida privada fosse o diretor de uma das grandes cadeias de mercearia, famoso no mundo todo por algo chamado de Sistema Cheam de Redução de Salários. Ele parou de escrever quando entrei e me olhou de cima a baixo.

— Você é um cavalheiro?

— Não, senhor.

— Muito bom. Então talvez a gente consiga trabalhar um pouco.

Em cerca de três minutos ele tinha arrancado de mim que eu não tinha experiência alguma como secretário, não sabia taquigrafia, e tinha trabalhado em uma mercearia por vinte e oito xelins por semana. Entretanto, ele disse que eu serviria, havia cavalheiros demais nesse maldito exército e ele estava procurando por alguém que soubesse contar além de até dez. Gostei dele e fiquei ansioso por trabalhar com ele, mas exatamente naquele momento os misteriosos poderes que pareciam comandar a guerra nos separaram outra vez. Algo chamado Força de Defesa da Costa Ocidental estava sendo formado, e havia uma ideia vaga de estabelecer depósitos de rações e outros estoques em vários pontos ao longo da costa. Sir Joseph deveria ficar responsável pelos depósitos na parte mais a sudoeste

Elsie. Vi todas as mudanças e, mesmo assim, foi como se não as visse. Minha mente estava em outras coisas, principalmente no prazer de ser visto em meu uniforme de segundo-tenente com a braçadeira preta (algo que cai muito bem contra o cáqui) e as calças novas de montaria. Lembro-me distintamente de que ainda estava pensando naquelas calças quando nos postamos junto à sepultura. E aí eles jogaram um punhado de terra sobre o caixão e de súbito eu me dei conta do que significa sua mãe estar deitada com sete palmos de terra por cima dela, algo meio que tremeu por trás dos meus olhos e do nariz, mas mesmo então as calças de montaria não estavam totalmente fora da minha mente.

Não pense que eu não senti a morte de mamãe. Senti, sim. Eu já não estava mais nas trincheiras, podia sentir o pesar por uma morte. Mas o negócio para o qual eu não ligava nem um pouco, não conseguia nem compreender que estava acontecendo, era o falecimento da vida antiga que eu conhecera. Depois do enterro, tia Martha, que estava bem orgulhosa de ter um "oficial de verdade" como sobrinho e que teria feito um funeral mais espalhafatoso se eu permitisse, voltou para Doxley no ônibus e eu peguei um táxi até a estação, para pegar o trem para Londres e de lá para Colchester. Passamos pela loja. Ninguém ocupara o local desde que papai morreu. Estava trancada, a vitrine preta de poeira, e o "S. Bowling" tinha sido queimado da placa com um lança-chamas de encanador. Bom, havia a casa onde eu tinha sido criança, menino e rapaz, onde eu me arrastei pelo chão da cozinha, senti o cheiro de sanfeno e li *Donovan, o Destemido*, onde fiz a lição de casa da Escola de Gramática, fiz pasta de pão, consertei furos nos pneus da bicicleta e experimentei meu primeiro colarinho alto. Ela tinha sido tão permanente para mim quanto as Pirâmides, e agora seria apenas um acidente se algum dia eu pusesse os pés nela de novo. Papai, mamãe, Joe, os meninos de recados, Pregador, o velho terrier, Mancha, o que veio depois do Pregador, Jackie, o curió, os gatos, os camundongos no sótão – tudo se foi, nada restando além da poeira. E eu não dava a mínima. Eu sentia muito por mamãe estar morta, até sentia pesar por papai estar morto, mas ao mesmo tempo minha mente estava em outras coisas. Eu estava um tanto orgulhoso por ser visto andando de táxi, algo a que ainda não tinha me acostumado, e estava pensando no caimento das minhas calças de montaria novas, no meu uniforme lisinho e macio de oficial, tão diferente daquele negócio áspero que os soldados rasos tinham que usar, nos outros camaradas em Colchester, nas sessenta libras que a mamãe tinha deixado e nas festas que faríamos com elas. Eu também agradecia a Deus por não ter encontrado com a Elsie.

A guerra fazia coisas extraordinárias com as pessoas. E o que era mais extraordinário que o modo como ela matava gente era o modo como às vezes ela não matava. Era como uma grande enxurrada empurrando você apressadamente para a morte e de súbito te jogava para algum remanso onde você se flagrava fazendo coisas inacreditáveis e inúteis, e recebendo extra por isso. Havia batalhões de como falência e asilo. Este era o caso até com a mamãe, que, Deus sabe, tinha apenas a mais vaga noção sobre a guerra. Além disso, ela já estava morrendo, embora nenhum de nós soubesse.

Ela veio me ver no hospital em Eastbourne. Fazia mais de dois anos que eu não a via, e sua aparência me causou certo choque. Ela parecia ter se apagado e, de certa forma, encolhido. Em parte, isso se dava porque àquela altura eu já era adulto, tinha viajado, e tudo parecia menor para mim, mas não havia dúvida de que ela estava mais magra e também mais amarela. Ela falava daquele jeito antigo, atabalhoado, sobre a tia Martha (que era a prima com quem ela morava), e as mudanças em Binfield de Baixo desde a guerra, e como todos os meninos tinham "ido embora" (ou seja, entrado para o exército), e sua indigestão, que era "irritante", e a lápide do pobre papai, e como ele tinha sido um belo cadáver. Era a conversa antiga, a conversa que eu havia escutado por anos, e, no entanto, de alguma forma, era como um fantasma falando. Aquilo já não me dizia respeito. Eu a conhecera como uma criatura grande, esplêndida e protetora, um pouco como a figura de proa e um pouco como uma galinha choca, e depois de tudo isso ela era apenas uma velhinha em um vestido preto. Tudo estava mudando e se apagando. Essa foi a última vez que a vi com vida. Recebi o telegrama dizendo que ela estava gravemente enferma quando eu estava na escola de treinamento em Colchester, e solicitei uma licença urgente de uma semana no mesmo instante. Mas já era tarde demais. Ela estava morta quando eu cheguei em Doxley. O que ela e todo mundo imaginava ser indigestão era algum tumor, e um frio súbito na barriga foi o empurrão final. O médico tentou me animar dizendo que o tumor era "benigno", o que me soou como algo estranho de se dizer, considerando-se que a havia matado.

Bem, nós a enterramos ao lado do papai, e esse foi o meu último vislumbre de Binfield de Baixo. Havia mudado muito, mesmo em três anos. Algumas das lojas estavam fechadas, algumas tinham nomes diferentes. Quase todos os homens que eu tinha conhecido enquanto meninos tinham ido embora, e alguns deles estavam mortos. Sid Lovegrove, morto no Somme. Ginger Watson, o peão de fazenda que fez parte da Mão Negra anos atrás, aquele que capturava coelhos vivos, tinha morrido no Egito. Um dos camaradas que trabalhou comigo na loja do Grimmett tinha perdido as duas pernas. O velho Lovegrove fechou sua loja e estava vivendo em uma casinha perto de Walton de uma pensão vitalícia. O velho Grimmett, por outro lado, estava se dando bem com a guerra: tinha virado patriota e era membro de um conselho local que julgava objetores de consciência. A coisa que mais dava à cidade um ar vazio e abandonado, mais do que qualquer outra, era que praticamente não havia sobrado mais nem um cavalo. Todo cavalo que valesse a pena já tinha sido confiscado há muito tempo. Durante o tempo de uma hora, mais ou menos, em que fiquei ali antes do funeral, vaguei pela cidade dando oi para as pessoas e exibindo meu uniforme. Por sorte, não trombei com

Se as pessoas não tivessem uma sensação dessas, nenhuma guerra duraria três meses. Os exércitos simplesmente guardariam tudo e iriam para casa. Por que eu me juntei ao exército? Ou o milhão de outros idiotas que se juntaram a ele antes que houvesse o recrutamento obrigatório? Em parte por passatempo, e em parte por causa da Inglaterra, minha Inglaterra, e bretões nunca, jamais e todo aquele negócio. Mas quanto tempo durou isso? A maioria dos camaradas que eu conhecia tinha se esquecido disso muito tempo antes de chegar até a França. Os homens nas trincheiras não eram patriotas, não odiavam o *kaiser*, não davam a mínima para a galante Bélgica pequenina ou para os alemães estuprando freiras em cima de mesas (era sempre "em cima de mesas", como se isso piorasse as coisas) nas ruas de Bruxelas. Por outro lado, não lhes ocorria tentar fugir. A máquina te pegava e te jogava em meio a lugares e coisas com as quais você nunca tinha sonhado, e se ela te jogasse na superfície da Lua, não teria parecido particularmente estranho. No dia em que entrei para o exército, a vida antiga terminou. Foi como se ela já não me dissesse respeito. Eu me pergunto se você acreditaria que, daquele dia em diante, eu só voltei para Binfield de Baixo uma vez, e isso para o funeral da minha mãe. Parece incrível agora, mas soou bem natural na época. Em parte, admito, foi por causa de Elsie, a quem, claro, parei de escrever depois de dois ou três meses. Sem dúvida ela seguiu adiante com outra pessoa, mas eu não queria encontrar com ela. Senão, talvez, quando eu tivesse um tempinho de licença eu teria ido até lá para visitar mamãe, que teve uma crise quando entrei no exército, mas ficaria orgulhosa de um filho usando uniforme.

Papai morreu em 1915. Eu estava na França na época. Não exagero quando digo que a morte de papai dói mais em mim hoje do que doeu então. Na época, foi só uma notícia ruim, que eu aceitei quase que sem interesse, daquele jeito meio apático e cabeça-oca que se aceita tudo nas trincheiras. Lembro de ter rastejado até a entrada do abrigo subterrâneo para ter luz suficiente para ler a carta, e me lembro das manchas das lágrimas de mamãe na carta, da sensação dolorida em meus joelhos e do cheiro de lama. A apólice de seguro de vida de papai tinha sido hipotecada em sua maior parte, mas havia um pouco de dinheiro no banco e a Sarazins ia comprar o estoque da loja e até pagaria um valor minúsculo de boa vontade. De qualquer forma, mamãe tinha um pouco mais de duzentas libras, além dos móveis. Ela foi morar provisoriamente com sua prima, esposa de um sitiante que estava ganhando bem com a guerra, perto de Doxley, poucos quilômetros para lá de Walton. Era só "por enquanto". Havia uma impressão transitória a respeito de tudo. Nos velhos tempos, que, na verdade, mal tinham um ano, tudo aquilo teria sido um desastre insuportável. Com papai morto, a loja vendida e mamãe com duzentas libras em seu nome, você podia visualizar algo como uma tragédia em quinze atos desdobrando-se à sua frente, o último ato sendo um funeral de indigente. Mas agora a guerra e a sensação de não ser seu próprio mestre obnubilavam tudo. As pessoas agora mal pensavam em termos e descido pela parte de trás das pernas. Mas, por sorte, eu quebrei uma costela na queda, o que deixava a situação grave o bastante para me mandar de volta à Inglaterra. Passei aquele inverno em um hospital de campanha na planície perto de Eastbourne.

Lembra daqueles hospitais de campanha da época da guerra? As longas fileiras de cabanas de madeira feito galinheiros, espetados bem no topo das planícies ferozmente geladas – a "costa sul", as pessoas chamavam, o que me fez pensar como seria a costa norte –, onde o vento parece soprar em você vindo de todas as direções de uma só vez. E os bandos de camaradas em seus ternos de flanela azul-claro e suas gravatas vermelhas, andando para cima e para baixo à procura de um lugar protegido do vento, sem nunca encontrar um. Às vezes os alunos das escolas chiques de meninos em Eastbourne eram levados em filas para entregar cigarros e pastilhas de hortelã para os "Tommies feridos", que era como nos chamavam. Um menino de rosto rosado, com uns oito anos, aproximava-se de um grupo de homens feridos sentados na grama, abria um maço de Woodbines e solenemente entregava um cigarro para cada um, como se estivesse alimentando os macacos no zoológico. Qualquer um que estivesse forte o suficiente vagava por quilômetros pelas planícies na esperança de encontrar alguma garota. Nunca havia garotas o bastante para todos. No vale abaixo do acampamento, havia algo como um bosque, e bem antes do crepúsculo já dava para ver um casal colado a cada uma das árvores; às vezes, se a árvore fosse bem grossa, um casal de cada lado do tronco. Minha principal lembrança dessa época é a de me sentar contra um arbusto no vento congelante, com os dedos tão frios que eu não conseguia nem dobrá-los, e o sabor da pastilha de hortelã na boca. Essa é uma lembrança típica de soldado. Mas eu estava deixando a vida de Tommy, de qualquer forma. O comandante havia mandado meu nome para uma comissão, pouco antes de eu ser ferido. A essa altura, eles estavam desesperados por oficiais, e qualquer um que não fosse analfabeto podia obter uma comissão, se quisesse. Fui direto do hospital para um campo de treinamento de oficiais perto de Colchester.

É muito esquisito, as coisas que a guerra fez com as pessoas. Fazia menos de três anos que eu tinha sido um jovem e ágil assistente de loja, me dobrando por sobre o balcão em meu avental branco e "Sim, madame! Certamente, madame! E o próximo pedido, madame?", com uma vida de lojista à minha frente e tão resolvido a me tornar um oficial do exército quanto a me sagrar cavaleiro. E ali estava eu, já me pavoneando em um quepe e um colarinho amarelo e mais ou menos acompanhando o ritmo em meio a uma multidão de outros cavalheiros temporários e alguns que não eram nem sequer temporários. E – este é o sentido da coisa – sem me sentir nem um pouco estranho. Nada parecia estranho naqueles dias.

Era como se uma máquina enorme te pegasse. Você não tinha a sensação de agir por vontade própria e, ao mesmo tempo, nenhuma ideia de tentar resistir.

tarde, um menino veio correndo pela High Street com uma braçada de jornais e as pessoas saíram pelas portas da frente para gritar para a rua. Todos gritavam "Nós entramos! Nós entramos!". O menino agarrou um cartaz de sua braçada e o prendeu na vitrine da loja do outro lado da rua:

INGLATERRA DECLARA GUERRA CONTRA A ALEMANHA

Saímos correndo para a calçada, os três assistentes, e comemoramos. Todo mundo estava comemorando. Isso, comemorando. Mas o velho Grimmett, apesar de ter se saído muito bem com o pavor da guerra, ainda se agarrava a um pouco de seus princípios liberais, "não apoiava" a guerra, e disse que seria um péssimo negócio.

Dois meses depois, eu estava no exército. Sete meses depois, eu estava na França.

CAPÍTULO 8

Eu fui ferido só no final de 1916.

Tínhamos acabado de sair das trincheiras e estávamos marchando num trecho de estrada a um quilômetro e meio de distância delas, mais ou menos, e que supostamente era seguro, mas os alemães deviam ter feito reconhecimento da área algum tempo antes. De súbito, eles começaram a lançar projéteis por cima de nós – coisa pesada, de alto poder explosivo, e estavam disparando cerca de um por minuto. Ouvia-se o zuiiiiiin usual, e então BUM! Em um campo em algum ponto à direita. Acho que foi o terceiro projétil que me pegou. Eu soube assim que o ouvi chegando que ele trazia meu nome escrito nele. Dizem que você sempre sabe. Ele não falou o que um projétil comum fala. Ele disse: "Eu vou te pegar, seu b..., É, VOCÊ, seu b..., VOCÊ!", tudo isso num espaço de três segundos. E o último "você!" foi a explosão.

Senti como se mãos gigantescas feitas de ar me arrastassem para longe. E pouco depois caí com uma sensação de ruptura, de despedaçamento em meio a um monte de latinhas velhas, farpas de madeira, arame farpado enferrujado, monturos de cocô, cápsulas vazias de munição e outros detritos na vala ao lado da estrada. Quando me arrastaram para fora de lá e limparam um pouco da sujeira, descobriram que eu não tinha nenhum ferimento grave. Era só uma porção de estilhaços de projéteis que havia se alojado em um lado do meu traseiro

Papai estava fracassando e não sabia. Era só que os tempos estavam difíceis, o comércio parecia encolher cada vez mais, suas contas cada vez mais difíceis de pagar. Graças a Deus, ele nunca soube que estava arruinado, nunca foi de fato à falência, porque morreu muito subitamente (foi uma gripe que virou pneumonia) no começo de 1915. Até o fim ele acreditou que, com parcimônia, trabalho duro e comércio justo, não tinha como errar. Deve ter existido uma abundância de pequenos lojistas que carregaram essa crença não apenas até o leito de morte falido, mas até o asilo. Mesmo Lovegrove, o seleiro, com carros e carroças motorizadas o encarando, não se deu conta de que estava tão defasado quanto o rinoceronte. E mamãe também – mamãe não viveu para descobrir que a vida em que ela tinha sido criada, a vida de uma filha de lojista decente e temente a Deus e esposa de lojista decente e temente a Deus no reinado da boa Rainha Vitória, tinha terminado para sempre. Os tempos eram difíceis e o comércio estava ruim, papai estava preocupado e isso e aquilo era "irritante", mas você seguia em frente basicamente como sempre foi. A velha ordem da vida inglesa não podia mudar. Para sempre e eternamente, mulheres decentes e tementes a Deus fariam Yorkshire *puddings* e bolinhos de maçã em imensos fogões a carvão, usariam roupas de baixo de lã e dormiriam em plumas, fariam geleia de ameixas em julho e picles em outubro, e leriam a *Companheira do Lar de Hilda* à tarde, com as moscas zumbindo ao redor, em um pequeno submundo aconchegante de chá, pernas doloridas e finais felizes. Não digo que papai ou mamãe fossem bem os mesmos até o final. Eles estavam um pouco abalados, e às vezes um pouco desanimados. Mas pelo menos não viveram para descobrir que tudo em que acreditaram era uma porcaria. Eles viveram o fim de uma época, quando tudo se dissolvia em algo como um fluxo terrível, e não sabiam. Pensaram que era a eternidade. Não dá para culpá-los. Era a impressão que se tinha.

Então veio o fim de julho, e até Binfield de Baixo se apercebeu que as coisas estavam acontecendo. Durante dias houve uma tremenda excitação vaga e manchetes intermináveis nos jornais, que papai de fato trazia da loja para ler em voz alta para mamãe. E, subitamente, os cartazes em todo canto:

ULTIMATO ALEMÃO. FRANÇA SE MOBILIZANDO

Por vários dias (quatro, não foi? Eu me esqueço das datas precisas) houve uma sensação estranha e sufocada, algo como um silêncio de espera, como o momento antes da tempestade cair, como se toda a Inglaterra estivesse em silêncio, ouvindo. Estava muito calor, eu me lembro. Na loja, era como se não pudéssemos trabalhar, embora todos da vizinhança que tivessem cinco centavos para gastar já estivessem correndo para comprar enlatados, farinha e aveia para estocar. Era como se estivéssemos febris demais para trabalhar; nós apenas suávamos e esperávamos. À noite, as pessoas iam até a estação ferroviária e lutavam feito demônios pelos jornais noturnos que chegavam no trem de Londres. E aí, uma esgotados, com uma pensão por velhice de cinco xelins e meia coroa ocasional dada pela paróquia. E o que se chamava de pobreza "respeitável" era ainda pior. Quando o pequeno Watson, uma mercearia e lojinha de tecidos na outra ponta da High Street, "fracassou" depois de anos lutando, os bens pessoais dele eram duas libras, nove xelins e seis centavos, e ele morreu quase imediatamente do que se chamava de "problemas gástricos", mas o médico deixou escapar que foi de fome. Mesmo assim, ele se apegou a seu fraque até o fim. O velho Crimp, assistente do relojoeiro, um funcionário qualificado que ocupava esse cargo desde a infância, por cinquenta anos, desenvolveu catarata e teve que ir para o asilo. Seus netos berravam na rua quando o levaram para lá. Sua esposa saiu pegando bicos e, com esforços desesperados, conseguiu lhe mandar um xelim por semana para as despesas. Você via coisas medonhas acontecendo às vezes. Pequenos negócios indo ladeira abaixo, comerciantes sólidos se transformando gradualmente em falidos, quebrados, gente morrendo aos pouquinhos de câncer e doença do fígado, maridos bêbados assinando seus votos toda segunda-feira e quebrando esses votos todo sábado, garotas com a vida arruinada por um bebê ilegítimo. As casas não tinham banheiros, era possível quebrar o gelo na sua bacia de lavar o rosto nas manhãs de inverno, as ruas de trás fediam como o diabo quando fazia calor, e o cemitério ficava bem no meio da cidade, então você nunca passava um dia sem se lembrar de como terminaria. E mesmo assim, o que é que as pessoas tinham nessa época? Uma sensação de segurança, mesmo quando não estavam seguras. Mais exatamente, era uma sensação de continuidade. Todos eles sabiam que morreriam, e suponho que alguns deles soubessem que iam falir, mas o que não sabiam era que a ordem das coisas podia mudar. Seja lá o que pudesse acontecer com eles, as coisas continuariam como eles as conheciam. Eu não acredito que fizesse muita diferença que o que chamamos de crença religiosa ainda fosse prevalente naqueles dias. É verdade que quase todo mundo ia à igreja, pelo menos no interior – Elsie e eu ainda íamos para a igreja como de costume, mesmo quando estávamos vivendo em pecado, como diria o vigário – e se você perguntasse para as pessoas se elas acreditavam numa vida após a morte, elas geralmente respondiam que sim. Mas eu nunca conheci ninguém que me desse a impressão de realmente acreditar numa vida futura. Acho que, no máximo, as pessoas acreditavam nesse tipo de coisa do mesmo jeito que as crianças acreditam no papai Noel. Mas é precisamente em um período estabelecido, um período em que a civilização parece se erguer sobre suas quatro patas feito um elefante, que coisas como uma vida futura não importam. É bem fácil morrer se as coisas com as quais você se importa vão sobreviver. Você teve a sua vida, está ficando cansado, está na hora de ir pra debaixo da terra – era assim que as pessoas viam isso. Individualmente, elas tinham terminado, mas seu modo de vida continuaria. Seu bem e seu mal permaneceriam como bem e mal. Elas não sentiam o chão em que pisavam se mover debaixo dos pés.

não havia voltado. Agora eu estava tão perto que parecia uma lástima não descer para o outro lago e dar uma olhada nas grandes carpas. Senti que eu me odiaria depois se perdesse a chance; de fato, não podia imaginar por que não havia voltado antes. As carpas estavam armazenadas na minha mente, ninguém sabia a respeito delas além de mim, eu ia pescá-las alguma hora. Elas eram praticamente MINHAS carpas. Eu comecei mesmo a vagar pela margem naquela direção, aí, quando andei uns dez metros, voltei. Aquilo significaria abrir caminho por uma selva de cardos e arbustos podres, e eu estava usando minhas roupas de domingo. Terno cinza-escuro, chapéu coco, botas de abotoar e um colarinho que quase cortava minhas orelhas fora. Era assim que as pessoas se vestiam para caminhadas nas tardes de domingo naqueles dias. E eu queria muito, muito mesmo a Elsie. Voltei e fiquei de pé por cima dela por um momento. Ela estava deitada na grama com o braço por cima do rosto e não se mexeu quando me ouviu chegar. Em seu vestido preto, ela parecia... não sei, meio suave, meio dócil, como se seu corpo fosse algo maleável com que você pudesse fazer o que quisesse. Ela era minha e eu podia tê-la, naquele minuto, se quisesse. De súbito, parei de sentir medo, joguei meu chapéu na grama (ele quicou, me lembro), me ajoelhei e a segurei. Ainda posso sentir o cheiro da hortelã-pimenta. Foi minha primeira vez, mas não a dela, e não fizemos uma bagunça tão grande quanto era de se esperar. Então foi isso. As grandes carpas tornaram a sumir de minha mente, e de fato, por anos depois, eu mal pensei nelas.

1913. 1914. A primavera de 1914. Primeiro o abrunheiro, depois o pilriteiro, aí as castanheiras em flor. Tardes de domingo pelo caminho de sirga, e o vento agitando os canteiros de juncos de modo que eles oscilavam todos juntos em grandes massas espessas, lembrando o cabelo de uma mulher. As noites infinitas de junho, a vereda debaixo das castanheiras, uma coruja piando de algum lugar e o corpo de Elsie junto a mim. Foi um julho quente o daquele ano. Como suamos na loja, e como o queijo e o café moído cheiravam! E aí o frescor da noite lá fora, o cheiro das flores perfumadas e do fumo de cachimbo na alameda atrás dos lotes, a poeira macia sob os pés e os curiangos caçando os besouros.

Jesus Cristo! De que serve dizer que ninguém deveria ser sentimental sobre "antes da guerra"? Eu SOU sentimental a respeito disso. Assim como você, se você se lembra dessa época. É bem verdade que, se você olhar para qualquer período especial em sua vida, tende a se lembrar das coisas agradáveis. Isso é verdade até com a guerra. Mas também é verdade que as pessoas naquela época tinham algo que não temos agora.

O quê? Simples: elas não pensavam no futuro como algo que lhes causasse terror. Não é que a vida fosse mais suave do que é agora. Na verdade, era mais dura. As pessoas, de modo geral, trabalhavam mais, viviam com menos conforto e morriam mais dolorosamente. Os peões de fazenda cumpriam uma jornada com horário pavoroso por catorze xelins por semana e acabavam como aleijados o que quisesse com ela. Ela era, de fato, profundamente feminina, muito gentil, bastante submissa, o tipo que sempre faria o que um homem lhe mandasse fazer, embora não fosse pequena, nem fraca. Ela não era nem sequer estúpida, apenas bastante silenciosa e, às vezes, terrivelmente refinada. Mas, naqueles dias, eu também era um tanto refinado.

Nós moramos juntos por mais ou menos um ano. Claro que numa cidade como Binfield de Baixo você só podia morar junto num sentido figurado. Oficialmente, nós estávamos "saindo", que era um costume reconhecido e não exatamente a mesma coisa de estar noivos. Havia uma estrada que saía da estrada que dava em Binfield do Alto e corria junto ao sopé das colinas. Um longo trecho dela, com cerca de um quilômetro e meio, era bem reto e orlado com castanheiras-da-índia enormes, e na grama ao lado havia uma vereda debaixo dos galhos que era conhecida como Alameda dos Apaixonados. Nós íamos para lá nas noites de maio, quando as castanheiras estavam em flor. Aí as noites mais curtas chegaram, e ficava claro por horas depois de sairmos das lojas. Você conhece a sensação de uma noite de junho. O tipo de crepúsculo azul que não acaba nunca, e o ar roçando seu rosto como uma seda. De vez em quando, nas tardes de domingo, nós íamos até Chamford Hill e descíamos pelos terrenos ribeirinhos ao longo do Tâmisa. 1913! Meu Deus! 1913! A quietude, a água verde, a corrente do açude! Nunca mais vai voltar. Não digo que 1913 nunca mais vai voltar. Digo a sensação dentro de você, a sensação de não estar com pressa nem com medo, a sensação que você já teve e não precisa ouvir a respeito, ou não teve e nunca terá a chance de descobrir.

Foi só no final do verão que começamos o que chamam de morar juntos. Eu era tímido e desajeitado demais para começar, e ignorante demais para perceber que já haviam existido outros antes de mim. Numa tarde de domingo, fomos para os bosques de faias perto de Binfield do Alto. Lá em cima, sempre se podia ficar a sós. Eu a queria muito, e sabia muito bem que ela só estava esperando eu começar. Algo, eu não sei bem o quê, enfiou na minha cabeça de ir para o terreno da Casa Binfield. O velho Hodges, que já tinha passado dos setenta e andava bem rabugento, era capaz de nos mandar embora dali, mas provavelmente estaria dormindo numa tarde de domingo. Nós passamos por um vão na cerca e descemos pelo caminho entre as faias até o lago grande. Já fazia quatro anos ou mais que eu andara por ali. Nada tinha mudado. Ainda a solidão total, a sensação de esconderijo com as grandes árvores ao seu redor, o velho ancoradouro apodrecendo em meio aos juncos. Nós nos deitamos no pequeno gramado ao lado da hortelã-pimenta, e estávamos tão sozinhos como se estivéssemos na África Central. Eu a beijei Deus sabe quantas vezes, então me levantei e perambulei por ali outra vez. Eu a queria muito mesmo, e estava decidido a fazê-lo, mas estava meio temeroso. E, curiosamente, havia outro pensamento em minha mente ao mesmo tempo. De repente me ocorreu que, por anos, eu pretendera voltar ali e

1911, 1912, 1913. Eu lhe digo, foi uma boa época para estar vivo. Foi no fim de 1912, através do Círculo de Leitura do vigário, que eu conheci Elsie Waters. Até ali, porém, como o resto dos rapazes da cidade, eu saía atrás de garotas e às vezes conseguia me conectar com esta ou aquela moça e "saía" algumas tardes de domingo, mas nunca tive uma garota só pra mim. Era um negócio esquisito, isso de ir atrás de garotas quando você tem uns dezesseis anos. Em alguma parte reconhecida da cidade, os rapazes passeiam para cima e para baixo aos pares, observando as garotas, e as garotas passeiam para cima e para baixo aos pares, fingindo não reparar nos rapazes, e em breve algum tipo de contato é estabelecido e, em vez de em dois, eles começam a caminhar em quatro, todos os quatro totalmente mudos. A principal característica desses passeios – e era pior na segunda vez, quando você saía sozinho com a moça – era o medonho fracasso em constituir qualquer tipo de conversa. Elsie Waters, contudo, parecia diferente. A verdade era que eu estava crescendo.

Eu não quero contar minha história com Elsie Waters, ainda que haja alguma história para contar. É só que ela faz parte da figura, parte do "antes da guerra". Antes da guerra era sempre verão – uma fantasia, como já comentei antes, mas é assim que eu me lembro. A estrada branca e empoeirada se estendendo entre as castanheiras, o cheiro de flores perfumadas, os tanques verdes debaixo dos salgueiros, os respingos do Açude Burford – é o que eu vejo quando fecho os olhos e penso em "antes da guerra", e, mais para o fim, Elsie Waters é parte disso.

Eu não sei se Elsie seria considerada bonita hoje. Na época, era. Ela era alta para uma moça, quase da mesma altura que eu, com um cabelo pesado e de um dourado claro, que ela usava trançado e enrolado em torno da cabeça, e um rosto delicado e curiosamente gentil. Ela era uma dessas garotas que sempre ficam melhor de preto, especialmente os vestidos pretos bem simples que faziam as moças vestirem na mercearia – ela trabalhava na Lilywhite, um misto de mercearia e loja de tecidos, embora tivesse vindo originalmente de Londres. Suponho que ela fosse dois anos mais velha do que eu.

Sou grato a Elsie, porque ela foi a primeira pessoa a me ensinar a gostar de uma mulher. Não quero dizer mulheres em geral, digo uma única mulher. Eu a conheci no Círculo de Leitura e mal reparei nela, aí um dia fui para a Lilywhite no horário de trabalho, algo que normalmente não conseguiria fazer, mas ocorreu que ficamos sem musselina para fazer manteiga e o velho Grimmett me mandou buscar um pouco. Você conhece o clima de uma loja assim. É algo peculiarmente feminino. Há uma sensação abafada, uma luz reduzida, um cheiro frio de tecido e um leve zumbido das bolas de madeira contendo moedas rolando de um lado para o outro. Elsie estava encostada no balcão, cortando um pedaço de tecido com as tesouras grandes. Havia algo em seu vestido preto e na curva de seu seio contra o balcão – não sei descrever, algo curiosamente suave, curiosamente feminino. Assim que você a via, sabia que podia tomá-la em seus braços e fazer vezes lhe dava uma mãozinha quando estava em casa. Era egoísta demais para fazer isso regularmente. Ainda posso vê-lo atravessando o quintal lentamente, dobrado ao meio e quase escondido debaixo de um saco enorme, feito um caramujo debaixo de sua casca. O saco imenso, monstruoso, pesando uns setenta quilos, creio eu, pressionando seu pescoço e ombros quase até o chão, e o rosto ansioso de óculos olhando debaixo dele. Em 1911 ele se arrebentou e teve que passar semanas no hospital, contratando um gerente temporário para a loja, o que fez outro rombo em seu capital. Um lojista pequeno descendo a ladeira é algo terrível de se assistir, mas não é súbito e óbvio como o destino de um operário que leva um pé na bunda e prontamente se encontra desempregado. É apenas um desbastamento gradual dos negócios, com pequenos altos e baixos, alguns xelins perdidos aqui, alguns centavos ganhos ali. Alguém que comprava com você há anos de súbito o abandona e vai para a Sarazins. Outro compra uma dúzia de galinhas e lhe faz um pedido semanal de milho. Você ainda pode continuar. Você ainda é "seu próprio patrão", sempre um pouco mais preocupado e um pouco mais pobre, com seu capital encolhendo o tempo todo. Pode continuar assim por anos, por uma vida toda, se tiver sorte. Tio Ezequiel morreu em 1911, deixando 120 libras que devem ter feito muita diferença para o papai. Foi só em 1913 que ele precisou hipotecar seu seguro de vida. Isso eu não fiquei sabendo na época, ou não entendi o que significava. Do jeito que as coisas eram, eu não acho que fui além de perceber que papai "não estava indo bem", que o comércio estava "fraco", que eu teria que esperar um pouco mais antes de ter o dinheiro para "me estabelecer". Como o próprio papai, eu via a loja como algo permanente, e estava um tanto inclinado a ficar zangado com ele por não administrar melhor as coisas. Assim como ele e todos os outros, eu não fui capaz de enxergar que papai estava se arruinando lentamente, que seu negócio jamais se recuperaria e que, se ele vivesse até os setenta anos, certamente acabaria num asilo. Várias vezes passei pela loja Sarazins na praça do mercado e meramente pensei no quanto preferia sua vitrine sofisticada à loja empoeirada do papai, com o "Sr. Bowling" quase ilegível, os caracteres brancos lascados e os pacotes descorados de sementes para pássaros. Não me ocorreu que a Sarazins era uma solitária que o devorava vivo. Às vezes eu repetia para ele algumas das coisas que eu vinha lendo em meus livros do curso por correspondência, sobre vendas e métodos modernos. Ele nunca prestava muita atenção. Ele herdara um negócio já estabelecido, ele sempre trabalhou duro, praticava um comércio justo e fornecia mercadorias boas, e as coisas iam melhorar em breve. É um fato que pouquíssimos lojistas daquela época terminavam realmente no asilo. Com um pouco de sorte, você morria com algumas libras ainda em seu nome. Era uma corrida entre a morte e a falência e, graças a Deus, a morte levou o papai primeiro, e a mamãe também.

Isso era o mais próximo que ele chegava de ajudar. Papai e mamãe diziam, desesperançados, que "não sabiam o que fazer com ele", e Joe estava custando caro pra diabo com suas bebedeiras e os intermináveis cigarros. Uma noite, já tarde, ele saiu da casa e nunca mais se ouviu falar dele. Tinha arrombado a caixa registradora e tirado todo o dinheiro que havia lá dentro; por sorte, não muito, cerca de oito libras. Aquilo bastava para lhe conseguir uma passagem de terceira classe para a América. Ele sempre quis ir para a América, e eu acho que provavelmente foi o que fez, embora nunca tenhamos sabido com certeza. Foi um certo escândalo na cidade. A teoria oficial foi que Joe tinha fugido porque engravidou uma moça. Havia uma chamada Sally Chivers que morava na mesma rua dos Simmons e que ia ter bebê, e Joe certamente tinha estado com ela, mas o mesmo podia ser dito de mais uma dúzia de rapazes, e ninguém sabia de quem era o bebê. Mamãe e papai aceitaram a teoria do bebê e, até mesmo, em particular, usaram isso para desculpar seu "pobre menino" por roubar as oito libras e fugir. Eles não conseguiam compreender que Joe tinha dado no pé porque não suportava uma vida decente e respeitável numa cidadezinha do interior e queria uma vida de vagabundagem, brigas e mulheres. Nunca mais tivemos notícias dele. Talvez ele tenha ido pro vinagre de vez, talvez tenha sido morto na guerra, talvez simplesmente não tenha se dado ao trabalho de escrever. Por sorte o bebê nasceu morto, então não houve complicações. Quanto ao fato de Joe ter roubado as oito libras, mamãe e papai conseguiram manter isso em segredo até morrerem. Aos seus olhos, isso era uma desgraça muito pior do que o bebê de Sally Chivers.

Os problemas com Joe envelheceram muito o papai. Perder Joe foi meramente reduzir os danos, mas aquilo o magoou e o deixou envergonhado. Daquela época em diante, seu bigode ficou muito mais grisalho e ele pareceu ter encolhido bastante. Talvez minha lembrança dele como um homenzinho grisalho, com um rosto redondo, vincado e ansioso e óculos empoeirados venha realmente dessa época. Aos pouquinhos, ele foi se envolvendo cada vez mais em preocupações financeiras e ficando cada vez menos interessado em outras coisas. Ele falava menos sobre política e os jornais de domingo, e mais sobre como o comércio andava ruim. Mamãe também parecia ter encolhido um pouco. Na minha infância, eu a conhecera como algo vasto e transbordante, com seu cabelo amarelo e seu rosto sorridente e seu peito enorme, algo como uma criatura grande e opulenta como a figura de proa de um navio de guerra. Agora ela tinha ficado menor e mais ansiosa e velha do que seus anos. Ela era menos altiva na cozinha, comprava mais pescoço de carneiro, preocupava-se com o preço do carvão e começou a usar margarina, algo que nos velhos tempos ela jamais teria permitido que entrasse em casa. Depois que Joe se foi, papai teve que contratar um menino de recados outra vez, mas a partir dali ele empregava meninos muito jovens, que mantinha apenas por um ou dois anos e que não conseguiam levantar muito peso. Eu às usava botas de abotoar e colarinhos com oito centímetros de altura. Na igreja, aos domingos, em meu terno cinza-escuro garboso, com meu chapéu coco e as luvas pretas de couro de cachorro no banco ao meu lado, eu parecia o cavalheiro perfeito, de modo que mamãe mal podia conter seu orgulho por mim. Entre o trabalho e as "saídas" nas quintas, e pensar em roupas e garotas, eu tinha ímpetos de ambição e me via transformando-me em um Grande Empresário como Lever ou William Whiteley. Entre os dezesseis e os dezoito, eu fiz sérios esforços para "aprimorar minha mente" e me treinar para uma carreira na administração. Eu me curei do costume de engolir algumas letras e me livrei da maior parte do meu sotaque (no Vale do Tâmisa, os sotaques do interior estavam desaparecendo. À exceção dos peões de fazenda, quase todo mundo que nasceu depois de 1890 tinha o sotaque do leste de Londres). Fiz um curso por correspondência junto à Academia Comercial de Littleburns, aprendi contabilidade e inglês comercial, li solenemente até o fim um livro de um blablablá pavoroso chamado *A Arte das Vendas*, e melhorei minha aritmética e até minha caligrafia. Quando eu contava dezessete anos, ficava até tarde da noite com a língua pendurada para fora da boca, praticando a caligrafia burilada à luz da pequena lamparina a óleo na mesa do quarto. Às vezes eu lia exageradamente, em geral histórias de crime e aventura, e às vezes livros com as capas encobertas, que eram discretamente circulados entre os rapazes na loja e descritos como "quentes" (eram traduções de Maupassant e Paul de Kock). Quando eu estava com dezoito, porém, subitamente fiquei culto, fiz um cartão na Biblioteca Municipal e comecei a devorar vorazmente livros de Marie Corelli, Hall Caine e Anthony Hope. Foi por volta dessa época que me juntei ao Círculo de Leitura de Binfield de Baixo, que era administrado pelo vigário e se reunia uma vez por semana durante todo o inverno para o que chamavam de "discussão literária". Sob a pressão do vigário, eu li trechos de *Sesame and Lilies* e até tentei Browning.

E o tempo passava. 1910, 1911, 1912. E os negócios do papai afundavam – não se esvaindo de súbito pelo ralo, mas afundando aos poucos. Nem papai nem mamãe voltaram a ser os mesmos depois que Joe fugiu de casa. Isso aconteceu não muito depois de eu começar a trabalhar na loja do Grimmett.

Joe, aos dezoito, tinha se tornado um malandro horrível. Ele era um camarada robusto, muito maior do que o resto da família, com ombros tremendos, uma cabeçorra e um rosto meio emburrado, sombrio, no qual já exibia um bigode respeitável. Quando não estava no bar do George, estava vagabundeando na porta da loja, com as mãos enfiadas no fundo dos bolsos, olhando feio para quem passava – exceto quando o transeunte era uma garota –, como se quisesse derrubar todo mundo. Se alguém entrasse na loja, ele se afastava apenas o suficiente para que a pessoa passasse e, sem tirar as mãos do bolso, gritava por cima do ombro:

— Pa-aai! Balcão!

facas, varrer o chão, espanar ovos sem quebrá-los, fazer um artigo de qualidade inferior passar por outro de qualidade superior, limpar uma janela, medir meio quilo de queijo a olho, abrir um caixote, bater uma placa de manteiga até ela tomar forma, e – o que era bem mais difícil – me lembrar onde os produtos eram mantidos. Eu não tenho memórias tão detalhadas do armazém quanto tenho das pescarias, mas me lembro de muita coisa. Até hoje eu sei qual é o truque para cortar um pedaço de barbante com os dedos. Se você me colocar na frente de uma fatiadora de bacon, eu me viro melhor com ela do que com uma máquina de escrever. Eu poderia lhe contar detalhes bem técnicos sobre os tipos de chá chineses, do que a margarina é feita, o peso médio dos ovos e o preço do milhar dos sacos de papel.

Bem, por mais de cinco anos, este fui eu – um sujeito jovem e alerta com um rosto redondo, rosado e arrebitado, com cabelos cor de manteiga (não mais cortados curtos, mas cuidadosamente emplastrados de pomada e puxados para trás no que as pessoas chamavam de estilo desencrespado), correndo atrás do balcão em um avental branco com um lápis atrás da orelha, amarrando sacos de café ligeiro como um raio e conduzindo o cliente adiante com um "Sim, senhora! Claro, senhora! E PRÓXIMA, senhora!", em uma voz com apenas um restinho de sotaque do leste de Londres. O velho Grimmett nos fazia trabalhar bastante; os dias de trabalho tinham onze horas, menos nas quintas e nos domingos, e a semana de Natal era um pesadelo. Entretanto, é uma boa época para recordar. Não pense que eu não tinha ambições. Eu sabia que não continuaria como assistente de mercearia para sempre; estava meramente "aprendendo a profissão". Em algum momento, de um jeito ou de outro, haveria o suficiente para eu "me estabelecer" por conta própria. Era assim que as pessoas pensavam naqueles dias. Isso foi antes da guerra, lembre-se, e antes das recessões e do desemprego. O mundo era grande o bastante para todo mundo. Qualquer um podia "estabelecer um negócio", sempre havia espaço para mais uma loja. E o tempo escorregava adiante. 1909, 1910, 1911. O rei Edward morreu, e os jornais saíram com uma faixa preta em suas bordas. Dois cinemas abriram em Walton. Os carros ficaram mais comuns nas estradas e os ônibus motorizados nacionais começaram a rodar. Um avião – uma coisa frágil, de aparência meio bamba com um camarada sentado no meio em algo como uma poltrona – sobrevoou Binfield de Baixo, e a cidade toda correu para fora de casa para gritar para ele. As pessoas começaram a dizer vagamente que esse Imperador Alemão aí estava ficando metido demais e que "o negócio" (ou seja, a guerra com a Alemanha) já "estava demorando". Meus salários foram aumentando aos poucos até que, finalmente, pouco antes da guerra, chegou a vinte e oito xelins por semana. Eu pagava à mamãe dez xelins por semana pela moradia e, mais tarde, quando as coisas pioraram, quinze xelins, e mesmo isso ainda me deixou me sentindo mais rico do que me sentira até então. Cresci mais dois centímetros e meio, meu bigode começou a brotar, e repetindo sem parar – deixando cair um r aqui e ali, como fazia quando ficava com raiva: "Bom, você qué, mas não pode. Mete isso na sua cabeça – querê não é podê". Então eu não ganhei meu fraque, mas fui trabalhar pela primeira vez em um terno comprado pronto e um colarinho amplo que me deixaram com cara de palhaço supercrescido. Qualquer angústia que eu sentisse com o negócio todo realmente derivava daí. Joe era ainda mais egoísta a respeito. Ele ficou furioso por ter que deixar a bicicletaria, e pelo curto período em que permaneceu em casa, ele meramente flanou por ali, transformando-se em um incômodo e não ajudando papai em nada.

Trabalhei na mercearia do velho Grimmett por quase seis anos. Grimmett era um velho camarada bacana, íntegro, de bigodes brancos, feito uma versão mais robusta do tio Ezequiel e, assim como o tio Ezequiel, era um bom liberal. Entretanto, era menos instigador e mais respeitado na cidade. Ele havia aprendido a se calar durante a guerra dos bôeres, era um inimigo amargo dos sindicatos e, certa vez, demitira um assistente por ele ter uma fotografia de Keir Hardie, e frequentava a "capela" – de fato, fazia muito barulho, literalmente, na Capela Batista, conhecida localmente como Aba de Lata –, enquanto a minha família frequentava a "igreja" e o tio Ezequiel era um infiel, ainda por cima. O velho Grimmett era conselheiro municipal e um oficial no Partido Liberal local. Com seus bigodes brancos, sua conversa enviesada sobre liberdade de consciência e o Grande Velho, sua excepcional conta bancária e as orações improvisadas que às vezes você podia ouvi-lo soltando quando passava pela Aba de Lata, ele era um pouco como o mercador inconformista lendário da história – você já ouviu essa história, espero eu:

— James!

— Sim, senhor?

— Você já misturou o açúcar com areia?

— Já, sim, senhor!

— Já misturou água no melaço?

— Já, sim, senhor!

— Então venha rezar.

Deus sabe a frequência com que ouvi essa história cochichada na loja. Nós começávamos mesmo o dia com uma oração, antes de levantarmos as portas. Não que o velho Grimmett misturasse o açúcar com areia. Ele sabia que isso não compensava. Mas era um negociante astuto, fazia todo o comércio de alta classe de Binfield de Baixo e das redondezas, e tinha três assistentes na loja além do menino de recados, o carroceiro e sua própria filha (ele era viúvo), que atuava como caixa. Eu fui o menino de recados por meus primeiros seis meses. Aí um dos assistentes saiu para "se estabelecer" em Reading, e eu passei para a loja e vesti meu primeiro avental branco. Aprendi a amarrar um embrulho, embalar um pacote de groselhas, moer café, usar a fatiadora de bacon, cortar presunto, afiar de amanhã. A loja estava com dificuldades e papai estava preocupado – isso era o máximo que ela conseguia enxergar. Nenhum de nós tinha qualquer noção do que estava acontecendo. Papai havia tido um ano ruim e perdido dinheiro, mas será que ele realmente temia pelo futuro? Acho que não. Isso foi em 1909, lembre-se. Ele não sabia o que estava lhe acontecendo, não era capaz de prever que esse pessoal da Sarazin sistematicamente o superaria em vendas, o arruinaria e o devoraria. Como ele poderia prever? As coisas não aconteciam desse jeito quando ele era jovem. Tudo o que ele sabia era que o momento era ruim, o comércio estava "fraco", muito "parado" (ele ficava repetindo essas expressões), mas que as coisas provavelmente "melhorariam em breve".

Seria bacana se eu pudesse te dizer que fui de grande ajuda ao meu pai em seu momento de dificuldade, subitamente provando que era um homem e desenvolvendo qualidades as quais ninguém suspeitaria existirem em mim – e assim por diante, e tal e coisa, como as coisas que a gente lia nos livros animadores de trinta anos atrás. Ou, alternativamente, eu gostaria de ser capaz de registrar que me ressenti amargamente de ter que sair da escola, minha mente jovem e ávida, ansiosa por conhecimento e refinamento, retraindo-se ante o trabalho desalmado e mecânico no qual eles me enfiaram – e assim por diante, como as coisas que se lê nos livros inspiradores hoje em dia. As duas versões seriam uma bobagem total. A verdade é que eu fiquei contente e empolgado ante a ideia de ir trabalhar, especialmente quando entendi que o velho Grimmett me pagaria um salário de verdade, doze xelins por semana, dos quais eu poderia ficar com quatro para mim. A carpa grande na Casa Binfield, que preenchera minha mente nos três dias anteriores, desapareceu dela no mesmo instante. Geralmente, acontecia do mesmo jeito com os meninos na nossa escola. Um menino sempre "iria" para a Reading University, ou estudaria para ser engenheiro, ou "estudaria administração" em Londres, ou fugiria para o mar – e então, subitamente, com dois dias de aviso prévio, ele desaparecia da escola, e uma quinzena depois você o encontrava de bicicleta, entregando vegetais. Cinco minutos depois do papai me contar que eu teria que deixar a escola, eu já me perguntava sobre o novo terno que eu deveria vestir para ir trabalhar. No mesmo instante, comecei a exigir um "terno de adulto", com um casaco de um tipo que estava na moda na época, um fraque, acho que era o nome do modelo. Claro que tanto mamãe quanto papai ficaram escandalizados e disseram que "nunca tinham ouvido falar de algo assim". Por algum motivo que eu nunca compreendi de todo, os pais daquela época sempre tentavam evitar que os filhos usassem roupas de adultos pelo máximo de tempo que conseguiam. Em toda família havia uma luta constante antes que um menino recebesse seus primeiros colarinhos altos ou uma menina pudesse prender o cabelo.

Então a conversa se desviou dos problemas nos negócios do papai e degenerou em uma discussão longa e irritante, com papai ficando gradualmente mais nervoso coisa, como carregar sacos de grãos para o celeiro ou do celeiro para a loja, eu me desviava do dever sempre que possível. Os meninos na nossa classe não eram tão bebezões quanto os meninos da escola pública; sabiam que trabalho é trabalho e seis centavos são seis centavos, mas parecia natural para um menino considerar os negócios de seu pai como uma chateação. Até aquela época, varas de pescar, bicicletas, limonada gasosa e coisas assim me pareciam muito mais reais do que qualquer coisa que acontecesse no mundo adulto.

Papai já tinha conversado com o velho Grimmett, o dono da mercearia, que queria um rapaz esperto e estava disposto a me colocar na loja imediatamente. Enquanto isso, papai estava tentando se livrar do garoto de recados, e Joe deveria voltar para casa e ajudar na loja até arranjar um emprego regular. Joe tinha saído da escola já há algum tempo e vinha mais ou menos vagabundando desde então. Papai às vezes falava de "colocar ele" no departamento de contabilidade na cervejaria e, antes disso, tinha até pensado em fazer dele um leiloeiro. Não havia esperança alguma para nenhuma das duas funções, porque Joe, aos dezessete, tinha uma letra de lavrador e não conseguia repetir a tabuada. Naquele momento, era para ele estar "aprendendo a profissão" na bicicletaria grande que ficava na periferia de Walton. Mexer com bicicletas era conveniente para ele que, como a maior parte dos imbecis, levava jeito para a mecânica, mas ele era incapaz de trabalhar constantemente e passava o tempo todo vagabundando em seu macacão cheio de graxa, fumando Woodbines, metendo-se em brigas, bebendo (ele já tinha começado com isso), sendo assunto entre várias moças e pedindo dinheiro ao papai. Papai estava preocupado, perplexo e vagamente ressentido. Ainda posso vê-lo com a poeira de farinha na careca e o pouco de cabelo grisalho acima das orelhas, seus óculos e o bigode grisalho. Ele não conseguia entender o que estava lhe acontecendo. Durante anos seus lucros haviam crescido de maneira lenta e estável, dez libras esse ano, vinte libras no ano seguinte, e agora, subitamente, eles tinham caído perceptivelmente. Ele não conseguia entender. Tinha herdado o negócio de seu pai, praticava um comércio honesto, trabalhava duro, vendia mercadorias boas, não enganava ninguém – e seus lucros estavam caindo. Ele disse várias vezes, entre os intervalos para sugar o dente para tirar a migalha de lá, que o momento estava bem ruim, o comércio parecia bem fraco, ele não conseguia imaginar o que tinha dado nas pessoas, não era como se os cavalos não precisassem mais comer. Talvez fossem esses motores aí, decidiu ele, finalmente. "Esses negócios fedidos, nojentos!", comentou mamãe. Ela estava um pouco preocupada, e sabia que deveria estar ainda mais. Uma ou duas vezes, enquanto o papai falava, havia uma expressão distante nos olhos dela e eu podia ver seus lábios se movendo. Ela estava tentando resolver se amanhã deveria servir carne com cenouras ou outro pernil de cordeiro. Tirando as ocasiões em que havia algo em sua própria área que precisava de alguma previdência, como comprar lençóis ou panelas, ela não era de fato capaz de pensar para além das refeições

Mamãe, atrás da imensa chaleira marrom, dobrou as mãos no colo e pareceu solene. Papai prosseguiu, falando muito seriamente, mas estragando um tanto o efeito ao tentar lidar com uma migalha que tinha se alojado no que lhe restava de dentes no fundo da boca:

— George, meu menino, eu tenho um negóço pra te dizer. Andei pensando, e tá na hora de você sair da escola. Penso que você vai ter que trabalhar agora e começar a ganhar um pouquinho pra trazer pra casa pra sua mãe. Escrevi pro Sr. Wicksey ontem à noite e falei pra ele que eu tinha que te tirar de lá.

É claro que isso estava bem de acordo com o precedente – ele escrever para o Sr. Wicksey antes de me contar, digo. Naquela época, geralmente, os pais combinavam tudo sem o conhecimento dos filhos.

Papai continuou, dando algumas explicações resmungadas e preocupadas. Ele andava "numa maré ruim ultimamente", as coisas "estavam um tanto difíceis", e o resultado era que Joe e eu teríamos que começar a ganhar a vida. Naquele tempo, eu não sabia ou não ligava muito se os negócios andavam mesmo mal ou não. Eu nem tinha instinto comercial suficiente para ver o motivo pelo qual as coisas andavam "difíceis". O fato era que papai estava sofrendo com a concorrência. Sarazins, o grande varejista de sementes que tinha filiais por todos os condados, tinha estendido um tentáculo em Binfield de Baixo. Seis meses antes, eles alugaram uma banca na feirinha e a enfeitaram, com tinta verde vivo, letreiro dourado, ferramentas de jardinagem pintadas em vermelho e verde, propagandas imensas de ervilhas-de-cheiro, e aquilo golpeava seu olhar a mais de cem metros de distância. A Sarazins, além de vender sementes de flores, descrevia a si mesma como "fornecedora universal de materiais para criação de aves e gado", e tirando trigo e aveia e coisas assim, eles se ocupavam de misturas patenteadas para aves, sementes para pássaros vendidas em pacotes chiques, biscoitos para cães de todos os formatos e cores, remédios, unguentos e pós condicionadores, e ramificavam para coisas como ratoeiras, correntes para cachorro, incubadoras, ovos higienizados, ninhos de pássaros, bulbos, veneno para ervas daninhas, inseticida e até, em algumas filiais, o que eles chamavam de "departamento de animais", ou seja, coelhos e pintinhos com um dia de vida. Papai, com sua lojinha velha empoeirada e sua recusa em trabalhar com novas linhas, não podia nem queria competir com esse tipo de coisa. Os comerciantes com suas carroças puxadas a cavalo e os fazendeiros que lidavam com os varejistas de sementes evitaram a Sarazins, mas em seis meses eles tinham reunido a pequena nobreza da vizinhança, que naqueles dias tinha carruagens ou carrocinhas e, portanto, cavalos. Isso significou uma grande perda nas vendas para o papai e o outro comerciante de milho, Winkle. Eu não compreendi nada disso na época. Tinha uma atitude de menino em relação àquilo tudo. Eu nunca tivera nenhum interesse nos negócios. Nunca, ou quase nunca, atendi na loja, e quando ocasionalmente acontecia de papai pedir para que eu resolvesse algo ou desse uma mãozinha com alguma quente o bastante apenas para ficar deitado quieto. Estou deitado de barriga para baixo com o *Chums* aberto na minha frente. Um rato sobe pela lateral de um saco como um brinquedo de corda e então, de súbito, para e me observa com seus olhinhos feito contas pretas minúsculas. Tenho doze anos, mas sou Donovan, o destemido. Três mil quilômetros acima do rio Amazonas eu acabei de montar minha tenda, e as raízes da orquídea misteriosa que desabrocha apenas uma vez a cada cem anos estão a salvo na latinha debaixo da minha cama de campanha. Nas florestas ao meu redor, os índios Hopi-Hopi, que pintam os dentes de escarlate e esfolam homens brancos vivos, batem seus tambores de guerra. Estou observando o rato e o rato está me observando, e eu posso sentir o cheiro da poeira e do sanfeno e o cheiro frio do gesso, e estou no Amazonas, e é êxtase, puro êxtase.

CAPÍTULO 7

Isso é tudo, mesmo.

Eu tentei te contar algo sobre o mundo antes da guerra, o mundo do qual tive uma pequena lembrança quando vi o nome do Rei Zog no cartaz, e é bem provável que eu não tenha te contado nada. Ou você se lembra de antes da guerra e não precisa que lhe contem a respeito, ou você não se lembra e não adianta contar. Até o momento, eu só falei das coisas que me aconteceram antes de eu fazer dezesseis anos. Até aquele momento, as coisas tinham ido muito bem com a família. Foi pouco antes do meu aniversário de dezesseis anos que eu comecei a ter vislumbres do que as pessoas chamam de "vida real", querendo dizer aborrecimentos.

Cerca de três dias depois de eu ter visto a grande carpa na Casa Binfield, papai veio tomar o chá parecendo muito preocupado e ainda mais cinzento e farinhento do que de hábito. Ele comeu e tomou seu chá solenemente e não falou muito. Naqueles dias, ele estava com um jeito muito preocupado de comer, e seu bigode subia e descia com um movimento lateral, porque não lhe restavam muitos dentes do fundo. Eu estava levantando da mesa quando ele me chamou de volta.

— Espera um minuto, George, meu menino. Eu tenho um negóço pra te dizer. Senta um minutin. Mãe, você ouviu o que eu tenho pra dizer ontem à noite.

por ter sido assim. Eu lia as coisas que queria, e tirava mais coisas delas do que jamais tirei do que me ensinavam na escola.

Os livrinhos baratos de terror já estavam desaparecendo quando eu era pequeno e mal consigo me lembrar deles, mas havia uma linha regular de jornais semanais para meninos, alguns dos quais ainda existem. As histórias do Buffalo Bill foram descontinuadas, acho, e Nat Gould provavelmente não é mais lido, mas Nick Carter e Sexton Blake parecem ainda estar iguais. O Gem e o Magnet, se estou me lembrando corretamente, começaram por volta de 1905. O B.O.P. ainda estava muito em voga naquela época, mas o *Chums*, que, acho eu, deve ter começado por volta de 1903, era esplêndido. E aí havia uma enciclopédia – não me lembro do nome exato dela – que saía em fascículos por centavo. Nunca parecia valer a pena comprar, mas um menino na escola às vezes dava números atrasados dela. Se agora eu sei a extensão do Mississippi ou a diferença entre um polvo e um choco ou a composição exata do bronze, foi lá que eu aprendi.

Joe nunca lia. Ele era um desses meninos que podem passar por anos de escola e, no final, são incapazes de ler dez linhas consecutivas. A visão de letras impressas o deixava enjoado. Eu já o vi pegar um dos meus exemplares de *Chums*, ler um ou dois parágrafos e então desviar a cara com o mesmo movimento de nojo de um cavalo que fareja feno velho. Ele tentou tirar meu costume de ler, mas mamãe e papai, que já haviam decidido que eu era "o filho inteligente", me apoiaram. Eles ficavam bem orgulhosos por eu demonstrar o gosto pelo "aprendizado dos livros", como eles chamavam. Mas era típico de ambos que eles ficassem vagamente chateados pela minha leitura de coisas como *Chums* e o *Union Jack*, pensando que eu deveria ler algo "edificante", mas sem conhecer o bastante sobre livros para ter certeza de quais livros eram "edificantes". Finalmente, mamãe botou as mãos em um exemplar usado do *Livro dos Mártires*, de Foxe, que eu não li, embora as ilustrações não fossem de todo más.

Por todo o inverno de 1905 eu gastei um centavo toda semana com o *Chums*. Estava acompanhando a série *Donovan, o Destemido*. Donovan, o destemido era um explorador contratado por um milionário americano para ir buscar coisas incríveis de vários cantos do mundo. Às vezes eram diamantes do tamanho de bolas de golfe nas crateras dos vulcões da África, às vezes eram presas petrificadas de mamutes nas florestas congeladas da Sibéria, às vezes eram tesouros incas enterrados nas cidades perdidas do Peru. Donovan partia numa nova jornada toda semana, e sempre se dava bem. Meu lugar favorito para ler era o celeiro atrás do quintal. Exceto pelas vezes em que o papai estava pegando sacos novos de grãos, era o lugar mais quieto da casa. Havia pilhas imensas de sacos nas quais deitar e um cheiro meio que de gesso, misturado com o odor de sanfeno, e montes de teias de aranha por todo lado, e bem em cima do lugar em que eu costumava me deitar havia um buraco no telhado e uma ripa se esticando para fora do gesso. Eu posso lembrar da sensação mesmo agora. Um dia de inverno,

E, subitamente, eles estavam ambos dançando em torno de mim, chacoalhando os baldes de areia e cantando:

— "Papá é nenê! Papá é nenê!" Bastardinhos desnaturados!

CAPÍTULO 6

E, além da pesca, havia a leitura.

Eu exagerei se passei a impressão de que pescar era a ÚNICA coisa com que eu me importava. Pescar certamente vinha em primeiro lugar, mas ler era um segundo bem colocado. Eu devia ter dez ou onze anos quando comecei a ler – voluntariamente, digo. Naquela idade, foi como descobrir um novo mundo. Sou um leitor considerável mesmo agora; de fato, não há muitas semanas em que eu não termine pelo menos dois livros. Sou o que se poderia chamar do típico assinante da Biblioteca Boots; eu sempre me rendo ao mais vendido do momento (*The Good Companions, Bengal Lancer, Hatter's Castle* – eu me rendi a todos eles), e sou membro do Left Book Club há um ano ou mais. Em 1918, quando tinha vinte e cinco anos, eu me esbaldei numa orgia de leitura que fez certa diferença na minha perspectiva. Mas nada nunca é como aqueles primeiros anos em que você subitamente descobre que pode abrir um jornal semanal de um centavo e mergulhar diretamente nas cozinhas dos bandidos e nos antros de ópio chineses e nas ilhas polinésias e nas florestas do Brasil.

Foi a partir dos meus onze anos até os dezesseis que eu mais me diverti com a leitura. No começo, eram sempre os semanais para os meninos, aqueles de um centavo – jornalecos fininhos com uma impressão horrenda e uma ilustração em três cores na capa – e pouco depois foram os livros. Sherlock Holmes, Dr. Nikola, O Pirata de Ferro, Drácula, Raffles. E Nat Gould e Ranger Gull e um camarada cujo nome eu esqueci, mas que escrevia histórias de boxe quase tão depressa quanto Nat Gould escrevia as de corrida. Suponho que, se meus pais fossem um pouco mais instruídos, eu teria livros "bons" socados pela minha goela abaixo, Dickens e Thackeray e coisas assim; na verdade eles nos conduziram por Quentin Durward na escola, e o tio Ezequiel às vezes tentava me incitar a ler Ruskin e Carlyle. Mas praticamente não existiam livros na nossa casa. Papai nunca havia lido um livro em sua vida, tirando a Bíblia e o *Autoajuda* do Smiles, e eu só fui ler um livro "bom" por conta própria muito depois. E não me arrependo

Brighton. Há uma leve variação, dependendo se temos dinheiro ou não naquele ano. Com uma mulher como Hilda, a principal característica de um descanso é a aritmética mental infinita para decidir em quanto o dono da pensão está te enganando. Isso e dizer para as crianças que não, elas não podem comprar um balde de praia novo. Poucos anos atrás estávamos em Bournemouth. Numa bela tarde, nós perambulamos pelo píer, que deve ter uns setecentos metros de extensão, e pelo caminho todo havia camaradas pescando com varas curtas com sininhos na ponta e suas linhas se estendendo mais de quarenta metros mar adentro. É uma pescaria meio chata, e eles não estavam pegando nada. Ainda assim, estavam pescando. As crianças logo se entediaram e clamaram para voltar à praia, e Hilda viu um sujeito prendendo uma minhoca em seu anzol e disse que aquilo a havia deixado enjoada, mas eu continuei vagando para cima e para baixo por mais um tempinho. E, de súbito, um sino tocou tremendamente e um sujeito começou a puxar sua linha. Todo mundo parou para assistir. De fato, ali vinha a linha molhada e a chumbada e, na ponta, um grande peixe de forma achatada (um linguado, acho), pendurado e se agitando. O sujeito o soltou nas tábuas do píer e ele pulou de um lado para o outro, todo molhado e reluzente, com suas costas cinzas e verruguentas, sua barriga branca e o cheiro salgado e fresco do mar. E algo meio que se moveu dentro de mim.

Quando nos afastamos, falei casualmente, só para testar a reação de Hilda:

— Estava pensando em pescar um pouco enquanto estamos aqui.

— O quê! VOCÊ, pescar, George? Mas você nem sabe como, ou sabe?

— Ah, eu era um ótimo pescador – eu lhe contei.

Ela ficou vagamente contra, como sempre, mas não tinha muitas ideias a favor nem contra, exceto que, se eu fosse pescar, ela não iria comigo para assistir enquanto eu colocava aquelas coisinhas moles e nojentas no anzol. E então, subitamente, ela se deu conta que, se eu fosse pescar, as tralhas de que eu precisaria, vara, molinete e daí por diante, tudo isso custaria em torno de uma libra. Só a vara sairia por mais ou menos dez xelins. No mesmo instante, ela ficou furiosa. Você não viu a velha Hilda quando surge uma conversa de desperdiçar dez xelins. Ela explodiu comigo:

— A IDEIA de gastar todo esse dinheiro numa coisa assim! Absurdo! E como eles OUSAM cobrar dez xelins por uma dessas varinhas de pesca? É uma desgraça! E que bonito, o senhor indo pescar na sua idade! Um homenzarrão adulto feito você. Não seja um BEBEZÃO, George.

E aí as crianças começaram. Lorna achegou-se a mim e perguntou, daquele jeito bobo e animado que ela tem:

— Você é um bebezão, papai ?

E o pequeno Billy, que na época não falava direito ainda, anunciou ao mundo em geral:

— Papá é nenê!

finalmente encontramos um camarada que tinha um carretel de fio de costura. Ele não queria abrir mão da linha, e nós tivemos que entregar um maço inteiro de cigarros pelo carretel. A linha era fina demais, mas Nobby a cortou em três pedaços, amarrou-os num prego na parede, e cuidadosamente trançou os três fios. Enquanto isso, depois de vasculhar o vilarejo, consegui encontrar uma rolha e a cortei pela metade, passando um fósforo por ela para fazer uma boia. A essa altura, já era noite e escurecia.

Agora tínhamos as tralhas básicas, mas um pouco de tripa ia bem. Não parecia haver muita chance de conseguir nada até lembrarmos do atendente do hospital. Tripa cirúrgica não fazia parte do equipamento dele, mas era possível que ele tivesse um pouco. E, realmente, quando lhe perguntamos, descobrimos que ele tinha uma meada de tripa para sutura em sua mochila. Tinha chamado sua atenção em algum hospital e ele passou-lhe a mão. Trocamos outro maço de cigarros por dez medidas de tripa. O negócio estava estragado e frágil, em pedaços de uns quinze centímetros de comprimento. Depois que escureceu, Nobby as deixou de molho até que ficassem maleáveis e as amarrou, formando um pedaço só. Então agora tínhamos tudo – anzol, vara, linha, boia e tripa. Podíamos desenterrar minhocas em qualquer canto. E o laguinho estava lotado de peixes! Percas enormes, imensas, listradas, implorando para serem pescadas! Nos deitamos para dormir numa febre tal que nem tiramos nossas botas. Amanhã! Se pudéssemos apenas ter amanhã! Se a guerra se esquecesse de nós por apenas um dia! Nós decidimos que, assim que a chamada terminasse, daríamos o cano no serviço e ficaríamos longe o dia inteiro, mesmo que nos dessem o Castigo de Campo Número 1 por isso quando voltássemos.

Bom, imagino que você possa adivinhar o resto. Na hora da chamada, as ordens foram para guardar todos os kits e estar prontos para marchar dali a vinte minutos. Marchamos uns quinze quilômetros por aquela estrada e então embarcamos em caminhões e partimos para outra parte da linha de frente. Quanto ao laguinho sob os álamos, eu nunca vi nem ouvi falar dele outra vez. Imagino que tenha sido envenenado por gás mostarda posteriormente.

Desde então, eu nunca mais pesquei. Parecia nunca ter a chance. Houve o resto da guerra, depois, como todo mundo, eu estava lutando por um emprego, aí arrumei um emprego e o emprego me arrumou. Eu era um jovem camarada promissor em uma agência de seguros – um daqueles jovens homens de negócios perspicazes com maxilares firmes e boas perspectivas sobre os quais você lê nas propagandas do Clark's College – e então virei o oprimido usual, ganhando de cinco a dez libras por semana em uma casa geminada nos subúrbios perto do centro. Essas pessoas não vão pescar, não mais do que um corretor da bolsa sai para colher prímulas. Não seria adequado. Outras recreações são concedidas a eles.

É claro que eu tenho minha quinzena de férias todo verão. Você conhece esse tipo de férias. Margate, Yarmouth, Eastbourne, Hastings, Bournemouth, percas, longe da Companhia, longe do barulho e do fedor e dos uniformes e dos oficiais e das continências e da voz do sargento! Pescar era o oposto da guerra. Mas não era nem um pouco certo que fôssemos conseguir. Esse era o pensamento que nos colocou em algo como uma febre. Se o sargento descobrisse, ele nos impediria, tão certo como o destino, assim como o faria qualquer um dos oficiais, e o pior de tudo era que não havia como saber por quanto tempo ficaríamos no vilarejo. Poderíamos ficar ali por uma semana, poderíamos sair marchando em duas horas. Enquanto isso, não tínhamos nenhuma tralha de pesca, de nenhum tipo, nem mesmo um alfinete ou um pedaço de barbante. Tínhamos que começar do zero. E o laguinho estava lotado de peixe! A primeira coisa era uma vara. Um galho de salgueiro é o melhor, mas é claro que não havia um salgueiro em lugar algum daquele lado do horizonte. Nobby subiu num dos álamos e cortou um galhinho, o que não era lá muito bom, mas era melhor do que nada. Ele o aparou com seu canivete até que lembrasse algo como uma vara de pescar, então nos escondemos nas ervas daninhas perto da margem e conseguimos nos esgueirar de volta para o vilarejo sem sermos vistos.

A próxima coisa era uma agulha para fazer um anzol. Ninguém tinha uma agulha. Um camarada tinha algumas agulhas de costura, mas elas eram grossas demais e tinham a ponta rombuda. Não ousamos contar para ninguém para o que queríamos uma agulha, com medo que o sargento ficasse sabendo. Finalmente, pensamos nas prostitutas no fim da vila. Elas com certeza teriam uma agulha. Quando chegamos lá – você tinha que dar a volta para a porta dos fundos atravessando um pátio imundo –, a casa estava trancada e as prostitutas estavam tirando uma soneca, sem dúvida merecida. Nós batemos os pés no chão, gritamos e batemos na porta até que, depois de uns dez minutos, uma gorda feia embrulhada numa capa desceu e gritou conosco em francês. Nobby gritou para ela:

— Agulha! Agulha! Você tem uma agulha?

É claro que ela não sabia do que ele estava falando. Então Nobby tentou um inglês simplificado, que ele esperava que ela, como estrangeira, fosse entender:

— Quéééé-rooo aguuuuulhaaa! Costuuuuura roupaaa! Assiiiiim!

Ele gesticulou, supostamente imitando o ato de costurar. A prostituta entendeu errado o que ele queria dizer e abriu a porta um pouco mais para nos deixar entrar. Finalmente nós a fizemos compreender e conseguimos uma agulha com ela. A essa altura, já era hora do jantar.

Depois do jantar, o sargento veio até o celeiro onde estávamos alojados, procurando por homens para um serviço. Conseguimos escapar dele bem a tempo, nos enfiando debaixo de um monte de palha. Quando ele foi embora, acendemos uma vela, esquentamos a agulha até ficar vermelha, e conseguimos dobrá-la em algo semelhante a um anzol. Não tínhamos nenhuma ferramenta exceto canivetes, e ficamos com queimaduras feias nos dedos. A próxima coisa era uma linha. Ninguém tinha nenhuma linha, só fios mais grossos, mas

Eu vagava acompanhando a lateral de uma sebe quando encontrei um camarada da nossa companhia cujo sobrenome eu não me lembro, mas que tinha o apelido de Nobby. Era um sujeito moreno, relaxado e de aparência cigana, um camarada que mesmo de uniforme sempre dava a impressão de carregar um par de coelhos roubados. De profissão ele era ambulante, e era do leste de Londres mesmo, mas um desses caras que ganham a vida em parte batendo carteira, capturando pássaros, caçando ilegalmente e roubando frutas em Kent e Essex. Ele era um grande entendido em cães, furões, pássaros de gaiola, galos de briga e esse tipo de coisa. Assim que me viu, ele me chamou com um gesto da cabeça. Ele tinha um jeito malandro e maldoso de falar:

— Aqui, George! (Os camaradas ainda me chamavam de George – eu ainda não tinha engordado naquela época.) George! Tá vendo aqueles álamos do outro lado do campo?

— Tô.

— Tem um lago do outro lado deles, e tá cheio de peixe bom!

— Peixe? Nossa!

— Tô dizendo, tá cheio deles! Percas, é, sim. Os melhores peixes em que eu já pus as mãos. Vem ver com seus olhos, vem.

Atravessamos penosamente a lama juntos. E, de fato, Nobby tinha razão. Do outro lado dos álamos havia um lago de aparência suja com margens arenosas. Obviamente aquilo tinha sido uma pedreira e, depois, preenchido com água. E ele fervilhava de percas. Dava para ver as costas azuis-escuras listradas delas, deslizando para todo canto logo abaixo da superfície da água, e algumas delas deviam pesar meio quilo. Acho que, em dois anos de guerra, elas não tinham sido perturbadas e tiveram tempo para se multiplicar. Provavelmente não dá para imaginar o que a visão daquelas percas fez comigo. Era como se elas subitamente me trouxessem de volta à vida. É claro que só existia um pensamento em nossas mentes – como arranjar vara e linha.

— Deus do céu! – falei. – Vamos pegar algumas.

— Pode apostar que a gente vai pegar, car... Vamos voltar pro vilarejo e arrumar o equipamento.

— Tá bom. Mas você tem que tomar cuidado. Se o sargento ficar sabendo, a gente vai levar.

— Ah, fod.. o sargento. Eles podem me enforcar, arrastar e esquartejar se quiserem. Eu vou pegar uns peixes daqueles, caramba.

Você não imagina como nós ficamos loucos para pegar aqueles peixes. Ou talvez saiba, se já esteve na guerra. Você conhece o tédio frenético da guerra e o jeito como a pessoa se agarra a quase qualquer tipo de diversão. Eu já vi dois camaradas em uma casamata brigarem feito demônios por causa de uma revista de três centavos. Mas havia mais em jogo do que isso. Era a ideia de escapar, talvez por um dia inteiro, do clima da guerra. Estar sentado sob os álamos, pescando tudo, exceto para o que vale a pena fazer. Pense em algo de que você goste de verdade. Agora some hora a hora e calcule a fração da sua vida que você passou fazendo isso de fato. E depois calcule o tempo que você passou fazendo coisas como se barbear, indo de lá para cá em ônibus, esperando na estação ferroviária, em baldeações, trocando histórias picantes e lendo os jornais.

Depois de fazer dezesseis anos, eu não fui mais pescar. Parece que nunca havia tempo. Eu estava trabalhando, eu estava correndo atrás das meninas, eu estava usando minhas primeiras botas de botão e meus primeiros colarinhos altos (e para os colarinhos de 1909, você precisava de um pescoço de girafa), eu estava fazendo cursos por correspondência em vendas e contabilidade e "aprimorando minha mente". Os grandes peixes estavam deslizando pelo lago atrás da Casa Binfield. Ninguém sabia a respeito deles, só eu. Eles estavam guardados na minha mente; algum dia, em algum feriado bancário, talvez, eu voltaria e os pescaria. Mas eu nunca voltei. Havia tempo para tudo, menos para isso. Curiosamente, a única vez entre aquela época e agora em que eu quase fui pescar foi durante a guerra.

Era outono de 1916, pouco antes de eu ser ferido. Tínhamos saído das trincheiras e encontrado um vilarejo atrás da linha e, embora fosse apenas setembro, estávamos cobertos de lama da cabeça aos pés. Como sempre, não sabíamos com certeza por quanto tempo ficaríamos ali ou para onde iríamos a seguir. Por sorte, o comandante estava um pouco indisposto, com um começo de bronquite ou algo assim, e então não se deu ao trabalho de nos fazer passar pelos desfiles, inspeções de kits, partidas de futebol e essas coisas de sempre que deveriam manter o ânimo dos soldados quando eles estavam longe da linha de frente. Passamos o primeiro dia esparramados sobre pilhas de palha nos celeiros onde estávamos alojados, raspando a lama de nossos uniformes, e à noite alguns dos camaradas começaram a formar fila para um par de prostitutas exaustas e lamentáveis estabelecidas numa casa no final do vilarejo. De manhã, embora fosse contra as ordens sair do vilarejo, eu consegui me esgueirar e vagar pela desolação fantasmagórica que já tinha sido, em certa época, plantações. Era uma manhã úmida, invernal. Por tudo em volta, é claro, havia o horrível lodaçal e os detritos da guerra, o tipo de bagunça sórdida e imunda que é, na verdade, pior do que um campo de batalha cheio de cadáveres. Árvores com galhos arrancados, crateras de bombardeios que haviam se enchido parcialmente outra vez, latinhas, toletes de bosta, lama, ervas daninhas, touceiras de arame farpado enferrujado com ervas crescendo no meio. Você conhecia a sensação que vinha quando saía da linha de frente. Uma sensação rija por todas as suas juntas, e dentro de você algo como um vazio, uma sensação de que você nunca mais teria nenhum interesse em nada. Era parte medo e exaustão, mas principalmente tédio. Naquele momento, você não via nenhum motivo para que a guerra não devesse se estender para sempre. Hoje ou amanhã ou no dia depois de amanhã você voltaria para a linha, e talvez na semana que vem um projétil o explodisse até virar patê de carne, mas isso não era tão ruim quanto o tédio medonho da guerra se estendendo para sempre.

anzóis número 5, e voltaria com queijo e larvas e pasta e minhocas e gafanhotos e todas as iscas mortais pelas quais uma carpa podia se interessar. No próximo sábado à tarde eu voltaria e tentaria pescá-las.

Mas o que aconteceu foi que eu nunca voltei. A gente nunca volta. Eu nunca roubei o dinheiro da caixa registradora nem comprei a linha de pescar salmão nem tentei pegar aquelas carpas. Quase imediatamente depois, algo aconteceu para me impedir, mas, se não tivesse sido aquilo, teria sido outra coisa. É como as coisas acontecem.

Eu sei, é claro, que você acha que eu tô exagerando sobre o tamanho daqueles peixes. Você acha, provavelmente, que eles eram apenas peixes de tamanho médio (com uns trinta centímetros de comprimento, digamos) e que foram inchando gradualmente na minha memória. Mas não é isso. As pessoas mentem sobre os peixes que pegaram, e mais ainda sobre os peixes que foram fisgados e escaparam, mas nunca peguei nenhum desses, nem sequer tentei pescá-los, e não tenho motivo para mentir. Eu te digo: eles eram enormes.

CAPÍTULO 5

Pescar!

Aqui eu vou fazer uma confissão, ou melhor, duas. A primeira é que quando olho para trás, para a minha vida, não posso honestamente dizer que qualquer coisa que eu já tenha feito me deu tanto prazer quanto pescar. Tudo o mais foi meio que decepcionante em comparação, até as mulheres. Eu não estou dizendo que sou um daqueles sujeitos que não ligam para as mulheres. Passei bastante tempo atrás delas, e faria o mesmo agora, se tivesse chance. Ainda assim, se você me desse a opção entre ter qualquer mulher à minha escolha, e eu digo QUALQUER UMA, ou pegar uma carpa de quatro quilos e meio, a carpa ganharia sempre. E a outra confissão é que, depois dos dezesseis anos, eu nunca mais pesquei.

Por quê? Porque é assim que as coisas acontecem. Porque, nesta vida que levamos – não estou dizendo a vida humana em geral, digo a vida nesta era em particular e neste país em particular –, nós não fazemos o que queremos fazer. Não é por estarmos sempre trabalhando. Nem um peão de fazenda ou um alfaiate judeu trabalham o tempo todo. É porque tem algum demônio na gente que nos leva de um lado para o outro em idiotices perenes. Existe tempo para e o chão estava pantanoso, e tive que abrir caminho em meio a algo como uma selva de arbustos de amoreira e galhos podres que tinham caído das árvores. Eu lutei por uns quarenta e cinco metros e então, subitamente, surgiu uma clareira e eu cheguei a outro lago que eu nunca soube que existia. Era um laguinho que não chegava a vinte metros de largura, bem escuro por causa dos galhos que pendiam acima dele. Mas a água era bem translúcida e imensamente profunda. Eu podia ver quatro metros, quatro metros e meio de profundidade. Fiquei por ali um tempo, desfrutando da umidade e do cheiro pantanoso e pútrido, como meninos fazem. E então vi algo que quase me matou de medo.

Era um peixe enorme. Eu não exagero quando digo que era enorme. Ele era quase do comprimento do meu braço. Deslizava pelo lago lá no fundo da água, e então se tornou uma sombra e desapareceu na água mais escura do outro lado. Eu senti como se uma espada tivesse me atravessado. Era, de longe, o maior peixe que eu já tinha visto, vivo ou morto. Fiquei ali sem respirar, e em um instante, outra silhueta imensa e grossa deslizou pela água, então outra e depois mais duas, juntas. O lago estava cheio delas. Eram carpas, suponho eu. Era possível que fossem bremas ou tencas, mas mais provavelmente eram carpas. Eu sabia o que tinha acontecido. Em algum momento aquele lago tinha sido conectado ao outro, então o regato havia secado e a floresta se fechado em torno do laguinho menor, e ele havia simplesmente sido esquecido. É algo que às vezes acontece. Um lago de alguma forma é esquecido, ninguém pesca nele por anos, décadas, e os peixes crescem até chegarem a tamanhos monstruosos. Os brutamontes que eu estava observando podiam ter cem anos de idade. E nenhuma alma no mundo sabia a respeito deles, exceto eu. Era muito provável que tivessem se passado vinte anos desde que alguém sequer tivesse olhado para o laguinho, provavelmente até o velho Hodges e o meirinho do Sr. Farrel tinham se esquecido de sua existência.

Bem, você pode imaginar o que eu senti. Depois de um tempo, eu não conseguia nem suportar o tormento de observar. Corri de volta para o outro lago e reuni minhas tralhas de pesca. Era inútil tentar pegar aqueles brutamontes colossais com o equipamento que eu tinha. Eles o arrebentariam como se fosse um fio de cabelo. E eu não podia mais continuar pescando as bremas minúsculas. A visão das grandes carpas tinha me dado uma sensação no estômago quase como se eu fosse vomitar. Subi na minha bicicleta e desci voando a colina, indo para casa. Era um segredo maravilhoso para um menino guardar. Havia o laguinho escuro escondido na floresta e os peixes monstruosos navegando por ele – peixes que nunca tinham sido pescados e que agarrariam a primeira isca que você lhes oferecesse. Era apenas uma questão de botar as mãos numa linha forte o bastante para segurá-los. Eu já tinha feito todos os arranjos. Compraria o equipamento que os pegaria, nem que tivesse que roubar o dinheiro da caixa registradora. De algum jeito, sabe Deus como, eu botaria as mãos em meia coroa e compraria um tanto de linha de seda de pescar salmão e cordão grosso, de tripa ou de algodão, e casa, nem para o terreno. Desenterrei o velho Hodges, que tinha acabado de jantar e estava meio mal-humorado, e o convenci a me mostrar o caminho até o laguinho. Ele ficava a várias centenas de metros atrás da casa, completamente escondido no bosque de faias, mas era um tanque de tamanho bom, quase um lago mesmo, com uns cento e cinquenta metros de diâmetro. Era assombroso, e mesmo naquela época me assombrou que ali, a vinte quilômetros de Reading e a menos de oitenta quilômetros de Londres, fosse possível ter tanta solidão. Você se sentia tão sozinho como se estivesse nas margens do Amazonas. O laguinho era totalmente cercado pelas enormes faias, que em um ponto desciam até a margem e se refletiam na água. Do outro lado havia um trecho de grama onde se encontrava uma depressão com canteiros de hortelã-pimenta selvagem e, perto de uma extremidade do laguinho, um ancoradouro antigo de madeira apodrecia em meio aos juncos.

O lago fervilhava de bremas pequenas, de dez a quinze centímetros de comprimento. De vez em quando se via uma delas dar meia-volta e reluzir num marrom-avermelhado debaixo d'água. Ali também havia lúcios, e eles deviam ser dos grandões. Você nunca os via, mas às vezes um que estava tomando sol em meio às ervas daninhas se virava e mergulhava com uma pancada na água que parecia que um tijolo havia sido lançado nela. Era inútil tentar pegá-los, apesar de, é claro, eu tentar toda vez que ia lá. Eu os tentava com escalos e com vairões que eu pegava no Tâmisa e mantinha vivos em um pote de geleia, e até com uma isca feita com um pedaço de lata. Mas eles estavam empanturrados de peixe e não mordiam, e, de qualquer forma, teriam quebrado todo equipamento em minhas posses. Eu nunca voltava do lago sem pelo menos uma dúzia de breminhas. Às vezes, nas férias de verão, eu ia pra lá e ficava o dia todo, com minha vara de pescar, um exemplar do *Chums* ou do *Union Jack* ou algo assim e um naco de pão com queijo que minha mãe embrulhava para mim. E eu pescava por horas, depois ficava deitado no gramado e lia o *Union Jack*, aí o cheiro da minha pasta de pão e o ruído de um peixe saltando em algum canto me deixavam doido de novo, e assim por diante, por todo o dia de verão. E o melhor de tudo era estar sozinho, absolutamente sozinho, embora a estrada não ficasse nem a quatrocentos metros dali. Eu tinha idade suficiente para saber que é bom ficar sozinho às vezes. Com as árvores por todo o redor, era como se o lago me pertencesse, e nada se mexia nunca, exceto pelos peixes formando anéis na água e os pombos passando lá no alto. E ainda assim, nos dois anos mais ou menos que fui pescar ali, eu me pergunto: quantas vezes eu fui realmente? Não mais do que uma dúzia. Era um trajeto de quase cinco quilômetros de bicicleta desde a minha casa, e levava uma tarde inteira, no mínimo. Às vezes outras coisas apareciam, e às vezes, quando eu pretendia ir, chovia. Sabe como as coisas acontecem.

Certa tarde, os peixes não estavam mordendo e eu comecei a explorar o lado do lago mais distante da Casa Binfield. Havia um pouco de transbordamento margens dos canais, e milionários saem para pescar trutas em águas particulares perto de hotéis escoceses, um esporte meio esnobe de capturar peixes criados em cativeiro com iscas artificiais. Mas quem é que ainda pesca em regatos ou fossos ou bebedouros de vacas? Onde estão os peixes de ingleses de água doce agora? Quando eu era pequeno, todo fosso e riacho tinha peixes. Agora todos os laguinhos foram drenados e quando os regatos não estão envenenados com substâncias químicas das fábricas, estão cheios de latas enferrujadas e pneus de motocicletas.

Minha melhor memória de pescaria é sobre um peixe que eu nunca peguei. Isso é bem comum, acho.

Quando eu estava com uns catorze anos, papai fez alguma boa ação para o velho Hodges, o caseiro da Casa Binfield. Eu me esqueço o que foi – deu a ele algum remédio que curou as aves dele de vermes, ou algo assim. Hodges era um demônio velho e rabugento, mas não se esquecia de um favor. Um dia, pouco depois, quando ele estava na loja para comprar milho pras galinhas, ele me encontrou do lado de fora e me parou do seu jeito rude. Ele tinha uma cara que parecia esculpida numa raiz, e apenas dois dentes, que eram marrom-escuros e muito compridos.

— Ei, mocinho! Pescador, você, né?

— Sou.

— Achei mesmo. Então, escuta aqui. Se você quiser, pode trazer a sua linha e tentar a sorte naquele laguinho atrás do Hall. Tem bastante brema e xaréu-preto por lá. Mas não conta pra ninguém o que eu te disse. E não tenta levar nenhum dos outros moleques, ou eu dou uma surra de criar bicho em todos eles.

Tendo dito isto, ele saiu manquitolando com seu saco de milho por cima do ombro, como se sentisse que já havia falado demais. Na tarde do sábado seguinte, eu subi até a Casa Binfield de bicicleta com os bolsos cheios de vermes e larvas, e procurei pelo velho Hodges no chalé. Na época, a Casa Binfield já estava vazia há dez ou vinte anos. O Sr. Farrel, o proprietário, não podia bancar o custo para morar lá e também não queria ou não podia alugá-la. Ele vivia em Londres da renda de suas fazendas e deixava a casa e o terreno irem para o inferno. Todas as cercas estavam verdes e apodrecendo, o parque era uma confusão de pinhas, as plantações estavam uma selva, e até os jardins tinham virado pastagem, com apenas algumas roseiras velhas e nodosas para mostrar onde ficavam os canteiros antigamente. Mas era uma casa muito bonita, especialmente vista a distância. Era grande e branca, com colunatas e janelas compridas, construídas, suponho, mais ou menos na época da Rainha Anne por alguém que tinha viajado pela Itália. Se eu fosse para lá agora, provavelmente me divertiria um pouco vagando pela desolação geral e pensando sobre a vida que costumava haver por ali, e as pessoas que construíam locais assim por imaginar que os dias bons durariam para sempre. Quando menino, eu não dava uma segunda olhada nem para a coisas de infância. Eu sei que isso é tudo bobagem. O velho Porteous (um amigo meu, mestre-escola aposentado, eu vou te contar sobre ele mais tarde) é ótimo na poesia da infância. Às vezes, ele lê para mim coisas a respeito disso nos livros.

Houve uma época em que a campina, o arvoredo, e tudo aquilo.
WORDSWORTH, LUCY GRAY

Desnecessário dizer que ele não tem nenhum filho seu. A verdade é que crianças não são poéticas em nenhum sentido; são meramente animaizinhos selvagens, só que nenhum animal é nem um quarto tão egoísta. Um menino não está interessado em campinas, arvoredos e daí por diante. Ele nunca olha para uma paisagem, não dá a mínima para as flores e, a menos que elas o afetem de algum jeito, como sendo boas para comer, ele não diferencia uma planta da outra. Matar coisas – é o máximo que um menino se aproxima da poesia. E, entretanto, mesmo assim existe aquela intensidade peculiar, o poder de ansiar por coisas como você não consegue fazer quando está crescido, e a sensação de que o tempo se estende diante de você, sem fim, e que seja lá o que você está fazendo, pode continuar fazendo isso para sempre.

Eu era um menininho bem feio, com cabelo cor de manteiga sempre cortado bem curto, exceto por um topete na frente. Não idealizo minha infância e, ao contrário de muita gente, não tenho nenhum desejo de ser jovem outra vez. A maioria das coisas de que eu gostava não me afetavam muito. Eu não ligo se nunca mais vir uma bola de críquete e não lhe daria três centavos por cinquenta quilos de doces. Mas ainda tenho, sempre tive, esse sentimento peculiar pela pesca. Você vai achar uma bobagem, sem dúvida, mas eu meio que sinto vontade de ir pescar mesmo agora, que estou gordo, com quarenta e cinco anos e tenho dois filhos e uma casa no subúrbio. Por quê? Porque, num certo sentido, eu SOU sentimental a respeito da minha infância – não a minha infância em particular, mas a civilização na qual eu cresci e a qual está agora, suponho eu, em seus últimos estertores. E pescar é, de alguma forma, típico daquela civilização. Quando você pensa em pesca, você pensa em coisas que não pertencem ao mundo moderno. A própria ideia de ficar sentado o dia todo debaixo de um salgueiro ao lado de um lago tranquilo – e ser capaz de encontrar um lago tranquilo para se sentar ao lado – pertence ao tempo de antes da guerra, antes do rádio, antes de aviões, antes de Hitler. Há um tipo de sossego mesmo nos nomes dos peixes ingleses de água doce. Pardelhas-dos-alpes, escardínio-de-olho-vermelho, escalo, alburno, barbilhão, brema, cadoz, lúcio, caboz, carpa, tenca. São nomes sólidos. As pessoas que inventaram esses nomes não tinham ouvido falar em metralhadoras, não viviam aterrorizadas pelos saques nem passavam seu tempo comendo aspirinas, indo ao cinema e se perguntando como se manter fora do campo de concentração.

Eu me pergunto se alguém ainda vai pescar hoje em dia. Em nenhum lugar num raio de cento e cinquenta quilômetros de Londres resta algum peixe a ser pescado. Alguns clubes de pesca deprimentes se plantam em fileiras ao longo das morderem. E o tipo de paixão com que você assistia às costas pretas dos peixes se amontoando por ali, torcendo e rezando (sim, literalmente rezando) para que um deles mudasse de ideia e mordesse a sua isca antes que escurecesse demais. E então era sempre "vamos ficar mais cinco minutos", e aí "só mais cinco minutos", até que no final você tinha que voltar para a cidade empurrando sua bicicleta porque Towler, o policial, estava rondando e você podia ser "pego" por andar de bicicleta sem um farol. E as vezes, nas férias de verão, em que saíamos para passar o dia nisso, com ovos cozidos e pão com manteiga e uma garrafa de limonada, e pescávamos e nos banhávamos, e depois pescávamos de novo, e ocasionalmente até pegávamos alguma coisa. À noite, você voltava para casa com as mãos imundas, tão faminto que tinha comido o que restara da pasta de pão, com três ou quatro escalos fedidos embrulhados no seu lenço. Mamãe sempre se recusava a cozinhar os peixes que eu levava para casa. Ela jamais aceitaria que os peixes do rio eram comestíveis, exceto truta e salmão. "Coisinhas lamacentas, nojentas", ela os chamava. Os peixes de que eu mais me lembro são os que eu não peguei. Especialmente os peixes monstruosos que a gente sempre via quando saía para caminhar ao longo da trilha na beira do rio nas tardes de domingo, quando estávamos sem a vara de pescar. Não tinha pescaria no domingo; nem a Câmara de Conservação do Tâmisa permitia. Aos domingos, você tinha que participar do que chamavam de uma "bela caminhada" no seu terno preto grosso e o colarinho Eton que serrava sua cabeça fora. Foi num domingo que eu vi um lúcio com quase um metro de comprimento na água rasa junto à margem e quase o peguei com uma pedra. E às vezes, nas poças verdes na borda dos juncos, dava para ver uma imensa truta do Tâmisa passar nadando. As trutas cresciam até atingir tamanhos vastos no Tâmisa, mas praticamente nunca eram pegas. Dizem que um dos pescadores reais do Tâmisa, os velhos camaradas de nariz vermelho que a gente vê bem agasalhados em sobretudos sentados em tamboretes de acampamento com varas de seis metros para pescar pardelha-dos-alpes em todas as estações do ano, abriria mão voluntariamente de um ano de sua vida para pegar uma truta do Tâmisa. Eu não os culpo; entendo perfeitamente e, melhor ainda, eu já entendia naquela época.

É claro que outras coisas estavam acontecendo. Eu cresci sete centímetros e meio num ano, consegui minhas calças compridas, ganhei alguns prêmios na escola, fui para as aulas de Crisma, contei piadas sujas, peguei gosto pela leitura, e passei pelas fases de interesse em camundongos brancos, treliças e selos postais. Mas é sempre da pesca que eu me recordo. Dias de verão, as planícies dos terrenos ribeirinhos, as colinas azuladas à distância, os salgueiros lá no remanso e os laguinhos por baixo como um vidro verde-escuro. Noites de verão, os peixes rompiam a superfície da água, os curiangos mergulhavam em volta da sua cabeça, o cheiro de flores e tabaco Latakia. Não se confunda sobre o que estou falando. Não é como se eu estivesse tentando transmitir algo daquela poesia das topo com lama. No dia seguinte, os marimbondos estavam todos mortos e dava para cavoucar o ninho e pegar as larvas. Teve uma vez em que algo deu errado, a aguarrás errou o buraco ou algo assim, e quando tiramos o tampão do ninho, os marimbondos, que tinham passado a noite toda presos, saíram juntos num zunido só. Não levamos muitas picadas, mas foi uma pena ninguém estar por ali com um cronômetro. Gafanhotos são basicamente a melhor isca que existe, especialmente para esquálios. Você os coloca no anzol sem nenhum peso, aí os balança de um lado pro outro sobre a superfície – isso se chama "corricar". Mas você nunca consegue mais do que dois ou três gafanhotos de cada vez. Moscas-varejeiras, que também são difíceis que só elas de pegar, são a melhor isca para escalos, especialmente em dias claros. Você tem que colocá-las vivas no anzol, para elas se remexerem. Um esquálio morde até com marimbondo, mas é um serviço complicado colocar um marimbondo vivo no anzol.

Deus sabe quantas outras iscas havia. Pasta de pão, feita espremendo pão molhado num paninho. Havia também pasta de queijo e pasta de mel e pasta com anis. Trigo cozido não é ruim para pegar pardelha-dos-alpes. Minhocas vermelhas são boas para pegar cadoz. Elas são encontradas em monturos de estrume já bem velhos. Você também encontra outra minhoca, chamada minhoca listrada, que tem cheiro de lacrainha, e também é uma isca ótima para perca. Minhocas comuns também são boas para perca. Você tem que colocá-las no musgo para mantê-las frescas e vivas. Se tentar mantê-las em terra, elas morrem. Aquelas moscas marrons que a gente encontra no esterco de vaca são muito boas para pardelha-dos-alpes. Dá pra pegar caboz com cereja, é o que dizem, e eu já vi uma pardelha-dos-alpes ser fisgada com uma groselha tirada de um pãozinho.

Naquela época, desde dezesseis de junho (quando começa a temporada de pesca grossa) até o meio do inverno, não era frequente eu estar sem uma lata de minhocas ou larvas no bolso. Eu tive algumas brigas com a mamãe por causa disso, mas no final ela cedeu, a pesca saiu da lista de coisas proibidas, e papai até me deu uma vara de pescar de dois xelins no Natal de 1903. Joe mal tinha quinze anos quando começou a ir atrás de garotas, e daí por diante ele raramente ia pescar, dizendo que isso era coisa de criança. Mas havia mais uma meia dúzia de meninos que eram tão doidos por pesca quanto eu. Jesus Cristo, aqueles dias de pescaria! As tardes quentes e grudentas na sala de aula, quando eu me esparramava pela minha mesa com a voz do velho Blower rangendo sobre predicados e subjuntivos e orações relativas, e tudo que havia na minha mente era o remanso perto do Açude Burford e o laguinho verde sob o salgueiro, com os escalos deslizando para lá e para cá. E então a formidável corrida de bicicletas depois do chá, até Chamford Hill e descendo para o rio para pescar por uma hora antes de escurecer. A noite parada de verão, com o leve ruído da água do açude, os anéis na água onde os peixes estavam subindo, os maruins devorando a gente vivo, os cardumes de escalo nadando em torno do seu anzol sem nunca um alfinete entortado, que costuma ser rombudo demais para ser lá muito útil, mas dá para fazer um anzol bem bom (embora, é claro, não tenha nenhuma farpa) entortando uma agulha sobre a chama de uma vela com um par de alicates. Os rapazes da fazenda sabiam como trançar fios da crina de cavalo de um jeito que ficava quase tão bom quanto tripa, e dava para pegar um peixe pequeno com um único fio de crina de cavalo. Posteriormente, chegamos a ter varas de pescar de dois xelins e até algo como molinetes. Deus, quantas horas passei olhando a vitrine do Wallace's! Nem mesmo as espingardas calibre 36 e as pistolas para tiro esportivo me arrepiavam tanto quanto o equipamento de pesca. E a cópia do catálogo da Gamage's que eu peguei de algum lugar, em uma lixeira, acho, e estudei como se fosse a Bíblia! Mesmo agora eu seria capaz de lhe dar todos os detalhes sobre substitutos para tripa e linha de pesca fortalecida com arame e anzóis Limerick e padres e alicates e molinetes Nottingham e sabe lá Deus quantas outras tecnicalidades.

E aí havia também os tipos de iscas que usávamos. Na nossa loja sempre havia muita larva de farinha, o que era bom, mas não ótimo. Larva de varejeira era melhor. A gente tinha que implorar por elas para o velho Gravitt, o açougueiro, e a gangue fazia uni-duni-tê para decidir quem iria pedir, porque o Gravitt normalmente não era muito agradável a respeito. Ele era um diabão grande, de cara bruta e voz como a de um mastim, e quando ele latia, como geralmente fazia quando falava com meninos, todas as facas e aços em seu avental azul ti-lintavam. Você entrava com uma latinha de melado vazia na mão, ficava por ali até os fregueses sumirem e então dizia, muito humildemente:

— Por favor, Sr. Gravitt, o senhor tem alguma larvinha hoje?

Em geral, ele responderia num rugido:

— O quê? Larva? Larvas na minha loja? Eu não vejo nada assim há anos! Acha que eu tenho varejeiras no meu açougue?

Ele tinha, é claro. Elas estavam em todo canto. Ele lidava com elas com uma tira de couro na ponta de uma vareta, com a qual ele podia alcançar enormes distâncias e esmagar uma mosca até virar pasta. Às vezes você tinha que ir embora sem nenhuma larva, mas quase sempre ele gritava atrás de você bem quando você estava saindo:

— Aqui! Dá a volta pro quintal e dá uma olhada. Talvez você ache uma ou duas, se procurar bem.

A gente as encontrava em montinhos por todo lado. O quintal dos fundos do Gravitt cheirava como um campo de batalha. Açougueiros não tinham refrigeradores naquela época. As larvas de varejeira vivem por mais tempo se você as guardar em serragem.

Larvas de marimbondo eram boas, mas difíceis de prender no anzol, a menos que você as cozinhasse antes. Quando alguém encontrava um ninho de marimbondos, a gente saía à noite e despejava aguarrás lá dentro, depois fechava o buraco no banheira e dizendo para ele se erguer com os punhos. Ele acabou num hospício, pobre Willy. Mas era nas férias que se vivia de verdade.

Havia coisas boas para fazer naqueles dias. No inverno, pegávamos emprestado um casal de furões – mamãe nunca deixava Joe e eu mantê-los em casa, "essas coisinhas fedidas e nojentas", ela os chamava – e passávamos pelas fazendas pedindo permissão para caçar ratos. Às vezes eles deixavam, às vezes nos diziam para dar no pé e diziam que causávamos mais problemas do que os ratos. Mais tarde, no inverno, acompanhávamos a debulhadora e ajudávamos a matar os ratos quando elas debulhavam as pilhas. Num desses invernos, deve ter sido em 1908, o Tâmisa inundou e depois congelou, aí foi patinação por semanas a fio, e Harry Barnes quebrou a clavícula no gelo. No começo da primavera, perseguimos esquilos com varas pesadas e depois fomos caçar ninhos de passarinho. Tínhamos uma teoria de que passarinhos não contavam, e ficava tudo bem se você deixasse um ovo, mas éramos monstrinhos cruéis e às vezes derrubávamos os ninhos e pisoteávamos os ovos ou os filhotes. Havia outra brincadeira que fazíamos quando os sapos estavam dando cria. Nós pegávamos os sapos, enfiávamos o bocal da bomba de ar da bicicleta nos traseiros deles e os enchíamos até estourarem. É assim que os meninos são, não sei por quê. No verão, íamos de bicicleta até o Açude Burford nadar. Wally Lovegrove, o priminho de Sid, se afogou em 1906. Ele ficou preso nas plantas lá do fundo e, quando os ganchos de arrasto trouxeram seu corpo para a superfície, seu rosto estava preto como azeviche.

Mas pescar era coisa séria. Nós fomos muitas vezes ao laguinho do velho Brewer e pegamos carpas minúsculas e tencas por lá, uma vez até uma enguia enorme, e havia outros laguinhos para o gado que tinham peixes neles e ficavam a uma distância que dava para percorrer a pé nas tardes de sábado. Mas depois que arranjamos bicicletas, começamos a pescar no Tâmisa, abaixo do Açude Burford. Parecia mais adulto do que pescar nos bebedouros das vacas. Não tinha nenhum fazendeiro expulsando a gente, e havia peixes excepcionais no Tâmisa – apesar de, até onde eu sabia, ninguém tivesse conseguido pegar um deles.

É esquisita a emoção que eu sentia pescando – e que ainda sinto, na verdade. Não posso me considerar um pescador. Nunca na vida peguei um peixe com sessenta centímetros de comprimento, e já faz trinta anos que tive uma vara em minhas mãos. Ainda assim, quando olho para trás, toda a minha meninice, dos oito aos quinze anos, parece ter girado em torno dos dias em que íamos pescar. Cada detalhe ficou preso clarinho em minha memória. Posso me lembrar de dias individuais e de peixes individuais; não há um bebedouro para vacas ou remanso que eu não possa vislumbrar numa imagem se fechar meus olhos e pensar. Posso escrever um livro sobre a técnica da pescaria. Quando éramos pequenos, não tínhamos muita coisa para servir de apetrecho; era caro demais e a maior parte da nossa mesada de três centavos por semana (que era a mesada comum naqueles dias) ia para doces e pães doces. Crianças bem pequenas geralmente pescam com algum lugar entre os últimos alunos da escola até completar dezesseis anos. Em meu segundo ano, recebi um prêmio em aritmética e outro em alguma coisa esquisita que tinha relação principalmente com flores prensadas e atendia pelo nome de Ciências, e quando eu tinha catorze, Bigodes já falava em bolsas de estudo e Reading University. Papai, que tinha ambições para Joe e eu naquela época, estava muito ansioso para que eu fosse para a "faculdade". Havia uma ideia pairando no ar de que eu seria professor e Joe, leiloeiro.

Mas eu não tenho muitas lembranças conectadas com a escola. Quando me misturei com camaradas das classes mais elevadas, como fiz durante a guerra, espantei-me com o fato de que eles nunca superavam aquele treinamento terrível recebido nas escolas públicas. Ou aquilo os subjugava, transformando-os em imbecis, ou eles passavam o resto da vida se rebelando. O mesmo não ocorreu com os meninos da nossa classe, os filhos de comerciantes e fazendeiros. Você ia para a Escola de Gramática e ficava lá até fazer dezesseis anos, só para mostrar que não era um proletário, mas a escola era principalmente um lugar do qual se queria escapar. Você não tinha um sentimento de lealdade, nenhuma emoção tonta sobre as velhas pedras cinzentas (e elas eram velhas MESMO, com certeza, a escola tinha sido fundada pelo Cardeal Wolsey), e não havia nenhuma gravata dos alunos de escolas tradicionais, nem sequer uma música da escola. Seus dias de meia-folga lhe pertenciam, porque jogos não eram obrigatórios, e com frequência dava para cabular mesmo os que eram. Jogávamos futebol em suspensórios e, embora fosse considerado adequado jogar críquete de cinto, você usava sua camisa e calças comuns. O único jogo de que eu realmente gostava era o críquete de "toco", que jogávamos no pátio de cascalho durante o intervalo, com um taco feito de um pedaço de caixote e uma bola de vários materiais.

Mas eu me lembro do cheiro da grande sala de aula, um odor de tinta e poeira e botas, a pedra no pátio que tinha sido uma escada para montaria e era usada para afiar facas, e a padariazinha logo em frente onde vendiam *Chelsea buns* com o dobro do tamanho dos pães desse tipo que se vê hoje em dia, que eram chamados de enroladinhos de groselha e custavam meio centavo. Eu fiz tudo o que se faz na escola. Entalhei meu nome numa mesa e levei uma surra de bengala por isso – você sempre levava uma surra de bengala se fosse flagrado, mas era de praxe: você tinha que entalhar o seu nome. E fiquei com os dedos manchados de tinta, e roí as unhas, e fiz dardos com porta-canetas, e joguei cinco marias, e repassei historinhas picantes, e aprendi a me masturbar, e perturbei o velho Blowers, o professor de inglês, e atormentei a vida do pequeno Willy Simeon, o filho do coveiro que era meio lerdo e acreditava em tudo o que se dizia para ele. Nosso truque favorito era mandá-lo às lojas para comprar coisas que não existiam. Em todas as pegadinhas mais antigas – meio centavo de selos de um centavo, o martelo de borracha, a chave de fenda para canhotos, o pote de tinta listrada –, o coitado do Willy caiu. Nos divertimos muito certa tarde colocando-o numa peles-vermelhas). Eles foram muito estritos em insistir que era preciso morder a minhoca antes de engolir. Além disso, como eu era o mais novo, e eles estavam com inveja de mim por ter sido o único a pescar alguma coisa, depois eles inventaram que o peixe que eu peguei não era um grandão de verdade. De modo geral, a tendência dos peixes, quando as pessoas falam sobre eles, é ficar cada vez maior; esse, porém, foi ficando cada vez menor, até que, se você ouvisse o que eles diziam, pensaria que ele não era maior do que um vairão.

Mas não importava. Eu tinha ido pescar. Eu vi a boia mergulhar debaixo d'água e senti o peixe puxando a linha e, por mais mentiras que eles contassem, não podiam tirar isso de mim.

CAPÍTULO 4

Pelos sete anos que se seguiram, de quando eu tinha oito até os quinze, o que eu mais me lembro é de pescar.

Não pense que eu não fazia mais nada. É só que, quando você olha para trás depois de um longo período, certas coisas parecem aumentar até ofuscar todo o resto. Eu saí da tia Howlett e fui para a Escola de Gramática, com uma mochila de couro e um boné preto com listras amarelas, ganhei minha primeira bicicleta e, muito tempo depois, minhas primeiras calças compridas. Minha primeira bicicleta era uma bicicleta fixa de uma marcha só – as de roda livre eram muito caras na época. Quando você descia a ladeira com ela, era só colocar os pés nos suportes frontais e deixar os pedais rodarem com tudo. Esta era uma das visões características do início do século XX – um menino descendo a ladeira com a cabeça inclinada para trás e os pés levantados no ar. Eu fui para a Escola de Gramática com medo e tremendo, por causa das histórias assustadoras que Joe havia me contado sobre o velho Bigodes (o nome dele era Wicksey), o diretor, que era certamente um homenzinho de aparência apavorante, com uma cara igual à de um lobo, e na extremidade da grande sala de aula ele tinha uma grande redoma com bengalas lá dentro, as quais às vezes ele tirava e golpeava o ar de um jeito aterrador. Porém, para minha surpresa, eu me saí até bem na escola. Nunca havia me ocorrido que eu podia ser mais esperto do que Joe, que era dois anos mais velho e tinha me atormentado desde que aprendeu a andar. Na verdade, Joe era bem burro, levava bengaladas cerca de uma vez por semana, e ficou em de latas velhas e enferrujadas e quadros de bicicletas e panelas com buracos e garrafas quebradas com ervas daninhas crescendo por cima de tudo. Passamos quase uma hora ficando imundos da cabeça aos pés procurando por barras de grades de ferro, porque Harry Barnes jurava que o ferreiro em Binfield de Baixo pagava seis centavos por 45 quilos de ferro velho. Então Joe encontrou o ninho de um tordo morto com filhotes parcialmente emplumados em uma amoreira. Depois de muita discussão sobre o que fazer com eles, tiramos os filhotes dali, atiramos pedras neles e finalmente os pisoteamos. Havia quatro filhotes, e cada um de nós pisoteou um deles. Já estava chegando a hora do chá. Sabíamos que o velho Brewer cumpriria sua promessa e que tinha uma surra à nossa espera, mas estávamos ficando com fome demais para continuar fora. Finalmente voltamos para casa, com mais uma briga no caminho, porque quando passávamos pelos lotes vimos um rato e o perseguimos com varetas, e o velho Bennet, o mestre da estação, que trabalhava em seu lote toda noite e tinha muito orgulho dele, veio atrás de nós com uma fúria insana porque pisoteamos seu canteiro de cebolas.

Eu tinha andado quinze quilômetros e não estava cansado. Andei o dia todo atrás da gangue e tentei fazer tudo o que eles faziam, e eles me chamaram de "a criança" e me esnobaram o máximo que puderam, mas eu mais ou menos os acompanhara. Eu tinha uma sensação maravilhosa dentro de mim, uma sensação que não tem como você conhecer a menos que a sinta – mas, se você for um homem, terá sentido isso alguma vez. Eu sabia que não era mais uma criança; era um garoto, finalmente. E é uma coisa maravilhosa ser um garoto, vagar onde os adultos não podem te pegar, e perseguir ratos e matar passarinhos e jogar pedras e provocar carroceiros e gritar palavrões. É uma sensação forte e intensa, uma sensação de saber tudo e não temer nada, e está toda emaranhada com quebrar regras e matar coisas. As estradas esbranquiçadas e poeirentas, a sensação quente e calorenta das próprias roupas, o cheiro de funcho e de hortelã-pimenta, os palavrões, o fedor azedo do lixão, o sabor da limonada gasosa e o gás que faz a gente arrotar, o pisoteamento dos filhotes de passarinhos, a sensação do peixe esticando a linha – tudo era parte dela. Graças a Deus que eu sou homem, porque nenhuma mulher jamais teve essa sensação.

Com certeza o velho Brewer já havia mandado recado e contado para todo mundo. Papai parecia muito carrancudo, apanhou um cinto na loja e disse que ia "dar uma surra de criar bicho" em Joe. Mas Joe lutou e gritou e esperneou, e, no fim, papai não conseguiu dar mais de duas cintadas nele. Entretanto, ele recebeu uma surra de bengala do diretor da Escola de Gramática no dia seguinte. Eu tentei lutar também, mas era pequeno o suficiente para a mamãe me dominar, e ela me deu a surra prometida com o cinto. Então eu acabei tomando três surras naquele dia: uma de Joe, uma do velho Brewer e uma da mamãe. No dia seguinte, a gangue decidiu que eu ainda não era um membro de fato e que eu tinha que passar pela "provação" (uma palavra que eles tiraram das histórias dos mim. Eu tinha umas marcas vermelhas feias nas panturrilhas quando chegamos do outro lado da sebe.

Passei o resto do dia com a gangue. Eles ainda não tinham resolvido se eu já era um membro de verdade, mas, por enquanto, me toleravam. O menino de recados, que tinha tirado a manhã de folga com uma desculpa ou outra, precisava voltar à cervejaria. O resto de nós saiu para uma caminhada longa, convoluta e surrupiante, o tipo de caminhada que meninos dão quando estão longe de casa o dia todo, e especialmente quando estão longe sem permissão. Foi a primeira caminhada de menino que eu dei, bem diferente das que costumávamos dar com Katie Simmons. Jantamos em uma vala seca nos limites da cidade, cheia de latas enferrujadas e funcho selvagem. Os outros me deram bocados de sua comida, e Sid Lovegrove tinha um centavo, então alguém buscou um Penny Monster, que dividimos entre nós. Estava muito quente e o funcho tinha um cheiro muito forte, e o gás do Penny Monster nos fez arrotar. Depois, vagamos pela estrada branca e empoeirada até Binfield do Alto – a primeira vez que eu ia para aqueles lados, acredito – e entramos na floresta de faias com o tapete de folhas mortas e os grandes troncos lisos que levantavam voo até o céu, de modo que os pássaros nos galhos mais elevados pareciam pontinhos. Dava para ir a qualquer lado que se quisesse na floresta naquela época. A Casa Binfield estava trancada, eles não preservavam mais os faisões e, no pior dos casos, você encontraria apenas um carroceiro com uma carga de madeira. Havia uma árvore que tinha sido cortada, os anéis de seu tronco pareciam um alvo, e nós atiramos pedras nela. E então os outros dispararam em pássaros com seus estilingues, e Sid Lovegrove jurou que tinha acertado um tentilhão que havia ficado preso em uma forquilha na árvore. Joe disse que ele estava mentindo, e os dois discutiram e quase brigaram. Em seguida, descemos em um oco de calcário cheio de leitos de folhas secas e gritamos para ouvir o eco. Alguém gritou um palavrão e então ficamos repetindo todos os palavrões que conhecíamos, e os outros zombaram de mim porque eu só conhecia três. Sid Lovegrove disse que sabia como os bebês nasciam e era igual aos coelhos, só que os bebês saíam dos umbigos das mulheres. Harry Barnes começou a escavar a palavra _ _ _ _ _ _ _ no tronco de uma faia, mas enjoou depois das primeiras duas letras. Então fomos até o chalé da Casa Binfield. Havia um rumor de que em algum lugar do terreno existia um lago com peixes enormes, mas ninguém jamais ousara ir até lá, porque o velho Hodges, o guarda do chalé que agia meio como um zelador, não gostava de meninos. Ele escavava sua horta junto ao chalé quando passamos. Nós o provocamos por cima da cerca até ele nos perseguir para fora dali, e aí descemos pela Walton Road e provocamos os carroceiros, nos mantendo do outro lado da sebe para que eles não pudessem nos alcançar com seus chicotes. Ao lado da Walton Road havia um local que tinha sido uma pedreira, depois um depósito de lixo, e finalmente tinha sido dominado por amoreiras. Ali havia grandes montes o movimento que a sua boia faz quando é uma mordida de verdade. É bem diferente do jeito como ela se mexe quando você move sua linha por acidente. No momento seguinte, ela afundou rapidamente e quase mergulhou. Eu não pude mais me conter. Gritei para os outros:

— Morderam aqui!

— Droga! – gritou Sid Lovegrove, no mesmo instante.

Mas logo em seguida, não havia mais nenhuma dúvida. A boia mergulhou diretamente para baixo, eu ainda podia vê-la debaixo d'água, num vermelho meio apagado, e senti a vara se retesar na minha mão. Deus do céu, aquela sensação! A linha se agitando e esticando e um peixe na outra ponta dela! Os outros viram minha vara entortando, e no momento seguinte todos eles tinham largado suas varas e corrido até onde eu estava. Eu dei um puxão incrível e o peixe – um peixe prateado, grande, imenso – veio voando pelo ar. No mesmo momento, todos nós soltamos um berro de agonia. O peixe tinha deslizado para fora do anzol e caído na hortelã-pimenta abaixo da margem. Mas ele tinha caído na água rasa, onde não conseguia se virar e, por talvez um segundo, ficou ali de lado, indefeso. Joe se jogou na água, respingando em todos nós, e o agarrou nas duas mãos.

— Peguei ele! – gritou.

No momento seguinte, ele já tinha lançado o peixe na grama e todos nós nos ajoe- lhávamos ao redor dele. Como nos gabamos! O pobre animal moribundo se debatia para cima e para baixo, as escamas brilhando com todas as cores do arco-íris. Era uma carpa enorme, com, no mínimo, dezoito centímetros de comprimento e devia pesar uns cem gramas. Como gritamos ao vê-lo! Mas, no momento seguinte, foi como se uma sombra caísse sobre nós. Olhamos para cima e ali estava o velho Brewer, de pé, com seu chapéu esquisito – um daque- les chapéus de antigamente, que era uma cruza entre uma cartola e um chapéu coco – e suas perneiras de couro de vaca e um grosso galho de aveleira na mão.

Subitamente, nos acovardamos como perdizes quando um gavião passa lá no alto. Nós nos entreolhamos. Ele tinha uma velha e perversa boca, sem nenhum dente, e, como tinha se barbeado, seu queixo parecia um quebra-nozes.

— Qui que ocêis tão fazendo aqui, meninada? – disse ele.

Não havia muita dúvida sobre o que nós estávamos fazendo. Ninguém respondeu.

— Vô insiná ocêis a vim pescá na minha lagoinha! – rugiu ele de súbito, e no momento seguinte caiu em cima da gente, batendo em todas as direções.

A Mão Preta se separou e fugiu. Deixamos todas as varinhas para trás e tam- bém o peixe. O velho Brewer nos perseguiu até metade do prado. Suas pernas eram duras e ele não conseguia se mover muito rápido, mas conseguiu acertar uns bons tabefes antes que conseguíssemos sair de seu alcance. Nós o deixamos no meio do campo, gritando para nós que sabia os nossos nomes e ia contar para nossos pais. Eu tinha ficado para trás e a maioria dos golpes aterrissou em

Os outros tinham alguns anzóis e linhas e boias e um montinho de pasta de pão em um paninho, e todos cortamos galhos de salgueiro da árvore no canto do laguinho. A casa da fazenda estava a apenas cento e oitenta metros dali, e era preciso ficar fora do campo de visão dela porque o velho Brewer não gostava de pescaria. Não que fizesse muita diferença para ele; ele só usava o laguinho como bebedouro para seu gado, mas odiava a meninada. Os outros ainda tinham inveja de mim e ficavam me dizendo para sair da luz, relembrando que eu era só uma criança e não sabia nada de pescaria. Eles diziam que eu estava fazendo tanto barulho que ia espantar todos os peixes, embora na verdade eu não fizesse nem metade do barulho que os outros ali faziam. Finalmente, eles não me deixaram sentar ao lado deles e me mandaram para outra parte do laguinho, onde a água era mais rasa e não havia tanta sombra. Eles disseram que uma criança como eu com certeza ficaria agitando a água e assustando os peixes. Era uma parte péssima do laguinho, onde nenhum peixe vinha normalmente. Eu sabia disso. Eu parecia saber, como por instinto, os lugares onde um peixe ficaria. Mesmo assim, eu estava pescando, até que enfim. Estava sentado na margem gramada com a vara nas mãos, as moscas esvoaçando ao redor e o cheiro da hortelã-pimenta forte a ponto de derrubar alguém, observando a boia vermelha na água verde, e estava feliz da vida, embora as marcas de lágrimas misturadas com terra ainda cobrissem todo o meu rosto.

Deus sabe quanto tempo ficamos sentados ali. A manhã se esticava, infinita, e o sol ficava cada vez mais alto, e ninguém sentia nenhum peixe morder. Era um dia quente, parado, claro demais para pescar. As boias jaziam na água sem nem estremecer. Dava para ver até o fundo da água, como se olhasse em um vidro verde-escuro. Lá no meio do laguinho, dava para ver os peixes logo abaixo da superfície, tomando sol, e às vezes, nas ervas perto da lateral, uma salamandra vinha deslizando para cima e descansava ali com os dedos nas ervas e só o nariz para fora da água. Mas os peixes não estavam mordendo. Os outros ficavam gritando que tinham sentido morder, mas era sempre mentira. E o tempo se estendia mais e mais, ficava cada vez mais e mais quente, e as moscas te comiam vivo, e a hortelã-pimenta debaixo da margem cheirava como a doçaria da tia Wheeler. Eu estava com uma fome cada vez maior, ainda mais porque não sabia com certeza de onde viria meu jantar. Mas fiquei sentado, quietinho feito um rato, e não tirei os olhos da boia nunquinha. Os outros tinham me dado um naco de isca do tamanho de uma bola de gude, dizendo que aquilo teria que bastar para mim, mas por muito tempo eu nem ousei repor a isca no meu anzol, porque a cada vez que eu puxava minha linha eles xingavam, dizendo que eu estava fazendo barulho suficiente para assustar todos os peixes numa área de dez quilômetros.

Acho que devíamos estar ali há cerca de duas horas quando subitamente minha boia estremeceu. Eu sabia que era um peixe. Deve ter sido um peixe que estava só passando por acaso e viu minha isca. Não havia como confundir me matassem por isso. Provavelmente me dariam uma surra, e eu não voltaria para casa a tempo para o jantar, aí a mamãe ia saber que eu tinha matado aula e eu levaria outra surra, mas eu não ligava. Estava simplesmente desesperado para ir pescar com a gangue. E eu fui astuto, também. Dei tempo de sobra para Joe dar uma volta e chegar à Fazenda Moinho pela estrada, aí desci pela travessa e contornei o prado do outro lado da sebe, para chegar quase até o lago antes que a gangue me visse. Fazia uma manhã de junho maravilhosa. Os botões-de-ouro chegavam quase aos meus joelhos. Havia um sopro de vento que mal balançava o topo dos olmeiros, e as grandes nuvens verdes das folhas pareciam macias e ricas como seda. Era nove da manhã e eu tinha oito anos, e por toda a minha volta era o começo do verão, com grandes sebes emaranhadas onde as rosas selvagens ainda estavam em flor, e pedaços de nuvens brancas e fofinhas vagavam lá no alto, e, à distância, as colinas baixas e as massas azuladas apagadas das florestas ao redor de Binfield do Alto. E eu não estava nem aí para nada disso. Tudo em que eu pensava eram o laguinho verde e as carpas e a gangue com seus anzóis e linhas e pasta de pão. Era como se eles estivessem no paraíso e eu pudesse me juntar a eles. No momento, eu consegui alcançá-los escondido – quatro deles, Joe e Sid Lovegrove e o garoto de recados e outro filho de lojista, Harry Barnes, acho que era o nome dele.

Joe se virou e me viu.

— Jesus Cristo! – disse ele. — É o moleque.

Ele se aproximou de mim como um gato de rua prestes a começar uma briga.

— E você, hein? O que foi que eu te disse? Vai voltar pra casa rapidinho.

Tanto Joe quanto eu tínhamos a tendência de acelerar a fala quando ficávamos empolgados. Eu me afastei dele.

— Eu não vou voltar pra casa.

— Vai, sim.

— Dá na orelha dele, Joe – disse Sid. — Não queremos nenhuma criancinha por aqui.

— Você VAI voltar pra casa? – disse Joe.

— Não.

— Tá certinho, meu rapaz! CerTINHO!

E aí ele partiu para cima de mim. No minuto seguinte ele estava me perseguindo, acertando um tapa depois do outro. Mas eu não fui para longe do laguinho; corri em círculos. Finalmente ele me pegou e me derrubou, e então se ajoelhou em cima dos meus braços e começou a torcer minhas orelhas, que era sua tortura preferida e eu não suportava. Eu já estava chorando a essa altura, mas ainda não tinha cedido e prometido ir para casa. Eu queria ficar e ir pescar com a gangue. E, de súbito, os outros se voltaram a meu favor e disseram para Joe sair de cima do meu peito e me deixar ficar, se eu quisesse. Então eu fiquei, no fim das contas.

esteve doente ontem. Claro que eu era louco para me juntar à Mão Preta, mas Joe sempre me cortava e dizia que eles não queriam nenhuma criança por perto.

Era a ideia de ir pescar que realmente me atraía. Aos oito anos, eu ainda não tinha feito isso, exceto com uma rede barata, com a qual dá para pegar um peixe-espinho às vezes. Mamãe sempre teve pavor de deixar que a gente chegasse perto de água. Ela "proibia" pescaria, do mesmo jeito que os pais daquela época "proibiam" quase tudo, e eu ainda não tinha entendido que os adultos não conseguem enxergar para lá da esquina. Mas a ideia de pescar me deixava maluco de empolgação. Muitas vezes passei pelo laguinho na Fazenda Moinho e observei as carpinhas relaxando na superfície, e às vezes debaixo do salgueiro, no canto, uma carpa grande em formato de diamante, que, aos meus olhos, parecia enorme – quinze centímetros de comprimento, creio eu –, subia de repente até a superfície, engolia alguma larva e afundava de novo. Eu passava horas colando meu nariz na vitrine da Wallace, na High Street, onde vendiam equipamentos de pesca, armas e bicicletas. Eu ficava acordado nas manhãs de verão pensando nas histórias que Joe me contara sobre pescarias, como você misturava pasta de pão, como sua boia balança e afunda e você sente a vara entortar e o peixe puxando na linha. Adianta falar sobre isso, eu me pergunto – sobre o tipo de luz mágica que peixes e equipamentos de pesca têm aos olhos de uma criança? Algumas crianças sentem a mesma coisa a respeito de armas e tiros, outras sentem com motocicletas ou aviões ou cavalos. Não é algo que se possa explicar e racionalizar; é simplesmente mágico. Certa manhã – era junho e eu devia ter oito anos –, eu sabia que Joe ia matar aula para pescar, e me convenci a segui-lo. De algum jeito, Joe adivinhou o que eu estava pensando e se virou para mim quando estávamos nos vestindo.

— Agora, veja bem, jovem George, não vá pensando que você vai com a gangue hoje. Você fica em casa.

— Eu não tava pensando, não. Nem pensei nisso.

— Pensou, sim! Você pensou que ia com a gangue.

— Não pensei, não!

— Pensou, sim!

— Não pensei, não!

— Pensou, sim! Você fica em casa. Não queremos nenhuma porra de criança junto.

Joe tinha acabado de aprender a palavra "porra" e estava sempre usando. Papai escutou isso uma vez e jurou que lhe daria uma surra de criar bicho, mas, como sempre, não deu. Depois do café da manhã, Joe saiu em sua bicicleta com a mochila e o boné da Escola de Gramática, cinco minutos antes do horário, como sempre fazia quando pretendia matar aula, e quando chegou a hora de eu ir para a casa da tia Howlett, eu me esgueirei e me escondi na rua atrás dos lotes. Eu sabia que a gangue iria para o lago na Fazenda Moinho, e eu os seguiria, nem que eles de ir para um internato, embora todos soubessem que a tia Howlett era uma velha impostora e mais do que inútil como professora. Ela tinha mais de setenta anos, bem surda, mal conseguia enxergar mesmo de óculos, e tudo o que tinha como equipamento era uma bengala, uma lousa, alguns livros de gramática cheios de orelhas e algumas dúzias de caderninhos fedidos. Ela mal conseguia dar conta das meninas, mas os meninos simplesmente riam da cara dela e cabulavam aula sempre que tinham vontade. Certa vez houve um escândalo pavoroso porque um menino meteu a mão dentro do vestido de uma menina, algo que eu não entendi na época. A tia Howlett conseguiu abafar a coisa toda. Quando você fazia algo particularmente ruim, a fórmula dela era "eu vou contar pro seu pai", e em raríssimas ocasiões ela contava mesmo. Mas éramos espertos o bastante para ver que ela não ousava fazer isso com frequência, e mesmo quando ela perdia a paciência com você, a bengala era tão velha e ela tão atrapalhada que era fácil se esquivar.

Joe tinha apenas oito anos quando entrou para uma gangue de moleques durões chamada Mão Preta. O líder era Sid Lovegrove, o filho caçula do seleiro, que tinha uns treze anos, e havia ainda dois outros filhos de comerciantes, um garoto de recados da cervejaria e dois peões de fazenda que às vezes conseguiam escapar do trabalho e sair com a gangue por algumas horas. Os rapazes de fazenda eram dois grandalhões estourando para fora das calças de veludo cotelê, com sotaques muito fortes e um tanto desprezados pelo resto da turma, mas eram tolerados porque sabiam o dobro do que os outros sabiam sobre animais. Um deles, apelidado de Ruivo, conseguia até capturar um coelho com as mãos de vez em quando. Se ele via um parado na grama, jogava-se por cima do bicho com as pernas e os braços abertos. Existia uma grande distinção social entre os filhos dos comerciantes e os filhos de funcionários e peões de fazenda, mas os meninos locais geralmente não prestavam muita atenção nisso antes de chegarem aos dezesseis anos mais ou menos. A gangue tinha uma senha secreta e uma "prova" que incluía cortar um dedo e comer uma minhoca, e queriam convencer-se de que eram bandidos terríveis. Eles certamente conseguiram se tornar um incômodo: quebraram janelas e perseguiram vacas, arrancaram batedores de portas e roubaram mais de vinte quilos de frutas. Às vezes, no inverno, eles conseguiam pegar emprestado um par de furões e sair para caçar ratos, quando os fazendeiros permitiam. Todos eles tinham estilingues e varinhas com peso e estavam sempre juntando dinheiro para comprar uma pistola leve, que naquela época custava cinco xelins, mas o dinheiro nunca chegava a mais que três centavos. No verão, eles iam pescar e caçar ninhos de passarinho. Quando Joe estava na casa da Sra. Howlett, cabulava aula pelo menos uma vez por semana, e mesmo na Escola de Gramática ele conseguia cabular no mínimo uma vez por quinzena. Havia um rapaz na Escola de Gramática, filho de um leiloeiro, que conseguia copiar qualquer letra e, por um centavo, forjava uma carta da sua mãe dizendo que você a cidade devia conter quinhentas casas e certamente não podia haver mais de dez delas com banheiros, ou cinquenta com o que descreveríamos agora como um toalete. No verão, o quintal no fundo de nossa casa sempre cheirava a lata de lixo. E todas as casas tinham insetos. Na nossa havia baratas nos lambris e grilos em algum ponto atrás do fogão, além, é claro, das larvas de farinha na loja. Naquela época, até uma dona de casa orgulhosa como mamãe não via nenhum problema em baratas. Elas faziam parte da cozinha tanto quanto a cômoda ou o rolo de massa. Mas havia insetos e insetos. As casas na rua ruim atrás da cervejaria, onde Katie Simmons morava, eram dominadas por percevejos. Mamãe ou qualquer uma das esposas de comerciantes teriam morrido de vergonha se tivessem percevejos na casa. De fato, era considerado educado dizer que você não conhecia um percevejo nem de vista.

As grandes varejeiras vinham flutuando para dentro da despensa e se sentavam desejosamente nas coberturas de arame por cima da carne. "Malditas moscas!", as pessoas diziam, mas as moscas eram um ato de Deus e, além das coberturas para carne e dos papéis pega-mosca, não se podia fazer muito contra elas. Eu disse, há algum tempo, que a primeira coisa de que me lembro é o cheiro de sanfeno, mas o cheiro de latas de lixo também é uma das primeiras memórias. Quando penso na cozinha de mamãe, com o piso de pedra e as armadilhas para baratas e o guarda-fogo e o fogão apagado, sempre pareço ouvir as varejeiras zumbindo e o cheiro de lata de lixo, e também o velho Pregador, que carregava um odor bem potente de cachorro.

E Deus sabe que há cheiros e sons piores. O que você preferiria ouvir, uma varejeira ou um bombardeiro?

CAPÍTULO 3

Joe começou a frequentar a Escola Walton de Gramática dois anos antes de mim. Nenhum dos dois começou antes dos nove anos. Isso significava percorrer mais de seis quilômetros de bicicleta de manhã e à noite, e mamãe tinha medo de deixar que a gente se misturasse ao tráfego, que naquela época já incluía alguns poucos carros a motor.

Por vários anos, tivemos aulas na casa da velha Sra. Howlett. A maioria dos filhos de comerciantes ia para lá, para poupá-los da vergonha e do rebaixamento de moda, a maioria das lojas da High Street não as tinha, mas mamãe se sentia segura por trás delas. O tempo todo, dizia ela, ela tinha uma sensação terrível de que Jack, o Estripador estava se escondendo em Binfield de Baixo. O caso Crippen – mas isso foi anos depois, quando eu já era quase adulto – a aborreceu demais. Eu posso ouvir sua voz agora. "Estripar a coitada da esposa e enterrá-la no depósito de carvão! Que IDEIA! O que eu faria com esse homem se pusesse as mãos nele!" – e, curiosamente, quando ela pensava na terrível perversidade daquele médico americano que desmembrou a esposa (e fez um belo serviço, retirando todos os ossos e jogando a cabeça no mar, se me lembro corretamente), lágrimas lhe vinham aos olhos.

Mas o que ela mais lia durante a semana era o *Companheira do Lar de Hilda*. Naqueles dias, ele fazia parte da mobília regular de qualquer casa como a nossa. Na verdade, ainda existe, embora tenha sido preterido pelos jornais femininos mais simplificados que surgiram depois da guerra. Eu dei uma olhada num exemplar outro dia. Está mudado, mas menos do que a maioria das coisas. Ainda estão lá as mesmas histórias enormes em série, que se estendem por seis meses (e tudo dá certo no final, com flores de laranjeira para acompanhar), e as mesmas Dicas de Casa, e as mesmas propagandas de máquinas de costura e remédios para problemas nas pernas. Foram principalmente a impressão e as ilustrações que mudaram. Naquela época, a heroína tinha que parecer uma ampulheta; agora, ela tinha que lembrar um cilindro. Mamãe era uma leitora lenta e acreditava em fazer valer todos os três centavos que o *Companheira do Lar de Hilda* custava. Sentada na velha poltrona amarela ao lado da lareira, com os pés no guarda-fogo de ferro e o potinho de chá forte repousando no fogão, ela ia abrindo caminho lentamente, da capa à contracapa, passando pela série, os dois contos, as Dicas de Casa, as propagandas de pomada Zam-Buk e as respostas às cartinhas. O *Companheira de Casa de Hilda* geralmente durava a semana toda para ela, e algumas semanas ela nem chegava a terminar. Às vezes o calor do fogo ou o chiado das varejeiras nas tardes de verão a faziam pegar no sono e, faltando quinze para as seis, ela acordava num susto enorme, olhava para o relógio na cornija da lareira e se alvoroçava porque o chá ia atrasar. Mas o chá nunca atrasava.

Naqueles dias – até 1909, para ser exato –, papai ainda podia bancar um garoto de recados, e ele deixava a loja nas mãos do rapaz e vinha para o chá com as costas das mãos enfarinhadas. Aí a mamãe parava de cortar fatias de pão por um momento e dizia: "Se você puder dar as graças, pai", e o papai, enquanto nós todos abaixávamos a cabeça até o peito, resmungava, reverente: "Pelo que vamos receber, Senhor, nos torne realmente gratos, Amém". Mais tarde, quando Joe já era um pouco mais velho, seria: "Hoje VOCÊ dá graças, Joe", e Joe diria algumas palavras. Mamãe nunca dava graças: tinha que ser alguém do sexo masculino.

Havia sempre varejeiras zumbindo nas tardes de verão. Nossa casa não tinha rede de esgoto, pouquíssimas casas em Binfield de Baixo tinham. Suponho que com um golpe das asas, touros jogavam você longe, e cobras "picavam". Todas as cobras picavam, segundo mamãe, e quando eu citei a enciclopédia baratinha para afirmar que elas não picavam, e sim mordiam, ela só me disse que eu não devia ser respondão. Lagartos, licranços, rãs, sapos e salamandras também picavam. Todos os insetos picavam, exceto moscas e baratas. Praticamente toda comida, tirando a que você comia nas refeições, era venenosa ou "fazia mal pra você". Batatas cruas eram mortalmente venenosas, assim como cogumelos, a menos que você os comprasse na mercearia. Groselha crua dava cólica e framboesa crua dava erupção cutânea. Se você tomasse banho de banheira depois de uma refeição, morria de câimbra; se você se cortasse entre o polegar e o indicador, pegava tétano; e se lavasse as mãos na água em que ovos tinham sido cozidos, teria verrugas. Quase tudo na loja era venenoso, e era o motivo para mamãe ter posto o portão na passagem para lá. "Bolo" de ração de vaca era venenoso, assim como milho de galinha, assim como semente de mostarda e vitaminas Karswood para aves. Doces faziam mal para você e comer entre as refeições fazia mal para você, apesar de, curiosamente, haver certos tipos de "comer entre as refeições" que mamãe sempre permitia. Quando ela estava fazendo geleia de ameixa, deixava a gente comer aquele xaropinho que era retirado do topo, e a gente se esbaldava nele até passar mal. Embora quase tudo no mundo fosse perigoso ou venenoso, havia certas coisas que detinham virtudes misteriosas. Cebola crua era a cura para quase tudo. Uma meia amarrada em volta do pescoço era a cura para dor de garganta. Enxofre na água do cachorro agia como um tônico, e a tigela do velho Pregador atrás da porta dos fundos sempre tinha um pedaço de enxofre que continuava por lá ano após ano, sem nunca se dissolver.

Nós tomávamos chá às seis. Às quatro, mamãe geralmente já tinha terminado o serviço de casa; e entre as quatro e as seis, ela tomava uma xícara de chá sossegada e "lia o jornal", como dizia ela. Na verdade, ela não lia o jornal com frequência, exceto aos domingos. Os jornais durante a semana tinham só as notícias do dia, e só ocasionalmente traziam um assassinato. Mas os editores dos jornais de domingo tinham compreendido que as pessoas não ligam muito se seus assassinatos estão atualizados, e quando não havia nenhum novo caso à mão, eles requentavam algum antigo, às vezes voltando até o Dr. Palmer e a Sra. Manning. Acho que a mamãe pensava no mundo fora de Binfield de Baixo principalmente como um lugar em que assassinatos eram cometidos. Assassinatos tinham um fascínio terrível para ela, porque, como ela dizia com frequência, ela simplesmente não sabia como as pessoas podiam ser TÃO perversas. Cortando a garganta das esposas, enterrando os pais debaixo de pisos de cimento, jogando bebês em poços! Como alguém PODIA fazer essas coisas? O pavor de Jack, o Estripador tinha acontecido mais ou menos na época em que papai e mamãe se casaram, e as grandes persianas de madeira que puxávamos sobre as vitrines da loja toda noite datavam desse tempo. Persianas para vitrines estavam saindo

Sol se levantaria. Por toda sua vida, mamãe foi para a cama às nove e se levantou às cinco, e ela teria achado vagamente perverso – meio que decadente, estranho e aristocrático – dormir e acordar mais tarde. Embora não se incomodasse em pagar Katie Simmons para que levasse Joe e eu para caminhar, ela jamais toleraria a ideia de ter uma mulher vindo ajudá-la com o serviço de casa. Era uma crença firme sua que uma mulher contratada sempre varria a sujeira para baixo da cômoda. Nossas refeições estavam sempre prontas pontualmente. Refeições enormes – ensopados de carne de boi e bolinhos, rosbife e Yorkshire *pudding*, carneiro cozido com alcaparras, cabeça de porco, torta de maçã, pão doce com passas, rocambole com geleia – com uma oração de graças antes e outra depois. As ideias antigas sobre criação de filhos ainda se mantinham, apesar de estarem saindo rapidamente de moda. Em teoria, as crianças ainda apanhavam e iam para a cama à base de pão e água, e com certeza você podia receber ordens de se retirar da mesa se fizesse muito barulho comendo, ou se engasgasse, ou recusasse algo que era "bom para você", ou se "respondesse". Na prática, não havia muita disciplina na nossa família e, dos dois, mamãe era a mais firme. Papai, embora estivesse sempre citando a frase "Poupe o castigo e estrague a criança", era na verdade fraco demais com a gente, especialmente com Joe, que foi osso duro de roer desde cedo. Ele sempre "ia" dar uma boa surra no Joe, e nos contava histórias, que agora eu acredito que fossem mentiras, sobre as surras medonhas que seu próprio pai lhe dava com uma tira de couro, mas nada nunca acontecia. Quando Joe tinha doze anos, já era forte demais para que mamãe o castigasse e, depois disso, não havia como fazer nada com ele.

Naquela época, ainda se achava adequado que os pais dissessem "não" para seus filhos o tempo todo. Com frequência se ouvia um sujeito se gabar de que ele iria "bater no filho até a mão doer" se o pegasse fumando, ou roubando maçãs, ou pegando um ninho de passarinho. Em algumas famílias, esses espancamentos realmente ocorriam. O velho Lovegrove, o seleiro, pegou seus dois filhos, uns tontos de dezesseis e quinze anos, fumando no galpão do jardim e os espancou de tal forma que dava para ouvir na cidade inteira. Lovegrove era um fumante inveterado. As surras nunca pareciam fazer qualquer efeito: todos os meninos roubavam maçãs, apanhavam ninhos de passarinhos, e aprendiam a fumar mais cedo ou mais tarde, mas ainda se considerava a ideia de que as crianças deveriam ser tratadas com rudeza. Praticamente tudo o que valia a pena fazer era proibido, na teoria, pelo menos. Segundo mamãe, tudo o que um menino quer fazer sempre era "perigoso". Nadar era perigoso, subir em árvores era perigoso, assim como eram escorregar, lutar com bolas de neve, se pendurar atrás de carroças, usar estilingues e varinhas, e até pescar. Todos os animais eram perigosos, tirando o Pregador, os dois gatos e Jackie, o curió. Cada animal tinha seus métodos especiais e reconhecidos para atacar. Cavalos mordiam, morcegos entravam no seu cabelo, lacrainhas entravam no seu ouvido, cisnes quebravam a sua perna me aproximando da mesa para tentar filar um pouco de comida. Mamãe "não tolerava que" comessem entre as refeições. Você geralmente recebia a mesma resposta: "Vai andando, agora mesmo! Eu não vou deixar você estragar o jantar. Você tem o olho maior do que a barriga". Muito de vez em quando, porém, ela cortava uma tirinha de casca de frutas cristalizadas para você.

Eu gostava de assistir a mamãe abrindo massa. Havia sempre um fascínio em assistir a alguém fazer um serviço que a pessoa realmente entendia. Observe uma mulher – uma mulher que saiba mesmo cozinhar, quero dizer – abrir massa. Ela tem um ar peculiar, solene, contido, um ar meio satisfeito, como uma sacerdotisa celebrando um rito sagrado. E na cabeça dela, claro, é exatamente isso que ela é. Mamãe tinha antebraços grossos, fortes e rosados, que geralmente estavam pintalgados de farinha. Quando cozinhava, todos os seus movimentos eram maravilhosamente precisos e firmes. Em suas mãos, batedores de ovos e trituradores e rolos de massa faziam exatamente o que deveriam fazer. Quando você a via cozinhando, sabia que ela estava num mundo em que se encaixava, em meio a coisas que ela realmente compreendia. Exceto pelos jornais de domingo e uma fofoca ocasional, o mundo lá fora não existia realmente para ela. Embora ela lesse com mais facilidade do que papai e, ao contrário dele, costumasse ler noveletas além dos jornais, ela era incrivelmente ignorante. Eu me dei conta disso quando tinha dez anos de idade. Ela com certeza não poderia lhe dizer se a Irlanda ficava a leste ou oeste da Inglaterra, e duvido se em algum momento antes do início da Grande Guerra ela podia ter lhe dito quem era o primeiro-ministro. Além disso, ela não tinha o menor desejo de saber essas coisas. Posteriormente, quando eu lia livros sobre os países orientais onde se praticava a poligamia e sobre os haréns secretos onde as mulheres eram trancadas com eunucos negros montando guarda sobre elas, eu pensava como mamãe ficaria chocada se ouvisse falar disso. Quase posso ouvir sua voz – "Minha nossa! Trancando as esposas desse jeito! Que IDEIA!". Não que ela soubesse o que era um eunuco. Mas, na verdade, ela vivia sua vida num espaço que devia ser tão pequeno e privado quanto uma *zenana*. Mesmo em nossa própria casa havia partes em que ela nunca botava os pés. Ela nunca ia até o sótão atrás do quintal e raramente entrava na loja. Ela não saberia onde nada era guardado e, até que fossem moídos em farinha, provavelmente não sabia a diferença entre trigo e aveia. E por que saberia? A loja era coisa do papai, era "o serviço do homem", e mesmo sobre o lado financeiro da loja ela não tinha muita curiosidade. Seu trabalho, "o serviço da mulher", era cuidar da casa e das refeições e das roupas e das crianças. Ela teria um piti se visse papai ou outra pessoa do sexo masculino tentando pregar um botão por si mesmo.

No quesito refeições e coisas assim, a nossa era uma das casas onde tudo funcionava como um reloginho. Ou não: não como um reloginho, que sugere algo mecânico. Era mais como algum tipo de processo natural. Você sabia que o café da manhã estaria na mesa amanhã cedo do mesmo jeito que sabia que o chefe de correio, por exemplo, ou encarregado da estação ferroviária de uma estação interiorana. Mas ele não tinha nem coragem e iniciativa para pedir dinheiro emprestado e expandir seus negócios, nem a imaginação para pensar em novas linhas de venda. Era característico dele que a única demonstração da presença de imaginação que ele já tinha exibido fosse a invenção de uma nova mistura de sementes para aves de gaiola (Mistura de Bowling, ele a chamou, e ela ficou famosa por um raio de quase oito quilômetros) e se devesse realmente ao tio Ezequiel. Tio Ezequiel era um apreciador de pássaros e tinha uma quantidade de pintassilgos em sua lojinha escura. Sua teoria era que os pássaros de gaiola perdiam sua cor pela falta de variedade em sua dieta. No quintal atrás da loja, papai tinha um terreninho no qual cultivava cerca de vinte tipos de ervas sob uma rede aramada, e ele as secava e misturava suas sementes com a semente comum para canários. Jackie, o curió que ficava pendurado na vitrine, devia servir como propaganda para a Mistura de Bowling. De fato, ao contrário da maioria dos curiós engaiolados, Jackie nunca ficou preto.

Mamãe era gorda desde que eu me lembro. Sem dúvida é dela que eu herdei minha deficiência pituitária, ou seja lá o que deixa a gente gordo.

Ela era uma mulher mais para grande, um tanto mais alta que papai, com o cabelo muito mais claro que o dele e uma tendência a usar vestidos pretos. Contudo, exceto aos domingos, eu nunca me lembro dela sem um avental. Seria um exagero, mas não um muito grande, dizer que eu não me lembro dela sem que estivesse cozinhando. Quando se olha para trás depois de um longo período, parece que você vê os seres humanos sempre fixos em algum lugar especial e alguma atitude característica deles. A você, parece que eles sempre estavam fazendo exatamente a mesma coisa. Bem, da mesma forma que, quando penso no papai, lembro-me dele sempre atrás do balcão, com o cabelo todo enfarinhado, somando números com um toquinho de lápis que ele umedece entre os lábios, e da mesma forma que me lembro do tio Ezequiel com seus bigodes brancos fantasmagóricos, endireitando-se e dando tapinhas em seu avental de couro, quando eu penso na mamãe me lembro dela na mesa da cozinha, com os antebraços cobertos de farinha, abrindo um bocado de massa.

Você sabe o tipo de cozinha que as pessoas tinham naquela época. Um lugar imenso, um tanto escuro e baixo, com uma ripa enorme atravessando o telhado e um piso de pedra com um porão embaixo. Tudo enorme, ou assim me parecia quando eu era criança. Uma vasta pia de pedra que não tinha uma torneira, e sim uma bomba de ferro, uma cômoda cobrindo uma parede e chegando até o teto, um fogão gigantesco que queimava meia tonelada por mês e só Deus sabe quanto tempo levava para limpar e polir. Mamãe na mesa abrindo um naco enorme de massa. E eu engatinhando por ali, mexendo com as mechas de lenha, pedaços de carvão e armadilhas de lata para baratas (a gente tinha baratas em todos os cantos escuros e elas eram atraídas por cerveja) e, de vez em quando,

Gramática, para onde os fazendeiros e os comerciantes bem de vida mandavam seus filhos, enquanto o tio Ezequiel gostava de se gabar de nunca ter frequentado a escola em toda a sua vida e aprendeu a ler por conta própria ao lado de uma vela de sebo depois do trabalho. Mas ele era um homem muito mais perspicaz do que papai, discutia com qualquer um e costumava citar Carlyle e Spencer sem parar. Papai tinha uma mente mais lenta, nunca se adaptou ao "aprendizado vindo dos livros", como ele chamava, e seu inglês não era muito bom. Nas tardes de domingo, o único momento em que ele realmente descansava, ele se ajeitava perto da lareira na sala de estar para dar o que ele chamava de "uma boa lida" no jornal de domingo. Seu jornal favorito era o *The People* – mamãe preferia o *News of the World*, em que ela considerava haver mais assassinatos. Eu posso vê-los agora. Uma tarde de domingo – verão, é claro, sempre no verão – um cheiro de porco assado e verduras ainda pairando no ar, mamãe em um dos lados da lareira, começando a ler sobre o assassinato mais recente, mas aos poucos pegando no sono com a boca aberta, e papai do outro lado, de pantufas e óculos, batalhando lentamente pelos metros de impressão manchada. E a sensação suave do verão por tudo à sua volta, os gerânios na janela, um estorninho cantando em algum lugar, e eu debaixo da mesa com o B.O.P., fingindo que a toalha da mesa era uma tenda. Depois, no chá, enquanto mastigava os rabanetes e as cebolinhas, papai falava de um jeito meio ruminativo sobre as coisas que ele estava lendo, os incêndios e naufrágios e escândalos na alta sociedade, e essas novas máquinas voadoras, e o camarada (eu noto que até hoje ele aparece nos jornais de domingo uma vez a cada três anos) que foi engolido por uma baleia no Mar Vermelho e retirado de dentro dela três dias depois, vivo, mas descorado por causa do suco gástrico da baleia. Papai sempre foi um pouco cético quanto a essa história e às novas máquinas voadoras; tirando isso, ele acreditava em tudo o que lia. Até 1909, ninguém em Binfield de Baixo acreditava que seres humanos algum dia aprenderiam a voar. A doutrina oficial era que, se Deus quisesse que nós voássemos, Ele teria nos dado asas. Tio Ezequiel não podia evitar de responder que, se Deus quisesse que nós rodássemos por aí, teria nos dado rodas, mas nem ele acreditava nas novas máquinas voadoras.

Era só nas tardes de domingo e talvez na única noite da semana em que ele ia buscar uma caneca pequena de cerveja no George que papai voltava sua mente para essas coisas. Nos outros momentos, ele sempre estava mais ou menos afogado no trabalho. Não havia realmente tanta coisa para fazer, mas ele parecia estar sempre ocupado, fosse no sótão atrás do quintal, lutando com sacos e fardos, ou no pequeno esconderijo empoeirado atrás do balcão da loja, somando números num caderninho com um toquinho de lápis. Ele era um homem muito honesto e muito prestativo, muito ansioso para fornecer bons produtos e não enganar ninguém, o que mesmo naquela época não era o melhor jeito de conduzir um negócio. Ele teria sido o homem perfeito para algum cargo oficial simples, um brancos que eu já vi – brancos como a lanugem do cardo. Ele tinha um jeito de bater a mão no avental de couro e se levantar muito retinho – uma reação por ter ficado muito debruçado, suponho –, depois do que ele ladrava suas opiniões diretamente na sua cara, terminando com uma gargalhada meio fantasmagórica. Ele era um verdadeiro liberal do século XIX, do tipo que não apenas lhe perguntava o que Gladstone havia dito em 1878, como sabia dar a resposta, e foi uma das pouquíssimas pessoas em Binfield de Baixo a manter suas opiniões por toda a guerra. Ele estava sempre censurando Joe Chamberlain e algum grupo de pessoas a quem se referia como "a gentalha de Park Lane". Posso ouvi-lo agora, tendo uma de suas discussões com papai. "Eles e seu extenso império! Podiam ir estendê-lo pessoalmente, por mim. Hehehe!" E, em seguida, a voz de papai, uma voz baixa, preocupada, consciente, respondendo para ele com o fardo do homem branco e nosso dever para com os pobres pretos que esses tais de bôeres tratavam vergonhosamente. Por uma semana, mais ou menos, depois de o tio Ezequiel confessar que era pró-bôeres e um anti-imperialista, eles mal se falaram. Eles tiveram outra briga quando começaram as histórias sobre atrocidades. Papai ficou muito preocupado pelos rumores que ouvira, e abordou tio Ezequiel a respeito. Anti-imperialista ou não, ele não tinha como achar correto que esses bôeres jogassem bebês para o alto e os espetassem em suas baionetas, mesmo que fossem APENAS bebês pretos. Entretanto, o tio Ezequiel apenas riu na cara dele. Papai tinha entendido tudo errado! Não eram os bôeres que jogavam bebês para cima, eram os soldados britânicos! Ele ficava me agarrando – eu devia ter uns cinco anos – para ilustrar. "Jogam-nos para o alto e os espetam feito sapos, estou te falando! Do mesmo jeito que eu jogaria esse rapazinho aqui!" E aí ele me balançava para o alto e quase me soltava, e eu tinha uma imagem vívida de estar voando e aterrissando na ponta de uma baioneta.

Papai era bem diferente de tio Ezequiel. Eu não sei muito sobre meus avós, eles morreram antes de eu nascer; só sabia que meu avô tinha sido sapateiro e que, no fim da vida, se casou com a viúva de um vendedor de sementes, que foi como ficamos com a loja. Era um trabalho não muito adequado ao papai, embora ele conhecesse o negócio de cima a baixo e estivesse sempre trabalhando. Tirando os domingos e muito de vez em quando o horário da noite durante a semana, eu não me lembro dele sem farinha nas costas da mão, nos vincos do rosto e no que lhe restava de cabelo. Ele tinha se casado quando estava na casa dos trinta, e devia ter quase quarenta em minha primeira lembrança dele. Ele era um sujeito pequenino, um homem meio cinzento e quieto, sempre em mangas de camisa e um avental branco, sempre empoeirado por causa da farinha. Tinha a cabeça redonda, um nariz rombudo, um bigode bem hirsuto, usava óculos e tinha cabelo cor de manteiga, igual ao meu, mas tinha perdido a maior parte dele, e estava sempre enfarinhado. Meu avô melhorou muito sua situação se casando com a viúva do negociante de sementes, e papai foi educado na Escola Walton de as ideias britânicas antiquadas de que os casacos vermelhos eram a escumalha da terra, e que qualquer um que se juntasse ao exército morreria de beber e iria direto para o inferno, mas, ao mesmo tempo, eram bons patriotas, colocavam a bandeira da Grã-Bretanha nas janelas e sustentavam como dogma que os ingleses nunca tinham sido vencidos em batalha e nunca poderiam ser. Naquela época, todo mundo, até os não conformistas, cantava músicas sentimentais sobre a tênue linha vermelha e o jovem soldado que morreu no campo de batalha lá longe. Esses jovens soldados sempre morriam "quando os tiros e cartuchos estavam voando", eu me lembro. Aquilo me intrigava quando pequeno. Tiro eu podia entender, mas vinha uma imagem bem estranha na minha mente quando imaginava cartuchos de caneta voando pelo ar. Quando Mafeking terminou, as pessoas quase derrubaram o teto de tanto gritar, e mesmo assim havia vezes em que acreditavam nas histórias sobre os Bôeres jogando bebês para o alto e espetando-os em suas baionetas. O velho Brewer ficou tão irritado com as crianças gritando "Krooger!" atrás dele mais para o fim da guerra que raspou a barba. A atitude do povo quanto ao governo era, na verdade, a mesma. Todos eles eram ingleses de carteirinha e juravam que Vicky era a melhor rainha que já viveu e que os estrangeiros eram sujos, mas, ao mesmo tempo, ninguém jamais pensava em pagar um imposto, nem mesmo uma licença para o cachorro, se houvesse algum jeito de se livrar dele.

Antes e depois da guerra, Binfield de Baixo era um eleitorado liberal. Durante a guerra, houve uma eleição suplementar que os conservadores venceram. Eu era jovem demais para entender do que se tratava, só sabia que eu era conservador porque gostava mais das serpentinas azuis do que das vermelhas, e me lembro disso principalmente por causa de um bêbado que caiu de nariz na calçada do lado de fora do George. Na empolgação generalizada, ninguém reparou nele, que ficou caído ali por horas no sol quente com o sangue secando em torno dele e, quando secou, ficou púrpura. Quando as eleições de 1906 chegaram, eu já tinha idade suficiente para entender, mais ou menos, e dessa vez eu era um liberal porque todo mundo era. As pessoas perseguiram o candidato conservador por quase um quilômetro e o jogaram num lago cheio de lentilha d'água. As pessoas levavam a política a sério naquela época. Começavam a estocar ovos podres semanas antes de uma eleição.

Desde cedo na vida, quando a Guerra dos Bôeres estourou, eu me lembro da grande briga entre papai e tio Ezequiel. Tio Ezequiel tinha uma loja de sapatos pequena em uma das ruas que saía da High Street, e também prestava serviços como sapateiro. Era um negócio pequeno e tendia a ficar ainda menor, o que não importava muito porque o tio Ezequiel não era casado. Ele era só meio-irmão do meu pai, e muito mais velho que ele, vinte anos no mínimo, e pelos cerca de quinze anos em que o conheci, ele parecia exatamente o mesmo. Era um velho camarada de boa aparência, bem alto, com cabelos brancos e os bigodes mais

CAPÍTULO 2

Quinta era dia de feira. Camaradas com rostos redondos e vermelhos feito abóboras, com aventais sujos e botas enormes cobertas de esterco de vaca seco, carregando galhos compridos de aveleira, guiavam seus animais para a praça da feira logo de manhã cedinho. Por horas, haveria uma bagunça terrível: cães latindo, porcos guinchando, sujeitos em carroças de comerciantes querendo atravessar a multidão estalando seus chicotes e praguejando, e todos que tinham algo a ver com o gado gritando e jogando varetas. O grande barulho sempre acontecia quando eles traziam um touro para a feira. Mesmo naquela idade, me ocorreu que a maioria dos touros eram bestas indefesas e seguidoras da lei que só queriam chegar a suas barracas em paz, mas um touro não seria considerado um touro se metade da cidade não tivesse que aparecer para persegui-lo. Às vezes, algum bruto aterrorizado, geralmente uma novilha semicrescida, se soltava e disparava por uma rua lateral, então todo mundo que por acaso estivesse no caminho ficava no meio da rua, agitando os braços para trás como as velas de um moinho, gritando "Xô! Xôôô!". Supostamente, isso teria algo como um efeito hipnótico sobre o animal e certamente os assustava.

No meio da manhã, alguns dos fazendeiros entrariam na loja e passariam amostras de sementes por entre os dedos. Na verdade, papai fazia pouquíssimos negócios com os fazendeiros, porque não tinha veículo de entrega e não podia custear créditos longos. Ele fazia principalmente negócios de uma classe um tanto pequena, comida para aves, forragem para os cavalos dos comerciantes e assim por diante. O velho Brewer, da Fazenda do Moinho, era um pão-duro desgraçado com uma barbinha grisalha no queixo, que costumava ficar por lá uma meia hora, cutucando amostras de milho para galinhas e deixando-as caírem em seu bolso distraidamente, depois do que, claro, ele finalmente saía sem comprar nada. À noite, os pubs ficavam cheios de homens bêbados. Naqueles dias, a cerveja custava dois centavos por caneca e, ao contrário da cerveja atual, ela tinha força. Por toda a Guerra dos Bôeres, o sargento recrutador ficava no bar das cervejas mais baratas no George toda noite de quinta e sábado, muito bem-vestido e bastante liberal com seu dinheiro. De vez em quando, na manhã seguinte era possível vê-lo saindo com algum rapaz de fazenda, envergonhado e com a cara vermelha, que havia aceitado o xelim quando estava bêbado demais para enxergar e descoberto de manhã que aquilo lhe custaria vinte libras para se livrar. As pessoas costumavam ficar na porta de casa e balançar a cabeça ao vê-los passar, quase como se fosse um funeral. "Muito bem, agora! Alistado como soldado! Pense só! Um rapaz bom desses!", elas ficavam chocadas. Alistar-se como soldado, na visão delas, era o equivalente exato de uma moça ir trabalhar nas ruas. Sua atitude para com a guerra e o exército era muito curiosa. Elas tinham uma paródia andrajosa horrível de um vestido adulto que passava de uma irmã para a outra em sua família. Ela tinha um chapéu enorme e ridículo com as marias-chiquinhas penduradas atrás dele, uma saia comprida se arrastando no chão e botas de botão com os tacões gastos. Ela era uma coisinha minúscula, não muito mais alta do que Joe, mas não era ruim em "cuidar" das crianças. Em uma família como aquela, uma criança está "cuidando" de outras quase que desde que para de mamar. Às vezes ela tentava ser adulta e elegante, e tinha um jeito de te interromper com um provérbio que, na mente dela, era algo irrespondível. Se você dissesse "Eu não ligo", ela respondia na mesma hora:

"Não ligo foi forçado a ligar,
Não ligo se passou,
Não ligo foi botado na panela
E fervido até que cozinhou."

Ou se você a xingasse, ela dizia "O que vem de baixo não me atinge", ou, quando você estava se gabando, "O orgulho vem antes da queda". Isso se tornou muito verdadeiro um dia quando eu desfilava fingindo ser um soldado e caí num monte de esterco de vaca. A família dela morava em um lugar que mais parecia um ninho imundo de ratos na rua miserável atrás da cervejaria.

O lugar fervilhava de crianças, como algum tipo de praga. A família toda tinha conseguido escapar de ir para a escola, o que era bem fácil de fazer naquela época, e começado a levar recados e cumprir outras tarefas pequenas assim que conseguiam andar sozinhos. Um dos irmãos mais velhos ficou um mês preso por roubar nabos. Ela parou de nos levar para caminhar um ano depois, quando Joe estava com oito anos e difícil demais para uma menina lidar. Ele tinha descoberto que na casa de Katie eles dormiam cinco numa cama só, e a provocava sobre isso sem descanso.

Pobre Katie! Ela teve seu primeiro bebê quando estava com quinze anos. Ninguém sabia quem era o pai, e Katie provavelmente também não tinha certeza. A maioria das pessoas acreditava que fosse um dos irmãos dela. O pessoal do abrigo levou o bebê, e Katie começou a trabalhar em Walton. Algum tempo depois ela se casou com um funileiro, o que mesmo pelos padrões de sua família era um rebaixamento. A última vez em que a vi foi em 1913. Eu andava de bicicleta por Walton e passei por barracos de madeira pavorosos ao lado da ferrovia, com cercas em volta deles feitas de tábuas de barril, onde os ciganos acampavam em certas épocas do ano, quando a polícia deixava. Uma bruxa velha e enrugada, com o cabelo caído e uma cara esfumaçada, aparentando ter pelo menos cinquenta anos, saiu de um dos barracos e começou a chacoalhar um tapete de trapos. Era Katie, que devia estar com vinte e sete anos.

em caminhadas longas e arrastadas – sempre, é claro, apanhando e comendo coisas por todo o caminho – descendo pela estrada para lá dos loteamentos, do outro lado do Prado de Roper, passando pela Fazenda do Moinho, onde havia uma piscina com salamandras e carpas pequeninas (Joe e eu pescávamos lá quando ficamos um pouco mais velhos), até chegar na estrada da Binfield do Alto para passar na doçaria que ficava nos limites da cidade. Essa loja ficava numa localização tão ruim que qualquer um que a pegava ia à falência. Até onde eu sabia, foi três vezes uma doçaria, uma mercearia e uma vez bicicletaria, mas tinha um fascínio peculiar para as crianças. Mesmo quando não tínhamos dinheiro, íamos naquela direção para colar os narizes na vitrine. Katie não estava nem um pouco acima de compartilhar um tostão de doces e brigar por causa de sua parte. Você comprava coisas que valia a pena ter por um tostão naquela época. A maioria dos doces custava um centavo por cem gramas. Existia até um negócio chamado Misturinha do Paraíso, em sua maioria, doces quebrados de outros recipientes, que custava seis centavos. Havia também os Tostões Eternos, que tinham um metro de comprimento e não dava para terminar nem em meia hora. Camundongos e porcos de açúcar saíam oito por um centavo, assim como pistolas de alcaçuz; pipoca custava meio centavo um saco dos grandes; e um pacote premiado, que vinha com vários tipos diferentes de doce, um anel de ouro e às vezes um apito, era um centavo. Não se vê mais pacotes premiados hoje em dia. Uma porção dos doces que tínhamos naquela época se acabou. Existia um doce branco achatado com lemas impressos nele, e também um negócio rosado e grudento que vinha numa caixinha de fósforos ovalada com uma colherinha minúscula de lata, que custavam meio centavo. Os dois desapareceram. Assim como sumiram as sementes cristalizadas, os cachimbos de chocolate e os fósforos de açúcar, e até os chocolates granulados, difíceis de encontrar hoje em dia. Chocolate granulado era uma tapeação excelente quando você só tinha um tostão. E os monstros de um centavo? Alguém já viu um monstro de um centavo hoje em dia? Era uma garrafa imensa, com mais de um litro de limonada gasosa, tudo por um centavo. Isso é outra coisa que a guerra matou bem matado.

Parece ser sempre verão quando eu olho para trás. Posso sentir a grama ao meu redor, da minha altura, e o calor saindo da terra. E a poeira na rua, e a luz cálida e esverdeada passando pelos ramos da aveleira. Posso ver nós três caminhando, comendo as coisas das sebes, com Katie puxando meu braço e dizendo: "Vamos, Bebê!" e às vezes gritando para Joe, lá adiante: "Joe! Volta aqui agora mesmo! Você vai apanhar!". Joe era um menino robusto com uma cabeça grande e irregular e panturrilhas tremendas, o tipo de menino que está sempre fazendo algo perigoso. Aos sete, ele já usava calças curtas, com as meias pretas grossas esticadas por cima do joelho e as grandes botas estrepitosas que os meninos tinham que usar naquela época. Eu ainda usava um avental – um tipo de macacão de algodão grosso que a mamãe fazia para mim. Katie vestia quando os tinha. A tia Wheeler era uma bruxa velha, e as pessoas desconfiavam que ela chupava os caramelos e os enfiava de volta no baleiro, apesar de isso nunca ter sido provado. Mais abaixo ficava a barbearia, com a propaganda dos cigarros Abdulla – aquela com os soldados egípcios; curiosamente, eles usam essa mesma propaganda até hoje – e o intenso cheiro de pós-barba Bay Rum e tabaco Latakia. Por trás das casas, dava para ver as chaminés da cervejaria. No meio da praça da feira ficava um bebedouro de pedra para os cavalos, e por cima da água sempre havia uma fina capa de poeira e palha.

Antes da guerra, e especialmente antes da Guerra dos Bôeres, era verão o ano todo. Estou bem ciente de que isso é um delírio. Estou meramente tentando lhe dizer como as coisas me vêm. Se eu fechar os olhos e pensar em Binfield de Baixo em qualquer momento antes que eu tivesse, digamos, oito anos, é sempre de um clima de verão que me lembro. Seja a praça da feira na hora do jantar, com uma poeira sonolenta caída sobre tudo e o cavalo do mensageiro com a cabeça enfiada na bolsa de comida, mastigando sem parar, seja uma tarde quente na grande pradaria verde e suculenta em torno da cidade, seja o quase crepúsculo na estrada atrás dos loteamentos, com um cheiro de tabaco de cachimbo e goivo flutuando pela sebe. Mas, de certa forma, eu me lembro, sim, de estações diferentes, porque todas as minhas memórias estão presas a coisas de comer, que variavam com as diferentes épocas do ano. Especialmente as coisas que dava para encontrar nas sebes. Em julho, havia amoras-pretas – mas elas são muito raras – e as amoras comuns estavam ficando maduras o bastante para comer. Em setembro, havia abrunhos e avelãs. As melhores avelãs sempre ficavam fora do nosso alcance. Pouco depois, vinham castanhas de faia e maçãs silvestres. E aí vinha o tipo de comida inferior que você comia quando não havia nada melhor. A fruta do espinheiro – mas essa não era muito boa – e a rosa-mosqueta, que tinha um gosto azedinho bem bom, se você tirasse os pelinhos dela. Angélica é boa no começo do verão, especialmente se você estiver com sede, assim como os caules de vários tipos de grama. Também tem a azedinha, que é gostosa no pão com manteiga, a noz e um tipo de azedinha de verão que tinha um gosto mais ácido. Até sementes de plátano são melhores do que nada quando você está bem longe de casa e com muita fome.

Joe era dois anos mais velho do que eu. Quando éramos bem pequenos, a mamãe pagava a Katie Simmons dezoito centavos por semana para nos levar para caminhadas à tarde. O pai de Katie trabalhava na cervejaria e tinha catorze filhos, de modo que a família estava sempre de olho em pequenos serviços extra. Ela tinha apenas doze anos enquanto Joe tinha sete e eu, cinco, e seu nível mental não era muito diferente do nosso. Ela costumava me arrastar pelo braço e me chamar de "Bebê", e tinha autoridade suficiente sobre nós para evitar que fôssemos atropelados por carroças para cães ou perseguidos por touros, mas, no que dizia respeito à conversa, estávamos quase em termos de igualdade. Saíamos

A primeira coisa de que me lembro é o cheiro de palha de sanfeno. Você subia pela passagem de pedra que levava da cozinha para a loja, e o cheiro de sanfeno ficava mais forte pelo caminho. Mamãe tinha colocado um portão de madeira na entrada para evitar que Joe e eu (Joe era meu irmão mais velho) entrássemos na loja. Eu ainda posso me lembrar de ficar ali segurando as barras, e o cheiro de sanfeno misturado com o cheiro úmido de gesso que vinha da passagem. Só anos depois eu consegui de algum jeito passar do portão e entrar na loja quando ninguém estava lá. Um rato que atacava uma das marmitas subitamente saiu de lá e correu entre meus pés. Ele estava praticamente branco de farinha. Isso deve ter acontecido quando eu tinha cerca de seis anos.

Quando se é muito jovem, parece que você subitamente fica consciente de coisas que estavam bem debaixo do seu nariz há muito tempo. As coisas bem ao seu redor flutuam para dentro da sua mente uma de cada vez, como ocorre quando você está acordando. Por exemplo: foi somente quando eu já tinha quase quatro anos que de súbito me dei conta de que tínhamos um cachorro. Pregador, era o nome dele, um English White Terrier velhinho, uma raça que agora está extinta. Eu o encontrei debaixo da mesa da cozinha e, de alguma forma, compreendi, tendo descoberto apenas naquele momento, que ele nos pertencia e que seu nome era Pregador. Da mesma forma, pouco antes, eu havia descoberto que para lá do portão, no final da passagem, havia um lugar de onde vinha o cheiro de sanfeno. E a própria loja em si, com as balanças imensas e as medidas de madeira e a pá de lata, e as letras brancas na janela, e o curió na gaiola – que não dava para ver muito bem, nem da calçada, porque a janela estava sempre empoeirada –, todas essas coisas se encaixaram no lugar em minha mente, uma por uma, como pedaços de um quebra-cabeças.

O tempo passa, você fica com as pernas mais fortes e, gradualmente, começa a ter uma ideia de geografia. Suponho que Binfield de Baixo fosse como qualquer outra cidade mercantil com cerca de dois mil habitantes. Ficava em Oxfordshire – eu continuo dizendo que FICAVA, repare, embora, no fim das contas, o lugar ainda exista –, a cerca de oito quilômetros do Tâmisa. Jazia num vale suave, com uma ondulação baixa de colinas entre ela e o Tâmisa, com colinas mais altas atrás. No topo das colinas, havia florestas meio que em massas de um azul desbotado, em meio às quais dava para ver uma grande casa branca com uma colunata. Era a Casa Binfield ("O Salão", como todo mundo chamava), e o topo da colina era conhecido como Binfield do Alto, embora não houvesse nenhuma vila ali, e não tivesse existido vila alguma por cem anos ou mais. Eu já devia estar com quase sete anos quando notei a existência da Casa Binfield. Quando você é muito pequeno, não olha à distância. Mas, a essa altura, eu conhecia cada centímetro da cidade, que tinha a forma grosseira de uma cruz, com a praça da feira bem no meio. Nossa loja ficava na High Street, pouco antes de chegar à praça da feira, e na esquina ficava a doçaria da Sra. Wheeler, onde você gastava seus tostões

CAPÍTULO 1

O mundo de que relembrei momentaneamente quando vi o nome do Rei Zog no cartaz era tão diferente do mundo em que eu vivo agora que você podia ter certa dificuldade em acreditar que algum dia eu já tivesse pertencido a ele.

Suponho que a esta altura você tenha uma imagem minha em sua mente – um cara gordo de meia-idade com dentaduras e cara vermelha – e, subconscientemente, imaginou que eu fosse igualzinho mesmo quando estava no berço. Mas quarenta e cinco anos é muito tempo e, embora algumas pessoas não mudem nem se desenvolvam, outras o fazem. Eu mudei bastante, e tive meus altos e baixos, na maioria, altos. Pode parecer estranho, mas meu pai provavelmente estaria bem orgulhoso de mim se pudesse me ver agora. Ele acharia maravilhoso que um filho seu tivesse seu automóvel e morasse numa casa com banheiro interno. Mesmo agora, estou um pouco acima de minhas origens e, em outros momentos, alcancei níveis que jamais teríamos sonhado naqueles velhos tempos, anteriores à guerra.

Antes da guerra! Por quanto tempo vamos continuar dizendo isso, eu me pergunto? Quanto tempo antes que a resposta seja: "Qual guerra?"? No meu caso, a terra do nunca em que as pessoas pensam quando dizem "antes da guerra" pode quase ser antes da Guerra dos Bôeres. Eu nasci em 1893, e consigo me lembrar de fato do início da Guerra dos Bôeres, por causa da briga de primeira que papai e tio Ezequiel tiveram por causa dela. Eu tenho diversas outras memórias, datadas de cerca de um ano antes disso.

PARTE II

e Asbadada; gente com trajes longos e rígidos e barbas assírias, cavalgando para cima e para baixo em camelos em meio a templos e árvores de cedro, fazendo coisas extraordinárias. Sacrificando oferendas queimadas, caminhando em meio a fornalhas ardentes, sendo pregadas em cruzes, sendo engolidas por baleias. E tudo misturado com o cheiro adocicado de cemitério e os vestidos de sarja e o chiado do órgão.

Este era o mundo ao qual eu voltei quando vi o cartaz sobre o Rei Zog. Por um momento, não apenas me lembrei dele, eu ESTIVE nele. É claro que essas impressões não duram mais que poucos segundos. Um momento depois, era como se eu abrisse meus olhos de novo, e tinha quarenta e cinco anos e havia um engarrafamento na Strand. Mas aquilo tinha deixado para trás algo como uma sequela. Às vezes, quando você sai de uma linha de raciocínio, sente que está emergindo de um mergulho profundo; dessa vez, porém, foi o contrário: era como se fosse lá atrás, em 1900, que eu estava respirando o ar verdadeiro. Mesmo agora, com os olhos abertos, por assim dizer, todos esses malditos idiotas correndo de um lado para o outro e os cartazes e o fedor de gasolina e o rugido dos motores pareciam para mim menos reais do que a manhã de domingo em Binfield de Baixo, trinta e oito anos atrás.

Joguei fora meu charuto e segui caminhando lentamente. Eu podia sentir o cheiro de defunto. De certa forma, ainda posso senti-lo agora. Estou de volta a Binfield de Baixo, e o ano é 1900. Ao lado do bebedouro de cavalos na praça da feira, o cavalo do mensageiro recebe sua refeição. Na doçaria da esquina, a tia Wheeler pesa meio tostão de balinhas de *brandy*. A carruagem de Lady Rampling passa por ali, com o tigre sentado atrás com suas calças impermeabilizadas com argila, de braços cruzados. Tio Ezequiel está xingando Joe Chamberlain. O sargento recrutador em seu casaco escarlate, macacão azul justo e seu quepe desfila para cima e para baixo, retorcendo seu bigode. Os bêbados vomitam no terreno atrás de George. Vicky está em Windsor, Deus está no céu, Cristo está na cruz, Jonas na baleia, Ananias, Mizael e Azarias estão na fornalha ardente, e Siom, rei dos amorreus, e Ogue, rei de Basã, estão sentados em seus tronos olhando um para o outro – sem fazer nada, especificamente, apenas existindo, ocupando seus lugares designados, como um par de cães de bombeiros, ou como o Leão e o Unicórnio.

Será que se foi para sempre? Não tenho certeza. Mas posso lhe dizer que era um mundo bom para se viver. Eu pertenço a ele. Assim como você.

agonizante, como se alguém estivesse com uma faca na sua garganta e ele soltasse seu último grito de socorro. Wetherall, entretanto, tinha um estrondo tremendo, turbulento, vindo das profundezas de suas entranhas, como tambores enormes rolando de um lado para o outro em algum ponto subterrâneo. Mas, por mais barulho que ele emitisse, você sempre sabia que ele tinha muito mais reservado. As crianças o apelidaram de Barriga Roncando.

Eles criavam algo como um efeito antifonal, especialmente nos salmos. Era sempre Wetherall quem dava a última palavra. Suponho que eles fossem realmente amigos na vida particular, mas, na minha perspectiva infantil, eu imaginava que eles fossem inimigos mortais e tentassem calar um ao outro com seus gritos. Shooter rugia "O Senhor é meu pastor", então Wetherall respondia com "E nada me faltará", sufocando-o por completo. Sempre dava para saber qual dos dois era o mestre. Eu ansiava especialmente por aquele salmo que falava sobre Siom, o rei dos amorreus, e Ogue, o rei de Basã (foi disso que o nome do Rei Zog tinha me lembrado). Shooter começava com "Siom, rei dos amorreus", então, por talvez meio segundo, dava para ouvir o resto da congregação cantando o "e", e aí o grave imenso de Wetherall entrava como um maremoto e engolia todo mundo com "Ogue, o rei de Basã". Eu queria poder fazer você ouvir o tremendo, estrondoso barulho de tambores subterrâneos que ele conseguia enfiar naquela palavra, "Ogue". Ele costumava inclusive cortar o "e", de modo que, quando era bem pequeno, eu achava que eles cantavam Iogue, o rei de Basã. Mas depois, quando entendi direito os nomes, formei uma imagem na minha mente de Siom e Og. Eu os via como um par daquelas grandes estátuas egípcias das quais eu vira fotos na enciclopédia barata, imensas estátuas de pedra com quase dez metros de altura, sentadas em seus tronos de frente uma para a outra, as mãos nos joelhos e um sorrisinho misterioso em seus rostos.

Como aquilo voltou à minha mente! Aquela sensação peculiar – era apenas uma sensação, não se poderia descrevê-la como uma atividade – que chamávamos de "Igreja". O cheiro adocicado de defunto, a agitação dos vestidos de domingo, o chiado do órgão e as vozes rugindo, o ponto de luz vindo do buraco na janela e se arrastando lentamente pela nave. De algum jeito, os adultos conseguiam explicar que essa performance extraordinária era necessária. Você tinha isso como certo, da mesma forma que tinha a Bíblia como certa, e a consumia em grandes doses naquele tempo. Havia textos em todas as paredes e você sabia capítulos inteiros do Velho Testamento de cor. Mesmo agora, minha cabeça ainda é cheia de trechos da Bíblia. E os filhos de Israel cometeram o mal novamente à vista do Senhor. Asher ficou junto às suas baías. Seguiu-os de Dan até Bersebá. Feriu-o na quinta costela, e morreu. Você nunca entendia, nem tentava ou queria entender, era apenas algo como um remédio, um negócio de gosto estranho que você tinha que engolir e sabia ser, de alguma forma, necessário. Uma ladainha extraordinária sobre gente com nomes como Simei e Nabucodonosor e Aitofel

O passado é uma coisa curiosa. Está com você o tempo todo. Imagino que nunca se passe uma hora sem que você pense em coisas que aconteceram dez ou vinte anos atrás, e mesmo assim, na maioria do tempo, ele não é real, é apenas um conjunto de fatos que você aprendeu, como muita coisa num livro de história. Então alguma visão ou som ou cheiro, especialmente cheiros, dispara alguma coisa, e o passado não apenas vem até você, você ESTÁ realmente no passado. Foi assim naquele momento.

Eu estava de volta à igreja paroquial em Binfield de Baixo, trinta e oito anos antes. Por fora, suponho, eu ainda caminhava pela Strand, gordo e com quarenta e cinco anos, com dentaduras e um chapéu coco, mas, por dentro, eu era Georgie Bowling, sete anos, filho caçula de Samuel Bowling, comerciante de milho e sementes, da High Street, 57, em Binfield de Baixo. E era uma manhã de domingo, e eu podia sentir o cheiro da igreja. Como sentia! Você sabe, aquele cheiro de igreja, um odor peculiar, abafado, empoeirado, decadente, meio adocicado. Há um traço de gordura de vela nesse cheiro, e talvez um rastro de incenso e uma suspeita de camundongos, que nas manhãs de domingo é recoberto com sabão amarelo e vestidos de sarja, mas predominantemente é aquele odor adocicado, empoeirado, mofado que é como os cheiros da morte e da vida misturados. É como cadáveres cobertos de talco, na verdade.

Naqueles dias, eu tinha cerca de um metro e vinte de altura. Estava de pé no genuflexório para poder enxergar por cima do banco da frente, e podia sentir o vestido preto de sarja de mamãe sob a minha mão. Também podia sentir minhas meias puxadas por cima do joelho – a gente usava as meias assim, naquela época – e a borda de serra do colarinho Eton em que eles costumavam me prender nas manhãs de domingo. E eu podia ouvir o órgão chiando e duas vozes enormes berrando o salmo. Na nossa igreja, havia dois homens que lideravam os cantos; na verdade, eles cantavam tanto que mais ninguém tinha uma chance. Um deles era Shooter, o peixeiro, e o outro era o velho Wetherall, o carpinteiro e coveiro. Eles se sentavam em lados opostos na nave, nos bancos mais próximos ao púlpito. Shooter era um baixinho gorducho com um rosto bem rosado e liso, nariz grande, bigode caído e um queixo que meio que desaparecia debaixo da boca. Wetherall era bem diferente. Ele era um capetusco descarnado, grande e poderoso de uns sessenta anos, com um rosto de caveira e cabelo grisalho duro com um centímetro de comprimento por toda a cabeça. Eu nunca tinha visto um homem vivo que se parecesse tanto com um esqueleto. Dava para ver cada linha do crânio no rosto dele; sua pele era como pergaminho, e sua grande mandíbula quadrada, cheia de dentes amarelos, subia e descia exatamente como a mandíbula de um esqueleto num museu de anatomia. Entretanto, mesmo com toda a sua magreza, ele parecia forte como ferro, como se fosse viver até os cem anos e fazer caixões para todo mundo naquela igreja antes de seu fim. Suas vozes também eram bem diferentes. Shooter tinha um bramido meio que desesperado, de tontos passando por mim. Como perus em novembro, pensei. Nem ideia do que está por vir para eles. Era como se eu tivesse raios-X nos olhos e pudesse ver os esqueletos caminhando.

Olhei alguns anos adiante. Vi essa rua como ela será daqui a cinco anos, digamos, ou daqui a três anos (dizem que está marcado para 1941), depois que a luta começar. Não, não toda despedaçada. Só um pouco alterada, meio que lascada e sujinha, as vitrines quase vazias e tão empoeiradas que não dá para enxergar o interior da loja. Descendo por uma rua lateral, há uma imensa cratera deixada por uma bomba e um bloco de prédios incinerado de um jeito que ficou parecendo um dente cariado. Termite. Tudo está curiosamente silencioso, e todos estão bem magros. Um pelotão de soldados surge marchando pela rua. Eles são todos magros feito um cabo de vassoura e suas botas se arrastam. O sargento tem um bigode encurvado nas pontas e se mantém ereto como uma vareta, mas ele também é magro e tem uma tosse que quase o rasga ao meio. Entre seus acessos de tosse, ele está tentando gritar com os soldados no estilo antigo de desfile.

— Agora, Jones! Levanta a cabeça! Pra que tá olhando pro chão? As bitucas já foram catadas anos atrás!

De súbito, um acesso de tosse o domina. Ele tenta se conter, não consegue, dobra-se ao meio e quase vomita as entranhas de tanto tossir. Seu rosto fica rosa e roxo, o bigode parece afrouxar, e escorrem lágrimas de seus olhos.

Posso ouvir as sirenes antiaéreas e os alto-falantes berrando que nossas tropas gloriosas tomaram cem mil prisioneiros. Vejo uma cobertura em Birmingham e uma criança de cinco anos uivando, uivando por um pedaço de pão. Subitamente a mãe não consegue aguentar mais e grita com a criança: "Cala a boca, desgraçada!", e então levanta o vestido da criança e dá-lhe um forte tabefe no bumbum, porque não há pão e não vai haver pão. Vejo isso tudo. Vejo os cartazes e as filas por comida e o óleo de rícino e os cassetetes de borracha e as metralhadoras cuspindo para fora das janelas dos quartos.

Vai acontecer? Não tenho como saber. Alguns dias é impossível acreditar nisso. Alguns dias eu digo a mim mesmo que é só um susto que os jornais nos dão. Alguns dias sei, apenas sinto que não há como escapar disso.

Quando cheguei perto da Charing Cross, os meninos gritavam anunciando uma edição mais tardia dos jornais vespertinos. Havia mais disparates sobre o assassinato. PERNAS. DEPOIMENTO DE UM CIRURGIÃO FAMOSO. E então outro cartaz chamou minha atenção: CASAMENTO DO REI ZOG ADIADO. Rei Zog! Que nome! É quase impossível acreditar que um camarada com um nome desses não seja um preto retinto.

Mas, bem naquele momento, uma coisa esquisita aconteceu. O nome de Rei Zog – suponho que, como eu já tinha visto o nome diversas vezes naquele dia, ele estava misturado com algum ruído do tráfego ou com o cheiro de esterco de cavalo ou algo assim – despertou lembranças em mim.

e ele as escolhe como um joalheiro escolhendo gemas para um colar. Nove entre dez pessoas julgariam que meus dentes eram naturais.

Tive um vislumbre de corpo inteiro de mim mesmo em outra vitrine pela qual passava e me ocorreu que eu realmente não era um sujeito tão feio. Um pouco mais para gordo, admito, mas nada ofensivo, apenas o que os alfaiates chamariam de "cheinho", e algumas mulheres gostavam que o homem tivesse a cara vermelha. Ainda há vida nesse cachorro velho, pensei. Eu me lembrei das minhas dezessete libras, e definitivamente me convenci de que as gastaria em uma mulher. Havia tempo para uma caneca antes que os pubs fechassem, só para batizar os dentes novos, e, sentindo-me rico por causa das minhas dezessete libras, parei numa tabacaria e comprei um charuto de seis centavos para mim, de um tipo que eu gosto bastante. Eles têm vinte centímetros de comprimento e folhas puras de tabaco de Havana por dentro e por fora. Suponho que repolhos cresçam em Havana do mesmo jeito que em todo lugar.

Quando saí do pub, eu me sentia bem diferente.

Tinha tomado duas canecas de cerveja, que me esquentaram por dentro, e a fumaça do charuto vazando em volta da minha dentadura nova me dava uma sensação fresca, limpa, pacífica. De repente, me senti meio que pensativo e filosófico. Em parte, porque eu não tinha nenhum trabalho a fazer. Minha mente voltou aos pensamentos de guerra que eu estava tendo de manhã cedo, quando o bombardeiro sobrevoou o trem. Senti-me quase que num humor profético, daqueles em que você prevê o fim do mundo e tira certa satisfação disso.

Eu caminhava para o oeste, subindo a Strand, e embora estivesse esfriando, eu ia devagar para ter o prazer do meu charuto. A turma usual com a qual a gente mal consegue lutar para atravessar fluía pela calçada acima, todos eles com aquela expressão fixa insana no rosto que o pessoal tem nas ruas de Londres. Ainda havia o engarrafamento usual no tráfego com os grandes ônibus vermelhos enfiando os narizes entre os carros, e os motores rugindo, e as buzinas soando. Barulho suficiente para acordar os mortos, mas não para acordar esse pessoal, pensei. Eu tinha a impressão de ser a única pessoa desperta numa cidade de sonâmbulos. Isso é uma ilusão, claro. Quando você atravessa uma multidão de desconhecidos, é quase impossível não imaginar que eles são todos estátuas de cera, mas, provavelmente, eles estão pensando o mesmo a seu respeito. É esse tipo de clima profético que recai sobre mim com frequência hoje em dia, a sensação de que a guerra está logo ali na esquina e que a guerra é o fim de todas as coisas, e não é algo peculiar a mim. Todos nós temos isso, mais ou menos. Suponho que mesmo entre as pessoas passando naquele momento deve existir alguns camaradas que estão tendo imagens mentais das explosões e da lama. Seja lá qual for o seu pensamento, sempre há um milhão de pessoas pensando o mesmo no mesmo momento. Mas era assim que eu me sentia. Estamos todos no convés em chamas e ninguém além de mim sabe disso. Olhei para as caras quanto os assassinatos estão ficando chatos agora. Todo esse negócio de cortar as pessoas e deixar pedaços delas espalhados pelo interior. Nem se comparava com os antigos dramas de envenenamento doméstico, Crippen, Seddon, Sra. Maybrick; a verdade é, suponho, que não se pode cometer um bom assassinato a menos que você acredite que vai arder no inferno por causa disso.

Nesse momento eu mordi uma das salsichas e... meu Deus!

Não posso dizer honestamente que esperava que aquele negócio tivesse um sabor agradável. Eu esperava que não tivesse gosto de nada, como o pão. Mas isso... bem, isso era uma experiência e tanto. Deixe-me tentar descrever para você.

A salsicha tinha uma pelinha de borracha, claro, e meus dentes provisórios não eram muito adequados para ela. Eu tive que fazer um movimento meio que de serra para poder fazer os dentes passarem da pele. E então subitamente... Pá! A coisa explodiu na minha boca como uma pera podre. Um treco molengo horrível escorreu por toda a minha língua. Mas o gosto! Por um momento, eu simplesmente não pude acreditar. E então rolei a língua em torno dele outra vez e tentei de novo. Era PEIXE! Uma salsicha, um negócio que dava a si mesmo o nome de salsicha, cheia de peixe! Eu me levantei e saí, sem nem tocar no meu café. Só Deus sabe que sabor ele podia ter.

Lá fora, o menino jornaleiro enfiou o *Standard* na minha cara e gritou:

— Pernas! Revelações horríveis! Todos os vencedores! Pernas! Pernas!

Eu ainda rolava aquela coisa em volta da minha língua, imaginando onde poderia cuspir aquilo. Lembrei-me de algo que havia lido no jornal sobre essas fábricas de comida na Alemanha, em que tudo é feito de alguma outra coisa. Ersatz, é esse o nome. Eu me lembro de ter lido que ELES estavam fazendo salsichas de peixe, e peixe, sem dúvida, de alguma outra coisa. Dava-me a sensação de ter mordido o mundo moderno e descoberto do que ele era feito realmente. Era assim que as coisas iam hoje em dia. Tudo liso e aerodinâmico, tudo feito de alguma outra coisa. Celuloide, borracha, aço cromado em todo canto, lâmpadas de arco ardendo a noite toda, tetos de vidro sobre a sua cabeça, rádios todas tocando a mesma música, nenhuma vegetação restando, tudo cimentado, tartarugas falsas pastando sob as árvores frutíferas neutras. Mas quando você vai ao que interessa e mete os dentes em algo sólido, uma salsicha, por exemplo, é isso que você recebe. Peixe podre em pele de borracha. Bombas de imundícies explodindo na sua boca.

Quando peguei os dentes novos, me senti muito melhor. Eles ficavam bem acomodados sobre a gengiva e, apesar de soar absurdo dizer que dentaduras podem fazer você se sentir mais jovem, isso é um fato. Tentei sorrir para mim mesmo na vitrine de uma loja. Elas não eram nada más. Warner, apesar de ser barato, era quase um artista e não tinha como meta deixar você parecido com um anúncio de pasta de dentes. Ele tem armários imensos, cheios de dentaduras – ele mostrou para mim certa vez –, todas organizadas segundo tamanho e cor,

CAPÍTULO 4

Deixei minha papelada no escritório. Warner é um desses dentistas americanos baratos, e seu consultório, ou sua "sala", como gosta de chamar, fica no meio de um grande bloco de escritórios, entre um fotógrafo e um atacadista de produtos de borracha. Eu cheguei cedo para minha consulta, mas bem na hora de comer alguma coisa. Não sei o que deu na minha cabeça de ir numa leiteria. Esse é o tipo de lugar que eu geralmente evito. Nós, que ganhamos de cinco a dez libras por semana, não somos bem servidos de locais para comer em Londres. Se a sua ideia de quantia a gastar numa refeição é uma libra e três centavos, o que há é o Lyons, o Express Dairy ou o ABC, senão é o tipo de belisco de funeral que eles servem em pubs, uma caneca de cerveja amarga e uma fatia de torta fria, que vem mais gelada que a cerveja. Do lado de fora da leiteria, os meninos gritavam as manchetes das primeiras edições dos jornais vespertinos.

Atrás do balcão vermelho-vivo, uma garota em um chapéu alto e branco mexia em uma geladeira e, de algum ponto nos fundos, um rádio tocava, póin-tic-ti-c-póin, um som bem baixinho. Por que diabos estou vindo para cá? – pensei comigo mesmo enquanto entrava. Havia um clima nesses lugares que me deprimia. Tudo era liso e brilhante e aerodinâmico: espelhos, esmalte e cromados para toda direção que se olhasse. Tudo gasto em decoração, nada na comida. Nenhuma comida de verdade. Só listas de coisas com nomes americanos, o tipo de coisa fantasma que não dá pra sentir o gosto e em cuja existência mal se pode acreditar. Tudo vem de uma caixa ou uma lata, ou é arrastado de dentro de um refrigerador ou cuspido de uma torneira ou espremido de um tubo. Nenhum conforto, nenhuma privacidade. Banquetas altas para se sentar, algo como um peitoril estreito onde comer, espelhos por toda a sua volta. Alguma propaganda flutuando pela área, misturada com o ruído do rádio, no sentido de que comida não importa, conforto não importa, nada importa, apenas lisura e brilho e aerodinamismo. Tudo é aerodinâmico hoje em dia, até a bala que Hitler está reservando para você. Pedi um café grande e duas salsichas. A moça no chapéu branco jogou-os para mim com o mesmo interesse que você jogaria ovos de formiga para um peixe-dourado.

Do lado de fora da porta, um jornaleiro gritou — *Star, News, Standaaaard!* – Vi o cartaz se agitando contra os joelhos dele: PERNAS. NOVAS DESCOBERTAS. Só "pernas", repare. A coisa se resumiu a isso. Dois dias antes, tinham descoberto as pernas de uma mulher em uma sala de espera da ferrovia, embrulhadas em um pacote de papel pardo. Com as sucessivas edições dos jornais, toda a nação deveria estar tão passionalmente interessada nessas malditas pernas que elas não precisavam de mais nenhuma introdução. Eram as únicas pernas que eram notícia no momento. É esquisito, pensei, enquanto comia um pedaço de pão, o ressaca do passado. Vou te contar sobre isso mais tarde. Sou gordo, mas, por dentro, sou magro. Já lhe ocorreu que existe um magro dentro de cada gordo, do mesmo jeito que dizem que existe uma estátua dentro de cada bloco de pedra?

O camarada que pegou emprestado meus fósforos estava dando uma boa cutucada nos dentes enquanto lia o *Express*.

— O caso das pernas parece que não andou muito – disse ele.

— Nunca vão pegar o cara – disse o outro. — Como você vai identificar um par de pernas? Elas são todas a mesma porcaria, né?

— Podiam rastrear ele pelo pedaço de jornal em que as embrulhou – disse o primeiro.

Lá embaixo, dava para ver os tetos das casas se estendendo infinitamente, se retorcendo para lá e para cá com as ruas, mas se estendendo mesmo assim, como uma planície enorme pela qual daria para correr. Em qualquer direção que você cruze Londres, são trinta quilômetros de casas quase sem parar. Jesus Cristo! Como os bombardeiros podem errar quando vierem? Somos apenas um alvo enorme. E sem aviso, provavelmente, pois, quem vai ser tão tonto a ponto de declarar guerra, hoje em dia? Se eu fosse Hitler, enviaria meus bombardeiros para cá no meio de uma conferência de desarmamento. Alguma manhã sossegada, quando os funcionários estiverem brotando pela Ponte de Londres, e o canário estiver cantando, e a velha prendendo as calças no varal… zum, fizzz, bum! Casas subindo pelo ar, calças ensopadas de sangue, canário cantando lá no alto, acima dos cadáveres.

Parece uma pena, de algum jeito, pensei. Olhei para o grande mar de telhados se estendendo sem fim. Quilômetros e quilômetros de ruas, lojas de peixe frito, capelas de lata, cinemas, pequenas gráficas em becos escuros, fábricas, blocos de apartamentos, pequenos negócios, leiterias, estações de força – e assim por diante, sem fim. Enorme! E a paz de tudo isso! Como uma grande área de natureza selvagem, sem animais selvagens. Sem armas disparando, ninguém descascando abacaxis, ninguém espancando outra pessoa com um cassetete de borracha. Pensando bem, em toda a Inglaterra, neste momento, provavelmente não há uma única janela de quarto da qual haja alguém disparando uma metralhadora.

Mas e daqui a cinco anos? Ou dois? Ou um?

Enfim, era algo assim. E mesmo no momento, aquilo me fez pensar. Aí está, você vê? É assim que se espera que as pessoas – que algumas pessoas – se comportem. Mas e um camarada como eu? Digamos que a Hilda vá passar um fim de semana com outra pessoa – não que eu dê a mínima para isso, na verdade eu acharia bem agradável descobrir que ela ainda tem tanta animação dentro dela – mas digamos que eu me importasse, será que eu me lançaria num paroxismo de lágrimas? Alguém esperaria que eu o fizesse? Ninguém esperaria, com uma silhueta como a minha. Seria absolutamente obsceno.

O trem acompanhava um barranco. Um pouco abaixo de nós, dava para ver os tetos das casas se estendendo sem fim, os telhadinhos vermelhos onde as bombas cairiam, um pouco iluminados nesse momento porque um raio de sol batia sobre eles. Engraçado como continuamos pensando em bombas. Claro que não é dúvida de que está vindo em breve. Dá para saber o quanto está próximo pelas coisas alegres que estão publicando nos jornais. Eu estava lendo um artigo no *News Chronicle* outro dia que falava que os bombardeiros hoje em dia não fazem muito estrago. As armas antiaéreas melhoraram tanto que o bombardeiro tem que se manter a seis mil metros de altura. O camarada acha, repare, que se o avião chega a uma certa altura, as bombas não chegam no chão. Ou mais provavelmente, o que ele queria dizer era que eles errariam o alvo em Woolwich Arsenal e só acertariam locais como a Ellesmere Road.

Mas, em termos gerais, eu não achava tão ruim ser gordo. Uma coisa a se dizer sobre um gordo é que ele é sempre popular. Não existe realmente nenhum tipo de empresa, de agente de apostas a bispos, em que um gordo não se encaixe e não se sinta em casa. Quanto às mulheres, os gordos têm mais sorte com elas do que as pessoas acham, pelo visto. É tudo bobagem imaginar, como alguns o fazem, que as mulheres veem os gordos apenas como uma piada. A verdade é que uma mulher não vê NENHUM homem como uma piada, se ele puder convencê-la de que está apaixonado por ela.

Veja, eu nem sempre fui gordo. Sou gordo há oito ou nove anos, e suponho que tenha desenvolvido a maioria das características. Mas também é um fato que internamente, mentalmente, eu não sou gordo, de jeito nenhum. Não! Não me confunda. Não estou tentando me colocar como alguma flor delicada, o coração dolorido por trás da face sorridente e assim por diante. Não entraria no ramo dos seguros se fosse assim. Eu sou bruto, insensível e me encaixo perfeitamente no meu ambiente. Desde que em algum lugar no mundo haja coisas sendo vendidas por comissão e a vida seja ganha puramente com dinheiro e ausência de sentimentos mais delicados, caras como eu estarão se virando. Em quase todas as circunstâncias, eu conseguiria ganhar a vida – sempre a vida, nunca uma fortuna – e mesmo em guerra, revolução, peste e fome, eu apostaria em mim mesmo como capaz de me manter vivo por mais tempo do que a maioria das pessoas. Sou desse tipo. Mas também tenho outra coisa dentro de mim, mormente uma gordo recebe esse rótulo, via de regra. Eu sou do tipo que as pessoas automaticamente dão tapinhas nas costas e socos nas costelas, e quase todas elas pensam que eu gosto. Eu nunca vou ao pub The Crown, em Pudley (passo naquela área uma vez por semana, a negócios), sem que aquele cretino do Waters – que viaja para o pessoal do Sabonete Espuma do Mar, mas que basicamente estabeleceu residência no The Crown – me cutuque as costelas e cante *"Here a sheer hulk lies poor Tom Bowling!"*[2], uma piada da qual os malditos tontos no bar nunca se cansavam. Waters tem um dedo que parece uma barra de ferro. Todos eles acham que um gordo não tem sentimentos.

O vendedor pegou outro fósforo meu, este para cutucar os dentes, e jogou a caixa de volta. O trem chegou assobiando a uma ponte de ferro. Lá embaixo, vislumbrei um carro de padeiro e uma longa fileira de caminhões carregados de cimento. O esquisito, pensei, é que de certa forma eles estão corretos quanto aos gordos. É fato que um homem gordo, particularmente se é gordo desde que nasceu – ou seja, desde a infância – não é bem como os outros homens. Ele passa por sua vida num plano diferente, um plano de comédia leve – embora no caso dos sujeitos em atrações de feiras, ou qualquer um acima de cento e trinta quilos, não seja tanto uma comédia leve, e sim uma palhaçada escrachada. Eu já fui gordo e magro na minha vida, e sei a diferença que a gordura faz na sua perspectiva. Ela meio que evita que você leve as coisas a sério demais. Eu duvido que um homem que nunca tenha sido outra coisa além de gordo, um homem que foi chamado de Gorducho desde que começou a andar, sequer saiba da existência de alguma emoção profunda. Como ele poderia saber? Ele não tem experiência com essas coisas. Ele não pode jamais estar presente em uma cena trágica, porque uma cena em que exista um gordo presente não é trágica, é cômica. Imagine um Hamlet gordo, por exemplo! Ou Oliver Hardy, de *O Gordo e o Magro*, como Romeu. Por incrível que pareça, eu andei pensando em algo assim apenas alguns dias atrás, quando estava lendo um livro que peguei na Boots. *Wasted Passion*, ou *paixão Desperdiçada*, era o nome dele. O camarada na história descobre que a sua namorada saiu com outro cara. Ele é um desses camaradas sobre os quais a gente lê nos livros, que têm rostos pálidos e sensíveis, cabelos negros e vive de renda. Eu me lembro mais ou menos como era o trecho:

> *David caminhava de um lado para o outro na sala, as mãos pressionadas junto à testa. A notícia parecia tê-lo aturdido. Por um longo tempo, não pôde acreditar. Sheila, infiel a ele! Não podia ser! De súbito, a compreensão o invadiu, e ele viu o fato em todo o seu horror gritante. Era demais. Ele se lançou num paroxismo de lágrimas.*

---

2 Canção marítima de Charles Dibdin chamada Tom Bowling. Em tradução aproximada, o trecho seria algo como "Aqui jaz uma imensa carcaça, pobre Tom Bowling".

CAPÍTULO 3

Havia um avião bombardeiro voando baixo no céu. Por um ou dois minutos, ele pareceu acompanhar o ritmo do trem. Dois caras meio toscos em sobretudos surrados, obviamente comerciantes do pior tipo, provavelmente vendedores de propaganda em jornais, estavam sentados na minha frente. Um deles lia o *Mail*, e o outro o *Express*. Eu podia perceber pelo comportamento deles que tinham me identificado como alguém da sua laia. Na outra extremidade do vagão, dois assistentes jurídicos com suas pastas pretas mantinham uma conversa cheia de baboseira legal cuja intenção era impressionar o resto de nós e mostrar que eles não pertenciam ao rebanho comum.

Eu observava os fundos das casas que passavam por nós. A linha de West Bletchley rodava, em sua maior parte, por bairros pobres, mas é quase tranquilo, os vislumbres que se tem de quintaizinhos com flores metidas em caixinhas e os telhados achatados onde as mulheres estendem as roupas lavadas e a gaiola dos pássaros na parede. O grande bombardeiro preto oscilou um pouco no ar e zuniu para a frente, de modo que não pude mais vê-lo. Eu estava sentado de costas para a locomotiva. Um dos vendedores levantou uma sobrancelha para o avião por apenas um segundo. Eu sabia o que ele estava pensando. Na verdade, era o que todo mundo estava pensando. Não era preciso ser um intelectual para pensar essas coisas hoje em dia. Em um ou dois anos, o que estaremos fazendo quando virmos um negócio desses? Mergulhando no porão e molhando as calças de pavor?

O sujeito parou de ler seu *Daily Mail*.

— Saiu o vencedor de Templegate – disse ele.

Os assistentes jurídicos estavam tagarelando alguma bobagem decorada sobre emolumentos e indenizações. O outro vendedor apalpou o bolso do colete e tirou de lá um Woodbine amassado. Apalpou o outro bolso e então se debruçou na minha direção.

— Tem fósforo, Gorducho?

Procurei meus fósforos. "Gorducho", você reparou. É interessante, na verdade. Por uns dois minutos, eu parei de pensar sobre bombas e comecei a pensar na minha silhueta, como a observara durante o banho naquela manhã.

É bem verdade que sou gorducho; de fato, a parte superior do meu corpo tem quase exatamente o formato de um barril. Mas o que é interessante, eu acho, é que só porque acontece de você ser um pouco gordinho, quase todo mundo, mesmo um total desconhecido, aceita como um direito deles lhe dar um apelido que é um comentário ofensivo sobre a sua aparência. Digamos que um camarada tenha uma corcunda ou um olho menor do que o outro ou um lábio leporino – você daria a ele um apelido lembrando desse problema? Mas todo homem bronca. A garota se encolheu como um cachorro que vê o chicote. Mas olhava para mim de esguelha. Eu podia ver que, por eu tê-la visto levando aquele xingo, ela me odiava feito o cão. Esquisito!

Saí com minhas lâminas de barbear. Por que elas aguentam – pensava eu. Pura covardia, é claro. Uma resposta enviesada e você está na rua. É a mesma coisa em todo canto. Pensei no camarada que às vezes me serve no supermercado da rede que frequentamos. Um belo brutamontes de vinte anos, com bochechas rosadas e antebraços enormes, deveria trabalhar em uma oficina de ferreiro. E ali está ele em seu jaleco branco, debruçado sobre o balcão, esfregando as mãos uma na outra com seu "Sim, senhor! É bem verdade, senhor! Tempo bom pelo resto do ano, senhor! Em que posso ter o prazer de servi-lo, senhor?", praticamente pedindo para que você lhe dê um chute no traseiro. Ordens, é claro. O cliente tem sempre razão. O que você vê no rosto do rapaz é um pavor mortal de que você reclame dele por impertinência e ele seja demitido. Além disso, como ele vai saber se você não é um dos caguetes que a empresa manda para as lojas? Medo! Nós nadamos nele. É o nosso elemento. Todos os que não estão morrendo de medo de perder o emprego estão morrendo de medo da guerra, ou do fascismo, ou do comunismo, ou de alguma coisa. Judeus suam quando pensam em Hitler. Passou pela minha cabeça que aquele tampinha safado com bigode espetado provavelmente estava bem mais apavorado por seu emprego do que a garota estava pelo dela. Provavelmente tem uma família para sustentar. E talvez, quem sabe, em casa ele é manso e tranquilo, cultiva pepinos no jardim dos fundos, deixa que sua mulher se sente em cima dele e as crianças puxem seu bigode. E, do mesmo modo, nunca se lê sobre um inquisidor espanhol ou um desses integrantes do alto escalão da Ogpu russa sem ser informado que, em sua vida privada, ele era um homem tão bom, o melhor dos maridos e dos pais, devotado a seu canarinho, e assim por diante.

A garota no balcão dos sabonetes ficou olhando para mim enquanto eu saía pela porta. Ela teria me assassinado, se pudesse. Como me odiava pelo que eu havia visto! Muito mais do que odiava o gerente do setor.

acabado de cair em cima dela por causa de alguma coisa, algum erro no troco, evidentemente, e a atacava com uma voz de serra circular.

— Ah, não! Claro que você não podia contar o troco! CLARO que não podia. Incômodo demais fazer isso. Ah, não!

Antes que eu pudesse me segurar, prendi o olhar da moça no meu. Não era muito bacana para ela ter um gordo de meia-idade e rosto vermelho assistindo enquanto ela levava seu xingamento. Virei-me de costas o mais rápido que pude e fingi estar interessado em alguma coisa no balcão ao lado, argolas de cortina ou algo assim. Ele estava no pé dela de novo. Era uma daquelas pessoas que davam as costas e então, de súbito, voltavam com tudo para cima de você, feito uma libélula.

— CLARO que você não podia contar o troco! Pra VOCÊ não importa se ficarmos com dois xelins a menos. Não importa nem um pouco. O que são dois xelins pra VOCÊ? Não dá pra pedir que VOCÊ se dê ao trabalho de contar o troco direito. Ah, não! Nada importa aqui, tirando a SUA conveniência. Você não pensa nos outros, não?

Isso continuou por uns cinco minutos numa voz que dava para ouvir quase do outro lado da loja. Ele ficava virando de costas para ela, para fazê-la pensar que tinha acabado, e então voltava para outra rodada. Quando me afastei um pouquinho mais, dei uma espiada neles. A moça era uma menina de mais ou menos dezoito anos, um tanto gordinha, com um rosto de lua cheia, do tipo que nunca acertava o troco mesmo. Ela ficou com um tom de pele rosa pálido e estava se contorcendo, na verdade, se contorcendo de dor. Era como se ele a estivesse cortando com um chicote. As garotas nos outros balcões fingiam não ouvir. Ele era um diabinho feio e rígido, o tipo de sujeito arrogante que infla o próprio peito e coloca as mãos por baixo do casaco, na altura da cintura – o tipo bom para ser um sargento-major, mas sem altura para isso. Já reparou a frequência com que colocam homens de tamanho diminuto nesses serviços de intimidação? Ele enfiava a cara, com bigode e tudo, quase na cara dela para poder gritar melhor. E a garota toda rosa e se contorcendo.

Finalmente, ele decidiu que tinha dito o bastante e saiu desfilando como um almirante no tombadilho superior, e eu me aproximei do balcão para comprar minhas lâminas de barbear. Ele sabia que eu tinha escutado cada palavra, assim como ela, e ambos sabiam que eu sabia que eles sabiam. Mas o pior era que, por minha causa, ela tinha que fingir que nada havia acontecido e assumir a atitude distante e reservada que uma vendedora de loja devia manter com clientes homens. Tinha que agir como uma jovem dama meio minuto depois de eu tê-la visto ser xingada como uma criada! Seu rosto ainda estava rosado e suas mãos tremiam. Eu pedi lâminas baratas para ela, que começou a mexer atrapalhadamente na bandeja de três centavos. Nesse momento o diabinho do gerente se virou para nós e, por um momento, ambos pensamos que ele estava voltando para recomeçar a ter previsto, embora fosse um choque para todos nós quando descobrimos –, a Crédito Alegre nem sempre cumpre a sua parte no acordo. Quando a Ellesmere Road foi construída, ela dava para uma área de campo aberto – nada muito maravilhoso, mas bom para as crianças brincarem – conhecida como Prado de Platt. Não havia nada preto no branco, mas sempre ficara subentendido que não haveria construção em cima do Prado de Platt. Contudo, West Bletchley era um subúrbio em crescimento, a fábrica de geleia de Rothwell foi aberta em 1928, a fábrica da Bicicleta Anglo-Saxá Puro Aço começou em 1933, a população vinha aumentando e os aluguéis, subindo. Eu nunca vi Sir Herbert Crum ou qualquer um dos outros grandões da Crédito Alegre em carne e osso, mas, na minha mente, podia ver suas bocas se enchendo d'água. De repente, os construtores chegaram e casas começaram a se erguer no Prado de Platt. Houve um uivo de agonia nas Hesperides, e uma associação de defesa dos moradores foi formada. Em vão! Os advogados de Crum nos deram uma surra em cinco minutos e construíram por cima do Prado de Platt. Mas o golpe realmente sutil, o que me faz sentir que o velho Crum mereceu seu baronato, é o mental. Meramente por causa da ilusão de que somos donos de nossas casas e temos o que chamam de "uma participação no país", nós, pobres coitados nas Hesperides e em todos os lugares semelhantes, nos transformamos em escravos devotados de Crum para sempre. Somos todos proprietários respeitáveis – ou seja, conservadores, capachos e puxa-sacos. Não ousamos matar o ganso que bota ovos de ouro! E o fato de que não somos proprietários, de que estamos todos entre pagar por nossas casas e ser devorados pelo medo horrível de que algo possa acontecer antes que façamos o último pagamento, somente aumenta este efeito. Fomos todos comprados, e o que é pior, fomos comprados com nosso próprio dinheiro. Cada um desses desgraçados oprimidos, suando em bicas para pagar o dobro do preço certo por uma casa de bonecas de tijolos que se chama Belle Vue porque não tem vista e a campainha não toca, cada um desses pobres otários morreria no campo de batalha para salvar seu país do bolchevismo.

Virei na Walpole Road e entrei na High Street. Tem um trem que sai para Londres às 10:14. Eu tinha acabado de passar pelo Sixpenny Bazaar quando me veio o lembrete mental que havia feito naquela manhã para comprar um pacote de lâminas de barbear. Quando cheguei ao balcão de sabonetes, o gerente da área, ou seja lá qual for seu cargo correto, estava xingando a garota que cuidava dali. Geralmente não tem muita gente no Sixpenny àquela hora da manhã. Às vezes, se você entra logo depois do horário de abertura, pode ver todas as garotas alinhadas em uma fila recebendo seu xingamento matinal, só para deixá-las em ordem para o dia. Dizem que essas lojas de grandes redes têm camaradas com poderes especiais de sarcasmo e abuso, enviados de uma filial para a outra para animar as moças. O gerente da área era um diabinho de feiura, de tamanho reduzido, ombros bem quadrados e um bigode grisalho e espetado. Ele havia crianças chupando-lhe o sangue como sanguessugas. Há muita porcaria dita sobre as provações da classe trabalhadora. Eu, pessoalmente, não tenho muita pena dos proletários. Você já conheceu algum peão que fique acordado pensando na demissão? O proletário sofre fisicamente, mas é um homem livre quando não está trabalhando. Entretanto, em cada uma daquelas caixinhas de estuque há algum pobre desgraçado que NUNCA está livre, exceto quando, profundamente adormecido, sonha que está com o chefe no fundo de um poço, e joga pedaços de carvão nele.

É claro, o problema básico de gente como nós, eu disse para mim mesmo, é que todos nós imaginamos que temos algo a perder. Para começo de conversa, nove décimos das pessoas em Ellesmere Road estão convencidas de que são donas das próprias casas. Ellesmere Road e todo o quarteirão que a cerca até chegar à High Street fazem parte de um imenso golpe chamado de Hesperides Estate, uma propriedade da Sociedade Construtora Crédito Alegre. Sociedades construtoras são, provavelmente, a fraude mais inteligente dos tempos modernos. Meu próprio ramo – seguros – é uma enganação, eu admito, mas é uma enganação franca, com as cartas na mesa. A beleza da sociedade construtora, entretanto, é que suas vítimas pensam que você está sendo bondoso com elas. Você bate nelas, e elas lambem sua mão. Às vezes eu acho que gostaria de ver a Hesperides Estate superada por uma enorme estátua ao deus das sociedades construtoras. Seria um deus bem esquisito. Entre outras coisas, ele seria bigênero. A parte de cima seria um diretor-executivo e a de baixo, uma esposa grávida. Em uma das mãos, carregaria uma chave enorme – a chave do asilo, é claro – e na outra… Como chama aquele negócio parecido com uma trompa, com presentes saindo de dentro?… Uma cornucópia, da qual se despejariam rádios portáteis, apólices de seguro de vida, dentaduras, aspirinas, camisinhas e rolos niveladores de jardim.

Para dizer a verdade, em Ellesmere Road nós não somos donos de nossas casas, mesmo quando terminamos de pagar por elas. Elas não são propriedade plena, apenas arrendamento. Elas saem a cinco e quinhentos, pagáveis ao longo de um período de dezesseis anos, e são uma classe de casa que, se você as comprasse em dinheiro vivo, custariam por volta de três e oitocentos. Isso representa um lucro de cento e setenta para a Crédito Alegre, mas desnecessário dizer que a Crédito Alegre ganha muito mais do que isso com o negócio. Três e oitocentos incluem o lucro da construtora, mas a Crédito Alegre, sob o nome de Wilson & Bloom, constrói ela mesma as casas e embolsa o lucro da construtora. Tudo o que eles precisam fazer é pagar pelo material. Mas eles também embolsam o lucro dos materiais, porque, sob o nome de Brookes & Scatterby, eles vendem para si mesmos os tijolos, azulejos, portas, molduras das janelas, areia, cimento e, acho, o vidro. E não me surpreenderia nem um pouco descobrir que, ainda sob outro nome, eles vendem a si mesmos a madeira para construir as portas e as molduras das janelas. Além disso – e isso era algo que nós realmente poderíamos

CAPÍTULO 2

Você conhece a rua onde eu moro – Ellesmere Road, em West Bletchley? Mesmo que não a conheça, conhece cinquenta outras exatamente iguais a ela. Sabe como essas ruas germinam por todos os subúrbios mais próximos e distantes do centro. Sempre iguais. Longas, longas fileiras de casas geminadas – os números em Ellesmere Road vão até o 212, e a nossa é a 191 – tão semelhantes entre si quanto as moradias populares, e geralmente mais feias. A fachada de estuque, o portão tratado com creosote, a sebe de alfena, a porta de entrada verde. Os Laurel, os Myrtle, os Hawthorn, Mon Abri, Mon Repos, Belle Vue. Em uma casa a cada cinquenta, algum tipo antissocial que provavelmente vai terminar num asilo pintou sua porta de entrada de azul em vez de verde. Aquela sensação grudenta em volta do meu pescoço tinha me deixado com um humor meio desmoralizado. É curioso como derruba a pessoa estar com o pescoço grudento. Parece que tira toda a animação da gente, como quando você subitamente descobre, num lugar público, que a sola de um dos seus sapatos está se soltando. Eu não tinha nenhuma ilusão a meu respeito naquela manhã. Era quase como se eu pudesse me postar à distância e assistir a mim mesmo descendo pela rua, com meu rosto gordo e vermelho e meus dentes falsos e minhas roupas baratas. Um camarada como eu é incapaz de parecer um cavalheiro. Mesmo que você me visse a duzentos metros de distância, saberia imediatamente – talvez não que eu estou no ramo de seguros, mas que eu sou algum tipo de vendedor ou camelô. As roupas que eu vestia eram praticamente o uniforme dessa tribo. Terno espinha de peixe cinza, já um tanto gasto, sobretudo azul que custou cinquenta xelins, chapéu coco e sem luvas. E eu tenho a aparência peculiar a quem vende por comissão, uma cara meio grosseira e insolente. Em meus melhores momentos, quando estou com um terno novo ou fumando um charuto, posso passar por corretor de apostas ou dono de pub, e quando as coisas estão bem ruins, eu poderia estar oferecendo aspiradores de pó, mas, em momentos comuns, você me classificaria corretamente. "Cinco a dez libras por semana", você diria assim que me visse. Econômica e socialmente, eu estou na média da Ellesmere Road.

Eu tinha a rua praticamente só para mim. Os homens tinham se aboletado para pegar o 8.21 e as mulheres estavam mexendo nos fogões a gás. Quando você tem tempo para olhar ao seu redor e calha de estar no humor certo, é algo que te faz rir por dentro caminhar por essas ruas nos subúrbios perto e longe do centro e pensar nas vidas que se desenrolam ali. Porque, afinal, o que é uma rua como a Ellesmere Road? Apenas uma prisão com as celas todas enfileiradas. Uma linha de câmaras de tortura geminadas onde os coitados que recebem de cinco a dez libras por semana tremem e se arrepiam, cada um deles com o chefe torcendo-lhe o rabo, a esposa montada em cima dele como um pesadelo e as onze. É uma emoção peculiar a que sinto em relação às crianças. Boa parte do tempo, eu mal consigo suportar vê-los. Quando à conversa deles, é simplesmente insuportável. Eles estão naquela idade escolar chata, quando a mente da criança gira em torno de coisas como réguas, estojos e quem tirou as melhores notas em francês. Em outros momentos, especialmente quando eles estão dormindo, eu sinto uma emoção muito diferente. Às vezes eu me coloco junto às camas deles, nas noites de verão, quando está claro, e os observo dormindo, com seus rostos redondos e cabelos cor de linho, vários tons mais claros do que os meus, e isso me dá aquela sensação sobre a qual se lê na Bíblia quando ela fala sobre compaixão e piedade. Em tais momentos, sinto que sou apenas uma vagem de semente ressecada, cuja importância não chega a dois centavos, e que minha única relevância foi ter trazido essas criaturas ao mundo e as alimentado enquanto elas crescem. Mas isso, só em certos momentos. Na maioria do tempo, minha existência à parte me parece bem importante, sinto que ainda há vida no velho cachorro e muitos bons momentos adiante, e a noção de mim mesmo como algo semelhante a uma vaca leiteira a ser perseguida por muitas mulheres e crianças não me atrai.

Não conversamos muito no café da manhã. Hilda estava em seu humor de "eu não sei o que vamos FAZER!", em parte por causa do preço da manteiga e em parte porque os feriados de Natal estavam quase no fim e ainda faltavam cinco libras para as taxas escolares do semestre passado. Comi meu ovo cozido e espalhei marmelada Golden Crown sobre uma fatia de pão. Hilda persiste em comprar esse negócio. Custa cinco centavos e meio o meio quilo, e o rótulo informa, na menor letra permitida pela lei, que ele contém "uma certa proporção de suco de fruta neutro". Isso me fez começar a falar, daquele jeito irritante que eu tenho às vezes, sobre árvores frutíferas neutras, imaginando como elas seriam e em que países elas cresciam, até Hilda finalmente ficar brava. Não que ela se incomode que eu fique de picuinha com ela, é só que, de alguma forma obscura, ela acha ruim fazer piadas sobre algo com que você economizou dinheiro.

Eu dei uma olhada no jornal, mas não havia muitas novidades. Lá na Espanha e na China eles estavam se matando uns aos outros como sempre, as pernas de uma mulher tinham sido encontradas em uma sala de espera da estação ferroviária, e o casamento do Rei Zog oscilava na balança. Finalmente, por volta das dez horas, mais cedo do que eu pretendia, saí para a cidade. As crianças tinham saído para brincar nos jardins públicos. Era uma manhã terrivelmente grosseira. Conforme saí pela porta da frente, um soprinho de vento desagradável bateu na parte ensaboada do meu pescoço e me fez sentir, de súbito, que minhas roupas não cabiam direito e que eu estava todo grudento.

É uma droga ficar com o pescoço ensaboado. Dá uma sensação grudenta, e o esquisito é que, por mais cuidado que você tenha para retirar tudo com uma esponja, depois que você descobre que o seu pescoço está ensaboado, vai se sentir grudento pelo resto do dia. Desci as escadas de mau humor e pronto para me tornar desagradável.

Nossa sala de jantar, como as outras salas de jantar em Ellesmere Road, é um lugarzinho apertado de 4,20 por 3,65 metros, ou talvez sejam 3,65 por 3, e o buffet de carvalho japonês com os dois decantadores vazios e o porta-ovos de prata que a mãe de Hilda nos deu como presente de casamento não deixam muito espaço. A velha Hilda estava melancólica atrás da chaleira, em seu estado usual de alarme e consternação porque o *News Chronicle* havia anunciado que o preço da manteiga ia subir, ou algo assim. Ela não tinha acendido a lareira a gás e, embora as janelas estivessem fechadas, estava terrivelmente frio. Eu me abaixei e levei um fósforo à lareira, respirando ruidosamente pelo nariz (abaixar-me sempre faz com que eu bufe e assopre) como uma pista para Hilda. Ela me deu o olharzinho de esguelha que sempre me dá quando acha que estou fazendo algo extravagante.

Hilda tem trinta e nove anos, e quando a conheci, ela parecia uma lebre. Ainda parece, mas ficou muito magra e um tanto mirrada, com uma expressão perpetuamente taciturna e preocupada nos olhos, e quando fica mais aborrecida do que o normal, ela tem um truque de encurvar os ombros e cruzar os braços sobre o peito, como uma velha cigana junto da fogueira. Ela é uma dessas pessoas que obtêm sua maior diversão na vida com a previsão de desastres. Apenas desastres menores, claro. Quanto a guerras, terremotos, pragas, fomes e revoluções, ela não lhes dá atenção. A manteiga vai subir, e a conta de gás está enorme, e os sapatos das crianças estão ficando gastos, e tem outro pagamento do rádio para fazer – esta é a litania de Hilda. Ela tem o que eu finalmente decidi que é um prazer definitivo em ficar se balançando de um lado para o outro com os braços cruzados sobre o peito, melancólica, me dizendo "Mas, George, é muito SÉRIO! Eu não sei o que a gente vai FAZER! Não sei de onde o dinheiro vai sair! Você parece não perceber o quanto isso É SÉRIO!", e assim por diante, sem parar. Está firmemente fixado na mente dela que nós vamos terminar num abrigo. O engraçado é que, se algum dia chegarmos ao abrigo, Hilda não vai se incomodar nem um quarto do que eu me incomodarei; provavelmente, vai até gostar da sensação de segurança.

As crianças já estão no térreo, tendo se lavado e se vestido rápido como um raio, como sempre fazem quando não há chance de que outra pessoa queira usar o banheiro. Quando cheguei à mesa do café da manhã, eles estavam numa discussão que seguia o roteiro de "Você fez, sim!", "Não fiz, não!", "Fez, sim!", "Não fiz, não!" e parecia que seguiria assim pelo resto da manhã, até que eu mandei que parassem. Eles eram apenas dois: Billy, com sete anos, e Lorna, com voltava na minha mente já há algum tempo. E o negócio era que eu tinha dezessete libras das quais ninguém mais sabia – ninguém da família, melhor dizendo. Tinha acontecido assim: um camarada na nossa firma, de nome Mellors, tinha botado as mãos num livro chamado *Astrologia Aplicada à Corrida de Cavalos*, que provava que era tudo uma questão de influência dos planetas sobre as cores que o jóquei está vestindo. Bem, em uma ou outra corrida por lá, havia uma égua chamada Noiva do Corsário, uma forasteira total, mas seu jóquei usava verde, que parecia ser exatamente a cor dos planetas que vinham a estar no ascendente. Mellors, que tinha sido profundamente picado por essa coisa de astrologia, estava apostando várias libras no cavalo e me pediu de joelhos que eu fizesse o mesmo. No final, mais para calar sua boca, arrisquei dez pilas, embora via de regra eu não costume apostar. Naturalmente, Noiva do Corsário ganhou de passeio. Eu esqueço as *odds* exatas, mas minha parte rendeu dezessete libras. Por algum tipo de instinto – um tanto estranho, e provavelmente indicador de outro marco em minha vida –, eu apenas guardei o dinheiro no banco, quieto, e não falei nada para ninguém. Eu nunca fiz nada desse tipo antes. Um bom marido e bom pai teria gastado em um vestido para Hilda (essa é a minha esposa) e sapatos para as crianças. Mas eu tinha sido um bom marido e bom pai por quinze anos, e estava começando a ficar de saco cheio disso.

Depois de me ensaboar pelo corpo todo, senti-me melhor e me recostei na banheira para pensar sobre minhas dezessete libras e em que gastá-las. As alternativas, me parecia, eram um fim de semana com uma mulher ou ir gastando discretamente e aos poucos em bobagens como charutos e uísques duplos. Eu tinha acabado de ligar a água quente mais um pouco e pensava sobre mulheres e charutos quando houve um barulho como um rebanho de búfalos descendo os dois degraus que levavam ao banheiro. Eram as crianças, é claro. Duas crianças numa casa do tamanho da nossa eram como um litro de cerveja em uma caneca de meio litro. Houve um estrépito frenético do lado de fora e então um berro de agonia.

— Papai! Eu quero entrar!

— Bem, não pode entrar. Cai fora!

— Mas papai! Eu quero ir num lugar!

— Vá em outro lugar, então. Ligeiro! Estou tomando meu banho.

— Pa-PAI! Eu quero IR NUM LUGAR!

Era inútil! Eu conhecia o sinal de alerta. A privada ficava no banheiro – era o único lugar, claro, numa casa como a nossa. Tirei a tampa do ralo da banheira e me sequei parcialmente o mais rápido que pude. Enquanto eu abria a porta, o pequeno Billy – meu caçula, com sete anos – passou disparado por mim, desviando-se do tapa que eu mirei em sua cabeça. Foi só quando eu estava quase vestido e procurava por uma gravata que descobri que meu pescoço ainda estava ensaboado.

Deus, e quando estou com meus dentes eu provavelmente não aparento a idade que tenho, que é quarenta e cinco.

Tomando nota mentalmente para comprar lâminas de barbear, entrei na banheira e comecei a me ensaboar. Ensaboei os braços (eu tenho braços curtos e gordinhos, com sardas até os cotovelos) e então peguei a escova de lavar as costas e ensaboei os ombros, que eu não consigo alcançar do jeito comum. É um incômodo, mas há várias partes do meu corpo que eu não consigo alcançar hoje em dia. A verdade é que eu tenho tendência a ficar um pouco gordinho. Não estou dizendo que sou algo como uma aberração de circo. Meu peso não está muito acima de 89 quilos, e da última vez que medi minha cintura, ela tinha 122 ou 124 centímetros, não me lembro qual dos dois. E não sou o que chamam de "repugnante de tão gordo", não tenho uma barriga daquelas que se penduram a meio caminho dos joelhos. É só que eu tenho uma estrutura um tanto larga, com tendência a ter uma forma de barril. Sabe aquele tipo de gordo ativo, forte, daqueles atléticos e animados que recebem o apelido de Gorducho ou Rechonchudo e são sempre a alma da festa? Eu sou desse tipo. "Gorducho" é como a maioria me chama. Gorducho Bowling. George Bowling é o meu nome real.

Porém, naquele momento, eu não me sentia a alma da festa. E me ocorreu que, hoje em dia, eu quase sempre tenho uma sensação meio rabugenta de manhã cedo, embora durma bem e minha digestão seja boa. Eu sabia o que era isso, claro – eram aquelas malditas dentaduras. Aquelas coisas eram ampliadas pela água no copo e sorriam para mim como os dentes em uma caveira. A sensação quando as suas gengivas se encontram é uma droga, uma sensação meio encolhida, meio murcha, como se tem quando a gente morde uma maçã azeda. Além disso, pode dizer o que quiser, mas dentaduras são um marco. Quando seu último dente natural se vai, a época em que você pode mentir para si mesmo que é um sheik de filmes de Hollywood definitivamente está acabando. E eu era gordo, além de ter quarenta e cinco. Enquanto me levantava para ensaboar a virilha, dei uma olhada na minha silhueta. É uma bobagem isso de gordos não conseguirem enxergar o próprio pé, mas é um fato que, quando fico de pé, posso ver apenas a parte da frente dos meus. Nenhuma mulher, pensei, conforme passava o sabão em volta da minha barriga, vai olhar duas vezes para mim de novo, a menos que seja paga para isso. Não que, naquele momento, eu quisesse particularmente que alguma mulher olhasse para mim duas vezes.

Mas lembrei-me que nesta manhã havia motivos pelos quais eu deveria estar num humor melhor. Para começar, eu não ia trabalhar hoje. O carro velho no qual eu "cubro" meu distrito (eu devo lhe contar que estou no ramo de seguros. A Salamandra Voadora. Vida, incêndio, roubo, gêmeos, naufrágio – tudo) estava temporariamente encostado, e, apesar de eu ter que passar no escritório de Londres para deixar alguns papéis por lá, eu ia realmente tirar o dia de folga para ir buscar minhas dentaduras novas. Além disso, havia outro negócio que ia e

CAPÍTULO 1

He's dead, but he won't lie down[1]
CANÇÃO POPULAR

A ideia me ocorreu realmente no dia em que eu recebi meus dentes falsos. Eu me lembro bem daquela manhã. Faltando cerca de quinze para as oito, eu pulei da cama e entrei no banheiro bem a tempo de trancar a molecada para fora. Era uma manhã brutal de janeiro, com um céu cinza-amarelado e sujo. Lá embaixo, olhando pelo quadradinho da janela do banheiro, eu podia ver os dez metros por cinco de grama, com uma sebe de alfena em volta e um naco desnudo no meio, que chamamos de jardim dos fundos. Existe o mesmo jardim dos fundos, as mesmas alfenas e a mesma grama atrás de todas as casas em Ellesmere Road. A única diferença: onde não há crianças, não há naco desnudo no meio.

Eu tentava me barbear com uma lâmina meio cega enquanto a água enchia a banheira. Meu rosto me olhava de volta no espelho e, abaixo dele, em um copo de água na prateleira acima da pia, os dentes que pertenciam ao rosto. Era o conjunto temporário que Warner, meu dentista, havia me dado para usar enquanto os novos estavam sendo feitos. Eu não tenho um rosto tão ruim, na verdade. É um daqueles rostos vermelhos como tijolo que combinam com cabelo cor de manteiga e olhos azuis pálidos. Eu nunca fiquei grisalho nem careca, graças a

---

[1] "Ele morreu, mas não vai se deitar" (tradução livre; música gravada por Gracie Fields).

PARTE I

SUMÁRIO

PARTE I	6
CAPÍTULO 1	7
CAPÍTULO 2	12
CAPÍTULO 3	17
CAPÍTULO 4	21
PARTE II	28
CAPÍTULO 1	29
CAPÍTULO 2	34
CAPÍTULO 3	43
CAPÍTULO 4	51
CAPÍTULO 5	61
CAPÍTULO 6	67
CAPÍTULO 7	69
CAPÍTULO 8	83
CAPÍTULO 9	93
CAPÍTULO 10	99
PARTE III	108
CAPÍTULO 1	109
CAPÍTULO 2	122
CAPÍTULO 3	129
PARTE IV	132
CAPÍTULO 1	133
CAPÍTULO 2	139
CAPÍTULO 3	147
CAPÍTULO 4	153
CAPÍTULO 5	157
CAPÍTULO 6	164

© LITERARE BOOKS INTERNATIONAL LTDA, 2022.

Todos os direitos desta edição são reservados à Literare Books International Ltda.

PRESIDENTE

Mauricio Sita

VICE-PRESIDENTE

Alessandra Ksenhuck

DIRETORA EXECUTIVA

Julyana Rosa

DIRETORA DE PROJETOS

Gleide Santos

RELACIONAMENTO COM O CLIENTE

Claudia Pires

EDITOR

Enrico Giglio de Oliveira

ASSISTENTE EDITORIAL

Luis Gustavo da Silva Barboza

TRADUÇÃO

Marcia Men

REVISOR

Sérgio Ricardo

CAPA

Victor Prado

DESIGNER EDITORIAL

Lucas Yamauchi

IMPRESSÃO

Gráfica Paym

Dados Internacionais de Catalogação na Publicação (CIP)
(eDOC BRASIL, Belo Horizonte/MG)

O79r	Orwell, George, 1903-1950. A revolução dos bichos; Um pouco de ar, por favor! / George Orwell. – São Paulo, SP: Literare Books International, 2022. 16 x 23 cm
	ISBN 978-65-5922-135-6
	1. Ficção inglesa. 2. Literatura inglesa – Romance. I. Título. CDD 823

Elaborado por Maurício Amormino Júnior – CRB6/2422

LITERARE BOOKS INTERNATIONAL LTDA.

Rua Antônio Augusto Covello, 472
Vila Mariana — São Paulo, SP. CEP 01550-060
+55 11 2659-0968 | www.literarebooks.com.br
contato@literarebooks.com.br

GEORGE ORWELL

UM POUCO DE AR, POR FAVOR!

Literare Books
INTERNATIONAL
BRASIL · EUROPA · USA · JAPÃO

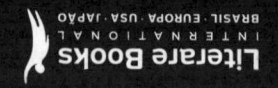